# 薬草ハンター、世界をゆく

## 義足の女性民族植物学者、新たな薬を求めて

Cassandra Leah Quave
カサンドラ・リア・クウェイヴ
駒木令❖訳

THE PLANT HUNTER:
A Scientist's Quest for Nature's Next Medicines

原書房

# 薬草ハンター、世界をゆく　義足の女性民族植物学者、新たな薬を求めて

## 第3部　医療



［……］は訳者による注記を示す。

自然界の美と不思議をこよなく愛し、その知識を守る人々とその叡智を探求する人々へ

# はじめに

本書では、わたしが伝統療法の治療師《ヒーラー》たちと過ごした経験や、西洋医学とは異なるシステムについて論じている。また、ある種の植物成分に関する特定の使用法についての記述もある。複数の名前を持つ植物は多い――同一の言語圏でさえそうだ。植物の一般名をめぐる混乱を避けるため、本文中に学名（属名、種名、科名）を付記した。

本書の執筆にあたり、自分の記憶のなかにある出来事や場所、会話を再現しようと努めた。登場人物のプライバシーを尊重するため、個人名や地域名のいくつかを変更している。また、個人の性格のほか、身体的特徴や職業、居住地などの詳細に手をくわえている場合もある。

本書で述べた情報は、医師の医学的意見にかかわりうるものではない。健康にかかわる問題や、とりわけ診断や医学的治療が必要と思われる症状がある場合は、かならず医師に相談してほしい。

# 序章

フロリダの沼沢地《しょうたくち》に隣接する湿原で、わたしは学生六人とならんで立ちながら、その日の午前中に作業する場所を注意深く眺めていた。全員が夜明け前に起き、三〇分ほど郊外へ車を走らせるうちに、朝日が沼地を輝かせはじめた。わたしはジョージア州アトランタのエモリー大学に研究室をかまえている。これはわたしの研究室に所属する学生のための実地調査のうち、最新のものにあたる。目的は「植物」を見つけること。

フィールドは侵入種の雑草だらけだ――棘のあるソーダアップル（学名ソラヌム・ウィアルム *Solanum viarum* ナス科）は黄色のかたい実をつけ、のこぎり状の葉をしげらせて、そこらじゅうにはびこっている。在来種のドッグフェンネル（学名エウパトリウム・カピリフォリウム *Eupatorium capillifolium* キク科）も群生しており、わたしたちを迎えるかのように羽根のような姿を風に揺らしている。五メートルほど先で緑の野が泥に変わるところでは、背の高いヌマスギが節くれだった根を水面からのぞかせながら立ちならんでおり、その姿はどこか沼地の番をする賢人を思わせる。わたしは眉をぬぐいながら、目を凝らした。まだ作業をはじめてもいないのに、むっとする四月の陽気のせいで荷運びラバのように汗をかいている。

エモリー大学の教授であり、植物標本室の室長もかねるわたしのライフワークは、植物由来の新薬の発見だ。わたしたちはこれから二週間、この沼沢地でおよそ一〇〇種類の植物を採集し、それを大学に持ち帰って研究をおこなう。今回の実地調査に向け、わたしたちは三か月間かけてアメリカ先住民の植物使用法の歴史を調べ、薬用植物とその用途に関する写真付きフィールドガイドを作成し、集中的な科学調査に必要な物資すべてを綿密に整えた。

さあ、とうとう出発の時が来た。

「待って!」わたしは声をかけた。「長いブーツにはきかえましょう」

フロリダの泥はけっしてあなどれない。泥よけの長靴をはく学生たちのかたわら、わたしはトラックの荷台に腰かけた。わたしの場合、彼らより少しばかり用意に時間がかかる。先天性の骨格異常があるため、生まれたときから、あれこれと医学や科学の世話になってきた。手術もたくさん受けた。最初は膝のすぐ下からの切断術。さまざまな義足を使い分ける必要はあるが、そのおかげで歩行ができるようになった。いまわたしが装着しているのは、いちばんシンプルなタイプ——メタルの支柱の先をゴム製カバー付の足部《そくぶ》につなげたものだ。人工の足首は曲がらないので、普通のブーツをはくのは不可能に近い。ありがたいことに、わたしの器用な夫のマルコがブーツの後ろにジッパーを付けてくれたので、かなり楽に義足をすべりこませることができる。ブーツをはき終えたあと、腰に巻いたアーミー・ユーティリティベルトに装備した用具一式を点検する——鞘付きで大型のボウイナイフ、各種剪定ばさみ、日本製の除草と穴掘り用のナイフ、携帯無線機、そして357口径のスミス&ウェッソンのピストル。

野生生物を狩りに来たわけではないけれども、身を守る手段を持たずにワニの生息域に侵入するよりはましである。銃にはホローポイント弾が装填してあり、安全装置がかかっている。フロリダの生態系の現実――内陸部であっても沼地や湿地で水辺のピクニックを楽しんでいると自分自身が食材になる可能性がある――をよく知っている人は少ないが、このワイルドで危険な、手つかずの自然の領域はわたしが育った場所だ。

生徒たちもそれぞれ、携帯無線機、剪定ばさみ、シャベルをたずさえている。そしてふたり一組になって沼の縁に散らばり、さながら獲物を追う狼の大群のように、さまざまな角度から沼のなかにはいっていった。わたしはふたりの生徒を反対側の小川のほうへ向かわせ、低木や背の高い草をかきわけてブラックベリーの茂みを探すように指示すると、残りの生徒を率いてまっすぐ沼にはいった。

研究室に所属して一年になる元気な若い女性キムが、最初にわたしを呼んだ。わたしは登山用ストックで身体を支えながら、荒れた地面をなんとか進んでいった。泥のなかでブーツがびちゃびちゃと大きな音を立てる。キムは小さなハーブを指さした。高さは三〇センチほどだろうか。茎の先端に可憐な白い花が房状に咲いている。「ハロー、別嬪さん」わたしは指先で花にふれ、つぶやいた。自分の直感をたしかめるためにフィールドガイドをめくる。

「すごいわ！」わたしは畏敬の念をこめていった。「ドグダミ科の一種――こういった沼沢地の環境で生育するのはこれだけよ」これはアメリカハンゲショウ（英名リザーズテイル［トカゲの尾の意］／学名サウルルス・ケルネウス *Saururus cernuus*）という名前で、アメリカ先住民のチェロキー族やチョクトー族は、根を用いて傷に貼る湿布薬をつくる。またセミノール族は植物全体をクモによる咬《こう》傷《しょう》の治療に使う。

この日初の成果を確認すると、周囲の学生は手順どおりに行動しはじめた。標本室のコレクション（順調に増えている）にくわえるためのアメリカハンゲショウをわたしが採集しているあいだ、キムたちは研究室に帰ってからじゅうぶん量の成分を抽出できるように、慎重にバケツ一杯分ほどを集めていく。フィールドで標本の用意をする場合、それぞれの植物を新聞紙のあいだにはさみ、植物名、採集番号、日付、採集場所を記したラベルを貼る。それから厚紙と吸い取り紙を重ね、木製のすのこ状の野冊《やさつ》にはさんで、ベルトできつく留める。こうしておくと乾燥過程でしっかりと押され、エモリー大学の標本室で長期保存する平らな植物標本ができあがる。

わたしたちはこの過程を繰り返していった——探す、特定する、採集する。さながら偵察任務をおびた部隊、自給自足の食物採集にはげむキャンパー、世界最大規模の品をそろえたウォルマート・スーパーマーケットの通路を右往左往する買い物客を混ぜあわせたような様相だ。一時間ほど作業に没頭し、なかなか手にはいりにくい植物を数種類以上見つけた頃、待ち望んでいた知らせを告げるジョシュの誇らかな声が無線機から響いた。「見つけました」よろこびが全身をつらぬくのを感じた。ブラックベリーの茂みが見つかったのである。

科学の醍醐味はなによりも発見のよろこびにある。研究目的で調査する植物といえども、わたしにとっては埋蔵品とか、長いあいだ失われていた宝探しに等しい。しかしキイチゴ属（Rubus）のうち、この種のブラックベリーは今回の調査旅行の眼目だった。はやく見たいという気持ちを抑えかね、泥のなかをジョシュのもとへバタバタと急ぐうち、あやうくすべりそうになった。地球上に三〇〇種類以上あるキイチゴ属は、何世紀にもわたって地元民が下痢や性感染症、皮膚感染症の治療に用いてきた。わたしは北アメリカ原産種を自分の研究植物のリストにくわえたいと願っていた。というのも、イタリア在来種のひとつを調べたことがあり、それに非常に有望な抗菌能力があるのを突きとめていたからだ。[1] つまり、その植物には細菌のバイオフィルム――生物膜や菌膜ともいう――生成を阻害する能力があり、固体の表面に細菌をくっつきにくくして、抗生物質や免疫系の攻撃能力を高めることができる。さまざまな種類のキイチゴ属を集められれば、抗生物質の発見以来、もっとも厄介な現象のひとつに対する有効性について、研究を進められる。その現象の正体とは「抗生物質耐性菌」。これこそわたしの標的であり、宿敵だ。わたしの仕事は、人類の生存を賭けた戦いの次なる段階において、この強敵に対する有効な武器を開発することだ。

現在、世界では抗微生物薬耐性/薬剤耐性（AMR：antimicrobial resistance）をもつ細菌が増えており、そのため毎年七〇万人以上がこうした最近による治療不可能な感染症にかかって命を落としている。[2] 二〇五〇年には、AMRによる死亡者数は一〇〇〇万人に増加する――つまり一分間に一九人ずつ死ぬ――と予想され、その数はがん（八二〇万人）、糖尿病（一五〇万人）、下痢性疾患（一四〇万人）、交通事故（一二〇万人）による予測死亡者数を上まわる。これを身近な例で考えてみよう。たいていのスクールバスには、大人が五〇人ほど乗れる。現在はAMR感染症のために、毎日、スクールバス三八台分の人々が亡くなっている。それが二〇年後には、一時間ごとに、バス二二台分の人々が亡くなることになる。AMRは軌道もなく、ブレーキもなく、全速力で終点に向かって走る貨物列車のようなものだ。わたしたちは深刻な問題をかかえているのである。

さらに難儀なことに、一九八〇年代以降、化学的に新しいクラスとして開発され、円滑に市場に導入された抗生物質はない。[3] 適切な抗菌活性と人体への安全性をそなえた新しい化学構造の発見と開発は、一筋縄ではいかず、膨大な時間と専門性、資金を必要とする。この一〇年のあいだに、きびしい審査を経てアメリカ食品医薬品局の認可を得た一五種類の新規抗生物質のうち、五種類は開発した会社が倒産したり売却されたりして、実質的に棚上げになっている。[4] スーパー耐性菌との戦いにおいて、わたしたちは効果的な抗生物質の喪失と、新薬の発見と開発を支える経済モデルの破綻という、二重の危機に直面している。

なぜそうなってしまったのだろう?

消耗性あるいは致死性の感染症を起こしうる微生物は、形態も生存様式も、生息環境もさまざまである。ウイルスもいれば、真菌や寄生虫もいるが、多くは細菌に分類される。細菌は単細胞生物で、もともと環境のあらゆる場所に——人間の皮膚にも体内にも——存在する。もし植物や動物といった大きな生命体がすべて透明になってしまったら、世界はそれらの内外でうごめく微生物にかたどられた、幽霊のような輪郭で埋めつくされるだろう。

だいたいにおいて、細菌は無害な存在である(身体の内外に普通に存在する細菌などの微生物の集合体を「微生物叢《マイクロバイオーム》」という)。しかしなかには、日和見主義者だったり、身体に無害な性状から狡猾な侵入者へ変貌したりするものもいて、軽重さまざまな感染症を引き起こす。ここで抗生物質の出番となる。わたしが雑草だの蔓《つる》だのをかきわけ、目の隅でワニの動きがあるかどうかチェックしながら、ブラックベリーの茂みを探す理由はそこにある。このキイチゴ属の種は新しいタイプの抗生物質になる可能性があるからだ。

現在となっては、抗生物質のない生活を想像するのはむずかしい。しかし信じられないことに、わたしたちが抗生物質を知るようになってから、まだ一世紀にも満たない。人類の歴史に照らせば、それはまばたきほどの時間である。抗生物質がなかった頃の一九〇〇年のアメリカでは、死因の上位三位は、肺炎、結核、下痢もしくは腸炎（小腸の炎症）だった。[5] 一九二八年のペニシリンの発見とその一五年後に実現した大量生産は、まさに医学の大転換点とされる。たしかに、流れはそこから変わった。先史時代に火が発見されたことにより、人間が調理をおぼえ、食事内容が変わったように、ペニシリンは医学の新時代の扉を開いた。ペニシリンの発見とその後の実用化に貢献したアレクサンダー・フレミング、エルンスト・チェーン、ハワード・フローリー（いずれも一九四五年度のノーベル生理学賞・医学賞受賞）、ドロシー・ホジキン（一九六四年ノーベル化学賞受賞）は、それまでにない発見の道へ人類を導いた。死の淵にいた患者は、この世へ生還できるようになった。

ペニシリン「カビから発見」は、細菌の成長と分裂をはばむ働きをする。細菌には、ペプチドグリカンという成分でできた細胞壁がある。ペニシリンはペプチドグリカンの合成を阻害するため、細菌の分裂にともなって細胞壁は薄くなり、最終的には水のはいった風船が破れるように、壁が壊れて内容物が漏れだし、細菌は死滅する。この大発見に続々と無数の科学者が続き、こうした奇跡の薬をつくりだす微生物を求めるなか、抗生物質発見の黄金時代が幕を開けた。

しかし導入からほどなくして、抗生物質の誤用が目立ちはじめた。ペニシリンが一般社会にいきわたるようになったのは一九四五年のことである。人々はちょっとした症状にもペニシリンを用い、ウイルスには効かないことにも頓着しなかった。誰も彼もがこの新しい、奇跡の薬を欲しがった。症状が回復するとすぐに服用をやめるのも普通だった。これが抗生物質耐性菌の出現につながる。スコットランド人の医師で、ごく少量のアオカビ（ペニシリウム属）の抗菌作用に初めて気づいた微生物学者のアレクサンダー・フレミングも、生命を救う新薬にとって耐性が問題になることを認識していた。

一九四五年の講演で、フレミングはこの妙薬のまちがった使い方に警鐘をならした。[6]「自分勝手な判断で服用することの最大の危険は、症状がよくなったからといって、途中で飲むのをやめてしまうことです。それによって感染症を退治するどころか、微生物はペニシリンに抵抗する性質を身につけてしまい、繁殖したペニシリン耐性菌が人から人へうつるという事態が起こって、そうこうするうちに、やがてペニシリンが効かない敗血症や肺炎にかかる人が出てくることになりかねません」細菌の薬剤耐性獲得と人から人への伝播に関するフレミングの予言は、残念ながら、あまりにも的を射ていたことが証明されてしまった。

抗生物質の研究と開発という課題を過小評価してはならない。この仕事はほんとうにむずかしい。臨床に用いられている一般的な抗生物質のほぼ全種類は、一九五〇年代前半、つまりDNAの構造が解明される前に発見されたものである。分子生物学、生化学、薬理学など多くの分野が飛躍的に発展したにもかかわらず、何十年ものあいだ新しい抗生物質の発見に苦労しているばかりか、ほとんど成功していない。製薬業界で抗生物質の研究と開発にたずさわってきた専門家のトム・ドハティ博士が、わたしにこういったことがある。「失敗に弱いたちだったら、この分野はやめにして、まだそれほどむずかしくない、ロケット科学かなにかをしたほうがいいよ。少なくともあちらは一九五〇年代以降、かなり成功しているからね」さらに困ったことに、じゅうぶんな収益が得られないため、大手製薬会社が抗生物質競争から撤退をはじめている。その結果、大きな溝は埋められずに残された。

わたしたちには新しい治療法が、それもいますぐに必要だ。わたしが参入したのはこの領域である。

地球上におよそ三七万四〇〇〇種[7]あるとされる植物のうち、記録上では少なくとも三万三四四三種[8]

が医薬品として使われている。こうした植物由来の薬剤の一部は、一世紀の古代ローマの医師ペダニウス・ディオスコリデスの『薬物誌』や、一二世紀の尼僧ビンゲンのヒルデガルドの『自然学』に記されているが、自然療法薬の多くは口頭で伝承され、シャーマンなどの男女の治療師が用いてきた。三万三〇〇〇種類！　つまり、地球上の全植物の約九パーセントが人々のおもな治療薬として使われてきた歴史があり、多くの場合、それがいまも使われ続けていることになる。文化も違えば環境も異なる人類が数千年以上にわたり、頭痛や胃の不調をやわらげ、飢えや渇きを防ぎ、痛みを抑えるために、試行錯誤しながら数十万種類の植物を調べ、少なくとも三万三〇〇〇種類にたどり着いたという事実よりも驚くべきことは、ひとつしかない。わたしたちはこうした植物の大半をきちんと研究していないのである。

これらがいかなる潜在能力を持っているのか、現代科学のレンズの下で徹底的に調査された種は愕然とするほど少なく、せいぜい数百種しかない。薬草としての記録が残る九パーセントの植物のうち、これまで研究室入りしたのは、そのなかの五パーセントに満たないことになる。伝統療法師はこうした薬草が「効く」ことを知っているが、その「作用機序」の科学的な解明はほとんど進んでいない。つまりわたしたちは、まだ表面をなぞっているだけにすぎないのだ。とはいえ、これまでの研究によって精製された植物のなかには、驚異的な成果をもたらしたものがある。

現在、わたしたちがあたりまえのように使っている人命を救う薬や、健康を改善する薬のうち、植物由来のものは多い。アスピリンを飲んだことはあるだろうか？　これはヤナギ（サリクス属 *Salix*）のおかげである。歯科医院での治療の前に麻酔薬を打ってもらったことは？　この作用も、最初は植物──アンデス地方原産のコカノキ（学名エリトロクシルム・コカ *Erythroxylum coca* コカノキ科）から見つかった。手術の際に使う鎮痛薬はどうだろう？　麻薬成分を含有するケシ（学名パパヴェル・ソムニフェルム *Papaver somniferum* ケシ科）由来のモルヒネは、術後の痛みをやわらげる。画期的な抗がん剤の多くも、植物から発見されている。たとえばタキソール（一般名パクリタキセル）はアメリカ北西部のタイヘイヨウイチイ（学名タクスス・ブレヴィフォリア *Taxus brevifolia* イチイ科）、エトポシドはアメリカ東部のアメリカハッカクレン（学名ポドフィルム・ペルタトゥム *Podophyllum peltatum* メギ科）、ビンクリスチンはニチニチソウ（学名カタラントゥス・ロセウス *Catharanthus roseus* キョウチクトウ科）、カンプトテシンはカンレンボク（別名キジュ［喜樹］学名カンプトテカ・アクミナタ *Camptotheca acuminata* ヌマミズキ科）の成分である。マラリア流行地域に旅行したことのある人や、不幸にもマラリアにかかってしまった人の場合、最初に予防薬や治療薬になったのは、南米に自生していたキナノキ（キナノキ属 *Cinchona* アカネ科）の樹皮から発見されたキニーネだった。その後、中国でクソニンジン（学名アルテミシア・アンヌア *Artemisia annua* キク科）から発見されたアルテミシニンも、抗マラリア薬として使われている。この発見にはノーベル賞が授与された。[9]

一八〇〇年代後半に医薬品の合成がはじまるまで、薬はすべて植物か動物、鉱物から得られており、原材料を混ぜあわせたり、調合したり、抽出したり、煮たり、そのままで用いたりしていた。合成医薬品の誕生から一五〇年近くしかたっていないのに、わたしたちはもう、そもそも薬というものがなにに由来するのか、あっけなく忘れてしまった。

現在、ほとんどの人の生活は食物や薬の生産や採集とは無縁である。そのかわり、工業型農業や薬品工場の製品に頼っている。これがさまざまな面で人類に大きな恩恵をもたらした――より多くの人々に食物を届け、安価な薬を迅速に生産する――のは事実だが、この偉大な進歩には代償もある。自然の産物を育てたり集めたりする土地が減ったこともあいまって、自然界の力への認識が薄れ、自然が人間の健康に果たす貴重な役割への理解がいちじるしく衰えた。自然界とのつながりを失ったわたしたちは、人間は自然の力とは別のもの、むしろ対立するものと考えがちだ。しかし人間は自然の一部であり、それは昔から変わらない。

残念ながら、現在の還元主義的科学の枠組みでは、科学者の多くは人工的に生産する化合物や、既存の薬品の構造に手をくわえる「簡単操作」ばかりに注目してしまう。こうした改変は一時的には役立つものの、さまざまな伝統文化が病気の治療に有効としてきた潜在的医薬品の宝庫は手つかずのまま残されることになる。さらに、欧米での一般的な創薬のアプローチは、単一の化合物や単一の生物学的標的を優先するため、植物に内在する複雑な薬理効果の研究は、手間がかかりすぎる、時間がかかりすぎる、お金がかかりすぎるなどの理由でかえりみられないことが多い。

しかし、別のアプローチ法もある。民族植物学とは、人類が周囲の環境に応じてどのように植物を調達し、食料や建築資材、道具、そしてわたしの場合は薬に変えていったかを研究する学問だ。「民族植物学」という言葉は、一八九五年にアメリカの植物学者ジョン・ハーシュバーガーによってつくられた。[10] 民族植物学が正式な学問分野になったのは二〇世紀にはいってからだが、それ以前から植物学者や医師、学者たちは、長きにわたって有用な植物の特性を綿密に記録してきた。ギリシャ語、中国語、さらにはエジプトの象形文字で書かれた古代の薬草書や巻物といったすばらしい歴史資料は、人類が有用植物の知識を記録にとどめ、他者と共有しようとした熱意の証である。

植物がわたしたちにおよぼす影響ははかりしれない。植物はわたしたちに栄養を与え、衣服を着せ（綿のTシャツ）、住まう家を建て（じょうぶな木材）、芸術（植物染料）や音楽（管楽器のリードになる葦類）で生活をいろどる。だからひと言でいえば、民族植物学は生存の科学なのだ。民族植物学者として、自然界から新薬を発見するのがむずかしいことはよくわかっている。それでも、自然はどれほど知られざる賜物を秘めているだろう。そこから得られる新薬は人間の利益になるだけではない。わたしたちはそれを切実に必要としている。いますぐ植物の研究を進め、感染症と戦う新たな方法を見つけなければ、わたしたちは深刻で致命的な、多大な犠牲をともなう危機に直面するだろう。実際、人間の生存はそれにかかっているといってもいい。

　わたしは抗生物質耐性菌感染症に対抗する新しい方法を見つけるため、民族植物学的なアプローチで自然界から薬を発見しようとしている。みんなで汗だくになりながら、フロリダの沼沢地を調査したのもそのためだ。わたしはこれまで、アマゾン川流域の森林、ガラガラヘビのいるジョージア州の松林、アルバニアやコソヴォの人里離れた山頂、中央イタリアの丘陵地帯、地中海に浮かぶ岩山などを調査してきた。現在は六五〇種以上の薬用植物を集め、研究室の化学物質ライブラリーには新薬発見に使う抽出成分が二〇〇〇種類ある。森林地帯の高速道路である川を丸木舟で渡り、砂漠の砂丘では四輪バギーを走らせ、がたがたの山道は四輪駆動車を使い、けわしすぎてわたしには登れない道はラバに乗り、フロリダのエバーグレーズ湿地ではエアボートを用い、薬草の採集や使用者への取材はゆっくりと時間をかけて徒歩でおこなった。ヒトという種であるわたしたちが生存するために自然と協力しあえるはずだ、という希望を胸に。

　この探求には非常に個人的な面がある。わたしは先天的に右下腿《かたい》［下腿はひざから足首までの部分］の骨がいくつかないという、整形外科学的異常を持って生まれた。ブドウ球菌感染症で死にかけたこともある。アメリカでは年間二万人以上の人が、ブドウ球菌感染症で命を落としている。[12] 幸運にもわたしの場合は抗生物質が効き、感染症は撃退された。

現代医学は、過去一〇〇年のあいだに無数の人々の命を救ったように、わたしの命も助けてくれた。わたしの目的は知識の基盤を広げ、研究のパイプラインを太くして、明日の医学の有効性と影響力を拡大することだ。そのために、さまざまな分野の科学、芸術、人文科学の洞察をふまえながら、包括的なアプローチをめざす。何世代もかけてたくわえてきた知識を何世紀にもわたって受け継ぎ、それぞれの文化に応じたやり方で健康を理解し、治療を実践してきた年長者の知恵に謙虚に耳を傾け、学ぶ。慎重に粘り強く取り組めば、これまで見過ごされたり軽んじられたりしてきた人々や地域、経験から多くを学べるに違いない。わたしの命を奪いかけた細菌は、わたしが研究しているブラックベリー抽出成分が効果を発揮した細菌と同じなのだ。

本書では、わたしが自分自身の障害や感染症と苦闘し、科学に魅了されてそれに尽くすことを選び、科学者や探検家として成長しながら、結婚して母となり、男性優位の科学界に自分の居場所を見つけ、感染症との戦いに勝つ新しい方法を模索する半生を綴る。外科手術を何度も受けたことから、現代西洋医学の長所と短所を数十年にわたって経験した。その経験をとおして、人間がどれほど深く自然とむすびついているか、次世代のすぐれた医薬品のヒントがどれほど自然に埋蔵されているか、そして細菌を完全に死滅させるのではなく、細菌の有害な能力を標的にすることで薬剤耐性菌を克服できるのではないか、と理解するようになった。わたしは自然が人類を救うと信じている。

# 第1部　自然

# 第1章 わたしの脚と大自然

人生は二回きり
最初は生まれ落ちたときと、最後は死に直面したときと
――イアン・フレミング『007は二度死ぬ』*（一九六四年）

わたしはクウェイヴ家の末裔である。かなり古い家系で、さかのぼると一七六二年にスペイン南部のアルガミタスで生まれたファン・デ・クエバスにたどり着く。ファンは現在のミシシッピ州ハリソン郡に移住し、やはりその地域に移っていたフランス系カナダ人のラドナー家の娘と結婚した。ふたりはバハマのキャット島に新居をかまえ、一二人の子供を産み育てた。今日まで、彼らの子孫はクエバス、クーヴズ、クウェイヴ、クエーヴと、よく似た名字を名のっている。わたしのクウェイヴ家（ウェイヴ（波）と同じ韻を踏む）は、先祖代々この地に住んできた。

わたしの父レイモンドが育ったミシシッピ州ハリソン郡ビロクシ市のクウェイヴ街には、一時期、近い親戚が大勢住んでいた。父の父であるJ・Lは切り株業者だった。一九二〇年代、南部一帯に生えていた巨大なダイオウマツ［ダイオウショウともいう］（学名ピヌス・パルストリス *Pinus palustris*

マツ科）は次々に伐採され、フロリダの海岸線や内陸部にぽつぽつとできはじめた小さな町の住宅や店舗の建材に使用されていた。この常緑樹の針のような葉は、世界中のどのマツのものよりも長く、堂々たる高さは二四から三〇メートルにもなる。木が切られたあとには、切り株が残る。J・Lと息子たちはブルドーザーで切り株を掘りおこし、ダイナマイトで爆破して、切り株工場で粉砕できる大きさにした。ハーキュリーズ火薬会社はフロリダ州デソト郡のピース川沿いに、そうした工場を持っていた。切り株は洗浄後、チップ状に砕いて蒸し焼きにし、テレピン油のほか、黒色粉末などの副産物を抽出するのに使われた。

樹木を伐採したあとの整地や、農業用の耕作地をつくるためには、切り株の除去が欠かせない。しかし、これは簡単な仕事ではなかった。おじのトミーは子供の頃、ハンマーとダイナマイトの雷管で遊んでいたときに指を何本か失ったし、J・Lと働いていた近親者のひとりボーは、重機を運んでいる最中にチェーンが切れてしまい、トレーラートラックの運転席で圧死した。父は屋外で仕事をしながら育ち、金属スクラップを溶接しては好きなものをこしらえたり、会社のブルドーザーやトラクター、掘削機の修理部品をつくったりしていた。一家がミシシッピからフロリダへ引っ越したあと、父と兄弟たちは車でドラッグレース［停止状態からゴールまでどちらが先にたどり着けるか二台で競う］をしたり警察をまいたり、青春の暴走ともいうべき日々を過ごしはじめる。わたしのおじのひとりは逮捕され、四人同士で鎖につながれて働かされたこともあったという。

二〇歳になった一九六九年、父はフロリダの沼地からベトナムの沼地へと、初めて海外へ出かけた。所属したのはアメリカル師団［第二三歩兵師団］配下の第三大隊、B中隊、第一一旅団の第一歩兵部隊。任地は中央高原である。父が何十キロとなく歩いた森林は、その頃、アメリカ軍によって散布された猛毒のダイオキシンを含む枯葉剤のオレンジ剤で葉が落ちていた——これは強力な除草剤の一種で、北ベトナム軍やベトコン（南ベトナム解放民族戦線）が潜伏していそうな森林地帯の木々を枯死させ、食料となる農作物を破壊するのが目的だった。一九七〇年七月の後半、自分の機関銃を固定して装塡し、分隊の仲間四人と装甲兵員輸送車（APC）の上にいた父は、みなで背中に汗をしたたらせながら、地平線に警戒の目を凝らしていた。小隊のほかのメンバー六人は輸送車のなかにいる。その地点は、北ベトナムが支配する中部クアンガイ省の北部で、ベトコンが発見された別地域への移動を命じられていた。あっという間の出来事だった。爆発か、と思うまもなくすごい音がした。移動中の道路に——ごく普通の泥地の下に地雷が巧妙にしかけられていたのである。

装甲兵員輸送車の上にいた父と四人の仲間しか助からなかった。負傷兵輸送のヘリコプターがただちに到着し、南ベトナム地域の中部湾岸都市ミーケー——チャイナ・ビーチとも呼ばれる——にある後送病院に運ばれた。父はどの四肢も失わなかったが、そのとき脊椎に受けた衝撃による痛みに生涯悩まされることになる。父は名誉の負傷に対してパープルハート勲章を授与され、故国へ戻った。そのフロリダ州アーケイディアで、わたしの母シシーと出会う。レイモンドがベトナムにいた頃、シシーはアラバマ州バーミンガムのサムフォード大学に通い、生物学と医療技術の分野で最初のトレーニングを受けていた。そしてアーケイディアの精神障害や精神疾患をわずらっている患者のための医療施設、G・ピアース・ウッド記念病院での夏期研修中、ふたりは付き合いはじめた。すらりとして美しく、若々しい顔立ちに、腰までなびくさらさらとした栗色の髪。シシーは理想の結婚相手だった。

ふたりが新婚生活をはじめたアーケイディアは、フロリダ南西部のデソト郡にある。サラソタやフォートマイヤーズといった有名な海岸沿いの都市から、車で一時間ほど内陸に位置する小さな町だ。父は自分の父親と同じく切り株業で働き、その後成長いちじるしい農産業（肉牛や乳牛、オレンジ園、トマトやイチゴ、スイカ畑など）と手を組み、事業を拡大して大規模な整地業をいとなむようになった。母は特殊教育の教師として教育界で働いた。

そしてわたしが誕生する。

わたしは右脚の下腿が発育不全の状態で生まれた。足は足首から変な方向に曲がっており、下腿にある二本の骨のうち、太いほうの脛骨《けいこつ》は短く、細いほうの腓骨《ひこつ》は完全に欠損していた。くるぶしの骨もなかった。想像してみてほしい。二本の脚のうち、一本は極端に短く、足の裏が長いほうの脚のふくらはぎまでしか届いていない。母の妊娠中、胎児の先天性欠損症を示す徴候はなかったため、医師たちは困惑した。しかし一九七八年当時、超音波による妊婦健診はまだ一般的ではなかったのである。生後数か月間は、さまざまな医師を訪ねては診察を仰ぎ、両親は精神的な負担ばかりではなく、経済的にも大変な時期をすごした。

わたしが成長するにしたがい、医師たちはわたしの右足首の偽《ぎ》関節も、左右の脚の長さの違いも、歩行にいちじるしい障害をきたすと母に告げるようになった。たとえ下肢を支える装具をつけたとしても、偽関節のせいで骨折を繰り返す危険性がある。さらに悪いことに、ある研修医が、発育不全の子供にはありがちなことだが、わたしは身体障害にくわえて深刻な精神障害が出現する確率がきわめて高いと予言した（ほかの事柄は別にしても、この予言は実現しなかった）。つまり両親は、わたしは生涯、あまり動くこともできず、痛い思いばかりするかもしれないと知ったのである。そのショックは大きかった。

わたしが三歳になると、両親は選択を迫られた。厖大な診療記録をチェックし、多くの医師から受けた助言を考え、両親は娘の将来にとって最善の道は膝より下の部分を切断することだという結論に達した。そうすれば義足を使用して、ずっと楽に歩けるようになる。とはいえ、簡単に決められたわけではない。この選択の長短を考え抜いた結論なのに、親族はわが子の脚を切断するという計画を非難した。緊張が高まった。

一九八一年八月、三歳の誕生日のわずか二か月後、外科医師たちは問題なくわたしの脚の部分切除を終えた。膝下にはかなりの長さが残り、義足のソケットにはめる骨の上にはじゅうぶん厚い脂肪層があった。二週間の入院後、わたしは自宅へ戻った。なにもかも順調だった。

退院から三日目のこと、母はなにか腐ったようなにおいに気づいた。堆肥からでもなく、ごみ箱からでもない。悪臭を放っていたのは、わたしの脚の断端《だんたん》だった。退院するとき、看護師はなにがあっても包帯を除去してはならないと念を押していたが、深刻な事態が起こっているに違いないと母は直感した。それは母が子供の頃にかいだ、病気の馬の傷が膿んでいたときのにおいを思いださせた。そこで母はミイラに巻いてある布をはがすように、娘の傷をぐるぐると覆っているエース包帯をゆっくりとはがしていった。次に、その下の厚い綿パッドをそっとはずした。どろどろのバニラプリンのような黄色い液体がしたたってくる。最後に、傷を直接包んでいる非粘着性の白い包帯の束を持ちあげると、娘のふくらはぎの筋肉の断端から脂肪や腐った組織の混じった、どろりとした液体が床にこぼれ落ちた。母は息をのんだ。ぐしゃぐしゃになった組織の端から白い骨が突きでている。母の直感は正しかった。わたしの脚は感染を起こして腐りかけていたのである。母は急いでわたしを病院へ連れていった。

「いやー！」わたしは裸のまま、看護師が支える母の腕のなかで身をよじった。「血のなかに入れないで！」真っ赤に腫れた顔に大粒の涙をこぼしながら、わたしは泣きじゃくった。

わたしたちがいるのはサラソタ記念病院の渦流浴《かりゅうよく》施設。これは、感染を起こした脚の治療のために受けなければならない渦流浴療法の初回セッションだった。切断肢の断端のデブリードマン——腐った組織を取り除いてきれいにすること——のあとにおこなう療法である［浴槽中の渦流（水流＋気泡）のマッサージ効果と温熱効果により、血流の改善や筋肉のリラクゼーション、痛みの軽減をはかる物理療法］。殺風景な部屋の床には灰色のタイルが敷かれ、一段高まった場所に円形の浴槽がいくつか置かれている。そこにたちこめているにおいは、数週間前にかつぎこまれた手術室を思いださせ、刺激性で重苦しく、嗚咽の合間に咳きこませた。どの浴槽にもポピヨンヨード液——血のように赤い——がはってあり、ジェット噴流がそれを泡立てながら回転させている。三歳のわたしにとっては、文字どおり血の海のなかに突っこまれるところだったのである。

結局、たいていの場合と同じように、母が意志の闘いに勝利をおさめ、わたしは治療中すすり泣きながら浴槽に座っていた。痛かったわけではない——ただ、ほんとうに血がたまっていると思いこんでいたのである。次の日、やはり渦流浴療法を受けていた老婦人が、わたしに大きな黄色のアヒルを持ってきてくれた。そのおかげで、それから数週間続いた治療がぐんと楽になった。血のお風呂にアヒルも一緒にはいってくれたからだ。

母の賢明な判断がなかったら——いや、看護師のいいつけを守って包帯をとかずにいたら——わたしは死んでいただろう。感染症はすでに皮膚と軟組織をおかしていた。しかもそこが壊疽におちいっていただけではなく、ブドウ球菌は組織に生体膜を形成しながら骨にはいりはじめており、骨髄炎の状態になっていた。血流にのって感染症が広がり、敗血症や多臓器不全になるのは時間の問題だった。ブドウ球菌感染症の知識を得たいま、わたしがかかったのは一九八〇年代の黄色ブドウ球菌だったことは幸運であったとつくづく思う。その後の一九九〇年代に流行した多剤耐性の院内感染型メチシリン耐性黄色ブドウ球菌（HA-MRSA：healthcare-associated methicillin-resistant *Staphylococcus aureus*）や、それに続いて出現した、非常に重症化しやすい市中感染型メチシリン耐性黄色ブドウ球菌（CA-MRSA：community-associated MRSA）は、ずっとおそろしい病原体だった。黄色ブドウ球菌はとても狡猾で、全身に広がるだけでなく、骨（骨髄炎）、心臓（心内膜炎）、血液（菌血症や敗血症）、脳（膿瘍《のうよう》）、皮膚（軟組織感染症、ときには「ゾンビの皮膚」と呼ばれる壊疽性筋膜炎）など、多種多様な感染症を引き起こす。

三週間の入院を経て、わたしは家へ帰った。やはり厳重に包帯に包まれており、両親は感染の徴候がないかどうか注意深く見守った。一一月なかばに、わたしはふたたび入院して手術を受けた。出ていた骨を切り戻し、周囲の組織を縫いつけて、歩行が可能になるような断端をつくる必要があったのである。最初の手術も、そのあとのたび重なる手術にも――いつも恐怖と、死の危険と、そしてかならず痛みがあった。三歳にして、わたしは死と直面した。人生でやるべきことはもっとあった。死ぬ準備はまだできていなかった。イアン・フレミングがいうように、「人生は二回きり」なのだ。

たとえ障害があっても、わたしは屋外で遊ぶのが好きだった。犬のスポットと一緒に家の近くにある鬱蒼としたオークの木々や、松林やヤシの茂みを探検したり、父が裏庭につくってくれた大きな土の山で妹のベスと一緒に遊んだり。しかし、昆虫が森の地面を歩いていくの観察したり、鹿が野原でおいしい草を探すのを眺めたりするマクロの世界から、新しい不思議な世界にわたしを連れ去ったのが顕微鏡だった。なにかがうごめくレンズの下はまさに異次元。存在するとは夢にも思わなかった、わたしの探索を待っている世界。このとき、わたしは科学と恋に落ちた。そして、障害のために抑圧されて溜まっていたとおぼしきエネルギーすべてのはけ口を見つけた。

一九八七年の小学三年生のとき、わたしは初めて科学フェアに参加した。わたしが立てた疑問はいたってシンプル――「一滴の池の水にはなにがいるか?」このプロジェクトのため家で使えるように、母が高校から顕微鏡を借りてきてくれた。松葉杖をついてサンプルを集めるのは大変だったが、わたしはスポットと一緒に家の前の池へ行き、プラスチックのコップに池の水をいっぱい汲んで戻った。目的は複数の水滴サンプルを顕微鏡で調べ、見えた生物の絵を描き、それがなんであるかを突きとめること。シンプルかつエレガント、そしてわたしにとってはわくわくする挑戦だった。

顕微鏡をのぞくと、池の水にはすごくたくさんの生物がいることがわかった。光の下で、透明な身体をひねったり回転させたりしている。もっとよく見ようと身をかがめたので、キッチンテーブルに立てかけておいた松葉杖がタイルの床に落ちた。でもそんなことはどうでもいい。こっちのほうがずっと大切だ。レボルバーをまわして高倍率のレンズに変え、もう一方の手でピントをあわせる。

「身体中に毛がはえてる!」わたしは叫んだ。

わたしの声を聞く人は誰もいない。

池の水滴のなかをゾウリムシが泳いでいた。細長い卵形の身体の周囲に短い毛が生えており、それをくねくねと動かしながら前へ進んでいる。わたしは色鉛筆でその絵をノートに描いてから、顕微鏡のレンズに映る別の生物に注意を向けた。それは決まった形をしておらず、とらえどころがなくて、腕のような突起物を出しながら、視野の端から端へすべるように動いていく。わたしは百科事典のページをめくってみた。

「ははあ！」とわたしはいった。「あなた、きっとアメーバね！」

それをノートに書きとめ、根気よく球体のような形を描いていく。父が外の階段でブーツについた泥をとんとんと払い落としながら、台所の裏口から姿を現した。重機の仕事をしていた納屋から戻ってきたのだ。

「なにをしているんだい？」手を洗うためにキッチンのシンクに向かいながら、父が声をかけた。

わたしは顕微鏡から頭をあげた。

「前の池にゾウリムシやアメーバがいるって、知ってた？」

「そりゃすごい」と、父は目をみはっていった。

「溝の水になにがいるのか見てみたい！スピロヘータがいるかも！」

スピロヘータ！アメーバ！原虫！藻類！

どれもひと目（肉眼の一〇倍で）見たときから、すっかり好きになってしまった。

池の水の観察実験のデータを取り終えると、発表ボードの整理にとりかかった――仮説、実験方法、実験材料、結果、結論、参考文献。午後の長い時間、そばで荒い息をはく愛犬スポットと一緒にリビングの床に寝そべりながら、慎重に自分のプロジェクトの全体像をまとめた。数週間後、わたしは自分の作品を学校の図書館で広げ、審査を待った。緊張しながら、松葉杖をついてほかの子供たちの作品を見てまわった――噴火する火山の模型、マメ科植物の成長研究など、など。自分の作品のところに戻ったとき、わたしのボードに小さな青いリボンがついていた。わたしの部門で一位！　優勝したのだ。わたしはそれまで、なにかで一番になったことはなかった。

小学生のあいだ、わたしは年に一回か二回、切断肢の断端手術を受けなければならなかった。成長期になるにつれ、不運にも、脛骨の先端に骨棘《こつきょく》というとがった突起物ができる癖があったのである。手術が終わるたびに、濡れたり汚れたりする遊びをしても傷がだいじょうぶになるまで、家のなかに閉じこもっていなければならなかった。どこにもいけない長い日々は、一分が耐えがたいほどゆっくり過ぎるように思われた——退屈は欲求不満になり、欲求不満は怒りになり、怒りはやがて五体満足な妹のベスや、近所の子度たちへの羨望に変わった。わたしは窓から、外で遊ぶ妹たちの姿をうらやましい思いで見つめた。当時は考えもしなかったが、あの日々はベスにとってもつらいものだったろう。四歳年下の妹は、脚を切断したあとのわたししか知らなかった。わたしと、延々と続くわたしの健康管理ばかりに両親の注意が向けられ、妹はつねに二の次であり、わたしが窓から外を眺めていたように、そのようすを見ているしかなかったのだから。

何時間もかかる診察のために、たびたび学校を休まねばならなかった。大嫌いな病院が第二の家であり、ごく普通の日常生活を送る機会を逸した。わたしのような経験をしたことのない元気いっぱいの同級生に、自分の日々を伝えるのはむずかしかった。

「クリスマスになにをもらった？」と学校で友だちに尋ねられたとしよう。

「チェリー味のアイスキャンディーとモルヒネの点滴！」が嘘偽りのない答えになる。

「夏休みにどこかへ行った？」

「うん！　病院に行ったり来たりした！」

ときには夜、どうしてわたしには普通の脚がないのと涙ながらに訴えるわたしを母は抱きしめ、好きなだけ泣かせてくれた。母は、わたしはほかの女の子と同じだという確固たる信念を持っていた。わたしの脚を大問題にすることもなければ、必然的に生じるあれこれから逃げることも許さなかった。「やりたいことはなんだってできるのよ」と母はいったものだ。

ぶつかった数々の壁を克服するよう導いてくれた母に対し、父は頭のなかの考えを具体的なものに変える方法を教えてくれた。わたしは昔から夢想家だが、行動の人になる方法を示してくれたのは父である。夢みたツリーハウスであれ、テーブルに取り付けて松葉杖が床に落ちないようにするホルダーであれ、父はわたしのデザインをたずさえて納屋へ行き、目の前で釘を打ったり溶接したりして、デザインを現実の製品に変えていった。父が作業するようすを眺め、そばにある道具をいじりながら、母の言葉がどれほど正しいかを実感した。ちょっとだけ創造力を発揮していっしょけんめい努力すれば、どんなことだってできるに違いない。

絶望にまみれていたとき、信念を語る母の言葉に耳を傾け、その期待にこたえようと決意した。わたしがしたいのは科学。それがわたしのスポーツになるだろう。小学三年生のときの顕微鏡実験の成功体験に背中を押され、また目に見えない世界についてもっと知りたいという好奇心に駆られ、わたしは自分のエネルギー全部を科学にそそごうと決めた。科学フェアはわたしにとって、ソフトボールやサッカーのトーナメントになった。そう、勝者がすべてを手にする。

池の水実験のあとの次なる課題は、唾液にすることにした。問いは、「どの口がいちばん汚い？人間、犬、馬、それとも牛？」すぐれた科学者ならそうするように、まず、わたしは自分の唾液を採取した。犬のスポットと馬のセコイアも唾液を分けてくれた。ところが、牛には別の思惑があったらしい。わたしは片脚で松葉杖をつき、シャツの胸ポケットに入れた試験管を揺らしながら、何時間も雌牛を追いかけまわした。スポットも手伝う気はまんまんだったが、スポットと雌牛はさほど仲がいいわけではなく、しかもひっきりなしに吠えたてるので役には立たなかった。これは科学における最初の教訓となった。すなわち、物事が計画どおりに進むことはめったにない。わたしは当初の案から牛をはずすことに決め、検体数を少なくした。三つの検体のうち、もっとも多くの微生物が生息していたのは自分の——スポットでもなければセコイアでもない——唾液だと知って、わたしは驚いた。

その日、顕微鏡のレンズの下で確認できたものは、わたしたちや大好きなペットの口のなかで営まれている複雑な生命活動の一端にすぎない。その後の数十年のあいだに科学界は飛躍的な進歩をとげた。装置も高性能となり、健康の維持に欠かせない微生物叢の役割について次々に解きあかしていくことになる。遺伝学、DNAの塩基配列決定技術、コンピュータ性能などの進歩は、人体の生態系や、特定の部位に存在する無数の微生物群を探るための新しい扉を開いた。わたしは生命のはてしなさや、目には見えなくてもつねに周囲に、とくにわたしたちの身体に存在する生物の多様性について、どんどん魅せられていった。

小学校を卒業して中学生になると、科学フェアの実験も、自宅の台所で池の水や唾液を観察するという単純なものから、近くのプンタゴルダ市にある病院の臨床微生物学研究室でヒト病原体を調べるものへ変わった。わたしがとくに関心を持ったのは致死性の大腸菌（*Escherichia coli*）だが、それはわたしにかぎったことではなかった。この致死性の大腸菌株が発見されたのは一九八二年[1]。そして一九八〇年代後半から九〇年代前半にかけて全国的なニュースになり、汚染された牛肉に対するパニックが広がった。最悪の集団感染のうち、一九九三年に起きた事例では、あるファストフード・チェーンで調理不十分のハンバーガーが販売されたことから複数の州にまたがって七〇〇人以上が罹患し、四人の子供が死んだ。アメリカ人は、加工食品は安全だとずっと信じていたが、突然そうではなくなった。テレビの特別報道番組、新聞の見出し、雑誌の記事、新しい食習慣――この衝撃的な大ニュースに、わたしは心を奪われた。

このニュースはわたしの頭から去らなかった。たとえば、家族四人が――毎年何百万人ものアメリカ人がするように――ドライブスルーのハンバーガー店に行き、全員のハンバーガーを注文する。その後、両親と一〇歳のボビーはおなかが痛くなったり、ちょっとした下痢をしたりする。一方、四歳のティムは気分がもうろうとして不機嫌になり、激しい腹痛を訴える。そのうちに血便が出る。ティムの症状はどんどん悪くなる。両親は息子を病院に運んだが、腎不全を発症し、数日後に死亡する。これはいかなる両親にとっても悪夢にほかならない。原因は、使用された牛肉が、新たに出現した猛毒性の大腸菌O157:H7に汚染されていたせいである。つまり、この病原体が混ざったハンバーガーをじゅうぶんに加熱せずに食べると、死にいたる可能性があり、とりわけ幼児や高齢者でその危険が高い。

わたしの故郷アーケイディアは昔から肉牛の産地であり、ロデオ大会や競り市もおこなわれる。この汚染牛肉の問題は、調べるに値する謎だった。しかも、唾液や池の水とは比較にならないほど重要性があった。なぜなら、アーケイディアの牧場経営者の生活は感染牛肉のニュースで危機的状況におちいっていたからである。これこそ、かぶりつくべき（もちろん、文字どおりの意味ではない）現実世界の問題だった。

挽き肉と致死性大腸菌の関係をもっと理解したいと思い、中学時代初の科学フェアにはこのトピックを取りあげることにした。問いは、「どの業者の肉がもっとも清潔か?」

致死性の大腸菌は、牛肉の加工過程で混入する。肉を解体して挽く際に、牛の皮に付着していた糞便と接触するのが原因である。わたしは、町の大手スーパーマーケット各店のほか、地元の肉屋をまわり、挽き肉のサンプルを購入した。そして、いつもの個人用防護具(PPE)——いまのわたしにとっては身体の一部になった白衣、手袋、ゴーグル——をつけてから、異なる店で購入した挽き肉を精密重量計で一グラムはかり、それぞれを滅菌食塩水(検体の稀釈に用いるリン酸緩衝生理食塩水)入りの試験管にくわえ、大腸菌を増やすために使う血液寒天培地のシャーレに肉汁の稀釈液の一部を垂らしていく。寒天培地上に稀釈液をそっとのばしてから、ガラス製のシャーレすべてをインキュベーターに入れる。あとは大腸菌の発育を待つだけだ。

翌日、温かく湿度の高いインキュベーターをわくわくしながら開けると、むっとする腐敗臭が鼻をうった——それもそのはず、なにしろ糞便中の細菌なのだから。わたしは手動計数器を用い、それぞれのシャーレに生えているクリーム色のぎらつく細菌コロニーを目で数えて記録するという、根気のいる長い作業にとりかかった。作業を進めていくうち、あるパターンが見えてきて、わたしの興奮はいやがうえにも高まった。結果は一目瞭然だった。全国チェーン店で扱う肉のほうが、地元の肉屋のものよりもはるかに細菌数が多かったのである。

その後の学年では、この病原菌を死滅させる方法の探求に軸足を移した。研究を手伝ってくれるという放射線医の助力を得て、わたしにはなじみ深いレントゲン撮影室に牛肉サンプルをおいた。X線照射の目印となる赤いレーザービームのXにあわせ、金属製のベッドの上に注意深くサンプルをならべているうちに、これまでの人生で幾度も同じようにかたい撮影台に横たわったことが思いだされた。放射線技師がわたしの腰、脚、あるいはその当時に検査が必要だった変形した骨の部位に、赤いXをならべたものだ。

サンプルをきちんとならべ終わると、わたしは放射線技師と一緒に撮影室の鉛の防護壁の後ろに小走りで移動し、予定の線量で生肉を照射した。対照群（放射線をあてていない肉）と放射線照射群を比較するため、深紅色の血液寒天培地に培養した大腸菌のコロニーを慎重に数えた。結果はまたしてもあきらかだった。対照群に比べ、放射線照射群の細菌数のほうが圧倒的に少なかったのである。食品に放射線をあてれば、消費者に安全な（つまり病原菌のいない）製品を確実に届けられるかもしれない、と興味をそそられた。

高校時代のわたしの研究テーマは、食品由来の細菌から、患者から分離された細菌に移った。入院中の感染症患者の尿道カテーテルから大腸菌を集め、それぞれの分離株から抗生物質耐性の状況を調査するのである。留置装置――とくに長期間にわたって体内に留置しておくもの――は、とりわけ細菌が繁殖しやすく、感染源になる確率が高い。予想どおり、多剤耐性を示すものが多かった。どのように耐性を獲得するのか、その速度はどれくらいなのかが、わたしの関心事になった。それを調べるため、血液寒天培地に大腸菌を塗布し、密生させてみた。そして、そこに低用量の抗生物質をたらし、インキュベーターで二四時間培養したあと、突然変異体が出現しているかどうかを確かめた。ほかの細菌が繁殖できなかった「キルゾーン」に、クリーム色の円を描く単一の細胞コロニーがあった。耐性変異体の出現は一〇〇万分の一の確率だが、もうここに存在している。分裂と増殖に適した研究室内の環境下では、大腸菌の世代時間（倍加時間――すなわち細胞数が二倍になるために要する時間）

は、一五分から二〇分という速さなのだ。つまり、無数の細胞集団で考えれば、抗生物質の選択圧下で発生する一〇〇万分の一の耐性菌出現率は、けっして稀なものではない。

微生物とそれに感染した人間の健康との関連性は、しだいにわたしを魅了するようになった。そう、微生物はとてもおもしろい。ただ、わたしがほんとうに関心を持っているのは、感染によって人間に起こる被害のほうだと気づいた。結局のところ、これは自分自身の物語でもある。何年間にもわたって患者と医師の関係に身をおいてきたが、反対側、つまりケアを受ける側ではなく与える側の視点で物事を眺めたことは一度もない。患者でいるのは楽しくないが、治療するのは――医師がなにに立ち向かっているのか理解するのはおもしろそうだった。

大半の子供がさまざまな教師とめぐりあうように、わたしは医者とめぐりあってきた。その数が増えるにつれ、医療界にも二種類の医師が存在することに気がついた。自動車整備士のように仕事をする――問題を見つけ、ネジを締め、部品を注文し、請求書を渡す――医師と、わたしやわたしの身体を生きて呼吸する実体として治療してくれる医師と。つまり、わたしを問題として扱うか、人間として扱うかの違いがそこにある。たいていの医師はわたしを物体として扱った。突いたり押したり、それについて話しあったり議論したりする対象物であり、ときには巡回サーカスの髭の生えた女のように、医学生や研修医に見せる見世物にしたりした。でも、プライス先生は違った。先生は、成長するにつれて左右の長さが異なってきたわたしの大腿骨、悪化しはじめた股関節形成不全、それに続く脊柱側弯症の治療のために、母が見つけた整形外科の専門医だった。プライス先生は「わたしの頭越しに」ではなく、「わたしに」話してくれた。小学校の三年生の頃、わたしの右膝は左膝より一〇センチほど上にあった。だから歩き方がぎこちないのも、数年後の高校時代には背中に中くらいの稲妻が走るような筋肉のけいれんに悩まされることになるのも、不思議ではなかった。

白衣を着たプライス先生は、通常は小人症の患者におこなう手技を、わたしの右脚を長くするために応用するつもりだと説明してくれた。手術室では、右大腿の上部を骨まで切開し、大腿骨を横半分に切る。右大腿の外側には、全体に沿って棒状の創外固定器をあて、そこから二本のピンを人工的に骨折させた（つまり骨切りした）部位の上下に打ちこむ。そして、骨切りした部位の断端をごくゆっくり離していくことにより、自然に骨の治癒過程が起こり、時間をかけて隙間が埋められていく。やがて、わたしの右脚は左脚の長さに追いつくことになる。

わたしはこの話にすっかり夢中になった。成長期になると子供の骨は一気に伸びはじめ、そうやって大人になるのだと理解はしていたが、骨を切り離してもその隙間が充塡されていくという考えは、まるで独立栄養の藻類が自分の食物を生産するのと同じくらいの魔法に感じられた。わたしの身体は壊れた機械の部品のように——ここをなおせ、あそこをなおせと——しょっちゅう話題にされるので、自分のハードウェアに関してはできるかぎり知りたいと思うようになっていた。家にある百科事典をめくり、臓器や器官、筋肉、骨などについて学んだ。知りたいことの答えが本に見つからないときは、次の診察のときに尋ねればよかった。

プライス先生は治療の詳細を話してくれるのが好きで、この新技術を切断肢の患者に応用するのはわたしが初めてだといった。この手術の恩恵を受けるのは、ほかに軟骨異形成（低身長）の子供たちなどである。数か月後に処置が完了したとき、先生は、創外固定器のネジをゆるめて骨からはずす役をわたしにさせてくれた。大役をはたした直後に母が撮った写真には、金属製のネジを両手に満面の笑みを浮かべているわたしが写っている。先生はその采配によって、わたしをそれまでのように医療行為のたんなる対象ではなく、治療の過程に参加させてくれたのだった。

豊富な専門知識をもとに、できるかぎり患者とかかわりながら医療をおこなうプライス先生の姿勢に触発され、わたしは中学校の数ブロック先にある郡立病院でキャンディ・ストライパー・プログラムのボランティアをすることにした［赤と白の縞模様の制服で看護助手をするボランティア活動］。中学一年生のときから、放課後に病院のメインフロアで働き、患者の必要に応じて冷たい水や毛布、枕などを配った。また、血液や尿の検体を病院内の検査室へ運んだ。数時間の勤務で、院内のカフェテリアで無料の食事をとることができる（ブラウニーが絶品だった）。プログラムはさまざまな部署をまわる方式で、おもな入院棟、産科のほか、一定の年齢に達すると選ばれた何人かは救急外来（ER）に配属された。

中学三年生のとき、わたしはついに本物の救急救命の現場を見るチャンスに恵まれた。あのざわついて熱気に満ちた、重要な廊下に足を踏みいれ、本物の医療行為を目のあたりにした初日から、わたしは虜になった。医者になりたいという思いが芽生えたのは、そのときである。卒業アルバムの編集委員だったので、金曜の夜はたびたびフットボールのホームゲームに通い、チアリーダーたちから離れたコートの脇でタッチダウンやインターセプトの写真を撮ったあと、病院の救急外来に向かった。わたしが手術着を身につけているあいだ、同級生たちは化粧をしたり一杯引っかけたり、牛の放牧地で酒と焚き火をかこんでパーティーをしたり、裏道で車を走らせドラッグレースを楽しんだりしていた。金曜と土曜の夜は、外傷患者がいちばん多い時間帯である。酒場での刃傷沙汰、ヘロインの過剰摂取、飲酒運転の事故。だから、わたしはその場にいたかった。なんだか、二重生活を送っているような気がしたものだ――日中は学生で科学オタク、夜は救急外来の興奮にまみれる秘密の研修生。救急外来でボランティアをしているティーンエイジャーはわたしだけだった。実際のところ、あの頃のボランティアはわたししかいなかった。不思議に聞こえるかもしれないが、わたしは救急外来に入り浸っていた――平均して週に一四時間。文字どおり第二の家となり、よろこんで迎えられた。医療スタッフは第二の家族となり、一〇代の日々を導いてくれた。

わたしは生と死のドラマを見た。死後硬直で身体がどのようにかたまっていくか。血液循環が止まったあとに肌の色がどのように失せ、不気味な青ざめた色に変わるか。わたしは全力を尽くして患者や家族をなぐさめた。絶望的な状況を目のあたりにした――銃創を負って運びこまれた酔っぱらい、流産して悲嘆に暮れる妊婦。その一方、治療が成功してよろこぶ配偶者や、おびえて震える子供を力強く励ます両親の姿も見た。

一六歳のとき、うちの学校の男子生徒が担架で救急外来に運びこまれてくるのを、わたしはなすべもなく見守った。友人たちと田舎道でドラッグレースをやっている最中に、木に激突したのだ。救急外来スタッフは心肺蘇生をしてなんとか心拍を再開させようとしながら、彼の胸部に電気パドルをあててショックをくわえた。少年の顔はまだらに青ざめたまま――全身の骨が折れていた。彼は死んだ。自分と同年代の人がこんなことで命を落とすありさまを見て、わたしは震えた。息ができない。新鮮な空気を求めて外に出た。夜空は曇っており、湿った空気のせいで全世界ががらがらと崩れていくような感覚に襲われた。ベテランの救急医療隊員のひとりも外に出てきた。

わたしたちはしばらく黙ったまま、目に涙をにじませて立ちつくしていた。やがて彼はわたしを振り返り、こういった。「これに慣れることはないよ」

医師たちの仕事を間近で見るうちに、裂傷の縫合のやり方や、その後の数日間に感染の徴候の有無をたしかめる方法を学んだ。点滴用の静脈路の確保、採血、レントゲン写真に肺炎の影があるかどうか、尿道カテーテルの挿入なども観察した。薬物の過剰摂取や中毒患者の鼻から胃にカテーテルを挿入して活性炭を投与したり、胃洗浄したりする方法、点滴回路を用いて詰まった耳垢をふやかしながら除去する方法、また子供が鼻腔内に、大人が直腸内に入れてしまった異物を取り除く方法も知った。ときには救急外来の症例がそのまま手術になる場合もあり、地元の外科医が患者の同意を得て、見学させてくれたりした。手術室は居心地のいい場所に変わった。すでに何度も出入りしている場所だが、今度は横たわるのではなく、立っていられる。いつか外科医になろう、とわたしは決心した。

大学に願書を出す時期になったとき、充実した医学進学課程のある大学を探すことに重点をおいた。フロリダ州のどの学校からも奨学金を得られる資格を持っていたが、わたしは地元の学生たちが行かない場所で新しいスタートを切りたかった。川岸でのビールパーティーや、高校時代の集団行動はやり終えた。最終的に、コンパクトな大学規模と疾病管理予防センター（CDC）に隣接していることから、ジョージア州のエモリー大学への出願を決めた。わたしはすぐに行動できる場所にいたかったのである。

大学一年生は大変だった。ほかの新入生の多くのように、わたしは過去にアドバンスト・プレイスメント［優秀な高校生に提供する大学レベルの科目履修制度］や国際バカロレア［国際的な教育プログラム］を受講する機会はなかった。またクラスではいつもトップの成績をおさめていたが、勉強の技術を真に身につけてはいなかった。試行錯誤するうち、教科書にマーカーを引くのが学習の秘訣だと思いこんでしまった。つまり、とわたしは考えた——マーカーを引けば引くほど、学習効果はあがるに違いない。これで一件落着という誤った信念のもと、わたしはどの単語にもせっせとマーカーを引き続け、生物学と化学の教科書はあざやかな虹色に輝いた。結局、前期試験は玉砕した。わたしは泣きながら母に電話をかけ、訴えた。「みんな、ずっと頭がいいの。わたし、もうついていけない」母はいつもと変わらぬきびしい調子で、元気をだしてもっと勉強しなさい、そのためにそこへ行ったんでしょう、がんばればきっとできるから、とわたしを諭した。少しずつ、わたしは勉強の方法を学んでいった——読んだ内容を簡潔にまとめて書きだし、厖大な暗記が必要な場合は項目別の単語帳をつくった。サヒールとジェニーという仲のよい友人もでき、彼女たちの勉強方法を教えてくれた。とうとう、わたしはマーカー中毒から脱することができた。

集中的な医学進学用の履修科目のほかに、なにかもっと楽しくて頭をほぐせるような、丸暗記とは距離をおいて一服できるクラスを取りたかった。最初に選んだのは人類学入門——そこから、わたしはどんどん掘り下げていくことになる。食物や習慣、言語、芸術など、人間が人生を謳歌する無数の方法を知るのは楽しかった。医学人類学の講座では、ほかの文化への興味と医学への愛が合体した。しかし突然、古代の文明や僻地の部族にいたる扉は、わたし自身の文明、わたし自身の物語、わたし自身の身体にあらためて向きあう機会となった。医学の「ベスト」な形式とはなんだったのだろう？ひとつしかなかったのか、あるいは複数存在したのか？　近代西洋医学の手法を採用するうちに、わたしたちは伝統的な治療様式が受け継いできた社会的、精神的利益を失ってしまったのではないか？健康とはなんなのだろう？　健康の尺度は、健康をどのように見るかという文化的レンズに依存しているのだろうか？　障害とは、障害者に分類される意味とはなんなのか？　学んでいくうちに、障害者の意味は文化によって異なることがわかった。障害が欠点とみなされ、捨てられたり死ぬまで放置されたりする場合もあれば、神の恩寵のしるしだとか、特別な治癒力などの才能のあらわれとする場合もあった。わたしの場合はどうなのだろう?

いつのまにか人類学の課程をじゅうぶんに履修していたので、第一専攻の生物学にくわえ、人類学を第二専攻にすることができた。そうしたなかでも医学部に必要な科目を履修し、MCAT(医学大学院進学適性試験)に向けての準備を進めていたが、なにかがたりないという気持ちがぬぐえない。外科医になる夢は持ち続けていたものの、昔の科学フェアで味わった研究のスリルが恋しく、人類学の課程で知ったフィールド調査がすっかり好きになっていた。これが大人になるということなのだろうか。人生の分かれ道で右か左を選び、ひとつの人生に永久に別れを告げるのだという思いをかみしめつつ、もうひとつの道を究めていくことが。そんなとき、わたしは民族植物学と出会った。

それは熱帯生態学の二単位だけの短い講座で、やがてわたしがたずさわることになる研究分野について話してくれたのは、ラリー・ウィルソン博士だった。白髪まじりの茶色の髪をした陽気な人で、両生類に熱烈な愛情を抱く博士は、人間と自然をつなぐ架け橋について語り、植物と動物に関して世代から世代へ継承された知識がいかにして栽培植物や薬剤、衣服や道具になっていったかを説明した。講座の指定図書の一冊、マーク・プロトキン博士の『シャーマンの弟子になった民族植物学者の話』〔屋代通子訳/築地書館/一九九九年〕——アマゾンを旅してシャーマンのもとで修行を積んだ科学者の物語——を読んだとき、なにかが心の奥ではじけた。これは起源の物語——現代の薬局の遠い祖先は、豊穣なる自然の恵みに精通した人々の知恵と実践から生まれてきたのだ。

ウィルソン博士はほぼ毎年、春休みに少数の学生を連れてペルーのエクスプロラマ・ロッジに行き、リサーチ・キャンプをおこなうことがわかった。一週間のツアーで浸水林から高所の林冠《りんかん》まで、森林のさまざまな場所を訪れ、野生生物や植物を探すのだという。行きたくてたまらなかったが、わたしの手に届く価格ではない。そこで、もっと安く参加できるようなリサーチ・ツアーがないか博士に尋ねてみた。すると驚いたことに、そこの植物園の研習生になれば、キャンプでもっと長期間、しかも部屋代と食事代を含めて一日三五ドルという破格の値段で働く機会があるというではないか。

資金集めに父の励ましと助力を得ながら、わたしは夏休みの旅行計画を立てはじめた。新世紀が目前に迫った一九九九年の夏に、ペルーへ飛ぶ。これは満たされない思いを埋めるなにかを探し、自分で立案した研究プロジェクトを実施する機会だった。たぶん、これは分かれ道ではないだろう。ひょっとしたら、心にひそむ両方の情熱を尊重しながら、右でも左でもない、自分自身の道を真ん中に切りひらいていけるかもしれない。

[＊　邦訳書はイアン・フレミング『007は二度死ぬ』(井上一夫訳／早川書房／2000年)]

# 第2章 ジャングルへようこそ

人生でもっとも重要な事柄は天職を選ぶことだ。それを決めるのはチャンスである。
——ブレーズ・パスカル『パンセ*』（一六六〇年）

木の幹に立てかけられたおんぼろのベンチに座って、わたしは伝統療法師を待った。

大きな灌木がうだるような真昼の日差しをさえぎる木陰をつくり、黒光りする葉が生い茂る枝には鶏卵ほどの大きさの、先のとがった真っ赤な実がかたまってついている。なんだか、飾りをいっぱいつけたクリスマスツリーのようだ。イラクサ科の常緑高木ケクロピア「セクロピアともいう」の大きな葉は、指を広げた手のひらのよう。きれいに開いた梢は燭台を思わせる。そのうちの一本に、どうやら茶色のかたまりがぶら下がっているらしく、長い爪をごくゆっくりと幹に向かってのばしている——ナマケモノだ。三匹の青いモルフォ蝶が、羽ばたくたびに大きな羽を光にきらめかせながら、近くの道を飛び去ってゆく。周囲でぶんぶん唸る虫の音に混じって、鳥の大合唱が響く。真っ青な空と茶色のぬかるんだ大地のあいだにいるわたしを取り巻く生命の多様性が、心地よく五感にしみわたっていく。

アマゾンは、地球上でもっとも生物多様性に満ちた場所である。棲息する鳥類は一五〇〇種以上――ヨーロッパ全土の鳥類をあわせた数より一〇〇〇種近く多い。魚類は二五〇〇種以上、哺乳類は一四〇〇種以上におよび、密林のネコ科動物であるジャガーやオセロットをはじめ、おとなしいカピバラ（世界最大の齧歯《げっし》類）、アメリカバク、さまざまな種類のサル、森林の地上を徘徊するアリクイなどが含まれる。両生類は一五〇〇種以上、昆虫にいたっては数かぎりなく、森林にはまだ科学的に解明されていない生物が無数に棲息している。

伝統療法師の名前はドン・アントニオといった。わたしはベンチに腰かけて、植物園の真ん中に建つ、ヤシの葉で葺いた小屋からドン・アントニオがなにかを持ってくるのを待った。そのあいだに、午前中のジャングル探索でハイキングブーツについた泥を落とそうとした。まだ湿っていて、うまくいかない。横においた使い古しのバックパックには、装備一式がつめてある――カメラ、剪定ばさみ、救急箱、水筒、ヨウ素錠、アルウィン・ハワード・ジェントリーの著作『南アメリカ北西部の植物の科と属についてのフィールドガイド *Field Guide to the Families and Genera of Woody Plants of Northwest South America*』、ノート、ペンである。

この辺境の地ペルー・アマゾンに着いたのは、ほんの一週間前だった。飛行機でアトランタからペルーの首都リマへ、リマから北東部の町イキトスへ行き、そこで上流に向かう船の到着を数日待った。森林の奥にあるこの町は陸路で行くことはできないが、それでもペルー第六の都市である。一八八〇年代後半から一九〇〇年代前半にかけてのゴム・ブームのあいだ、生産の中心地として栄えた。現在は木材から魚類まで、森林資源の輸出が経済の基盤となっており、ペルー・アマゾンの玄関口として大勢の観光客も訪れる。

船はアマゾン川をさかのぼってから北西に曲がって支流のナポ川に入り、やがてエクアドルの国境にほど近い、スクサリ川のたもとにあるエクスプロラマ・ロッジに着いた。一九九一年の七月に、わたしは大学の四年に進級した。いまは二一歳になったばかりで、南アメリカへ来るのはこれが初めてだった。家族とは車でさまざまなところへ旅行したし、高校時代はヨーロッパへ修学旅行にも行ったが、たったひとりでこれほどワイルドな場所に来るのは、まったく初めての経験である。エクスプロラマ・ロッジの研習生として、わたしはドン・アントニオと息子のギルダーが経営する民族植物園を手伝うことになった。

ウィルソン博士の紹介状と高校時代に習ったスペイン語、それと救急外来のボランティア活動でかじった医療用スペイン語を武器に、わたしはキャンプ生活に慣れていった。ドン・アントニオの植物園で栽培されているのは、伝統的に食料、薬用、道具に使われる植物だけである。植物園の世話をするかたわら、ドン・アントニオと息子はスクサリ・ロッジに来る旅行客向けに、自分たちの植物園やリサーチ拠点の近くにある森林の奥に向かう林道を案内するツアーをおこなっていた。

ドン・アントニオはぶらぶら戻ってくると、ひょいと手を伸ばし、頭上にあるとがった実のひとつをもいだ。背丈は身長一六八センチのわたしよりも一〇センチほど低く、濃い茶色の瞳に真っ黒な髪、広い肩幅をしている。日々の植物の世話で手はごつごつと硬くなっているが、ただの庭師ではない。彼は「アヤワスケロ」と呼ばれるシャーマンであり、植物を用いて周辺の村の患者の治療をおこなう。だから庭仕事は、彼の本職に直結しているのだ。これはアチヨテという植物だ、とドン・アントニオはいった。わたしはすかさずフィールドガイドをめくり、それがなにかを突きとめた。ベニノキ科のベニノキ——学名はビクサ・オレラナ（*Bixa orellana*）。やがてこれはわたしたちふたりの習慣になっていくのだが、ドン・アントニオは大きな声ではっきりと、根気よく植物の特徴を説明し、わたしにわからないスペイン語があればそこで話をやめ、あとから調べられるように単語を繰り返し発音してくれた。わたしは集中と困惑から眉をひそめ、できるかぎり速くメモを取る作業に没頭した。

もいだ実の筋に沿ってドン・アントニオが果皮を割ると、つやつや光る真っ赤な種子がたくさん現れた。クランベリーの実の半分ほどの大きさで、色はよく似ているが、ずっとかたい。ドン・アントニオは、果皮のなかの種子を指でつぶしはじめた。丹念にこするうちに、とろりとした赤いペースト状になっていく。興味をそそられ、果実のスケッチの隣にその過程を書きとめる。やがて彼は身を寄せ、わたしの唇と口の周囲にそのペーストを塗っていった。じっとしたまま、わたしはあれこれと思いをめぐらせた。これはウイルス性の風邪に効くのかしら？　それとも唇の乾燥防止？　あるいはほかのなにか？

ドン・アントニオが小屋から持ってきた袋を慎重に取りあげ、なかから取りだしたものが、木漏れ日を受けてきらめいた。彼はその小さい鏡をわたしの顔に向けた。口と歯を真っ赤に染めたわたしが映っている。

いたずらっぽい笑みが大きく崩れ、彼はわたしを指さした。

「口紅だよ！」そういうと、森の地面を揺るがすほどの大きな声で笑いだした。わたしも笑ってしまった。ピエロそっくりの顔になっていた。

人類が二足歩行をはじめ、アフリカの草原からそれぞれの方角へ向かっていったときから、人々は植物を薬の第一選択肢としてきた。一九九一年、アルプス山中を歩いていたふたりの観光客が、偶然に五三〇〇年前の凍結したミイラ「アイスマン」（愛称エッツィ）を発見した。この先史時代の人はいくつかの狩猟道具、木の実、多孔《たこう》菌と呼ばれるキノコ類を所持していた。そのひとつ、カンバタケ[1]というキノコの成分アガリシン酸には強力な下痢作用があり、エッツィはそれを鞭虫《べんちゅう》の治療に用いていたものらしい——というのも科学的調査の結果、彼の腸内にその寄生虫が見つかったからである。

薬用植物の使用について書かれた最古の記録は、紀元前一五五〇年頃の古代エジプトの時代までさかのぼり、二メートル以上の巻物には慢性的な傷や皮膚病など、さまざまな病気に用いる植物の処方や治療法が七〇〇種類ほど記されている。[2] また古代中国には、紀元前二〇〇〇年頃に編纂された薬物書『神農本草経《しんのうほんぞうきょう》』がある［成立年次については諸説ある］。これには三六五種の薬物のリストにくわえて、使用される植物の原産地、採取時期、薬効、調合法、服用量などが記されている。

　また、アマゾン盆地の先住民も何千年ものあいだ、自然の資源を用いてうまく健康を管理し、病気を治療してきた。どの材料を使うか、いつ収穫するか、どのように調合するか、どれくらい服用するか、どのタイミングで処方するかは、シャーマンからその弟子へと、口頭で伝承されてきた膨大な知識の根幹である。アマゾンにはおよそ四〇〇の部族があると推定されており、それぞれが独自の言語、居住域、文化、世界観、医療体系を持っている。医療の伝統も、部族民と同じようにさまざまだ。西洋文化の波が押し寄せ、市場経済が森林を浸食するにつれて部族の数が減り、その言語が失われ、部族に伝わる膨大な知識や歴史、伝統を知るシャーマンが弟子を持たずに死去すれば、世界は知識の宝庫である図書館に匹敵するものを永遠に失うことになる。伝統療法師のドン・アントニオは、森の資源と自分の植物園で栽培して収穫する植物しか患者の治療に用いない。慣例にしたがい、彼は若い頃の修業時代にこうした治療法を学んでおり、現在は自分が苦労して得た知識を息子に伝えているところである。

とはいえ、この知識にはどれくらい価値があるのだろう？　こうした形態の医療はどの程度効くのか？　単純な偽薬《プラシーボ》効果で説明がつくものなのか？　伝説と逸話に基づくだけでほんとうの医学的効果はない、たんなる迷信にすぎないのか？　南アメリカに出発する前、わたしはあれこれと思いをめぐらした。もっと知りたい気持ちがある一方、懐疑的でもあった。なんらかの答えを見つけたかった。

旅行中になにがあってもだいじょうぶなように、必要になりそうなものはすべて用意した。薄手のTシャツ、ハイキングパンツ、研究用具一式、植物と語学の本、そしてもちろん、スーツケースいっぱいの医療品（各種包帯、絆創膏、抗生物質の塗り薬、経口補水液粉末の袋、下痢止め、かゆみ止め、消毒用アルコール、縫合キット、抗マラリア薬、やけどの感染予防に用いるスルファジン銀クリームなど）。フィールド調査用の診療所には、まずこれでじゅうぶんなはずである。

わたしの部屋は小さく質素だった。ツインサイズのベッドの木枠にはシンプルなマットが敷かれ、蚊帳がぶら下がっているほか、椅子と机があり、その上に洗面用の大きなたらいと水差しがおいてある。電気はなく、灯心式の旧式のオイルランプがあるだけだ。外の廊下側はドアと壁になっているが、反対側の壁は半分ほどしかなく、窓からジャングルの湿った空気がそのままはいりこんでくる。

着がえる前は服や靴を念入りに振って、サソリなどの刺す生き物が服の折り目や隙間にひそんでいないかどうかを確認するのが、毎日の儀式になった。そのあと、日焼け止めクリームと虫除けスプレーをたっぷり肌につける。太陽よりも容赦ないものがあるとしたら、それは蚊だ。ここはマラリア流行地域であり、地元の村には患者が多いため、できるかぎり危険をおかしたくない。服用しているマラリア予防薬クロロキンのせいで、夜に異様に鮮明な夢を見る——いつも大蛇やジャガー、暗闇の生物が現れ、わたしは身を守るすべもない弱さにわななきながら、悪夢を振りはらって目をさます。ディート配合の虫除けスプレーをしっかりつけているにもかかわらず、腕や脚には、薬剤などへっちゃらの蚊に食われた赤いあとがポツポツとついていた。

リサーチ・キャンプに滞在しているアメリカ人は、わたしだけではなかった。ワシントン州から来たジェーンという小柄な学生も、キャンプの植物園でボランティアをしていた。ゆったりした長いシャツを身にまとい、パチョリの香りを漂わせ、入浴が嫌いなジェーンは、ドレッドヘアの金髪を腰までたらしている。わたしたちはまったく正反対だった。医学部志望の学生であるわたしは軍隊風の迷彩ズボンに普通の白いTシャツを着て、水筒とボウイナイフを携行するためのユーティリティベルトを締め、理髪店でスポーツ刈りにした頭に、容赦なく照りつける日中の日差しを避けるためのバンダナを巻いている。

人当たりがよく、華奢な——強い風が吹けば飛んでいってしまいそうなほどの——ジェーンは、わたしを熱心に現地スタッフに紹介してくれたり、何か所かあるキャンプへ行く林道を案内してくれたりした。その森林の道は数年前に切りひらかれたもので、スタッフやガイドが入念に整備している。それでも密生したやぶにうっかり踏みこめば、なにか致死的な生物と遭遇しないともかぎらない。わたしがとくに気をつけたのは、非常におそろしい、大型の毒蛇フェルドランスである。とぐろを巻いた状態から一気に飛びかかってくることで知られており、繁殖期はとくに危険が大きい。

起こりうる緊急事態を想定しておおげさなほど準備していったくせに、わたしは着いてから一週間もたたないうちにトラブルに見舞われてしまった。キャンプからドン・アントニオの植物園へ行く近道を教えてあげる、とジェーンがいったときのことである。わたしは冒険好きだが——愚かではない

(というか、そう思っていた)。普通なら見知らぬ土地で、コンパスも地図もGPSも持っていなければ、きちんとした道からはずれないようにする。しかし近道は散歩にもってこいだとジェーンが主張するうえ、彼女には土地勘もあったので、わたしはその申し出を受けた。

「すぐに着くわよ」と、ジェーンは自信たっぷりにいった。

その道はたしかに美しかったが、けっして近くはなかった。しかもかなりの悪路で、落ちている丸太を踏み越えたり、棘のある木の幹を避けたり、丘を登ったり降りたり、すべりやすい小川を渡ったりしなければならない。義足のわたしにはかなりの重労働であるうえ、交尾の真っ最中のフェルドランスの邪魔をするんじゃないか、そのあげくにふたりとも熱帯雨林の新たな肥やしになるんじゃないか、とひやひやしっぱなしだった。ジェーンは気にするようすもなく、どんどん歩みを進めていく。

細い流れに差しかかったとき、ジェーンは片手で冷たい水をすくった。

「あら、だめよ」とわたしは注意した。「ほら、わたしの水筒のを飲みなさいよ」

「いいのよ」流れの水を飲みながらジェーンがいった。「きれいだから」

わたしはキャンプで沸かした水を水筒に入れており、万が一の場合に水を浄化するためのヨウ素剤を持参していた。ジェーンはいつも自然の水を飲んでいるのだという。頭のなかで警報が鳴り響く。蠕虫《ぜんちゅう》だの細菌だの、ありとあらゆる寄生虫が新参者の腸にたかろうとしているのに!

ようやく植物園に着いたとき、わたしはすっかり疲れ果て、脱水気味で、足を引きずり、そして少なからず腹を立てていた。脚の断端はすりむけており、暑いさなかの強行軍で汗にまみれ、炎症を起こして真っ赤になっている。多少は休めたものの、暗くなる前の夕食までにキャンプへ戻るため、ふたたび歩かねばならなかった。今度は普通の道をたどり、楽々と三〇分で帰り着いた。

翌朝目をさましたとたん、なにかまずい事態になっていることがわかった。感染が起きた場合の徴候は、いやなにおい——わたしの初回手術のあとに母がかいだような甘ったるい腐敗臭——か、持続的なしつこい痛みだ。わたしは蚊帳をベッドからはずして端に腰かけ、ひんやりと湿った朝の大気に身震いした。

前の晩に断端をていねいに洗い、むくんだ皮膚を鎮めるために赤ちゃんの湿疹用の酸化亜鉛軟膏をすりこんだのに、腫れはいっこうにおさまっておらず、不安がこみあげてくる。よく確認するために脚を曲げてみたわたしは、思わずうめいた。ふくらはぎの筋肉が活火山の噴火口のようになっており、まわりに白いペースト状のものがついている。傷を覆っている皮膚は張りつめ、青黒い。膝下で義足のプラスチックのソケットをはめる部分の大事な場所のひとつが、完全にやられていた。

人間の皮膚には常在菌《じょうざいきん》が棲んでいる。増殖するのに格好な機会と条件がそろえば、ふだんは無害な共生細菌（いるのが普通で役にも立つ細菌）でも、問題を起こす場合がある。皮膚のおもな役割は、生物であれ化学物質であれ、外来物質の侵襲から臓器や血流を守るバリアになることだ。ただでさえ皮膚に炎症を起こしやすい部位にわたしがくわえたダメージと、熱帯雨林の暑く湿った環境があいまって、そこは細菌が一気に増殖するのに最適の場所になった。この問題に直面したのは初めてではないが、自分ひとりで対処するはめになったのは初めてである。現代医療施設がととのった町に行くには、船で数日かかるのだから。

少女の頃、戸外で走りまわったり遊んだりすると、断端につける義足用靴下と皮膚がこすれて赤むけ、数日後にそこが膿んでしまうことがよくあった。腫れ物を切開して膿を出し、きれいに洗浄したあと、痛みに泣きじゃくるわたしを抱きしめ、父はこういったものだ。「パパの脚を切っておまえにあげることができたらなあ」

わたしは感染創《かんせんそう》を指先でそっと押してみた。熱感と痛みがある。腫れ物のてっぺんはまだ熟していない。切開して膿を排出できるようになるまで、あと数日待たねばなるまい。それまでは、ベッドで安静にするしかない。

松葉杖もない。それにかわる車椅子もない。なにもない。この義足がなければ、動く手段はない。怒りがこみあげてきて、わたしは泣いた。なんでもっと慎重にならなかったんだろう。どんな運命のいたずらが片脚のわたしをもてあそび、美人のジェーンの申し出を受け入れる気にさせたんだろう。ここでこんなはめになる予定ではなかった。やりたいことも経験したいこともいっぱいあって、あと一か月しかないというのに。またしてもこの身体がわたしを裏切った。だが、待つ以外にすべはない。だから、そうした。この地域の植物に関する本を読んだが、ページをめくるたびに、このジャングルで出会う機会を失った別世界の物語のように思われた。

二日後、腫れ物が熟した。救急外来でボランティアをしていたときに医師や看護師がやることをずっと見てきたから、どうすればいいのかはわかっている。まず救急箱を開け、消毒液のポピドンヨードで皮膚を消毒する。病院の臨床微生物学室で研究してきた年月によって、滅菌の重要性は頭にたたきこまれている。そこでオイルランプのガラス蓋をはずし、火をつけ、ボウイナイフの先端をアルコールで拭いてから、炎にかざした。

大きく息を吸いこみ、切開を入れた。膿と血が一緒になってあふれ出し、わたしは痛みに歯をくいしばった。手袋をした指で周囲をしぼり、内容物をできるかぎり排出させる。きたならしい排出物を拭き取ってから、滅菌食塩水とポピヨンヨードで創部を洗い、抗生物質軟膏をつけたきれいなガーゼで覆う。

終わった！　あとは……ふたたび待つ時間が来る。手術を受けたあとの子供時代に帰ったような気がした。ただ今回は、世界でもっともエキサイティングな場所のひとつで室内生活を送っている。

数日間ベッドで横になり、本を読み進めているうちに（たしかに、一九世紀の勇敢な博物学者アルフレッド・ラッセル・ウォレスは、リオネグロの探検中にアマゾン地域の人々とヤシの相互依存関係についての理解を深めた）、義足を装着してもだいじょうぶなくらい傷がよくなった。わたしは無線でスタッフに連絡を取り、森の奥にある研究棟ではなく、植物園に隣接するメインの観光ロッジに移動させてほしいと頼んだ。これ以上の皮膚の炎症を避けるため、汗をかいて歩く時間を最小限にしたかったのである。彼らは快くほかの宿泊地を用意してくれたので、それからはずっと楽になった。

新しい宿泊施設に落ち着いた頃、ジェーンも不運に見舞われたことをスタッフから聞いた。わたしの脚が悪くなってほどなく、ジアルジアに感染した動物か人の糞便で汚染された食品を食べたか、「自然界の」水を飲んだかして深刻なジアルジア症にかかり、治療のためイキトスへ向かったのだという。ジアルジアは微少な寄生虫で、激しい腹痛、慢性の下痢、体重減少、脱水症を引き起こし、駆虫薬の服用が必要となる。のちにジェーンは回復して、その翌週にアメリカへ帰ったと伝え聞いた。

わたしは入院して抗生物質の点滴を受けなければならないほど感染が悪化せず、ラッキーだった。ここに来るリスクはわかっていた。暑くて湿度の高い環境で活発に活動すれば、フロリダで過ごした子供時代と同じように感染症を起こすおそれがある。しかしここでは、病院へ行くのがむずかしい以上、頼りになるのは自分の医学的技術だけだ。脚の断端の状態が悪くなるのは、今回が最後とはかぎらないのだから。

ドン・アントニオの民族植物園で、わたしはエデンの園を訪れたような気分になった。かぐわしい花が咲きみだれ、果実がみのり、あらゆる形や大きさの植物がある。すべて入念に四分円《しぶんえん》に配置されており、こちらには整然とならぶ薬草の区域、あちらには低木の区域があり、さまざまな種類の有用樹木がそこかしこに立っている。どれも薬剤や道具、食品、芸術などに使われてきた植物ばかりだ。この小さな一隅には生存に必要なものすべてがそろっている――しかも実際に成長し続けている！

薬用植物に魅せられた学生にとっては、ここはまさにワンダーランドである。

ドン・アントニオにとっては、ここは彼の薬局であり、必要なときに必要なものを取りだせるように整理整頓した薬品棚である。

パパイアの木（学名カリカ・パパイア *Carica papaya* パパイア科）に、まだ熟していない緑色の実が幹についている。このように幹に直接花が咲き、実がなるユニークな形態を「幹生花《かんせいか》」という。この形態だと幹を上り下りする動物によって受粉と採食が進み、種子をいろいろな場所に運んでもらえる。ドン・アントニオが、地元では幹からとれる白い樹液を腸内寄生虫の治療や堕胎薬として使うと教えてくれた。

その近くにある、ごく普通の草に見えるのはピリピリと呼ばれる薬草で（学名キペルス・アルティクラトゥス *Cyperus articulatus* カヤツリグサ科）、収穫してすぐのものをヘビの咬傷や消化器疾患のほか、発熱、インフルエンザ、強い不安障害などに用いる。バレオカスピ（学名ヒマタントゥス・スクーバ *Himatanthus sucuuba* キョウチクトウ科）の白い樹液は、創傷や腰痛の局所治療薬になる。

英語ではエンジェルズ・トランペットと呼ばれるトエイ（和名キダチチョウセンアサガオ 学名ブルグマンシア・スアウェオレンス *Brugmansia suaveolens* ナス科）は低木で、生い茂る枝からピンク色の細長い花が下向きに垂れ下がっている。この植物のアルカロイド成分であるスコポラミンは西洋医学でも用いられており、皮膚パッチ形式で乗り物酔いや、術後の吐き気などに処方される。現地では、エンジェルズ・トランペットの葉や花を水に浸して得た抽出液を幻覚剤として伝統療法師《クランデロ》が飲み、霊界と交信したりする。

ある日のこと、ドン・アントニオが植物園で「サングレ・デ・ドラゴ」（ドラゴンの血の意）（学名クロトン・レクレリ *Croton lechleri* トウダイグサ科）の幹に、斧で切りこみを入れた。そこから、まるで人間の皮膚の傷口から血が盛りあがってくるみたいに、深紅色の樹脂がにじんでくる。ドン・アントニオは赤い樹脂を指でぬぐうと、わたしの手を取り、手のひらに粘調性の汁をこすりつけた。最初、これもあの冗談（口紅だよ！）の一種かと思ったが、ドン・アントニオは眉をひそめて、指で樹脂をかき混ぜてみろといった。いわれたとおりにすると、深紅色が淡い灰色に変わっていく。ドラゴンの血の成分が手のひらの皮脂と反応したのだ。

「本物かどうか見分けるには、こうすればいい」と彼はいった。「市場では、観光客向けにガラス瓶に入れた赤い染料を売っているけど、あれは本物の薬じゃない。こうすればわかるよ」

この樹脂は軽度の皮膚感染症に用いるのだという。ドン・アントニオはわたしの手のひらから少しすくい、わたしが蚊に刺された腕を掻いたせいでかさぶたになった箇所にすりつけ、「これでよくなる」といった。そして、下痢や産後の出血の治療に内服する場合もあると説明した。「よく効く薬だよ」

わたしは律儀にメモをとったが、半信半疑だった。彼が木の幹から採取した、色の変わる樹脂がよく効く薬になるなんてことがあり得るだろうか？　たしかに植物はおもしろい……でも死ぬ危険もあるような重い病気に対して、どれほど役に立つのだろうか。蚊に刺されたあとやひっかき傷はまだしも、内部出血や下痢はまた別の問題だ。

数年後、わたしは——そして世界も——その結果を知ることになる。二〇一二年、この「ドラゴンの血」の樹脂は植物性薬品として、きびしい製造管理基準や、安全性と有効性を実証する臨床試験の高いハードルをクリアし、なかなか得ることができないアメリカ食品医薬品局の認可を獲得した。[3]現在、その成分はクロフェルマーと呼ばれ、「マイテシ Mytesi」の商品名で発売されている。経口投与の形式で、適応は非感染性の下痢症であり、麻薬性の下痢止めのような便秘の副作用もない。ドン・アントニオは正しかった。これは有力な薬剤だった。

植物園をふたりで歩きながら、わたしは別の木を指さした。「これはなに？」それは二〇メートルはあろうかという大きな木で、地表近くには平板状の根が盛りあがり、幾筋も波うっている。葉の形は楕円形で、色は薄い緑、葉脈に沿って黄色の筋が見える。幹は茶色味をおびた灰色をしており、なんとなく斑《まだら》だが、手ざわりはなめらかだ。驚くべきことに、この木は最初、宿主《しゅくしゅ》の木にからみつく蔓《つる》としてスタートし、やがて宿主を死滅させて、成熟した木として最終的な形態に成長する。わたしは以前、ドン・アントニオがこの木の樹皮に切りこみを入れ、白い樹液を小瓶に集めているのを見たことがある。フィールドガイドによれば、この木の学名はフィクス・インシピダ（*Ficus insipida*）。クワ科のイチジク属である。

ドン・アントニオはナイフを取りだし、樹皮をすっと切った。イチジクの白い「乳」がにじんでくる。「これはオヘイだよ。果汁に混ぜて、おなかの虫を下すために子供に飲ませる。でも、注意しなければならない。それができるのは伝統療法師《クランデロ》だけだ。与えすぎると、毒になるから」

伝統療法師《クランデロ》のドン・アントニオは、治療師と薬剤師の両方を兼ねるすべを学び、薬を用意して処方する。長年にわたる知識と経験によって得た、調合薬の処方量を決定するときの古典的指針がここでも生かされている。つまり、治療の一環として薬を投与する際は、患者の年齢と健康状態を考慮しなければならない。毒になるか薬になるかの境は、しばしばふたつの単純な原則、「用量と意図」に収斂する。

ドン・アントニオはほかにも、この不思議な庭園にあるさまざまな植物について教えてくれた。つねに驚かされたのは、ドン・アントニオは幼少期に村の学校で学んだだけなのに、人間の生理学や薬理学、さらには心理学についても、非常に洗練した様式で理解していることだった。しかも、その専門知識の源はただひとつ――自然だったのである。

ある日、なんの前ぶれもなく、ドン・アントニオがわたしの筋肉痛と幻肢痛《げんしつう》について尋ねてきた。ふたり一緒に植物園で雑草を抜いたり収穫したりしているとき、わたしがなんだか痛そうで、いつもより動きがのろいのに気づいたのだという。わたしは人生の大事な決断に悩んでおり、なんとなく上の空で、動きもにぶくなっていた――ドン・アントニオがそれについてなにかを知っていたわけではない。地元の病院でボランティアをしたときから、わたしは外科の開業医になりたいという夢を追ってきた。しかしアマゾンの熱帯雨林の人々と交流を深め、公衆衛生の落差について知り、西洋医学と伝統療法がどのように相互作用しているのか（あるいはしていないのか）についていろいろ考えるうちに、疑問を抱くようになった。その疑問は、自分が何者であるか、人生でなにをなすべきかについて把握するうえで、これまで築いてきた土台を揺るがすものだった。

「今日はきみの魂を治療してあげようか?」ドン・アントニオは園の植物の世話をする手を休め、真剣な顔でわたしに向きなおっていた。わたしを治療してあげようかと訊いたのかしら、それも魂を?いったいどういうこと? 子供の頃、休暇中に聖書学校で学んだ霊性とはまったく違う話であることはたしか。伝統的な精神医学的介入の一種?

わたしはその申し出に興味を引かれた。というのもドン・アントニオは、治療が必要なのはわたしの右大腿の筋肉痛や、突然起こる電撃痛ではないと直感したからである。彼は魂を──感覚の総体を治療しようといった。きっと、学んでいるわたしのようすを見て、なんらかのジレンマにおちいっていると感じたのだろう。

「アヤワスケロ」と呼ばれるシャーマンのドン・アントニオは、薬草を混ぜあわせて濃い幻覚剤をつくることもある。その強力な作用については、本を読んで知っていた。まず下痢や嘔吐の症状が現れ、続いて強烈な色彩のついた幻覚を体験するという。そうした幻覚のイメージを描いた画家の絵は、現地の宇宙論で「聖なる動物」とされるジャガーや大蛇アナコンダなどの密林の動物たちが、多種多様な木や花、蔓が生い茂り、ときには人の姿もある森のなかに、色あざやかにちりばめられている。

ドン・アントニオが伝統療法師《クランデロ》のトレーニングをはじめたのはごく幼い、九歳のときだった。初めてその話を聞いたとき、ネポ川沿いの小さな村で彼を四歳のときから育てた祖父母が、孫を一か月間森のなかに放置したという出来事を知ってショックを受けた。祖父は孫を森深くにあるカポックの大木のところへ連れていき、たったひとりで、誰とも話さず、そこにとどまらなければならない、とアントニオに告げたという。そして木の幹に開けた穴にひょうたんをむすびつけ、八日間そのままにしておくようにと指示した。その後、ひょうたんに溜まったゼリー状の樹液を食べるのである。一か月間、彼は飢え、砂糖も塩もなく、口にしたのは干した小魚とカポックの樹液だけだった。

「子供の頃、祖父は森の精霊の話をしてくれた。森のなかにひとりぼっちでいるあいだ、それまで見たこともないものをいっぱい見て、怖くなった。逃げようとしたら、叩かれた。そして、彼らはぼくにもう逃げないと約束させたんだ」その思い出を聞きながら、わたしは同情をこめてうなずいた。

「シャーマンになるのは大変だよ」と、ドン・アントニオはため息をついた。

ドン・アントニオがおこなう医療についてもっと深く知るにつれ、その子供時代の経験が、一人前の治療師になるためにきわめて重要だったことがわかるようになった。大人になり、アヤワスカを飲んで交信する森の精霊たちも、子供のときにおそれおののいた存在と同じものだったからである。彼にとって、アヤワスカはけっして娯楽のための物質ではなかった。ロサンゼルスの「より美しく、より健やかに、より自分らしく生きる」ためのグループ式瞑想や、ブルックリンの富裕層がコーヒーテーブルに『ビー・ヒア・ナウ――心の扉をひらく本』〔ラム・ダスほか著／吉福伸逸ほか訳／平河出版社／一九八七年〕を広げ、「自分自身を発見する」ためのワイルドな夜に使うものでもない。ドン・アントニオにとってのアヤワスカは、大切な幻覚剤――つねに聖なる文脈において、霊的な経験を得るために使用する天然の精神活性物質なのである。彼の場合、その体験は治療師としての自分を向上させるのを目的としている。

すべての手順が聖なるものだ。まず、材料とする植物を採集し、焚き火で何時間もゆっくり煮こんで濃い抽出液をつくる。そして口笛を吹きながら葉の束（ケチュア語でシャカパまたはチャカパという）を振る儀式がおこないながら、それを飲み、霊的な旅に出る。自分には診断できない患者を前にしたとき、あるいはどの植物がもっとも効くか判断しかねて助けが必要なとき、ドン・アントニオは森の精霊と交信するためにアヤワスカを飲む。アヤワスカは彼を導く師であり、それを用意して服用する儀式のあいだもずっと挨拶を送り続ける。幻覚を見ているあいだ、彼の精神は自分の植物園や森をめぐり、どこに治療に最適な植物があるか探すのだという。その旅路の最中、彼は森の動物や植物と交信しあう。アヤワスカは彼の診断と処方のかなめなのである。

アヤワスカという蔓性植物（学名バニステリオプシス・カアピ *Banisteriopsis caapi* キントラノオ科）は、「死者の蔓」「ヤヘイ」「カアピ」とも呼ばれ、飲料の「アヤワスカ茶」をつくる原料のひとつにすぎない。蔓の年齢や麻薬性効果の度合いは、その太さを見て伝統療法師《クランデロ》が判断する。

どのアヤワスカ・クランデロもその茶を煎じるのに独自のレシピを持っており、弟子時代に教わったものを継承したり、自分なりの工夫を凝らしたりして、さまざまな植物を組みあわせている。その調合法はたいてい秘密だが、報告によれば、天然の幻覚成分ジメチルトリプタミン（ＤＭＴ）を含み、ケチュア語でチャクルーナというプシコトリア・ヴィリディス（*Psychotria viridis* アカネ科／コーヒーノキもこの科の一種）を使用する例が多い。普通、ＤＭＴは腸内でモノアミン酸化酵素（ＭＡＯ）によって分解される。しかし、キントラノオ科の植物アヤワスカに含まれるハルマラ・アルカロイドはモノアミン酸化酵素阻害薬（ＭＡＯＩ：抗うつ薬の一種）として作用するため、これと結合すると急速な分解がはばまれ、血流にのって中枢神経系に作用する。ＭＡＯＩ入りのアヤワスカを服用すると、鮮烈な幻覚と多幸感が三時間以上続く。[4]

イキトスには、この二〇年ほどのあいだにアマゾン地域でさかんになった新しい観光様式のひとつ、「アヤワスカ・ツアー」用の施設がいくつかある。わたしには、これが気になる。治療に人生を捧げた治療師がそのために服用するものとして何千年も継承されてきた、聖なる植物の儀式を観光客の呼びこみに使用してはならないと思う。そういうやり方は、儀式本来の文化的位置づけや価値から大きく逸脱するものだ。さらに、MAOIは処方薬や市販の抗うつ薬、咳止め、鎮痛薬と併用してはならないことがあげられる。医薬品を服用している人がMAOI入りのアヤワスカ茶を飲んだ場合、深刻な薬物相互作用を起こすおそれがあり、メンタルヘルスの改善を求める観光客はとりわけ危険が大きい。MAOIと抗うつ薬の選択的セロトニン再取り込み阻害薬（SSRI：脳内のセロトニン量を増やす働きをする）の併用は、ときに致死的な作用をおよぼす。

複雑な治療法を前にしたとき、わたしはいつも、人々は最初、どのようにそれを発見・精製していったのだろうと考える。普通は食用にしない植物なのに、ドン・アントニオの祖先はどうやってそれに効果があると見きわめ、これこれの原料を調合すればいいと決めたのだろう。その植物を使用する動物を観察したのだろうか？　自己治療する動物種は多い。たとえばチンパンジーは、腸内の寄生虫を除去するために苦いウェルノニア・アミグダリナ（*Vernonia amygdalina* キク科）の茎の髄を噛む。動物の行動を観察することも発見につながるという説には、論理的な根拠があるといっていい。あるいは、ほかの食材と混ざっていたなどの偶然によるものだろうか。発見にいたる道がどうであろうと、たしかなことがひとつある。人類が太古から身近の材料を用いて実験を繰り返し、自然を観察してきた、ということだ。そして有用な種についての知識を口頭であれ文字であれ、代々伝えて共有するという過程を通じて、わたしたちはその集合知を享受してきたのである。

「霊力がもっとも強まるのは木曜日と金曜日だ」とドン・アントニオはいった。

ドン・アントニオの身振りや、その種の治療形式に興味をそそられ、わたしは治療の申し出をよろこんで受け入れた。

そして偶然にも、その日は金曜日だった。

ドン・アントニオは、わたしにアヤワスカ茶を飲めとは勧めなかった。そのかわり、わたしの健康問題については、彼の師である蔓植物ヤヘイ（すなわちアヤワスカ）の霊に、すでに相談してあるといった。わたしはあとで植物園の端で彼と会うことになった。

約束の場所へ行くと、それまで一度も見たことのない黒い長衣姿のドン・アントニオが木陰に立っていた。彼の表情は真剣で、見慣れたいたずらっぽい笑みは片鱗もなく、手にはパリアナ属（*Pariana* イネ科でタケの一種）の葉の束を持っている。以前の会話から、それはシャカパというもので、治療中に森の精霊と交信するためだけに使う特別な道具だと知っていた。

ドン・アントニオの前には手づくりの小さな椅子がおいてあり、そこに座るように指示された。わたしは足首を交差させて座り、背筋を伸ばして、まっすぐ前を見た。ドン・アントニオはわたしの両手をとり、手のひらを上にして太腿においた。それからボウルに水を満たし、植物園で摘んできたばかりのミントの葉を揉み入れ、ミント入りの水でわたしの両腕と顔をこすりはじめた。次にわたしの頭を両手で包み、少し圧迫してから、残りのハーブ水を髪にそそいだ。いい香りのする冷たい水が、首筋をつたってしたたり落ちていく。どのように進んでいくかわからないながらも、わたしは次の展開が待ち遠しくてならなかった。

彼は背後にまわり、片手をわたしの肩に、もう一方の手を頭において、わたしを助けに来てくれるよう植物の精霊たちに呼びかけた。女性の精霊たち、そして森の善良な精霊たちすべてに、わたしとその未来を助けてくれるように願った。わたしに知恵を授け、よい薬を求める道を守護してくれるようにと。わたしは目を閉じた。

やがてドン・アントニオは静かに口笛を吹きはじめた。腕を上下に動かしてなめらかなリズムをきざんでいることが、目で見えなくてもシャカパの音からわかった。背筋に心地よさが走る。口笛の音が高くなる。ドン・アントニオがシャカパを振りながら、わたしのまわりをめぐる。わたしはそのまま、自分を取り巻くリズムに身をまかせた。

周囲に渦巻く音に浸っているうちに、わたしの心は夢うつつになってさまよいはじめた。目を閉じたまま、わたしの身体を包むハーブの香りをかぎながら、蒸し暑い、午後遅くの大気を呼吸する。シャカパの擦れる音とドン・アントニオの抒情的な口笛の音に混じって、別のコーラスが聞こえてくる。森の声だ。虫や蛙がメドレーを歌う。鳥がドン・アントニオと一緒にさえずる。頭上に広がる樹冠の枝や蔓をつたい、猿やほかの動物たちが動いていく音さえ聞こえてくるような気がする。突然、わたしはジャングルとの距離を感じなくなった。わたしは森の一部になっていた。

ドン・アントニオが歌いはじめた。古い言語の言葉なのか、この儀式のための音なのかはわからない。だが、それは正しいものに聞こえた。ドン・アントニオはそのうちに歌と動きをやめ、わたしの頭に向かい、大きく息を吸いこむ音を立てた。まずは頭の右側で、詰まったストローを吸うように空気を吸い、次は真ん中、最後に左側で同じようにする。ふたたび口笛を吹きながらシャカパの束を振り、わたしの頭を軽く三回叩いてから、もう三回吸いこむ音を立て、わたしの魂の望ましくない要素を象徴的に取り除いた。そして片手をわたしの額に、もう一方の手を後頭部において、最初と同じように軽く圧迫してから、儀式を終えた。

そのあと、植物園のセンターに歩いて戻る途中、精霊はわたしのなかに強く宿っているが六か月間はセックスを慎まなければならない、とドン・アントニオが説明した。歩きながら、グアユサ（学名イレクス・グアユサ *Ilex guayusa* モチノキ科）の木の葉を何枚か集めていく。つやつやした濃緑の葉の表面が、日を浴びて光った。センターに着くと、彼は水をはったたらいに葉を砕いて入れ、小屋のなかに運び入れた。そしてヤシの葉葺きのほこりっぽい小屋の戸口に毛布をかけて内部が見えないようにすると、今日の儀式を終了させるためにこのハーブ水で身体を洗うように、といった。葉のかけらをあちこちにつけながら身体を洗っているとき、わたしは不意に手を止めた。

なんでわたしはここにいるんだろう――この瞬間、この場所に？

わたしはフロリダ南部の田舎で育ち、最初は南部バプティスト派の、それからメソジスト派の教会で教えを受けた。祈りや冥想の価値、精神修行が人に与える影響、とりわけそうした実践をとおして神聖なものとつながる感覚をはぐくむ大切さも知っている。何回も手術を受けたから、全身麻酔で意識を失う直前のぐらっと傾く感じや、術後に受けるモルヒネの点滴の至福感にもなじんでいる。でも、これは違う。以前に経験したどれとも違う。わたしはぐらっとしていない。陶酔感もない。また、今朝から感じていた痛みも消えている。数か月ぶりに、いや、たぶん数年ぶりに、わたしは「全体」を感じた。地に足がついていると感じた。わたしよりも、わたしの身体よりも、わたしの精神よりも偉大ななにかとむすびついている。わたしは森の一部。世界の一部。統合。一体。癒やされる。

ドン・アントニオは薬物を使わず、ハーブ入りの入浴、深い思いやり、儀式、歌だけでこの感覚を達成してくれた。当時ははっきり意識していなかったが、わたしは自分に理解できない物事を排除しないことを学びはじめていたのだと、いまはわかる。より深い問いを立てることを学ぶ途上にいた。

ひょっとしたら、医学は薬理学や外科学だけではないのかもしれない。

［＊ 邦訳書はブレーズ・パスカル『完訳パンセ』（田辺保訳／角川書店／1978年）などがある］

# 第3章 腸内の寄生虫

われわれの想像力は偉大なものにしか感銘を受けない。しかし自然哲学を愛する者は、小さなものにもじっくりと向きあうべきだ。
――アレクサンダー・フォン・フンボルト『新大陸赤道地方紀行*』（一八一四年頃）

現地で「ペケペケ」と呼ばれるモーターボートが音を立ててエクアドルの国境のほうへナポ川を進んでいくあいだ、わたしは左舷にもたれて、指を川の水に遊ばせていた。川岸を眺めながら、点在する村の土手沿いの浅瀬で水遊びしている子供たちに手を振った。

最初の旅からわずか数か月で、わたしはアマゾンに戻ってきた。すっかり魅せられてしまったのである。いまは雨期の一二月。そして、アマゾン盆地の大動脈のひとつをさかのぼっている。秋期学期中はアトランタの大学キャンパスで医学部への出願に追われていたが、飛行機のタラップを降りた直後から熱帯雨林に戻る方法を考えはじめていた。ちょっとしたアイデアのおかげで、その方法が見つかった。

わたしは夏に集めた予備データをもとに三〇〇〇ドルの学部生助成金を申請し、認可された。研究テーマは、ナポ川上流に居住するメスティーソ［中南米のスペイン語圏の先住民（インディオ）と白人との混血者］のコミュニティで、近代西洋医学と伝統医療が子供の健康におよぼす影響を調べることである。ドン・アントニオがなんらかの指標になるとすれば、伝統医療は知識の宝庫だ。しかしそれと同時に、ペルー・アマゾン地域ではさまざまな感染症がたびたび発生し、西洋医学が一定の役割を果たしているのも事実である。当時の科学文献には、健康における伝統的な植物利用法について多くの研究があり、伝統知識の喪失に対する懸念も示されていた。しかし西洋医学と伝統療法のまじわりや、医療の伝統の転換が集団の健康に与える影響を調べたものは、ほとんどない。わたしは、この医療の分岐点についてもっと知りたいと思った。

世界最大の熱帯雨林であるアマゾンは、南アメリカ大陸の四〇パーセントを占め、総面積約七〇〇万平方キロメートルの土地には、無数の支流や河川、小川が複雑に入り組んでいる。ジャングルの主要水路――アマゾン川――はアンデス山脈西側に源を持ち、東のブラジルに入りながらおよそ六五〇〇キロメートル流れ下って、最後には大西洋へ注ぐ。

アマゾン盆地を進んでいく途中、巨木の幹をならべて積んだ荷船が遠くからやって来た。何世紀にもわたってはぐくまれた森が、一瞬に切り倒されてしまう。商業伐採事業はビッグビジネスだ。地元の人々は、はたしてどれだけ潤っているのか、あるいは害を受けているのか。こうした大規模伐採の裏にはたいてい多国籍企業がおり、結果として一部は地元の収入になったのだろうが、その地域に住む人々は、大昔から食料や医薬品の供給源としてきた森の領域を失った。雨期になると伐採者は森の深くまではいりこみやすくなり、伐採した木をイキトスに向けて川で運ぶ。

わたしは地元のサニタリオ――周辺のリベレーニョ・コミュニティの患者を世話する保健所職員

――に会いにいくところだ。「リベレーニョ」とは岸辺の住民という意味で、特定の部族や民族集団に所属せず主要河川沿いに集落を形成しており、程度の差はあるものの西洋化されていて、スペイン語を話し、カトリックを信仰している。先住民とヨーロッパ人の血が混ざっていることから、メスティーソとも呼ばれる。二〇世紀初頭のゴム・ブームの頃、宣教師たちは大挙してジャングルにわけいり、地元の文化と信仰形態に影響を与えた。先住民のヤグア族やマイユナ族は、ヤシなどの地元植物の繊維でつくった伝統的な衣服を身にまとい、小さな支流の奥深くに暮らしているが、リベレーニョは若者も高齢者も、既製品のすり切れた古着を着ている。村の市場で再販された、欧米の消費者が寄付した服の場合が多い。典型的な村では、学校は政府が建設したコンクリートブロック製の建物だが、村人は地元の木材を使い、ヤシの葉で屋根を葺いた、開放的な高床式の家に住んでいる。

サニタリオのビダールさんは、彼の診療所にいた。やはり高床式のつくりで、屋外のスペースは広々としており、一角に小さな診療用の区画がもうけられている。ヤシ葺き屋根の涼しい日陰に、診察を待つ大勢の患者がいるのが見えた――にぎやかに遊ぶ子供たち、ヤシの繊維で編んだハンモックで休む妊婦たち。軽い怪我や、縫合の必要がある切り傷を負った若い男性も数人立っている。子供の誰かのペットと思われる若いナマケモノが小屋の柱にぶら下がっており、ケクロピアの葉をゆっくりと噛みながらあたりのようすをながめている。

待合室の向こうには、机ひとつと椅子が二脚おいてあった。木の机の表面は古びているものの、きれいで乱雑なところはない。中央におかれた大きな台帳はビダールさんの診療録で、各患者の年齢、性別、村、病気、治療法がきちんと記載されている。机の右側には顕微鏡が一台。診療所に電気は来ていないため、ビダールさんは検体のスライドを調べるとき、顕微鏡の鏡に太陽光を反射させて明かりのかわりにしていた。顕微鏡の横には、指先から採取した血液塗抹《とまつ》標本のスライドグラスがたくさんはいった箱がある。昔からの風土病であるマラリアを診断しているのだ。

わたしが自己紹介をすると、昼食を食べながら話をしてくれることになった。患者たちにまじって、彼の仕事が終わるのを待つ。ビダールさんが幼児連れの若い母親を呼んだ。一七歳以上にはなっていまい。病気の子供をかかえて途方に暮れている一〇代の少女を見て、胸が痛んだ。男の子はぽっちゃりとして栄養が行き届いているが、あきらかに具合が悪く、呼吸器感染症を起こして咳きこみ、熱で顔が赤い。ビダールさんはそっと頸部をさわり、胸の音を聴診すると、症状を説明する母親の話をうなずきながら聞き、診療台帳に記載していく。低い声でしばらく母親と話をしてから、なにかの指示を書いたメモ用紙と解熱薬の小児用アスピリンの瓶を渡し、次の患者を呼んだ。

一時間後、待っていた人々はいなくなった。昼食をすませ、日中の暑熱の時間帯をやり過ごすためにシェスタ――昼寝――をしてから、また集まってくるのだという。ビダールさんとわたしは村を横切り、コンクリートブロック製の学校と芝生のサッカー場を過ぎて、踏みかためられた土の道を彼の家まで歩いていった。彼の妻が米とチキンの煮こみ、調理用の青いバナナをゆでたもので昼食を用意してくれている。わたしたちは木の階段をのぼって高床式の家へあがり、日陰で話しながら食べた。

ビダールさんは、周辺の一一の村落に住む二七七七人の医療を担当している。農村部の健康促進をはかる政府の取り組みの一環として、基本的な医療用品とともに、彼のようなサニタリオが各地に配置された。この近代的なシステムのもと、医療訓練を受けた看護助手の資格を持つビダールさんは、専門知識も実効性のある医薬品もないまま、大勢の人々のための医師、薬剤師、歯科医になるという不幸な任務を負わされた。蔓延するマラリアの感染状況をチェックするために、定期的に血液を採取して調べるが、患者が見つかっても治療薬が入手できないのは日常茶飯事だ。加工糖がこの地域にもはいってきたため、虫歯が大問題になっている。その日の午後遅く、局所麻酔薬もないまま必死に痛みに耐える患者から、ビダールさんが膿んだ歯を取り除く場面を何度も見た。

眼鏡をかけ、漆黒の髪をした小柄なビダールさんは、誠心誠意、この地域の住民の健康と福祉に取り組む医療従事者である。まじめに仕事をこなし、診療録の記載もおこたらないが、診断はできても医薬品の不足のために治療できない症例にぶつかるたびに、無力感に襲われるようすがありありとわかった。午前中に診たあの子供、と彼はいった。あれは肺炎だろうから、治療には抗生物質が必要になる。母親にあげられるのは解熱剤しかないから、それを渡した。いちばん近くの町、イキトスに行って薬を買うよう強く勧めた。

「それで、彼女は行くの?」とわたしは訊いた。ビダールさんは頭を振り、わたしの目を避け、遠くを見ながら答えた。「いや、行かないだろうね。遠すぎるし、交通費もかかるし、薬は高い。手に届くものじゃない」

「あの子はどうなるの?」わたしはさらに訊いた。

「運がよければ、生きのびる。でもこれまでの経験からすれば、無理だろうね」

最初の数週間は、夏に宿泊したロッジ周辺の村での調査にあてた。ドン・アントニオとの再会がうれしかったのはいうまでもない。植物園へ行くとドン・アントニオが満面の笑みでわたしを抱きしめ、彼がつけたあだ名でこういった。「カシュカ、会いたかったよ!」わたしはアトランタで用意した、ささやかなおみやげを彼とギルマーに渡した。切れ味のいい剪定ばさみ、お菓子の袋、夏に撮った写真などである。

数か月ではなく一週間の留守しかしていなかったように、わたしたちはいつもの共同作業の日常に戻っていった。付近の村へ取材に行かない日は、庭園でドン・アントニオやギルマーと一緒に園内をきれいにしたり、薬草の調合を手伝ったりして過ごす。小屋の屋根を葺き替えする時期だったので、伝統的な建築技術も学んだ。まず、ヤシの大きな葉を編んで、目の詰んだじょうぶなマットをつくる。わたしがその「屋根瓦」をつなぎ合わせているあいだ、ふたりは小屋に登って古いものを剥がし、新しいものに変えていく。古いヤシマットは積んでおき、調理をするときの燃料に使う。重労働だが、少しも苦にならない。森林資源を用いて生きる方法をじかに学ぶのが楽しかったことにくわえ、近在の村での暮らしの理解にとても役立ったからだ。

そうした村のひとつ、リャチャパ――ロッジにいちばん近く、カヌーですぐのところにあるリベレーニョの村――に住むパトリキアという少女とわたしは知り合った。一一歳の彼女はほがらかで起業家精神に富んでおり、母親と一緒に木の実とヤシの繊維でつくったネックレスやブレスレットを、弟を連れてロッジの旅行客に売りに来ていた。

ときどき、わたしたちは木陰のベンチに座り、地元の生活についておしゃべりをした。足元には、キャンプの「ペット」であるカピバラのチャーリーが犬のように丸まっている。チャーリーに慣れるのには、少し時間がかかった。世界最大の齧歯類――実際のところ、モンスターサイズのネズミ――のカピバラは、大きい個体だと七〇キロ弱にもなる。地元では肉として珍重されており、事実、ある村でたしかにカピバラ・スープをふるまわれたことがある。チャーリーはというと、おとなしい犬のように人なつこく、人間界のくらしになじんでいた。

パトリキアは、ナポ川沿いの村に出かけるわたしにしょっちゅう付いてきた。彼女ひとりというわけではない。地域の医療従事者や村の長老の話を聞きに行く際、モーターボートには熱心な民族植物学者の卵たちが大勢乗りこんできたものだ。植物についてもっと知りたいというパトリキアの熱意が、ほかの子供たちにも伝染したのである。彼女はリーダーの風格をただよわせていた。オリーブ色の肌、シンプルなおかっぱの形に肩で切りそろえた、まっすぐの黒髪。褐色の瞳に宿る知性と好奇心が、ほかの子供たちのなかでひときわ目立つ。パトリキアは、ネックレスの紐にするチャンビラ（学名アストロカリウム・チャムビラ *Astrocaryum chambira* ヤシ科）や、その繊維を染めるチブサノキ（学名ゲニパ・アメリカーナ *Genipa americana* アカネ科）など染料に使う植物をはじめ、熱心に地域の有用植物について教えてくれた。また、彼女の祖母の家では、初めてマサトという酒――マニオク（キャッサバともいう）（学名マニホット・エスクレンタ *Manihot esculenta* トウダイグサ科）を醱酵させてつくる酒――をごちそうになった。

南アメリカ原産のキャッサバは、一万年以上前からブラジルで栽培されており、コロンブス以前のアメリカ先住民の主食となっていた。一六世紀にポルトガル人の植民者がキャッサバをアフリカへ導入し、現在はアフリカでの生産量が世界の半分を占める。雨の多い熱帯地方が原産地であるにもかかわらず、キャッサバの生育には大量の水を必要としないという利点があり、旱魃のおそれがある地域での栽培にはうってつけの植物だ。今日でも、キャッサバは熱帯地方の人々の主要な炭水化物供給源となっている。

パトリキアによると、まずキャッサバの塊根《かいこん》を茹でてから、ときどきサトウキビジュースをさっと振りかけながら祖母がそれを口で噛み、大きなボウルに入れて混ぜあわせるのだという。あとで知ったのだが、「口で噛む」というのが科学的に重要なポイントである。つまり、唾液に含まれるアミラーゼ（酵素の一種）によってデンプンが糖にかわり、環境中の天然酵母菌がその糖を餌にすることで酸酵プロセスが開始され、微生物によって二酸化炭素とアルコールが生成される。最終的に、アルコール度数の低い、デンプン質のマニオクと唾液からなる懸濁液《けんだくえき》ができあがる。

マサトは、ヒョウタンをふたつに割って乾燥させたお椀で出された。口あたりはクリーミーで、バターミルクのような感じがする。ふるまってもらって光栄だったけれども、正直にいうと、作り方を聞いたときの本能的感覚を克服するのが大変だった。

パトリキアとの食の冒険はほかにもある。ある雨の午後のロッジで、わたしはパトリキアと地元の子供たちと一緒に、ヤシの屋根のついた遊歩道の階段に座っておしゃべりをしていた。そのうちに、子供たちはおやつを食べはじめた――が、うらやましいと思うようなたぐいのものではない。彼らは腹部が大きくふくれた蟻の巣を見つけ、指で蟻をぎゅっとしぼり、とろりとした半固形状の液を出していたのである。その液を吸っては、蟻をぽいと捨て、次のを捕まえていた。

パトリキアが身振りで一緒に楽しいごちそうを食べようと誘ってきたので、わたしはジャングル・スナックに興味津々になり、参加することにした。味は悪くない――かなり酸味が強く、柑橘系のひねりがきいている（おそらく蟻が身を守るための毒素成分ギ酸のせいだろう）。そこでわたしも、蟻の中身をもぐもぐやりながら、雨宿りの時間を過ごした。わいわいと楽しそうに騒ぐ子供たちのかたわらで、彼らの日常生活を知るいい機会だった。

だがその日の午後、わたしはジャングルの宴への参加をすぐに後悔することになった。ロッジの屋外に設置してあるハンモック・スペースの木製の手すりから身を乗りだし、突きあげてくる嘔吐に苦しむわたしの姿を、ドン・アントニオが見つけた。蟻のおやつはわたしの胃にあわなかったのである。すぐに戻ってくるからそこにいろ、とドン・アントニオはいった。いずれにしろ、どこに行けるわけもない。なにも出てこないのに、身をよじるような吐き気が次から次へとこみあげてくる。ドン・アントニオはコカノキ（学名エリトロクシルム・コカ *Erythroxylum coca* コカノキ科）の葉を煎じた熱いお茶と、長い草を一束持ってきた。草を揉んでひねり、大きなむすび目をつくる。わたしがお茶を飲み終わるのを待ってから、ハンモックのところへ連れていき、横になるように指示すると、むすんだ草をわたしの胸の上においた。かぐわしい香りが鼻孔をくすぐる――それは彼の植物園にあるレモングラス（学名キンボポゴン・キトラトゥス *Cymbopogon citratus* イネ科）だった。植物学的に、ひじょうにおもしろい種だ。原産は東南アジアだが、薬効があるために熱帯の広い範囲で栽培されている。

ゆっくり大きく息をしながら休むように、とドン・アントニオはわたしを力づけた。帰る前に、彼は首を振りながら、父親のような口調でこう諭した。「カシュカ、きみは先住民《インディヘナ》の心と小さい魔女《ブルヒータ》の精神を持っている」と、わたしの心臓と頭を指さす。そして、まだびくびくと震えるわたしの胃の上に手をおいて、笑いながら続けた。「でも、胃は外国人女性《グリンガ》のままなんだよ。もう蟻はだめだ、わかったね？」

「うん《シ》、うん《シ》」とわたしはこたえ、やがてまどろみ、ハンモックに身体をあずけて残りの午後を眠りのなかで過ごした。

一九三三年、配管工の息子としてボストンで生まれ育った若者リチャード・エヴァンズ・シュルツは、医師になる夢を抱いてハーバード大学に入学した。しかし伝説的な植物学者で、ハーバード大学植物博物館の館長をつとめるオークス・エイムズ教授の「植物と人間の関係」という講座を受けたとき、シュルツの興味は植物の領域に移った。エイムズ教授の指導を仰ぎながら、シュルツは卒論のテーマを「祭祀におけるペヨーテの使用」に定め、研究に没頭した。サボテンの一種であるペヨーテ（学名ロフォフォラ・ウィリアムシー *Lophophora williamsi* サボテン科）は、幻覚物質メスカリンを豊富に含んでおり、オクラホマ州のカイオワ族などによって用いられていた。

シュルツは大学院に進んでからもエイムズ教授のもとで研究を続け、メキシコのアステカ族が使用したことで有名なテオナナカトル（「神の肉」の意）の同定を博士論文のテーマに選んだ。これは今日では、幻覚薬サイロシビンを含む「マジックマッシュルーム」として知られる。彼はこの不思議なキノコが、ヒメノガステル科のシビレタケ属の一種であることを突きとめた。また、地元でオロリウキと呼ばれ、やはり儀式で重用されていた素材がアサガオの一種トゥルビナ・コリムボサ（*Turbina corymbosa* ヒルガオ科）であることも特定した。この種子には幻覚作用があり、のちにそれは強力な幻覚剤LSD（リゼルグ酸ジエチルアミド）と同様の構造を持つ化合物エルギン――エルゴリン・アルカロイドだと判明している。

二六歳になった一九四一年、シュルツはさらに南へ向かうことを決意し、アマゾンの熱帯雨林にいる先住民が実用や薬用、儀式に使う植物を記録する旅に出た。最終的に、一〇年以上にわたってアマゾンで継続的な実地調査をおこない、二万四〇〇〇種以上の植物を採集した。そのなかにはおよそ三〇〇種の新種も含まれる。先住民族と行動をともにし、幾人かの治療師に教えを受け、コロンビアからエクアドル、ペルー、ボリビア、ブラジルと、アマゾンの広大な地域を踏査していった。人と植物のかかわりの背後にひそむ新たな科学的事実をあきらかにし、外科手術に革命をもたらした筋弛緩薬ツボクラリンの原料「クラーレ毒」の調合に関する論文を数多く発表した。先住民が使用するアヤワスカについてのシュルツの報告は、この幻覚性飲料とその原材料（バニステリオプシス・カアピやプシコトリア・ウィリディスなど）に関する初めての学術論文である。この分野に多大な貢献をしたシュルツは、「民族植物学の父」と呼ばれる。いまわたしがここにいて、自分の研究をしているのも、先駆者であるシュルツの業績があったからこそだ。

わたしは二回目のアマゾン行までの数か月間、現地の人々が野生の植物をどのように食用、薬用、狩猟道具、儀式などに使っているかについて記したシュルツの科学論文を読みふけった。また、さまざまな先住民族が驚くほど多彩な方法で植物を利用している姿を示した紀行書『死者の蔓 *Vine of the Soul*』では、白黒写真の図版に目を奪われた。食用にする猿を狩るための吹き矢筒を持つシオナ族、森の植物染料で彩色した儀式用仮面で身を飾り、聖なるカイヤーレを踊るユクナ族。また力マサ族の写真には、植物の首飾りを幾重にも巻いて、シャカパを手にする高名な伝統療法師の肖像もあった。シュルツは自然と医学への愛を融合させた研究をおこない、その経験をハーバード大学へ持ち帰り、後続の科学者たちを育成して触発することで、この世のほとんどの人が想像すらできなかったような形で科学に貢献した。

シュルツが初めてアマゾンへ行ってから五〇年近くたったいま、わたしもかつて彼が旅した、穏やかな濁った川をたどってささやかな調査をしている。しかしこの半世紀で、状況は大きく変わった。欧米の企業進出も、大動脈のアマゾン川を利用する資源採取も、とどまるところを知らずに増加しており、この地域は傷ついてきた。生物多様性に富む森林は伐採によって破壊され、金の採掘のせいで深い穴が穿《うが》たれている。だが、苦しんでいるのは国土だけではない。自然のなかに宿り、その恵みを生活の糧としてきた、この地域の人々もまたそうである。彼らの文化や儀式が自然と密接にかかわっていたことはいうまでもない。メスティーソたちは、最初はゴム・ブーム時代の征服と奴隷化によって先住民の伝統から引き離され、近年は政府の運営する学校の導入と資本主義経済の浸透により、主要な河川の土手沿いに集落を形成するようになった。国際的な商取引と発展の力を知らない者は誰もいない。

シュルツの時代、彼らはまだ伝統療法師や周囲の自然に頼り、自給自足の暮らしをしていた。いま彼らは、古くからの方法と新しい方法のはざまに捕らえられているような気がする。多くの集落は、わたしが探し求めている伝統的な薬草の知識を失っているが、西洋医学が提供できるはずの恩恵を完全には受けとっていない。ビダールさんには、自分の仕事をきちんとこなすために必要な医薬品がなかった。

政府の公衆衛生活動の一環としてこの地域に西洋医学が初めて導入された頃、ビダールさんのような診療所には、安全に寄生虫を駆除できる駆虫薬や、地元の子供たちのビタミンA欠乏症を治せるビタミン剤などの医薬品が、豊富に取りそろえてあった。しかし、大半の共同体は現金経済と無縁だったため、新しい薬を買う資金のある村人はほとんどおらず、地元の薬品棚はいったん空《から》になってしまえばめったに補充されなくなった。したがって薬を手に入れるには、交通費をかけ、数日がかりで苦労してイキトスへ出向き、貴重な家畜を売って目当ての薬を買い求めなければならなかった。

西洋式の医学や学校それ自体は悪いものではない。どちらもよいものだ。仕事も、洪水に強い家にしてもそうだ。ただ、土着の知識が徹底的に失われ、その思考体系や特定の医療体系がこの世から永遠に消え去ってしまうことが問題なのである。どうにかしてバランスを取らなければならない――古いものと新しいもの、自然と科学、伝統医療と近代医学、そのどちらもが重要な貢献をしてきたことを尊重し、健康と福祉に対してより強固でダイナミックなアプローチができるように、両方の世界のよいところを取り入れていく必要がある。そのバランスを追求すれば、わたしたちは種としてもっと強くなれるのではないだろうか。

しかし当時のわたしは、植物で住民の基本的な必要性を満たしていた旧来の方法についての知識を得ることに専念していた。そのためには、もっと森の奥へ、川をさかのぼっていかなければならない。パトリキアや周辺の村の母親たちからいろいろと教わったが、わたしは植物とその使用法について、もっと深い知識を得たかった。

ロッジのスタッフのひとりと丸木舟に乗り、わたしはスクサリ川の支流に住むマイフナ族の村に向かった。先住民の村を訪れるのは初めてである。褐色の水面を漕ぐ櫂の静かな音が単調なリズムをきざみ、頭上に広がる濃緑の木々の枝から聞こえてくる猿の鳴き声や鳥のさえずりと溶けあっていく。村に着き、わたしたちは丸木舟を褐色の砂地に引きあげた。わたしたちが近づいていくのを遠くから眺めていた子供たちが、興奮して出迎えてくれる。村へ入っていくうちに、みょうに歩きにくくなってきた。なんだか義足がぐらぐらする。ネジがゆるんだのか、それともうっかりなにかを踏んでしまったのだろうか。たしかめるために後ろを振り向くと、子供たちの一団がくすくす笑いながら逃げ散るのが見えた。義足がめずらしかった彼らが手を伸ばしてさわるせいで、歩くたびにぐらついていたのである。彼らにとって、わたしはかなりの見物だったに違いない――この外国人女性《グリンガ》ときたら、日を浴びて色褪せた髪は短いうえにツンツンと立っており、短パンの下からはプラスチック製の義足がにゅっと伸びているのだから。

村の中央のベンチに座ると、わたしは義足をはずし、目を丸くしている子供たちに見てみるようにと勧めた。身振りで順番に渡せと伝える。あっという間に、子供たちは義足の表面をなでまわしたり、はやく見せろと小競り合いをしたり、ソケットのなかをのぞいたり、はては自分の小さな膝を入れようとしたりしはじめた。

村の長老の幾人かに挨拶をすませてから、母親たちと健康について話しあう許可を請うた。マイフナ族は別の名前でも知られる。一八〇〇年代と一九〇〇年代初頭の入植者がつけた、蔑称めいたものだ。当時の入植者は彼らをオレホン、すなわち「大耳の人」と呼んだ。部族の男たちには、耳たぶに円板を入れる文化的習慣があったからである。少年のときにつけはじめ、成長するにしたがって段階的に大きなものへ変えていく。歴史的に、彼らはチブサノキの果実からとれた染料で黒い刺青を入れ、ベニノキの艶光りする赤い染料を塗って身体を飾る習慣があった。わたしが訪問した村の大人たちはその習慣を保持しておらず、混血のリベレーニョのように欧米の衣服（着古したTシャツ、サッカーの短パン、ビーチサンダル）を身につけていたが、ヤシ科のチャンビラパームの繊維を用いてかごやハンモック、縄、魚網などを昔ながらの方法でつくっていた。

母親たちから聞きとった話は、ビダールさんや、ロッジ近辺の川沿いに住むリベレーニョの母親七〇人近くから聞いた内容と一致した。とくに大きな問題は、子供たちが絶えず腸内の寄生虫に罹患していることである。ほとんどの家庭は六人か七人の子供がいるが、若い母親の多くはよりよい家族計画の選択肢に興味を示し、二、三人の子供でじゅうぶんだという。医療へのアクセスはむずかしかった。現地のもっとも一般的な移動手段は丸木舟で、なかには診療所へ行くのに三、四時間かかる人もいた。つまり、多くの子供はほんとうに具合が悪くなるまで治療を受けられず、慢性的な感染状態のまま放っておかれ、弱っていく。ときにはビダールさんの診療所で見た男の子のように、手遅れになってしまう場合もある。

マイフナ族の村を訪問したあと、もっと遠くにある先住民の村の話を聞いた。わたしの取材に同行したことのある子供たちの何人かがその場所を知っており、ぜひとも案内したいという。どうも子供たちは、そのヤグア族は川辺のほかの住民とはちょっと違う、といっているらしい。訪れてみると、子供や若者、壮年の住民は欧米式の身なりをしていたが、高齢者の多くはチャンビラパームの繊維でつくった伝統的なスカートをはき、ヘッドバンドを巻いている。また、川に棲む巨大なナマズの骨をベニノキの果実の染料で鮮紅色に染め、うろこ状の首飾りにしたものをつけていたり、ベニノキの種子の艶やかな赤で顔に色を塗ったりしている人もいた。

わたしは興奮した。伝統衣裳の長老たちを見たからではなく、わたしが知りたいと願ってきた、地元の植物に関する伝統的な知識を豊富に持っているに違いないからである。ひととおりの挨拶が終わると、たくましい体つきの村人が、ヤグア語とスペイン語の両方がわかるから通訳をしようと申し出てくれた。

一軒の家へ行き、伝統的な方法でマサトをつくっている女性たちとわたしが話しているあいだ、ほかの女性たちはならんですわり、切ったばかりのヤシの葉をすばやい手つきで編みこみながら、屋根の葺き替えに使うマットをこしらえていた。子供の一般的な症状（咳、腹痛、下痢など）になにを与えるのかと聞いているとき、ある女性の夫が森の狩りから戻ってきた。身長は一五〇センチほど、伝統衣裳のスカートを身につけ、裸足で、森を長年歩いてきたために足の裏は厚い。片手には、彼の背よりもずっと高くそびえる棒のようなものを持っている。近づいてくるにつれ、それがなんだかわかった――吹き矢筒《ブクナ》だ！　もう一方の手につかんでいるのはクモザルの成獣である。これは新大陸に棲息するサルで、毛がふさふさしており、手足のように物をつかめる尾を持つ。クモザルは狩人の手からだらりとぶら下がっていた。

その毛皮のなかで、なにかが動いた。背中で小さな黒い毛のかたまりがもぞもぞしたかと思うと、頭がぴょんと出てきて、ふたつの目を見開き、小屋での作業のようすをまじまじと見つめる。

狩人は母猿から小猿をそっとはずすと、孫娘に手渡した。ペットをもらった少女の顔が輝く。これまでほかの家を訪問したときも、いちばん年下の娘が小さな霊長類のペットの世話をしている光景をよく見たが、狩人から少女へ手渡される現場を見たのは初めてだった。この伝統は楽しみだけが目的ではない。これは幼い女の子が幼いものを世話する技術を学ぶための重要なステップであり、彼女たちが成長するにつれ、世話をする対象は弟妹に移る。ペットも成長すると、新たな役割をになう――家族の食事になるのである。

狩人が妻に獲物を手渡し、妻は夕食にするための処理にとりかかった。わたしは狩人から目が離せず、彼はそれに気がついた。わたしの注意を引きつけたのは彼自身ではなく、その手に握っている物だった。わたしの興味の対象に気づいたらしく、彼は吹き矢筒を差しだした。

わたしはフロリダ南部の森や沼地で、父や従兄弟たちと一緒に狩りをして育った。早朝、木に設置した台にのぼって鹿が現れるのを待ったり、穴を掘って土地を荒らす野生のイノシシを狩猟犬で追いだしたりしたものだ。野生動物と狩猟の神聖さに敬意をはらいながら育つなかで、わたしはつねに必要なものだけを狩ること、殺したものは食べることを教えられた。そういう意味では、文化も言葉も、環境も異なる世界に属しているが、ヤグア族の狩人とわたしには多くの共通点があった。

わたしは吹き矢筒をありがたく受けとり、その重さをたしかめ、つくりの精巧さに感嘆した。きっと、義足を点検していたさっきの子供たちのように、目を丸くしていたに違いない。長さ約二メートルの装置は手づくりで、すべて地元の植物からできており、森林の樹冠あたりの――高いところでは狩人から六メートルも離れている――獲物に命中させることができる。筒を裏返してみると、思っていた以上の美しさであることに気づいた。これはほんとうは、樹皮をむいたヤシの木の幹を縦半分に切り、黒い樹脂でぴったりとつなげたものなのだ。吹き矢筒のてっぺんの吹き口には、砂時計型の木片がついており、中央に穴が開いている。狩人は吹き矢筒のほか、この狩りに必要なほかの三品も見せてくれた。三〇センチほどのヤシの葉を円筒形のかごに編んだもののなかには、まっすぐでかたい、これも三〇センチほどのヤシの細い棒がはいっている。矢だ。

次に、小さなポーチを調べてみた。大きさは針差しくらいで、模様が編みこんであり、なんだか祖母のかぎ針編みを思いださせる。繊維の一部はベニノキ染料で赤く染めてあり、内部には白くてふわふわした、別のヤシ繊維が詰めてある。色やかたさは綿に近い。最後に取りあげたヒョウタンの壺は、小さくてかたく、わたしの手にぴったりおさまるくらいの大きさだった。なかには粘調性の真っ黒な樹脂――強力な矢毒がはいっていた。

わたしは自分の手のなかにあるものが信じられなかった。この驚くべき液体については、シュルツの著作で何度も読んだ。アマゾン一帯では、ある種の植物をあわせてタール状のペーストになるまで水で煮こみ、クラーレ毒をつくる。もっとも重要な原料は蔓植物のクラーレ（学名コンドロデンドロン・トメントスム *Chondrodendron tomentosum* ツヅラフジ科）であり、この植物は血流にはいると麻痺を引き起こすd-ツボクラリンを含有する。ツボクラリンは神経筋接合部（運動神経が筋肉に情報を伝達する場所）で重要な受容体をブロックすることにより、筋肉を強く弛緩させ、その強力な作用は呼吸に必要な筋肉である横隔膜の動きさえ止めてしまう。

ヨーロッパ人が南アメリカの探検をはじめた初期の頃から、矢毒のクラーレは西洋を魅了してきた。イギリスの軍人で植民者のウォルター・ローリーは一五〇〇年代後半に、これを見たことを記している。一八三二年には、プロイセンの博物学の大家で探検家のアレクサンダー・フォン・フンボルトが、アマゾンのさまざまな植物を用いてこの矢毒を作成する方法を初めて報告した。探検家で博物学者のチャールズ・ウォータートンは、クラーレを投与した動物でも効き目がなくなるまで人工呼吸をすれば生存できることを実証した。しかしクラーレの作用機序があきらかになるのは、一九三五年、ヘンリー・デールの研究所のハロルド・キングが博物館所蔵のサンプルを用い、その活性成分（d-ツボクラリン）を特定するまで待たねばならない。画期的な発見から一〇〜二〇年後のアマゾンを旅して研究する年月のなかで、シュルツは矢毒クラーレに使用される植物を少なくとも七〇種以上突きとめた。いくつかのレシピでは一五種類もの材料を用いていた。

西洋人がクラーレに注目したのは、狩猟に役立つからだけではなかった。ハロルド・キングが活性成分を分離した頃、医師はそれを筋弛緩薬として使いはじめ、外科手術への応用がすぐに試みられた。やがて化学者は、医薬品としてのd-ツボクラリン合成誘導体の作成に成功する。現在、麻酔科医は手術中に麻酔薬を投与して患者を眠らせる一方、神経筋受容体に作用する筋弛緩薬を慎重に用いて、手術をやりやすくするために組織の緊張を取り除く。

狩人とならんで立ちながら、わたしは感謝の念にうたれていた。この瞬間がわたしにとってどのような意味を持つのか、スペイン語ではうまく表現できなかった。わたしはすでに二〇回以上の手術で麻酔薬と筋弛緩薬の投与を受けており、ときには何時間にもおよぶ手術もあった――脚を切断したり、股関節をつくりなおしたり、大腿骨をのばしたり、骨棘を切りとったり、脊柱の側弯をなおしたり。そのどれもが、植物性タールのはいったこの不思議な壺がなければ実現不可能だったろう。いま、わたしは歴史を手にしている。この真に有効な医学知識はこれほど長い距離を、世紀をまたいで延々と旅してきた。この森に自生する植物を注意深く選別して精製した液体が、すべての源なのである。わたしは幸運な医学の時代に生まれた。自分たちの知識がどれほどの可能性を秘めているか、自分たちの作業がどれほど多くの人を助けるかを意識すらしていなかったシャーマンの儀式と仕事から、恩恵を受けたひとりだった。

村人たちに別れを告げるときが来て、まだあかるいうちに子供たちの村やロッジに帰り着けるよう荷物をまとめてモーターボートに向かおうとしたとき、現地の通訳がわたしを呼び止めた。暗くなる前に帰らなければならないから、一緒に食事をする時間はないと思った。しかし、用事はそのことではなかった。贈り物としてわたしに吹き矢筒を受けとってもらいたいという。

「いえいえ、それはだめです」とわたしは辞退した。「こんなに美しくて貴重なものをいただくわけにはいきません」

通訳がいうには、狩人は新しい吹き矢筒をつくりおえたところだから、古いものを贈りたいのだという。わたしは、お返しとしていくらかのお金を贈ってもいいだろうかと尋ねた。それぞれの贈り物を交換し、あらためて感謝と別れの挨拶をかわしてから、ボートに向かった。いまや、わたしは本物のヤグア族の吹き矢筒のれっきとした持ち主である。

一週間後、あるメティチーソの村の学校を訪問したあと、わたしは教師と一緒に校舎の外に出て、サッカーに興ずる子供たちのようすを眺めた。わたしたちの応援を受けて、何人かが得意技をくりだしてみせる。試合がはじまって数分すると、年嵩の子供ふたりが川の水を汲んだバケツをぶら下げ、丘を登ってきた。のどの渇いた子供たちはバケツに群がり、思い思いに手で水をすくって飲んでは、ふたたび試合に戻っていく。それがいつもの習慣なのはあきらかだった。

これには驚いた。

多くの母親たちと話しあってきたが、みんな飲んだり調理に使ったりする水はあらかじめ沸騰させると述べており、その重要性も理解していた。しかし現実には、それをいついかなるときも実践するのはむずかしい。政府による最近の公衆衛生キャンペーンでは、水を沸騰させる重要性を各コミュニティに説いているが、成功しているとはいいがたい。誰もが川の水をそのまま飲んでいる。

ビダールさんが子供の健康管理を徹底できない理由がここにもある。ビダールさんに適切な支援はなく、孤立無援といってもいい。地元の子供たちは、ビタミンや栄養素が豊富な野生植物や栽培作物を食べ、バランスのとれた食生活を送っているが、子供たちの健康状態はよくない。ビダールさんの診療録には、さまざまな疾患の診断名がきちんと書きとめられている。貧血、マラリア、下痢。そして呼吸器疾患は、診療所を訪れた一歳以下の子供の五四パーセントが罹患しており、乳幼児死亡のおもな原因となっていた。

子供にもっとも多いのが腸内寄生虫の慢性感染で、これは地球上の発展途上国の子供に共通する問題である。熱帯では、とくに回虫、鞭《べん》虫、蟯《ぎょう》虫、鉤《こう》虫などの寄生蠕《ぜん》虫類が多く、衛生設備が整っておらず、清潔な飲料水が入手しがたい地域で問題が悪化する。寄生虫は鉄欠乏性貧血、ビタミンA欠乏症、下痢と腹痛、認知障害、免疫機能の低下などをまねき、マラリア流行地域の子供たちにはとくに危険が大きい。

こうした寄生虫感染は、寄生虫が混入している水を飲んだり、土をさわったりすることで発生する。鉤《こう》虫は皮膚での接触を介して体内に侵入し、血流にのって肺へ移動したあと、気管やのどを経て腸内に到達する。成虫は腸の粘膜に噛みついて血を吸うため、慢性的な腸内出血の原因となる。また、腸の炎症、下痢、腹部の膨張を引き起こし、子供はおなかがふくれた外観になったりする。鉤虫感染にともなう腹痛を、地元では「コリコ（疝痛や腹痛の意）」と呼ぶ。メベンダゾールやパモ酸ピランテルなどの駆虫薬は、いずれも地元では手にはいらないか、こういった小さな村ではほとんどの人がはらえないほど高額なので、大半の患者は未治療のままとなる。とりわけ幼い子供をかかえる若い母親には、選択肢はかぎられている。

観察者として現地に赴いたわたしは、地元の人々と周囲の環境、彼らの健康との関係を記録し、理解を深めたいと思った。病気をたくさん見た。かからなくてもいい病気の子供も大勢いる。もっといい方法があるはずなのに。

あることがとても気になった。わたしが訪問したどの村にも、ドン・アントニオから教わった薬用植物が豊富にある。とりわけ、ほとんどすべての村の中央にオヘイの木があった。

これは解決策にならないのだろうか？

ドン・アントニオが教えてくれたオヘイの樹液の使用法によれば、この地域で昔からオヘイが子供たちの虫下しの治療薬に使われていたのはあきらかだ。わたしはさっそく、母親たちにその件について尋ねてみた。母親たちは子供の腹痛《コリコ》の治療にオヘイを使えることを知っていたが、こわがっていた。まちがった使い方をすると、子供の具合がひどく悪くなるという知識があったからである（ドン・アントニオは薬用植物について話をするとき、つねに用量の重要性を強調していたが、とくにオヘイはそうだった）。副作用へのおそれから、伝統的な治療薬は使われず、子供たちの慢性疾患は放置されていた。

何時間もかけて診療所や病院に行くことや高額な薬代の壁だけではなく、母親たちがオヘイの使用にもためらいを感じているのがわかった。しかし、この状況は悲劇である。なんらかの慢性疾患の解消につながる木が村の真ん中にはえているのに、住人の多くはその適切な使用法の知識を持っておらず、あきらかに生物医学は伝統医療にとってかわっているけれども、使いやすい西洋の薬は普及していない。いらだたしい矛盾——子供の健康を守ろうと必死になっている母親たちは、それをかなえるための資源にかこまれているにもかかわらず、西洋化の影響さえなければ世代から世代へ受け継がれていたはずの知識を失ったために、途方に暮れている。

アマゾンへ来る前に読んだ、医療人類学者チームの言葉を思いだす。「病気とは、たんなる個別の出来事でもなければ、自然との不運な接触でもない。それはある種のコミュニケーション——臓器の言語——であり、自然、社会、そして文化が同時に語りかける現象なのだ[1]」

ナポ川流域で、病気は複雑だということを学んだ。そして、医療もそうなのだと。ここでは、病気になるとはどういうことか、なにが原因で病気になるのかという概念そのものが、集団の社会文化的慣習や精神的背景と密接にかかわりながら構築されている。こうした状況下では、これらの問題を理解したうえで、患者がふたたび元気になるにはなにが必要かを真剣に考えねばならない。

伝統的な治療法では、薬（薬草など）の単独投与だけで終わることはほとんどない。むしろ、物質を使わないほかの方法を組みあわせる場合が多い。それは往々にして精神の領域にまたがり、患者の精神、身体、魂を癒やすことを目的とする。生物医学と伝統医療が大きく異なる点は、ここにある。

ドン・アントニオと植物園で作業をしたり、彼の患者を訪ねたりするうちに、病気と癒やしの関係に対する理解が深まっていった。わたしは全体観的《ホリスティック》医学のほんとうのすばらしさを知り、西洋の逆症療法的《アロパシック》——投薬や手術などによって症状を抑える——医学教育を受けることにあまり魅力を感じなくなった。それと同時に、地元の保健師や子供、大人、地域住民との交流も深く心に残った。わたしは物事を大きくとらえるようになり、自分がどこでなにをしたいのかを考えはじめた。

ある村での午後遅く、日暮れ時の光が樹冠からこぼれるなかで、わたしは薄い壁のように高くうねる、オヘイの巨大な根を見つめた。太くてなめらかな幹は高くそびえ、はるかな頭上で誇らかに枝をはり、周囲の木の葉や枝と混ざりあっている。

わたしにはドン・アントニオのような知識は無いし、これからも持つことはないだろう。しかし彼は窓を開け、大学の教科書や高校時代の救急外来ボランティアでは知ることができなかった医療、人々、そして世界を垣間見せてくれた。この偉大な、わたしが生まれるずっと前から育ってきた木のそばに立ち、感謝と野心、可能性がない混ぜになった感覚を味わった。

よくわからないながらも、人間の生存にとても役立つ化合物を秘めた巨木は、やわらかな風に葉を揺らしながら、わたしにとって非常に重要なことを徐々に結晶化しているように、この人生で自分になにができるかを考えるすべを示しているように感じた。わたしはフロリダの小さな町に生まれ、先天性の障害が人生と情熱の形を決めてきたが、いい時期にここアマゾンにやって来ることができた。いまわたしは大学を卒業し、医学部に――合格すれば――進む瀬戸際にいる。そして大人の世界に、なにかを変えたいと願っている領域に足を踏みいれようとしている。わたしには伝統療法と西洋医学の両方のよさがわかる。そのどちらもがわたしの人生を形づくっているのだから。この旅を続けていきたい。ここで、この交差路で、仕事を続けていきたい。頭上にそびえる偉大なオヘイのように、かぎりない可能性を感じられる場所で。

帰郷はほろ苦かった。ふたたびアマゾンに戻るまでに、長い時間を過ごさねばならない――目の前には、医学部で学び、研修医となり、専門医の資格を取るという、はるかな道のりが待ちかまえている。ドン・アントニオの息子のギルマーが、別れの贈り物としてわたしの左脚のふくらはぎからつま先にかけ、チブサノキの染料で大蛇の刺青《タトゥー》を入れてくれた。時が経つにつれ、真昼のジャングルのにおい――林道を歩むわたしを包みこむ、蒸れた、泥と植物が混ざりあった濃密なにおい――の記憶は薄れていった。チブサノキの刺青も、ヘナの刺青と同じように、やがて消えた。わたしは友人と一緒に、スクリーン・プロジェクターで映したスライド写真をながめて楽しんだ。ベンチに座るパトリキアとわたし、わたしの義足で遊ぶ子供たち。大学の最終学期の忙しさに追われながら、一か月、二か月と過ぎていった。そしてある日、郵便物が届いた。

来た。封筒を破いて開けると、医学部の合格通知がはいっていた。どれほどこの日を待ち望んでいたことだろう。この目標を達成するために、文字どおり人生を捧げてきたのだから。いろんなことをがまんし、生化学や物理学に何時間も取り組み、医学部入学試験のために夜遅くまで知識を頭にたたきこんで、ついにやり遂げた！

だが、その瞬間、自分がまったく無感動であることに気づいて愕然とした。郵便室で跳ねまわり、こぶしを突きあげ、今夜はお祝いよと友人たちに呼びかけるはずなのに。

わたしは両親に電話をかけ、その知らせを告げた。「ママ、パパ——医学部に受かった」両親はおめでとうといってくれたので、次の言葉をいっそう伝えにくくなった。「でもね、行かない。かわりに、植物の勉強をして民族植物学者になりたいの」

電話口の向こうに沈黙が広がった。接続の問題でもあるのだろうか。

すると、ふたりが同時にこたえた。「民族——なになりたいんだって？」

［＊　邦訳書はアレクサンダー・フォン・フンボルト『新大陸赤道地方紀行　上中下』（大野英二郎・荒木善太訳／岩波書店／２００１〜３年）］

# 第4章 偶然の出会い

霊感に打たれたように、わたしは食物がどのように人々をむすびつけ、世代を超えて家族をつなげてきたのかが、アイデンティティと社会構造をつくる原動力なのだと悟った。

——ショーン・シャーマン『スー族シェフの先住民族料理』（二〇一七年）

わたしが初めて参加した学術会議は、二〇〇〇年一〇月にジョージア大学で開催された国際民族生物学学会だった。その年の五月、わたしは生物学と人類学のふたつを専攻してエモリー大学を卒業し、夏のあいだは恩師のひとりであるミシェル・ランプル博士と一緒に新しい教科書の編集や調査をおこなった。ランプル博士は、女性のほとんどがその道に進まなかった時代に医学博士を取得した人である。博士は熱心な教官だった。科学の一次文献［オリジナルな学術論文］を読み、批判的に考えるようにとの指導を受け、わたしたち学生は次々と研究論文を評価していった。博士が発想を転換しておこなった、幼少期の骨の成長現象に関する研究は心に響いた。女性であっても努力をし、深く考え、創意工夫を重ねれば、科学分野で大きな仕事ができる。博士はわたしのロールモデルとなった。その指導により、健康の意味や、健康にはさまざまな側面があることをしっかり考えるようになっていった。

研究についての議論を重ねるうちに、ランプル博士はわたしのペルーでの調査結果についてよく知るようになり、学会での発表に応募するように勧めてくれた。そこで「植物と薬――ペルー・アマゾン地域における西洋医学の健康への影響」と題し、初めて科学的な概要《アブストラクト》を書いて応募した。

口頭発表に選ばれたとの連絡を受けたとき、よろこびと同時に恐怖を感じた。まずスライド原稿の用意がある。それをフィルムにして回転ホルダーにおさめ、会場の大きなスクリーンに映しださなければならない。さらに一五分間専門家のように話し、そのあとは五分間、何十人、何百人もの本物の専門家から質問を受けなければならない。いったいどうしよう。

しかも大学を卒業したとはいえ、銀行にあるのは数百ドルだけ。不定期のアルバイトでしのいでいる身としては、会場ホテルの相部屋に泊まる余裕はない。家賃をはらうだけで精一杯なのだ。しかし幸運にも当時のガソリンは一ガロン［約四リットル］あたり一ドルと安く、それならわたしにも購入できる。毎日朝早く起き、アトランタからジョージア大学のあるアセンズまで州間高速道路八五号線を一時間半、空色のジープ・ラングラーで走ることにした。

会議に誰か知り合いがいるわけでもなく、今回もただひとりのミッションである。それまで自分が知っている民族植物学者や民族生物学者といえば、眼鏡をかけて頭の禿げたリチャード・エヴァンズ・シュルツのセピア色の写真をはじめ、むさぼるように読んだ本や論文に掲載されていた人々だけだった。ところがここには、わたしと同じように人間と自然の交差路に魅了された人々が、大学院生から博士研究員《ポスドク》、そしてたびたび論文を目にする教授まで、世界中から集まっている。

連日、熱帯地方での薬用植物の利用から、実験室における生物学的活性の評価にいたるまで、おもしろそうな発表が目白押しだ。わたしはあらゆる教育講演に興味を持ち、熱心にメモを取った。講演やポスター発表のほか、知的財産権、伝統的知識、利益配分協定に関するワークショップもおこなわれた。なかでも、一九九八年にブレントとエロイーズ・バーリン両博士が立ちあげた生物資源調査プロジェクト「生物多様性国際協力グループ・マヤ計画」に関する調査が大きな注目を集めていた。

アメリカの国立衛生研究所（ＮＩＨ）が資金提供したこのプロジェクトは、ジョージア大学、メキシコ・チアパス州のマヤ人の代表として結成されたＮＧＯ（非政府組織）、そしてウェールズの製薬会社のあいだで合意されたものである。事前にマヤ人のインフォームド・コンセントを得たのちに、彼らの伝統知識を記録し、伝統医療から創薬の可能性をさぐることが目的だった。しかし開始からほどなく、このプロジェクトは先住民の活動家やメキシコの科学者から激しい批判を浴びた。これは「生物資源調査」なのか「海賊的生物資源調査《バイオパイラシー》」なのか？「生物資源調査」が商業的に価値のある有用成分を含む動植物を探すことであるのに対し、「海賊的生物資源調査」とは、先住民の許可や先住民への補償もないまま、利益を得るためにこうした天然資源を不当に利用することである。議論の中心となったのは、創薬につながるかもしれない知識を提供したマヤ人個人が報酬を得られるのかどうか、という点だった。つまり、「彼らは搾取されているのか？」

議論は白熱した。適切なインフォームド・コンセントを得た倫理的な生物資源調査であると主張する人もいれば、搾取であると断固として主張する人もいる。活動家、科学者、そしてマヤ人の先住民代表がテーブルにつき、賛否両論を唱えているのを見て驚いた。当時のわたしはこの問題の基本的なことしか知らず、実際の協定を読んだり、公平な利益配分がどのように組みこまれているかを分析したりする機会もなかった。そのため円卓会議では黙って耳を傾け、スポンジのように知識を吸収した。

会議から一年後の二〇〇一年、ＮＩＨは資金提供を取りやめ、プロジェクトは中止された。この事件は生物資源調査に国際的な注目を集めるきっかけとなり、わたしの心にも、事前のインフォームド・コンセントを徹底すること、先住民のパートナーやコミュニティ、地元の科学者と公平な協力関係をむすぶことの重要性が深くきざまれた。二〇一〇年には、こうした複雑な問題に関する国際的なガイドラインの基盤として、生物多様性条約の「資源取得と公正な利益配分に関する名古屋議定書」[1]が採択され、二〇一四年に発効した。

わたしにとってこの学会は、できるだけ多くの科学知識を吸収するだけではなく、大学院の進学先や研究機会を見つける場でもあった。大きな丸テーブルに用意されるランチの時間は、さまざまな科学者と出会うにはもってこいである。わたしは毎日、新しいグループとレンズ豆のスープやグリルドチーズ・サンドイッチを食べ、ネットワークを広げ、それぞれの研究や教育プログラムについて情報を収集することに専念した。わたしは世界各地の人々と会ったが、アンドレア・ピエローニ博士もそのうちのひとりである。彼は陽気なイタリア人で、分厚い黒縁眼鏡をかけ、濃いクルミ色の髪はいつも乱れっぱなしのような感じの人だ。ロンドン大学で博士課程修了後のトレーニングを終えたアンドレアは、人々が山菜をどのように見分け、採集し、調理しているのか、また、特定の山菜を摂取することでどのような健康効果を得ているのかを研究していた。

学会の最終日、アンドレアとほかのふたりのランチ仲間が、わたしにアトランタまで送ってほしいといってきた。彼らは飛行機やバスで帰るのだが、どれもわたしの居住地から出発するのだという。わたしは快く承諾した――小さなジープにならんで座り、荷物を膝の上に載せたままでもいいのなら、という条件付きで。

ダウンタウンのグレイハウンド・バス・ステーションから国際空港にまわって同乗者を降ろしたところ、ひとりだけ残った。

「あなたのターミナルはここじゃないの？」とわたしはアンドレアに尋ねた。

「ああ、ここだよ。というか、そうなるところ」

「どういう意味？」

「ぼくも空港から出るんだけど」と彼はイタリアなまりの英語でいった。「三日後なんだ。きみのところに泊めてもらってもいいかな？」

さすがに驚いた。

「いいわよ」とわたしは答えた。まあ、彼も民族植物学者なのだから。

そのひと言が重要な意味を持ち、すべての出発点になるとは思いもよらなかった。もちろん恋愛感情はなく、わたしは自然を愛する兄貴分を見つけたような気分だった。

わたしたちは、ノース・ドルイド・ヒルズ・ロードにある住まいに向かった。ベッドルームが三つあるこのアパートを、わたしは友人のハンナとその恋人、大学時代の友人ブライアンの三人とシェアしていた。リビングには古い布団があったので、アンドレアには滞在中それを使ってもらうことにする。わたしはリビングの窓を開けて外気を入れた。

もうすぐハロウィンという一〇月、秋のさわやかな空気が流れこんできた。イタリア人のお客様によろこんでもらおうと、ミートソース・スパゲティを大量につくった。缶詰のソースに挽き肉をどっさり入れたので、できあがったものは濃厚でもったりしており、繊細なパスタ料理というよりは、中学校の学食のスロッピー・ジョー・サンドイッチ［ミートソースのサンドイッチ］に近かった。アンドレアは残さず食べたが、それが礼儀のためだったのはまちがいない。

翌日、わたしはアンドレアを大好きなアトランタ植物園に連れていった。大学生の頃、裏で植物の鉢の植え替えボランティアをしていたので、この植物園で長い時間を過ごしたものだ。とっておきの場所はフークア温室である。二階建て以上の高さのある広々としたガラスの館は熱帯植物の宝庫で、コラノキ（学名コラ・アクミナタ *Cola acuminata* アオイ科）、ビンロウジュ（学名アレカ・カテク *Areca catechu* ヤシ科）、蔓性のブラックペッパー（学名ピペル・ニグルム *Piper nigrum* コショウ科）などのほか、さまざまな形や大きさのヤシが大きな葉を通路に広げ、天蓋にまで伸びている。展望台にいると、たまに小学生の団体や見学者たちのおしゃべりが消える静かな時間が訪れる。そんなとき、目を閉じて、森の植物のにおいや蛙の鳴き声の混じる湿った空気を吸いこむと、アマゾンに戻ったような気分になる。そして、その不思議な感覚に身をゆだねる。

やはり植物好きのアンドレアは、熱帯植物用温室を熱心に見学し、通路わきの植物の葉に手を伸ばしては、その模様や形の多彩さに感嘆していた。園内に広がるヨーロッパ種の区画では、さまざまな植物の学名や、ヨーロッパの薬草学での使用法などをくわしく説明してくれた。

アンドレアの滞在が終わりに近づいた頃、わたしは自分が受けた教育やこれまでにしてきたこと、民族植物学のフィールド調査についてもっと学びたいことなどを話した。わたしはアマゾンで貴重な経験をしたが、この大きな学会への参加で新たな事実に気づいた。わたしが積まなければならないトレーニングは山ほどある——大学院での勉強と現場での体験の両方をとおして、専門的な方法を身につけたかった。

医者になるのはやめて博士号を取得するという決断をギリギリで下したため、その年のプログラムの応募期間は過ぎていた。とにかく大学院進学適性試験を受けて、指導教官候補に連絡を取らなければならない。それにはかなりの時間がかかり、わたしは後れを取っていた。

アンドレアは助成金を得て、南イタリアの少数民族アルバニア人の野生の食物採集行動を研究するチームを発足させたのだという。プロジェクトはその年度の春にスタートする。

「自分で現地まで行って食費をはらえるんなら、泊めてあげるよ。きみもそういったろう？　きみがぼくにしてくれたのと同じことさ。それに」とアンドレアは付けくわえた。「なにしろイタリアだからね！　料理ができるようになるかもしれないよ！」

わたしを買ってくれた！

唯一の問題は、人生においても、科学においても、永遠の課題である「お金」である。わたしにはお金がなかった。アルバイトは貯金ができるほどの報酬ではないし、親に頼るのも気が引けた。いずれにしろ大学を卒業して学士号はあるのだから、自分で職を見つけなければ。両親はすでに在学中の奨学金ローンの返済を助けてくれていた。

わたしは、フィールドリサーチのための資金調達がむずかしいことを痛感した。とくに、在籍中の学生でもなく、専門家の資格もない場合はなおさらである。支給される額の大小にかかわらず、あらゆる資金源を探しては、小論文や「イタリアにおける先住アルバニア人民族植物学」と題した研究計画書を提出し、元教授やアンドレアの推薦状を添えた。ついに執念がみのり、うれしいことにわたしが所属する女子学生クラブ「カッパ・アルファ・シータ基金」から一八〇〇ドル、科学と障害者基金から一〇〇〇ドルと、ふたつの助成金が得られた。これで飛行機代、食費、その他費用をまかなえる。アンドレアが用意してくれた住居で、わたしは三か月間イタリアに滞在することになった。

ローマのフィウミチーノ空港――別称レオナルド・ダ・ヴィンチ国際空港の手荷物受取所を出ると、アンドレアがわたしを待っていた。ジーンズに赤いTシャツ、薄手の黒いジャケット、背中には小型の青いバックパックという軽装である。荷物はたったそれだけ！　わたしといえば、アマゾンのときと同じく、巨大なダッフルバッグがはちきれそうなほど中身を詰めてきたのに。次はローマの中央駅からリオネーロ＝アテッラ＝リパカンディダ行きの列車に乗り、乗り換えを含めて六時間の旅だが、なんとか日暮れ前に目的地のジネストラへ到着することができるだろう。途中でサンドイッチを仕入れたとき、アンドレアはわたしに、食べたことがないんだったらイタリアの特産品であるモッツァレラ――水牛の乳からつくるチーズ――をためしてみろと勧めた。

近況やプロジェクトの目標などを話しあったあと、わたしたちはなだらかな田園風景を眺めながら、静かな時間を過ごした。小麦畑がどこまでも続き、そのあいだにオリーブの木が茂り、ブドウの木が何列もならんでいる。オリーブの葉は三月のあかるい日差しを受けて緑や銀色に輝き、野草の群生は黄色、赤、紫と万華鏡のような色あいで春の訪れを予感させる。

遠くには山なみが広がる。けわしい稜線に張りつくように小さな村が点在していたり、何世紀も前に植えられたクリの木の広大な森に覆われていたり。これからはじまる冒険への期待と旅の疲れがせめぎあう。車窓を行き過ぎる美しい風景に目をやりながら絶え間ない列車の揺れを感じているうちに、いつしかわたしは眠りに落ちていった。

古ぼけたタクシーに乗り、なだらかな丘陵を縫う田舎道を走っていくと、目的地のジネストラが見えてきた。丘の中腹にはアザミやトウが生い茂り、崖の斜面にはこの基礎自治体の名前の由来にもなっている低木ジネストラ（和名レダマ）（学名スパルティウム・ユンケウム *Spartium junceum* マメ科）が、あざやかな黄色の花を咲かせている。人口七〇〇人弱のジネストラは、丘の中腹にある小さな村だ。どの家も壁と壁がつながっており、窓辺やバルコニーから吊された花鉢がクリーム色の漆喰の壁に映え、屋根にはいかにも地中海らしい赤いテラコッタの瓦が使われている。村の端には古い教会と墓地――地元ではラ・マドンナと呼ばれる――があり、中心部の広場にはカフェにもなるバーと、タバコと新聞を売る店がある。タバコ屋はダイヤルアップ式のインターネット回線をそなえており、わたしたちは週に一度、一分単位で料金をはらい、そこでメールの送受信をしたものだ。

広場に到着したあと、わたしは肥満したカピバラのようなダッフルバッグを引きずりながら、なんとかアンドレアに遅れまいとした。アンドレアは、マッシモという村人を探しにいった。その男性がアパートの鍵を渡してくれる手はずになっていたのである。

虫除けのビーズ紐のカーテンをわけて、わたしはバーにはいった。イタリア語の会話集を片手に、バーテンダーにゆっくりと「コカコーラをお願いします《ウナ・コカコーラ・ペルファヴォーレ》」と話しかけた。自分の南部訛りのせいで、想像以上にたどたどしく聞こえる。彼が飲み物を用意しているあいだ、小さな部屋を見まわしてみた。「レモンは《リモーネ》?」と、バーテンダーがわたしの注意をうながした。「ええ《スィ》、ありがとう《グラツィエ》」と答えると、彼はあざやかな黄色のレモンを一枚薄切りにし、飲み物の上に浮かべた。

どの男性も――ここでのんびりしている女性はいなかった――わたしに目を向けており、この女は誰なのか、この村にいったいなんの用があるのかと、好奇心をむきだしにしている。わたしの七分丈のカプリパンツからのぞく、濃い小麦色をしたプラスチック製の義足にも遠慮のない視線をそそぐ。一瞬の沈黙のあと、熱気をおびた会話がふたたびはじまった。ひと言も理解できない。次から次へと、人がバーの入口から顔をのぞかせる。
アンドレアがわたしを呼んだので、コーラを飲みほし、すぐ角のところにあるアパートの前でアンドレアとマッシモに合流した。厚い木のドアの高さは二メートルほど、ドアハンドルはなく丸いノブがついているだけで、大きな鍵をがちゃりとまわして開錠する。建物のなかにはいると、マッシモが先に立って階段をのぼり、居住区へ案内してくれた。かびくさくて冷え冷えとしている――なめらかな大理石に晩冬の湿気がしみこんでいる。しかし、部屋は驚くほど広かった。ほこりやクモの巣など、しばらく人が住んでいなかったあとがうかがえるが、それがかえって古きよき時代の風情をかもしだしていた。

ダイニングルームには小さな簡易ベッドがおかれてあり、ウォークインクロゼット程度の広さの小さなキッチンとつながっている。リビングルームは、クリーム色のタイル張りの床となめらかな漆喰壁が美しいが、家具はまったくない。マッシモは、来月合流予定のふたりのチームメンバー（サビーネとハラルド）や、短期滞在の研究者用にベッドを確保しておくといった。廊下の奥に主寝室があった。アンティークのキングサイズベッド、衣類を収納する美しいオーク材の鎧戸がふたつ。小さなバルコニーからは、畑や牧草地、ブドウ園、果樹園などがパッチワークのようにならぶ、なだらかな丘陵地帯が見わたせる。

当然、ここはアンドレアの部屋だと思った。なにしろ彼の助成金で住居費をはらっているのだから。ところが、わたしにこのベッドのある部屋を使えという。自分はダイニングの簡易ベッドでじゅうぶんだ、というのである。

翌朝、わたしは野菜売りのよく響くバリトンの声――ピセッリ《エンドウ》、ラットゥガ《レタス》、カローテ《ニンジン》、フィノッキオ《フェンネル》！――で目ざめた。野菜売りたちは小さな三輪カートに乗って広場を抜け、曲がりくねった細い路地を走っていく。アンドレアとわたしは買い出しに行く前に広場のバーに寄り、カプチーノと、濃厚なクリームがたっぷりはいった薄皮のコルネットを注文した。それから野菜売りを呼び止めて、エンドウとレタスとニンジンとフェンネル（わたしの眠りを破った野菜たち）を買い求め、肉屋で鶏肉を、パン屋でモルトとキャラメルの香りがするデュラム小麦のパンを買った。この買い物の方法はとても簡単で合理的だったが、わたしが慣れ親しんできたやり方とはまったく異なっていた。ここでは、野菜は収穫したてでみずみずしく、旬のものが手にはいり、鶏肉は前日にしめたもの、パンはその日の朝に焼いたものだ。あとで会った羊飼いは、なんと数時間前にしぼった羊の乳からつくったリコッタ（乳清チーズ）の袋をプレゼントしてくれた！　マッシモは、彼の家族が所有する菜園とブドウ畑の収穫からつくったオリーブオイルとワインを、濃い色のガラス瓶に詰めて持ってきてくれた。

どれも新鮮な地元産で、とてもおいしかった。

村の老女たちはアンドレアをかわいがっていた。アンドレアは以前、拠点づくりのためにここを訪れたことがあり、訪問者が彼だとわかると、みんなしわが深くなるほど相好を崩してわたしたちを招き入れた。ほぼ毎日、わたしたちは年長者と会い、地元の食物の伝統的な名前や調理法について話しあった。男性たちは菜園の野菜や野草をわたしたちに見せ、女性たちは実際に味わって話ができるようにと、さまざまな伝統料理をつくってくれた。彼らの同意を得たのち、会話の録音とビデオ収録する役をわたしが引き受け、アンドレアは取材の進行役をつとめながらメモを取る。ただ、思いもよらない職業上の危険にも出くわした。あるときは、村人たちがあまりに熱心に自家製のグラッパ［ブドウの搾りかすからつくる蒸溜酒］やワインを勧めるので、ほろ酔い気分でよろよろとアパートへ戻り、昼間の仮眠をとらざるを得なかった。またあるときは、とくに複数の家をまわった際には、先々でエスプレッソをふるまわれ、神経が興奮して目がぎらつくほどだった。コーヒーにしろお酒にしろ、用意された飲み物を全部飲まないのは非常な失礼にあたるのである。

わたしたちが興味を持ったのは、食品や食材のイタリア語名だけでなく、アルブレシュ語——つまりアルバニア系イタリア人の言語名も記録することだった。アンドレアがおこなった予備調査によると、アルブレシュ人は植物性の食品を入手したり調理したりする際に、独特の習慣があるのだという。今回の研究目標は、彼らが野生植物を食品として、とくに「健康食品」として利用しているかどうかを調査することである。わたしたちはこれを「民俗機能性食品」と呼ぶことにした。一部の野生植物は、たしかに彼らの一般的な健康増進のために収穫され、消費されている。もしかしたら、それが心血管疾患、糖尿病、がんなど、欧米でよく見られる慢性炎症性疾患の予防と管理に関する研究のいい出発点になるかもしれない。この四〇年のあいだに食生活や栄養についての科学的研究が進み、特定の食品や座りっぱなしの生活で誘発される「生活習慣病」と食生活のあいだには、強い関連があることがわかってきた。こうした伝統食品を欧米の食生活の改善に活用できないだろうか？

アルブレシュ人は、オスマン帝国のバルカン半島侵攻から逃れたアルバニア人の子孫で、一四世紀から一八世紀にかけ、数次にわたって南イタリアに移住した。これは、かつての東ローマ帝国の首都コンスタンティノープルが一四五三年にオスマン帝国に陥落し、一九〇〇年代初頭まで支配されていた時代にあたる。六〇〇年間、オスマン帝国は東方と西方の世界が交わる中心地だった。

現在、これらアルバニア人の子孫の村は南イタリア、とくにプッリャ州（アプリア）、カラブリア州、カンパニア州、モリーゼ州、シチリア島、バジリカータ州の各地域に点在している。わたしたちが研究拠点にしたジネストラは、バジリカータ州にある。イタリア政府はアルブレシュ人を歴史的な少数民族として公式に認めており、彼らの言語であるトスク・アルバニア語（トスク方言）の一種は現代アルバニアには存在しておらず、ユネスコの「消滅危機言語のレッドブック」に登録されている。ジネストラは、アルブレシュ語で「シュラ」と呼ばれており、休火山モンテ・ヴルトゥレ近郊の三つの村のひとつである。ほかのふたつのアルブレシュの村、バリーレ（バリッギ）とマスキート（マシュキーティ）も今回の調査対象だった。

最初、アンドレアはインタビューをしながらイタリア語を英語に翻訳してくれていたが、進行役は彼なので話がとどこおり、時間がかかった。一週間もすると、アンドレアは通訳をやめてしまった。はやく言語を習得しろという合図だったのだろう。それは沈むか泳ぐかの集中訓練だった。わたしは立ち泳ぎでこらえた。

調査の主題はアルブレシュ人が用いる食物や薬草の記録だが、イタリアへ移住して少数民族となったあと、彼らがどのように世代を超えて知識を伝達していったのかという点も大きな疑問だった。知識の伝達、保存、そして変容は、民俗植物学分野の大きなテーマである。知識は、自然界に存在する資源に対する人間の姿勢を左右する。生物多様性のある風景を見て、食べ物や薬、芸術の材料など、さまざまに有用な資源として向きあうのと、自分の生活には直接関係のない緑の海として見るのとでは、大きな違いがある。人間と自然のこうした関係は、わたしたちが環境とどのようにかかわっていくかを決定する。その風景に価値を感じている場合、人はそこにある資源を持続的に管理し、知識を他者と共有しようとする意識が強まりやすい。

西洋医学の影響を受けたためにアマゾンで伝統的な健康法が衰退したように、ここイタリアでも産業化が健康法や食生活に影を落としていた。地域社会は、かつてはあれほど豊かにそなえていた、野生の食物や薬用植物に関する基本的な知識を失いつつある。[2] 畑仕事ではなく、自動車工場や近隣都市の商店で生計を立てている若い世代は、こうした貴重な食材を調理することはほとんどない。消滅の危機に瀕しているアルブレシュ語と足並みをそろえて、過去の料理の名残はまるで砂粒のように、彼らの指からこぼれ落ちていく。アンドレアとわたしは、できるだけ多くの情報を記録し、保存したいと考えた。この伝統知識の保存が今回の調査の主眼だった。

しかしわたしには、イタリアとアマゾンには大きな違いがあるように感じられた。とくにアルブレシュ人のコミュニティでは、植物を食べることが彼らの生活にとって——日々の食材としてだけでなく長期的な意味合いでも——重要だと実感しているように思われた。イタリアの食の風景のなかで、アルブレシュ人は他のイタリア人集団とは異なり、野草を非常に好む。たとえば、「リアクラ」[3] という山菜——つまり栽培種ではない植物——には食物か薬かという区別はない。食材になることもあれば、薬になる場合もあり、状況や使い方次第ではその両方になる。

民俗機能性食品については、リナおばさんと彼女の夫ファルッチョおじさんから多くを学んだ。八〇代後半の夫妻は、若い世代が失ったアルブレシュ人の伝統を色濃く保っている。家庭ではいまもアルブレシュ語で話し、山野から採集してきた植物が食卓にのる。彼らと話していると、窓から過去の世界をのぞいているような気分になった。

アンドレアとわたしは、レモン色と空色の格子縞のテーブルクロスをかけた、小さなキッチンテーブルに座った。リナはせわしなく動きまわり、わたしたちの訪問のために用意したさまざまな野菜料理を次々に運んでくる。背は低く、編んだ髪を首筋で丸くゆったりとまとめ、赤いシャツに黒いロングスカート、腰にはあかるい青のエプロンをつけている。陽気な笑顔で場をなごませながらふるまう料理は、どれもみなおいしそうなものばかりだ。料理には薪ストーブを使っている。摘んできた野草が棚にきちんとならべられており、そのなかには非常に香りの強いグリーク・オレガノ（学名オリガヌム・ヘラクレオティクム *Origanum heracleoticum* シソ科）という、山野の岩場に自生する野生種のオレガノもある。これほど強烈なオレガノを味わったのは初めてだった。これにくらべれば自宅の粗末な食料庫にあるオレガノなどは、無味乾燥なただの草のようなものだ。

夫のファルッチョは地下室から、自家製のさまざまな缶詰、オリーブオイルや酢の空き瓶に保存してある植物片、野生の果物でつくったタルト用ジャムなどを箱に入れて持ってきた。彼は朝早くから自分のブドウ畑で働き、ブドウやオリーブの木の世話のほか、野菜畑の手入れもする。

彼がテーブルの上にそっとならべた瓶を見て、わたしは感嘆した。なかにはいっているのは、スーパーマーケットではお目にかかれないようなものばかり。それぞれがこの土地ならではの味を持っており、苦味の強いものもあれば、酸味や甘味の強いものもある。リナが、湯通しして卵と一緒に炒めた野生のアスパラガス（学名アスパラガス・アクティフォリウス *Asparagus acutifolius* キジカクシ科）の皿を渡してくれた。次に出てきたのは、苦味のある葉物料理――地元では「ドリーズ」と呼ばれるムラサキイガヤグルマギク（学名ケンタウレア・カルキトラパ *Centaurea calcitrapa* キク科）の若葉を茹でて、オリーブオイルとニンニク、赤トウガラシと炒めたものだ。

地元でカーダンシェリュと呼ばれるキバナノアザミ（学名スコリムス・ヒスパニクス *Scolymus*

hispanicus キク科）の生のサラダを、自家製のオリーブオイルでシンプルに和えたものも食べた。ファルッチョが、わたしたちの皿に小さなタマネギのようなものを添えた。地元でシュプリン（小さなタマネギの意）と呼ばれるこれを口にした瞬間、ネギ属特有の硫黄味ではなく、かわりに強い苦味が舌に伝わってきた。それはフサムスカリ（学名レオポルディア・コモサ *Leopoldia comosa* キジカクシ科）の塊茎《かいけい》で、のちにアンドレアとユニバーシティ・カレッジ・ロンドン薬学部の共同研究者が調べたところ、強力な抗酸化作用によって老化関連の病気に効果があることが確認された。この村の高齢者にとって、こうした野生植物は、飢饉や戦争を生きのびるための日常的な食材であると同時に、その植物が健康によいという信念にもむすびついていた。

地中海食は、一九五〇年代後半にアメリカ、フィンランド、オランダ、イタリア、ギリシャ、日本、旧ユーゴスラヴィアを対象に、心血管疾患の観点から、食生活や生活様式の違いを評価した画期的な七か国研究[4]が開始されて以来、注目を集めている。この研究の結果、食生活、生活様式、健康、健康寿命の科学に関して、五〇〇以上の論文と一〇冊の書籍が出版された。

とくに地中海食は、ヨーロッパの中高年の男女において、冠動脈疾患死亡リスクを三九パーセント、心血管疾患死亡リスクを二九パーセント低下させることがわかった。食生活は、個人の好みが異なるため、研究が難しいテーマだが、一般的に地中海式食生活では、豆類、パン、野菜、果物、不飽和脂肪酸を多く含む脂肪（オリーブオイルなど）を多く摂取し、魚を適度に食べており、肉や乳製品の摂取量が少ないことが確認された。

アメリカでは、ダイエットに関する一般的な報道や、流行の移り変わりが激しいダイエット法のなかで、抗酸化作用のある赤ワインのポリフェノールや、オリーブオイルの健康的な脂肪が注目されている。しかし南イタリアでわたしたちが学んだことは、アルブレシュ人の健康には野菜の摂取が重要であるものの、じつはその野菜の種類や特徴が非常に大事な点だった。

もっとも健康によいと考えられたのは、苦味のある山菜である。


最初の一か月が過ぎたとき、わたしの言語能力は大きく向上していた。それにともない、アンドレアが郊外で植物採集をしているあいだ、アルブレシュ語の食用植物の名前を中心としたインタビューをひとりでおこなうことが多くなった。わたしは、Hi8テープを入れたビデオカメラを中央広場のバーの横に設置した。ここは村人の往来が激しい場所で、年配の男性が友人とおしゃべりをしたり、バーの前の小さなテーブルでスコパなどのトランプゲームをしたりしながら、午後の時間を過ごしていた。

ひとり、またひとりと、大勢の人にビデオ収録に参加してもらうことができ、アンドレアが採集したさまざまな野草の名前をどう呼ぶのか、慎重に発音を調べていった。調査は順調に進んでいた。ただし、村に広がったひとつの疑惑をのぞいては――つまり、アンドレアとわたしの関係である。イタリアの小さな伝統的集落では、男性と女性の役割分担がはっきりしていることが多く、わたしたちは知らず知らずのうちに大きなルールを破っていた。

独身男性は広場に集まってトランプをしたり騒いだり、ビールを飲んだりするが、女性（既婚か独身かを問わず）はそういったことはせず、また日没後も出歩かない。未婚の女性が男性（近親者以外）の車に乗るのは、婚約している場合にかぎられる。当然、結婚していない男女が一緒に住むことなどなく、料理や掃除などの家事はすべて女性がおこなう。

ところがわたしときたら、昼間はひとりで多くの男性と広場で話し、夜になればアパートでアンドレアと一緒に過ごす。そこにスイス人のサビーネという、背が高くてしなやかな、美しい金髪娘——民俗植物学専攻の学生——がくわわったことで、村ではさらに眉をひそめる事態になった。アンドレアは女ふたりをアパートに連れこんでいる！　なかには、わたしは売春婦としてこの地域で働かされている憐れな娘なのだと勘ぐる人もいた。地元の警官ふたりも、わたしひとりで村を歩いていると疑いの目を向けてきた。幸いにも、アンドレアと一緒に取材した年配の女性たちが最終的に噂を鎮めてくれた。あやしい女だと邪推する夫や息子を叱りとばしたのである——あのカサンドラは村の男たちのために来たんじゃない、植物を学ぼうとしているだけなんだからね！

　二か月目にアンドレアとサビーネが学会発表のために出かけていき、女性たちが緊張を解いてくれたのでほっとした。わたしはまたもひとりになったが、ここは小さな村だからひとりになることはほとんどない。植物採集や取材、データの書き起こしをしていないときは、村のおばさんたち《ツィーエ》がわたしの庇護者となり、台所へ呼んでくれた。日々、毎食ごとに、わたしはきちんとした料理技術を学んでいった。野菜や野草を使ったシンプルな料理からはじまり、少量の肉、自家製パスタ、ハーブをきかせた伝統的な南イタリア料理などに進んだ。「パスタ・コン・ペパロニ・クリチクリチ（カリッとしたトウガラシ、黒オリーブ、スパイシーなソーセージ、ニンニク、オリーブオイルのパスタ）」や「ツッパ・ディ・パプヌル・エ・ファツル（ヒナゲシ〈学名パパウェル・ロエアス *Papaver rhoeas* ケシ科〉とソラマメ〈学名ウィキア・ファバ *Vicia faba* マメ科〉のスープ）」もおぼえた。わたしの料理の腕前は飛躍的に向上した。それまでは電子レンジでチンか、アトランタでアンドレアに食べさせた、缶詰ソースのおぞましい代物《しろもの》程度だったのである。

　しかしわたしは料理だけではなく、年配の女性たち「ツィーエ」の食に対する全体的なアプローチも学んだ。それは思っていたよりも、ずっと包括的なものだった。ジュリアおばさんからは、野生のカモミール（学名マトリカリア・カモミッラ *Matricaria chamomilla* キク科）とウスベニアオイ（学名マルウァ・シルウェストリス *Malva sylvestris* アオイ科）を採集し、きちんと束ねて乾燥させ、それを保存して冬場に呼吸器や胃腸の調子が悪くなったときにお茶として飲む方法を教わった。ジョヴァンニーナおばさんは、イチジク（学名フィクス・カリカ *Ficus carica* クワ科）にアーモンド（学名プルヌス・ドゥルキス *Prunus dulcis* バラ科）を詰め、それをダンチク（学名アルンド・ドナクス *Arundo donax* イネ科）に刺して乾燥させることを教えてくれた。やはり冬場に呼吸器の具合がおかしくなったとき、それを煎じたもの――アーモンド詰めイチジクを水で二〇分間煮た汁をさましたもの――を飲むのだという。リナおばさんは地下室でのチェリートマトの保存法や、年中使えるようにトウガラシを乾燥させる方法を教えてくれた。フィオリーナおばさんはアルブレシュ語と歌が大好きな人で、さまざまな祭日に夫妻でうたう歌と踊りを教えてくれた。

当然ながら、ジネストラで受けた教育は、ドン・アントニオと過ごしたときの経験とはまったく異なっていた。あそこでは、ドン・アントニオが癒やしの知恵の第一人者だった。しかしここでは、多くの人、おもに女性が栽培種や野生の植物を用いて日々の健康に対処する知恵を持っている。それでも食と健康に関する現地の習慣を知るにつれ、アマゾンの伝統医療との大きな共通点が見えてきた。ここにも精神的な健康と治療の関係があったのである。村にはバッソ先生という老医師がいる。笑顔と声の優しい、とても親切な先生で、村の医院で患者を診ているが、フランチェスカおばさんによれば、医者にはけっして治せない病気があるのだという。わたしはとまどった。どんなこと？　おばさんはすぐに「邪視《マロッキオ》」の説明をしてくれた。

邪視とは、ある人間が特定の人や持ち物に目を向けたときに、さまざまな害をおよぼしたり不運を呼んだりする魔力をさす（この俗信によって生じる不調は、嫉妬に関係した社会心理学的な病とされる）。この村に来て最初の一か月間、わたしは訪問先でその家の持ち物をよく褒めた。わたしの育ったアメリカ南部では、それが普通の礼儀作法だったからだが、なぜか問題が起きた。ほんとうにしょっちゅう、その品（茶碗など）の持ち主がわたしにそれをあげるというのである。どれほど丁重に辞退しても、聞きいれてもらえない。フランチェスカは、それはわたしが彼らを邪視の危険にさらすからだといった。なにかを褒め、称賛を表明したあと、「神の恵みがありますように《ディオ・ティ・ベネディカ》」という言葉で邪視の可能性を相殺していなかったからである。彼らはその品をわたしに渡すことで、自分の身を守っていたのだった。家に不幸が訪れるだけでなく、邪視の呪いがかけられた大人は、額や目の奥に強い痛みをおぼえることもあるという。

わたしは自分の無知を深く恥じた。わたしをあたたかく迎え入れ、食や健康、人生についていろいろ教えてくれた女性たちに、誤って呪いをかけていたのだろうか。フランチェスカから邪視の説明を聞いて、わたしは恥ずかしさに真っ赤になった。おばさんは、わたしには邪視の知識がなく、わざとやっているわけではないとみんな知っているから、となぐさめてくれた。これでようやく、強制的に贈られた小物や茶碗という奇妙なコレクションができていた理由がわかった。

この地域には、「助け手」と呼ばれる男女がおり、その治療能力は広く知られている。フランチェスカは、彼女の隣人であるカロリーナおばさんを紹介してくれた。

カロリーナはわたしと同じ障害者で、足を引きずって歩く。一〇代のときにバスの事故で負傷し、手術を受けたという。白髪を短く切り、村のかなりの年配女性の典型的な装いである黒のドレスを着て、数年前に亡くなった夫を弔っていた。彼女によれば、邪視の治療を学びたい人はクリスマスイブに教会へ行き、治療の儀式に用いる口上を唱えて祈らなければならないという。ほかの治療師にも取材を重ねるうちに、口上にはさまざまな種類があり、どの男女治療師にも好みがあった。たとえば、「父と子と精霊の御名において。三人が目で、思いで、心でわたしに呪いをかけた。三人とは育てるもの、すなわち父と子と精霊。山の上に牛と子牛がいた――牛は草を食み、子牛は育っていた。あなたはあなたのものを育て、わたしはわたしのものを育てる」別の短めの口上は、もっと要点をついている。「父よ、あなたの尊顔と御心を害する邪視――その目、邪視を取り除きたまえ、邪視をわたしの人生から取り除きたまえ」

ひとつだけ共通する点は、儀式の順序と身体的行為である。どの治療セッションもカトリックの三つの基本の祈り、「アヴェ・マリアの祈り」「主の祈り」「栄唱」からはじまる。基本の祈りをそれぞれ三回ずつ唱えるあいだ、治療師は患者の額の上に親指をあて、十字を切り続ける。次に、やはり十字を切り続けながら、治療師が好む口上を三回唱える。治療儀式は昼夜を問わず、いつおこなってもよい。通常は一回ですむが、症状が長引く場合は三日、六日、もしくは九日間続ける。

邪視はほんの一例にすぎない。人々が専門の治療師に頼る霊的な病はたくさんあった。[5] まったく新しい治療の世界への扉が開かれた。わたしはほかの民俗疾患や治療法、またその儀式のなかで、植物が果たしている役割があるのならそれを知りたいと思った。

近郊の町マスキートに住むエレナおばさんなどの大治療師は、霊的な疾患を専門にあつかう。九〇代なかばにもかかわらず、エレナは元気であかるく、歯があまりないので地元産のデュラム小麦のパンをハーブティーに浸して食べる。はしばみ色の目には優しいぬくもりがあり、わたしが訪ねていくといつも歓迎してくれた。エレナが治療したことのある民俗疾患は乳房内の毛（乳腺炎）、交差する神経、風の病、虹の病、死の炎の病、おたふく風邪、陰茎の水（嵌頓《かんとん》包茎）、歯痛、乳幼児の頭の泉《せん》門《もん》の落ちこみなどである。病名は文字どおりの意味ではなく、病気の原因や治療法の特徴をあらわしている。たとえば皮膚疾患の「死の炎の病《フォーコ・モルト》」は、治療儀式に小さな炎を使う。ドン・アントニオと同じく、エレナにも弟子はほとんどおらず、自分の知識を未来に継承したいと願っていた。

エレナの治療儀式のなかには植物をあがめるものもあり、当然、わたしは強い興味を持った。偏頭痛《チリ・アッラ・テスタ》の場合、ニワトコの木（学名サンブクス・ニグラ *Sambucus nigra* レンプクソウ科）の前で頭痛を訴え、木に助けを求めて祈る。「おはよう、仲良しのニワトコくん。頭痛がするから、それをきみにあげる。嘘じゃない、約束するよ、きみを火にくべたりしないから」

ニワトコを燃やすと頭痛が起きるという俗信は有名で、その結果、木は守られる。また、ニワトコにリボンなどの供え物をしたり、その下で治療をしたりすることもある。自然の資源――木や泉など――におそろしい魔力があるという伝承が存在する場合、それはその資源の保護につながる。一方、資源を利用すると乱獲につながるおそれがあり、絶滅への一歩になりかねない。たとえば、漢方薬の原料となるサイの角《つの》の違法取引などがその好例だ。

皮膚病は、治療者にとってとりわけ診断と治療がむずかしい。たとえば、「風の病」。これは皮膚に小さな丸い炎症が生じる。アルブレシュ人は、過去に誰かが殺された場所の近くを歩くとこの病気になると考える。治療師の仕事は、患者がどの悪霊と遭遇したかを見極めるところからはじまる。ここが重要なポイントで、治療儀式では、その犯罪に使われたのと同じ種類の武器（たいていはナイフやピストル、小さな斧など）を用いなければならない。その武器で火薬を混ぜた赤ワインを祝福したあと、ロバの尾を束ねた刷毛を浸し、それぞれの炎症部位に十字を描いていく。そして口上でキリストに呼びかけ、悪い風を連れ去り、よい風のクルミの木の下へおいてきてくださいと願う。ニワトコと同様、クルミの木（学名ユグランス・レギア *Juglans regia, Juglandaceae* クルミ科）には霊力があるとされる。

「死の炎の病」も風の病と同じく、皮膚に顕著な赤い発疹ができるが、こちらは内部に浸出液がある。この病気は、焼き殺された人の霊との出会いが原因とされており、やはり治療儀式に「凶器」である火を使う。治療師も炎も、直接患者にはさわらないが、治癒の祈りを唱えながら、オイルランプやキャンドルの炎を皮膚の発疹部分で十字架の形にふる。この治療は六日から九日間、毎晩おこなわれるが、そのあいだ患者は教会にはいることはできない。それは悪霊を祝福することになり、悪霊が患者から離れず、病気が治らないからである。

こうした民俗疾患の病因、診断、治療は、西洋の生物医学の枠組みからはずれているが、わたしはそのプロセスの重要な点を少しずつ理解するようになった。ひとつは、患者と治療師のあいだに長期にわたる個人的なむすびつきがあり、どちらも診断と治療法を強く信じていたことである。それが偽薬《プラシーボ》効果であれ、心理療法であれ、時間がたてば自然に治る病気（多くの皮膚疾患がそうであるように）であれ、多くの患者が治療と症状の改善に深い感謝の意を示す。助け手がどの形で貢献していたのだとしても、それはうまくいっていたようだ。

ある日、わたしはエレナに、彼女の癒やしの力をわたしに向けてくれないかと頼んだ。その日エレナの家の小さな居間には、九五歳になるいとこのシルヴィアおばさんが訪れており、木製の椅子に座っていた。敏感で少々神経質な感じは、好奇心旺盛で何事も見逃さない小鳥を思わせる。以前アンドレアと取材でシルヴィアの家を訪れた際、野生の食用植物についていろいろと話しながらワインをたっぷり二杯出してくれたが、それはもう酢に変わってしまっていた。

わたしは老女ふたりを驚かせないように、ゆっくりとズボンの裾を持ちあげ、子供の頃に脚を切断したこと、歩くときに義足と肌が擦れて熱を持つため、皮膚の荒れに悩んでいることを説明した。なにかお勧めの方法はあるだろうか？

義足をはずしてシリコンライナーを剝がすと、エレナが近づいてきて頭を低く下げ、わたしの足元にしゃがみこみ、断端に手をおいた。身体からカモミールの香りが漂ってくる。エレナは炎症を起こした皮膚を軽くマッサージしながら、祈りの言葉を唱えはじめた。わたしを気遣い、癒やしを求める彼女の気持ちが部屋を満たす。断端をさする動きを止めることなく、エレナは聖人と三位一体に助けを請い、カトリックの祈りを三回ずつ繰り返した。一瞬、わたしはペルーへ戻った。ドン・アントニオも儀式の言葉を唱えながら、尊敬する森の精霊たちに癒やしを求めた。

最後に、わたしは大きく息を吸って吐き、目を開けて、エレナに深く感謝した。エレナはわたしの頭をなでながら、必要なときにはいつでもお手伝いしますよ、とほほえんだ。

近くに座っていたいとこのシルヴィアは、首を振りながら、目に涙を浮かべて悲しげにいった。「かわいそうに、結婚したら、初夜に旦那様にわかってしまうわ。旦那様に知られてしまう。隠すことはできないのよ」わたしはほがらかな笑い声をあげ、心配しないでと答えた。理解してくれて、ありのままのわたしを愛してくれる男性を見つけるから、と。シルヴィアは首を左右に振り続け、わたしを寂しそうに見つめた。彼女は信じていなかった。そして正直なところ、わたしも確信していたわけではなかった。
　自分の脚を隠すこと——というよりも、自分には片脚がないという事実を隠すことが、一〇代後半のわたしの強迫観念だった。自分に魅力がないとは思わなかったし、自分の好きなところもたくさんあった。たとえば四輪バギーでレースをしたり、木に登ったり、馬に乗ったりと、屋外での運動が大好きな点や、何事にも積極的な性格などだ。しかし右脚が弱く、また脊椎側弯症の矯正手術をしても背骨のS字状の曲がりは残ったので、つまり——アンバランスな体形になったのである。わたしはよく女友だちに、ジーンズをぴっちり着こなすには片側のお尻にインプラントが必要だと冗談をいった。右脚の弱さを補うため、左側の太腿、ふくらはぎ、臀部の筋肉が過剰に発達していた。理学療法士と訓練したとき、左右にギクシャクしないでなんとかまっすぐ歩ける唯一の方法は、右腕をあげて頭に巻き、右手を左耳にあてて歩くことだった。「普通の女の子」に見えるようにするには、あまりいい選択肢ではない。

　ある晩アンドレアたちが留守のとき、誰かが階下のドアをノックした。もう夜の一〇時を過ぎていたので、これはめずらしいことである。ダイニングからバルコニーに出て、誰だろうと見おろした。一二、三歳くらいの男の子がいる。なんの用かと聞いてみたが、笑って逃げてしまった。わたしは仕事に戻ろうとしたが、それから一時間、ずっと同じじゃまをされた。
　うんざりしてきて寝ようと思ったが、この鬼ごっこが続くかぎり眠れないに決まっている。そこでベランダから身を乗りだし、「ちょっと《ダイ》！　いいかげんにして《バスタ》！　ぼうず《ラガッツォ》、名前は《コメ・ティ・キアミ》？」と叫んだ。少年はふたたび走り去った。わたしはベッドにはいった。

五分後、またもノックの音がした。がまんの限界に達したわたしは部屋を飛びだし、路上に躍りでた。

わたしの後ろで厚いドアがばたんと閉まったとたん、少年はあっという間に姿を消した。わたしは角のバーへ行き、そこの男性に少年の話をして、親が誰か知っている人はいないかと訪ねた。彼らは、誰かがなんとかするからと請けあってくれた。「どうもありがとう《グラッツィエ・ミッレ》」とお礼をいってアパートに戻ったとき、少年を捕まえようと急いだせいで、テーブルの上の鍵を持ってこなかったことに気づいた。こんちくしょう《ポルカ・ミゼーリア》！　鍵の閉まったドアの前に立ち、落ち着け、と自分にいいきかせた。

スペアキーがあるのだろうか。でもアンドレアと連絡を取る方法はないし、マッシモの家もわからない。とにかくバーへ戻ってみた。すると、見覚えのある人がいた——アルフレードである。彼とは、彼の祖母の治療師を取材したときに知りあった。いつも笑顔を絶やさず、とても感じがいい。

アルフレードは小さなテーブルで、二〇代後半の男性とトランプをしていた。その青年は身長一八〇センチくらい、体つきはたくましく、茶色のストレートヘアを背中の真ん中まで伸ばしている。名前は知らなかったが、姿はいやでも目につく。ドゥカティ社の赤いオートバイに乗っていたり、ブラック・タンのドーベルマンを散歩させていたりと、村の周辺で何度か見かけたことがあった。噂によれば、自分の愛車と同じドゥカティ社の９１６モデルをボルトとナットにまで分解し、またもとどおりに組み立てては楽しんでいたという。彼の母親のミラグロスとは会ったことがある。彼女はスペイン出身で、わたしはここに来たばかりの頃、イタリア語よりも流暢にしゃべれるスペイン語で話したものだ。

わたしはテーブルに近づき、自分がおちいった困難な状況を説明した。助けてくれる？

「ああ《スイ》、もちろんさ《チエルト》」とアルフレードは答え、わたしにマルコを紹介してくれた。

ふたりはわたしのあとについて、アパートのがんじょうなドアの前へ来た。アルフレードが鍵を調べたあと、マルコが二階のバルコニーに続く石壁を見あげた。

「すぐに戻るよ」

マルコは壁をよじ登りはじめた。つかめるところはさほどない――壁の石ブロックはかなりすべすべだったから――それでもマルコはなんとかたどり着き、バルコニーの手すりを乗り越えて、数秒後にはドアを開けた。

アルフレードは笑いながらマルコの背中をたたいた。「まるで猿だな、おい！」

マルコは、少しはにかんだような笑顔をわたしに向けた。それでも、わたしにいいところを見せられたのを誇っているのが感じられた。わたしも興奮していた。

数日後、マルコが母親のミラグロスと一緒にやって来た。イースターなのにわたしがひとりぼっちでいると思っていた彼らは、部屋に大勢の科学者がいるのを見て驚いた。それにもかかわらず、家族と一緒の翌日のランチに来ないかという。これって、デートなの？　わたしにはよくわからなかった。ここでは、デートはめったにおこなわれない。ジネストラのような村では、求愛行動は「散歩《パッセッジョ》」――村の大人たち全員から見える公道での長い散歩なのである。

翌日、わたしは狭い石畳を歩いて、村の下のほうにある彼らの家へ行った。実際は家というより二軒の大きなアパートで、それぞれスペイン女性と結婚した双子の兄弟が所有している。マルコの父親は双子の片われで、村に駐在するふたりの警官のうちのひとりだった（兄のほうは村の食料品店を経営していた）。わたしはマルコの父親がわたしをどう思っていたかを考えて縮みあがった。ここに来た当初の売春婦の噂を耳にした警官のひとりが、彼だったのだから。

ミラグロスとマルコがわたしをあたたかく迎えてくれた。なかに招き入れられたとき、三人だけの小さなランチではないことに気づいた。マルコの祖父母、姉妹たちとその連れ合い、その子供たち――食卓には自家製のラザニア、みずみずしいローズマリーの小枝で飾った子羊のロースト、ミックスベジタブル、サラダ、スライスしたパン。なんと、パーティーだ。

子供たちは歓声をあげて母親のあいだを飛びまわり、キッチンに走りこんでは甘いデザートを一口かすめようとしている。マルコのふたりの姉がアリアニコ種のワインのボトルをまわす。家族で収穫し、圧搾し、醗酵させ、瓶詰めしたワインだ。ガーネット色でフルボディ、土の香りがするタンニンが豊かで、麝香《じゃこう》のようなベリーの香りがする。部屋はおおげさなジェスチャーを交えた会話と熱気で盛りあがり、わたしはその真ん中、マルコの隣に座っていた。緊張のあまりフォークをうまく口へ運べず、少なくとも食事の四分の一は膝のナプキンの上に落ちていった。マルコは眉をひそめ、がちがちになったわたしの不器用さに気がついた。最悪だ。

そのあと、マルコの姉のロザンナとその夫が付き添うドライブで、リパカンディダ村近くの美しい森へ行った。森はうっすらと雪に覆われている。わたしはまだ、この日の意味をはかりかねていた。マルコの一家は、大勢の年配のおばさんたちと同じように、わたしに親愛の情を示すために招待してくれたのか？　それとも、わたしが本能的に惹かれているこの人となにかがはじまるのだろうか？

それから数週間のうちに、答えがあきらかになってきた。マルコは午後になるとアパートへやって来て、わたしを散歩に誘った。散歩をしながら、わたしたちは笑ったり、おしゃべりをしたりした。

しかもうれしい驚きだったが、お互いの過去や未来への抱負についても、気軽に話しあうことができた。マルコは高校時代に陸上競技をしており、三〇〇〇メートル障害の地区記録を数年間保持していたという。ヴェネツィアやローマのマラソン大会にも出場した。兵役義務が終わる頃、基礎訓練終了後は軍隊の陸上部にはいるよう誘われた。最近は、近くのメルフィという町のデリカテッセンで働いている。一度、その店を訪ねていったとき、マルコの気を引こうとする若い女の子たちがずらりと列にならび、極薄の生ハムやボローニャ・ソーセージ、辛口サラミ、つくりたてのモッツァレラの容器、濃厚な生クリームを入れたフレッシュチーズ「ブッラータ」の容器など注文しているのを見て、思わず笑ってしまった。

ある夜、マルコはいとこの銀色のスポーツカーを借りて、隣のスカレラ村のお祭りへ連れていってくれた。そこでアルフレードともうひとりの友人ピノ、彼らの恋人たちと落ち合うことになっていた。通りはネオンで飾られ、ふだんは静かな村がすっかり様変わりしている。乗り物ありゲームあり、紙製のコーンに盛られたローストナッツから甘いキャラメルの香りが漂う。ほかの屋台では、薄い黄色のひょうたんのような形をしたカチョカヴァッロ・チーズが赤い紐で吊されており、厚切りパンにのせたスライスがグリルの炎でとろりと溶けている。メインステージでイタリアのヒット曲を歌う地元のミュージシャンたち、腕を組んで歩く若い恋人たち。親が見守るなか、小さな子供たちは専用の区画で、溶けたジェラートで手をべたべたにしながら鬼ごっこに興じる。一〇代の女の子たちはグループでかたまり、通りの向こう側から彼女たちの注目を集めようとする同年代の男の子たちの、叫び声やおどけたようすにくすくすと笑う。夜が更けてくると、豪快な花火が夜空をいろどった。そのとき、マルコがわたしを引きよせ、頭を下げて初めてキスをした。背筋にあたたかな戦慄が走り、胃のなかで蝶々が舞った。

何週間か経つと、マルコはわたしをドゥカティのバイクに乗せ、田舎の丘の曲がりくねった道を走らせた。最初のときはわたしが強くしがみついたせいで、マルコの腰にあざがついたかもしれない。ある日、村から離れたところにあるマルコ家のブドウ畑を散歩しているとき、わたしはマルコの腕を引っぱり、「ねえ、ここのことをもっと教えて。どんなふうにここで育ったの？」と尋ねた。彼らのブドウ畑は広大な面積で、ブドウの木、オリーブの木、さまざまな果樹――イチジク、アーモンド、クワ、チェリー、スモモなど――が植えられ、菜園もあった。

マルコは笑い、「おいで、ぼくのお気に入りの場所を見せてあげる」と答えた。わたしたちは秘密の場所に向かって、曲がりくねった道を進んでいった。小川が九メートルの崖を流れ下り、底で浅い池をつくっている。「子供の頃、よくここで過ごした。あちこち探検したり、植物を探したり、犬と遠出したりね」マルコは野生の花や低木、樹木を指し示しながら、その学名を教えてくれた。わたしはマルコの植物学の知識に驚かされた。

「マラソン大会のトレーニングをするときはいつも、この辺の畑や森のなかを走ったんだ。黄色い花の咲くジネストラの茂みをかきわける鹿のようにね」そして笑いながら続けた。「ほんと、まるで鹿さ、マダニだらけになって毎晩取るのに苦労したよ！」

「どうやってここの植物のことをおぼえたの？」とわたしは訊いた。

「おじいちゃんとおばあちゃんがいろいろ教えてくれた。家で食べる野生のチコリを摘むために、いつも一緒に来てたんだ。このあたりに生えている野生の花のカラー写真の載った、小さな本も持っていたよ。新しいのを見つけるたびに、家に持ち帰って名前を調べたものさ」

マルコはわたしと同じように自然を愛し、植物学を好む人――興味を引かれた植物について学ぶことによろこびを感じる人なのだ。ふたりとも森や草原を駆けまわる子供時代を過ごし、植物であれ動物であれ、出会ったさまざまな生物を調べながら過ごした――ただ、約八〇〇〇キロの距離と海がわたしたちを隔てていた。

わたしたちは土の小道を進んだ。谷を抜け、トルコナラ（学名クエルクス・ケリス *Quercus cerris* ブナ科）の鬱蒼とした森を通っていく。青々とした草のなかから、地上性のイタリアン・オーキッド（学名オルキス・イタリカ *Orchis italica* ラン科）があざやかな紫の花をのぞかせている。道の先に、なだらかな大きな丘が広がり、きれいに配置されたブドウの木がならんでいた。ブドウ畑の端には、イヌバラ《ドッグ・ローズ》（学名ロサ・カニナ *Rosa canina* バラ科）やエルムリーフ・ブラックベリー（学名ルブス・ウルミフォリウス *Rubus ulmifolius* バラ科）の大きな茂みが花を咲かせており、ダンチク（学名アルド・ドナクス *Arundo donax* イネ科）の高い茎が区画の境界をなし、やわらかな午後の風に揺れている。

「きれい」とわたしはつぶやいた。そういうのがやっとだった。

振りむくと、マルコが誇らしげにほほえんでいた。「気に入ってくれてうれしいよ。ここはぼくのブドウ畑なんだ。祖父母からこの土地を買って、自分でブドウを植えたんだ。秋には収穫できると思う」

わたしたちは無言のままならんで立ち、マルコはわたしの腰に手を巻いたまま、ふたりで光が弱まりかけた午後の日差しを浴びた。わたしはマルコの肩に頭をもたせかけた。

マルコは大きな片手でわたしの頬を包みこみ、わたしの目をのぞきこんだ。彼の爪は短く切りそろえてあり、ブドウ畑を耕したり、ガレージでバイクやトラクターをいじったりしたせいで、荒れた感じがした。

そして、彼はわたしにキスをした。彼の唇はやわらかく、ただ優しかった。まるでふたりでこの世の最初から終わりまで、ずっとブドウ畑でいだきあいながら時を過ごしてきたように。

しかし残り時間が、季節の流れと律動が、わたしをためらわせた。春は夏へと急速に移り変わり、地球の反対側にある別の生活に戻る日が近づいていた。たわわに実ったブドウが収穫期を迎えるとき、わたしは彼と一緒にここにはいない。それが棘のように心に刺さっていた。

アンドレアとの仕事は、ワインの飲み過ぎで余儀なくされた昼寝とか、仕事中のカフェイン過剰摂取などのアクシデントがときどき発生したとはいえ、驚くほど順調に進んだ。アンドレアがロンドンから戻ってくると、わたしたちはそれまでの調査結果のすべてを整理し、地元で「リアクラ」と呼ばれる山菜のデータに基づき、現地にいながらにして共同論文の草稿に着手できるだけの資料がととのっているのを確認した。薬用植物のデータも集めており、その調査もあと少しで完了する。また、この地域の治療師たちを取材したときの録画は一〇〇時間以上におよぶが、伝統療法の複雑な儀式の詳細を整理するには、まだ数か月かかるのはわかっていた。それはわたしがアトランタに戻ってからの仕事になる。取材や植物採集などの長い一日を終えた夜、わたしはマルコとのあいだに芽ばえたロマンスをアンドレアに打ちあけた。アンドレアはたんなる研究パートナーではなく、わたしの心のよりどころであり、大切な友人となっていた。アンドレアからはフィールド調査の方法だけでなく、論文の書き方についてもいろいろ教わった。

わたしは今回の成果を発表したいと思っていたが、大学院進学に有利になるかどうか心配だった。しかしアンドレアは、「どんな大学院でもきみを歓迎するはずだよ」といって安心させてくれた。そしてアメリカの大学以外にも、彼がいま博士課程修了後の研究をしているロンドンにも出願してみたらいい、と提案した。こうした話をするにつけ、自分はもうすぐ帰国するのだと、自分がここでつくりあげたささやかな世界は永久に続くものではなく、ひとつの遠征にすぎないのだという思いがこみあげてくる。わたしはそんな考えをふりはらい、いまあるものを精一杯楽しもうと自分に言い聞かせた。

イタリア滞在が終わりに近づいたある週末、わたしは研究作業の合間をぬって、世界自然遺産に登録されているアマルフィ海岸のすぐ南にある、ティレニア海の真珠といわれるマラテアへマルコと遊びに出かけた。マルコはシンプルなピクニック・ランチをふたり分用意してきた。イタリア語でスリッパを意味する「チャバタ」というパン、イタリア産の冷肉、チーズ、炭酸水、そして一族の酒場から調達したアリアニコ種のワイン。

海岸線に沿ってカーブする道に続く登山口近くに車を止め、山道を歩きながら、花を咲かせている植物を見つけては立ち止まってながめた。深い緑の森を抜けると、紺碧のティレニア海をのぞむ岸壁の上に出た。

「さあ、行こう」とマルコがいった。「浜辺へ行く道を知っているから」

ふたりとも水着になり、わたしはマルコに支えられながら義足をはずして、大きな岩の上においた。わたしたちは手をつないで水に飛びこんだ。バシャバシャと水をかけあいながら、わたしはうれしさのあまり歓声をあげた。その日の海はおだやかで、海岸まで降りてきた道を見あげて景色を堪能することができた。山は海から高く屹立し、抜けるような青空に口づけしているかのよう。入り江はしんと静かだ。優しい波のうねりに身をまかせながら、わたしたちはこの場所を独り占めにした。そこはわたしたちだけの秘密の場所、世界から隔絶された荒々しい隠れ家だった。

海からあがると、わたしは浜辺に座り、マルコが走ってわたしの義足と断端用ライナー、小さなタオルを取ってきた。わたしは断端の海水をふきとり、スリーブをまき直して義足をつけてから、ピクニックの場所へ戻った。泳いで濡れた身体を日光で乾かしながら、灰色のなめらかな岩の上に広げた食事を楽しんだ。

腰まであった長さを肩のあたりで切りそろえ、後ろにながしたマルコの髪は、海水に濡れていっそう黒く見える。横向きに寝そべり、浜辺に打ち寄せる波をのんびりとながめるマルコの姿を、わたしはしばらく見ていた。スピードの赤い水着。オリーブ色の肌が日を浴びて輝いている。わたしたちはおしゃべりをしていても、黙っていても、心地よく過ごせた。

この人はひさしぶりにわたしを笑わせたり、ほほえませたりしてくれる。そしてふたりのあいだには燃えるような情熱があり、つねに求めあう強い絆でむすばれている。

脚のことが気になるし、過去に付き合った男の子たちとはいやな思いをしたこともあったが、マルコといると安心していられた。自分の義足や手術痕をまったく意識せずにすんだ。マルコにとって、それは大きな問題ではなかった。というよりも、べつになんでもなかった。受け入れたり、乗り越えたりしなければならないことではなかったのだ。マルコはわたしを、わたし自身を見ていた。わたしたちは互いに強烈に惹かれていた。

ついに出発の日が来て、わたしはアンドレアと、親切にしてくれた大勢のおばさんたちに別れを告げた。アンドレアはあと二週間ほどここで残務整理をしてから、ロンドンに戻るという。これから数か月間、電子メールで連絡を取りあって論文を完成させる予定だった。

マルコは隣の州の大きな都市フォッジャの駅まで、わたしを車で送ってくれた。このときばかりは、耐えがたい静寂だった。しかし少なくともわたしの頭のなかでは——大きな音がしていた。これだけはいっておかなければということが、あれもこれも、がんがん鳴り響いている。でもほんとうに、なにをいえばいいというのだろう？　この小さな村で過ごした三か月のフィールド調査のあいだに見たこと、学んだこと、経験したことのうち、マルコとの出会いはまったく思いもよらなかった、なによりもすばらしい出来事だった。でも結局のところ、これはフィールド調査という実地研修のひとつにすぎなかったのであり、これから先、大学院で学び、いつの日か専門家になるまでの長く着実な道のりのひとこまなのだろう。わたしはシルヴィアおばさんがまちがっていたことを証明した。わたしの脚を問題視しない人を見つけた。しかしある意味では、彼女は正しかった。この人とむすばれる運命ではなかったのだから。彼には戻らなければならない仕事があり、耕す畑と収穫する作物があり、わたしにはわたしのものがある。

マルコは駅のホームでわたしを強く抱きしめたまま、わたしがローマ行きの列車に乗る最後の瞬間を待っていた。別れのキスをしながら、もう二度とこの人に会うことはないだろうと予感した。いまこの瞬間の思い出も、ほかのさまざまな思い出も、いつしかやわらかく溶けあって、一枚のステンドグラスのようになるのだろう——たぶんティレニア海での水遊びも、彼がわたしのアパートの壁をよじ登った夜も——そしてチコリや赤ワインの香りに誘われて不意に記憶がよみがえり、ときどき懐かしく振り返るようになるのだろう。二〇代の不思議な春を、ジネストラで三か月を過ごし、生きるよろこびを味わわせてくれた男性にめぐりあったことを。

電車が駅から離れていくあいだ、わたしは頬を冷たい窓に押しあてて、彼の姿が見えなくなるまで見送った。電車がスピードを上げても、まだそこに彼がいるのはわかっていたが、涙のなかにかき消えてしまった。

# 第2部　感染

# 第5章 コインランドリー

あなたのなかの永遠は、命の永遠に気づいている。そして、きのうは今日の記憶でしかなく、あしたは今日の夢だと知っている。
——ハリール・ジブラーン『預言者』*（一九二三年）

わたしの予感ははずれた。マルコにはまた会った（彼は数か月後、ニューヨークの世界貿易センタービルに飛行機が激突する九月一一日の前日にやって来た）——そしてまた（そのときは彼のビザの関係で一緒にベリーズに行った）——さらにまた（わたしはとうとうイタリアに戻ったのだが、今度は自分のビザの関係で出国しなければならなくなった）。結局、わたしたちは離れてはいられなかった。でも、ずっと一緒にいることもできなかった。会うたびに、観光ビザの期限切れに引き裂かれた。まるでモンタギューの国とキャピレットの国に暮らしているように。

星空の下でのプロポーズも、ビーチサイドのプロポーズも、高価な指輪も、ひざまずく求婚もなかった——ある日ローマで、滞在もあと一日というときにマルコがいった。「結婚しようか」おとぎ話とはまったく違うが、わたしたちのいつものやり方で、メリットとリスクを話し合い、いままでパートナーのいない生活を送ってきた身として感じる不安を述べ、結婚がもたらすことについて確認しあい、そして結論に達した。わたしたちは愛しあっていて、ともに乗り越えられるだろうと。「そうね」わたしはいった。「結婚しましょう」マルコはわたしを抱きあげ、わたしたちはキスをした。

二〇〇三年の春分の日、二四歳のわたしは――ジネストラへ実地調査に行ったちょうど二年後――イタリアのバジリカータ州アヴィリアーノにある一三世紀の城で、ピンクと白のバラにくすんだ緑のツタをあわせたミニブーケを持ち、マルコに神聖な誓いをたてた。地元の市長に取り仕切ってもらう民事婚で、伝統的な南イタリアのしきたりにのっとり、飲んだり歌ったり踊ったりのお祝いは八時間続いた。伝統にしたがって招待客みんながご祝儀をくれ、一日の終わりには合計二万ユーロ以上になった。そのお金でレストラン、花屋、演奏してくれた人々、カメラマンへ支払いをし、さらにハネムーンの費用にもあてることができて、それでも残った分は、どこで暮らすにせよ、今後のためにとっておこうと決めた。

そして、当面住むことに決めた場所は、アーケイディアだった。

マルコとわたしは、わたしの故郷フロリダに戻り、父の農場風の家の奥の部屋を間借りした。マルコが働いて貯めたお金や、いただいたご祝儀でささやかだが貯金はあった――それで中古車を買い、あとは将来のためにとっておいた。将来についてははっきりしていなかった。マルコはエンジンや機械類の修理にとても才能があり、父のために重機を修理したり、開墾の手伝いをしたりした。父はよろこんだし、マルコも楽しそうで、すべてがいい感じだった――わたしの研究とキャリアと将来の見込みをのぞけば。大学院への願書を準備していたその前の年、わたしは、地元の学校で七年生に科学を教える仕事をしていた。ほんとうにがっかりしたが、わたしはアメリカのどの大学院課程にもはねられてしまい、結局、アンドレアが出願するように勧めてくれたロンドンの大学院には受かったのものの、そうすると莫大な借金をかかえることになる——いや、むしろ、連邦破産法一一条適用に近いといったほうがいいかもしれない。

わたしは、授業料と生活費をまかなうために、国立衛生研究所（NIH）のトレーニング・フェローシップに応募しようとしたが、助成金申請の手続きについてアドバイスしてくれる人がおらず、いくつか単純な間違いを犯してしまった。審査員たちはそれを見逃してくれなかった。非常に早いトレーニング段階での論文発表の実績は注目されたようだが、わたしの、仮説主導型ではなく調査主導型の研究プランは支持されなかった。審査員のひとりはこう記している。「これがうまくいき、なんらかの発見につながる可能性はある。あるいはそうならない可能性もある。この提案には仮説がない。これは記述科学であり、事実の収集でしかない」ロンドンの大学院行きは中止した。

ある日、ジネストラ時代の共同研究者でスイス人のサビーヌからメールが届いた。フロリダ国際大学に、マイアミを拠点とする民族植物学の完全支援型大学院課程が新設されたという知らせである。そこの生物学教授ブラッドリー・ベネット博士をはじめとする数人の教授たちが、国立衛生研究所からトレーニング・フェローシップ助成金——T32部門——を取りつけ、熱帯植物と民族植物学の博士課程学生五人のトレーニングをおこなうという。わたしにとってこれはまさしく啓示……運命……天の導き……しるしだった！　問題はひとつ。募集と面接は初春におこなわれていて、いまは六月だ。そんなささいな時空は飛び越えて、わたしはベネット教授に電話し、メールで履歴書を送り、面会の段取りをつけ、アーケイディアから南のマイアミまで三時間の道のりを車で飛ばした。

実際にベネット教授と会うととても緊張した。教授は、伝説的な人物リチャード・エヴァンズ・シュルツの流れをくむ教育を受け、シュルツの弟子のひとりであるマイケル・バリック博士と博士研究員《ポスドク》時代を過ごした人だった。わたしの夢の多くがこの面談にかかっていた——フロリダでわたしのことを検討してくれる人がいるチャンスが万にひとつでもあればの話だが。一八〇センチをゆうに超える熊のような大男のベネット教授は、カーキ色の短パンにあかるいパステルカラーの花柄のアロハシャツ、履き古した革のローファーといういでたちだった。いかにも教授っぽいツイードの服ではない。茶色の髪はところどころ白い筋がはいっていて、日焼けした顔には目じりに笑いじわがあった。わたしと同じフロリダ南部出身の教授は気さくな態度でわたしを迎え、ずらりと本がならび、自然博物館の展示物みたいなありとあらゆる種類のウリや彫刻が飾られている研究室に招き入れた。少女三人と奥さんが映った家族写真が壁に飾ってある。部屋の隅にはアコースティックギターがたてかけてあった。わたしは、科学論文の束のとなりの椅子に腰かけた。

挨拶をかわしたあと、教授は、シュアール族——アチュア族とも呼ばれるエクアドルの有名な首狩り族——を対象にした民族植物学研究についてものすごく熱心に話しだした。その情熱と知識量にわたしは圧倒された。トレーニング助成金の説明にくわえ、教授はわたしに、植物学と天然物化学と生物活性研究をつなぐためにつくられた新しい施設についても話してくれた。民族生物学・天然物研究センター（CENaP）は、新薬探索や土着の医学的伝統の検証における亜熱帯種の刺激的な研究の本拠地となる予定だった。

そう、わたしの夢はこの面談にすべてかかっていた。

ベネット教授は、わたしの実績に敬意を表してくれたようだったが、締め切りを過ぎていること、それも数日や数週間ではなく数か月過ぎていることを指摘した。そのうえで、書類一式を完成させることを提言し、生物学課程にはまだ検討の余地がないともいえないとあいまいな言い方をした。わたしはアーケイディアに戻り、書類をまとめ、祈るような気持ちでそれを送った。翌年の選考として検討してもらえるかもしれないと考えていた。

八月はじめのある日の午後、家に戻ると、キッチンカウンターの上にフロリダ国際大学からの手紙がのっていた。しばらくにらみ、それから大きく深呼吸をして、封を開けた。大急ぎで目を走らせる。わたしは手紙を床に落とした。トレーニング助成金で完全支援される五人のひとりとして博士号課程への参加を認められたのだ。しかし、これを受けるためには、この秋からスタートしないといけない。最初のクラスにまにあうよう、二週間半後にはマイアミにいなくてはならないのだ。

マルコに話をすると、マルコは自分のことのように大よろこびしてくれ、わたしは泣いた。

「なんで泣くの？」マルコが訊いた。

「あなたがよろこんでくれたからよ」

「よろこぶに決まってるじゃないか。でも、泣いてるひまなんかない。さあ荷づくりだ！」

いつものように、マルコは正しい。

マイアミへようこそ！《ビエンベニード・ア・ミアミ》


マイアミはわたしにとっていわば第二の故郷で、子供の頃しょっちゅう訪れていた。母はマイアミ・スプリングスで生まれ育ち、母と兄弟、おじのアランと祖母もみなココナッツグローヴで暮らしていた。ココナッツグローヴはおしゃれな地区で、そばにはセーリングマリーナがあり、広場の真ん中にはショッピングセンターや映画館もあって、まわりは古くからの家なみにかこまれている。おじは若い頃、化学者として成功したが、結局ヨットを持ちたいという夢を追って仕事をやめ、ボートの修理とチャーターで生計をたてている。ヨットに乗っていないときは、グローヴ地区の中心にかまえた自分の店、バード・バスというセルフ式コインランドリーにいた。母はそれに関して口出しをしなかったが、大きな才能と可能性を無駄にしたと考えている。けれどもわたしも、子供のときにその魅力を知ってしまっていた――大人になってからはますますだ。広い海原で自由自在にヨットを走らせる爽快感。髪に風を受け、吐く息に塩がまじり、体も塩につつまれる。セーリングほど放浪欲をかきたて、同時に満足させてくれるものはない。コインランドリーが帆に風をもたらしてくれるなら、それは自由の代償というものだろう。

マイアミは驚くほど発展していた。小さい頃、祖母のアパートのまわりにあった木からアボカドやマンゴーやココナッツをよくもいだ。ココナッツといえば、アランおじさんとセーリングに行ったときのことがいちばん楽しい思い出として残っている。バハマの桟橋で、妹のベスやいとこのメリッサと、かたいバスケットボールを投げつけるみたいにかわるがわるコンクリートにぶつけあい、誰が一番早く割るか競争をして、汁を飲んだり中身を食べたりした。

祖母とおじのふたりが町にいてくれたことは大きく、おかげでマルコとわたしは、大学に近い場所に手頃なアパートが見つかるまで寝泊まりする場所を確保できた。わたしは給付奨学生のひとりに選ばれて大よろこびしたが、実のところ、国立衛生研究所の学生奨学金はあまりよくなく、せいぜい年間一万九〇〇〇ドルほどで、貧困ラインをおおむね下まわる額だった。さらに悩ましいことに、アメリカ国民の配偶者という立場のマルコは、グリーンカード取得申請中の短期ビザ保持者なので、法的に職に就くことができず、係属中の出願が不利になるような不法就労をするわけにはいかなかった。

ぶらぶらしているのが性にあわないマルコは、毎日ココナッツグローヴまで自転車で出かけ、おじのヨットの改造を手伝ったり、木材にやすりをかけたり、ニスの上塗りをしたりして過ごした。また、生活費を浮かすために、わが家のキッチンのシェフ役を買って出て――パスタに彼のすばらしいお手製ソースをかければ安上がり――わたしは副料理長として料理を覚えるようにした。

フロリダ国際大学大学院での最初の数週間は嵐のようだった。研究室仲間、クラスメート、教授陣と顔合わせをし、すぐに課題に取りかかる。環境保全から感染症脅威にいたるまでさまざまなテーマの研究セミナーに参加した。わたしの宿敵ブドウ球菌（三歳のときこれで死にかけたことがある）は、耐性菌――MRSAすなわちメチシリン耐性黄色ブドウ球菌――の蔓延とからむ大きな研究テーマで、病院や市中での動きを疫学者たちが競って追っているものだった。

薬用植物、分類学、ローカル植物相、天然物化学、分析化学などの授業を受けた。わたしはじきに、これまでの自分は疑問を持つだけですませていたことに気づいた。民族植物学者になることを切望しているくせに、植物の科学――植物学についての知識が欠けていたのだ！　一年目のクラスメートよりもフィールド調査の経験があって、みんなにドン・アントニオやエレナおばさんの楽しい話をすることはできても、シソ科とクマツヅラ科の違いや、アルカロイドの分子構造、あるいは、複雑な混合物内の化合物の質量測定法を説明することはできなかった。勉強することは山ほどあった。

植物分類学を学ぶのは、新しい言語を習得するようなものである。聞いたこともないような植物解剖学用語がとめどなく押しよせてきた――托葉、花冠、毛条突起、花柱。また、植物の部位がどのように見えるか、どのように構成されているかをあらわす無数の用語もあった。葉のつき方には、複葉、対生、輪生、互生など。形状の名前には、三角形、針形、線形、扇形、頭大羽裂状、鎌形、卵形。葉の静脈相にはまた別の専門用語があって、花弁の形状についても同様だ。さまざまな部位の触感も、無毛、粗毛、軟毛、粘着性などがある。わたしは、頬に綿でも詰まっているように、口のなかでもごもごと言葉を唱えた。

わたしがいた少人数クラスは、毎日、教室や、フェアチャイルド熱帯植物園――熱帯や亜熱帯の植物を取りそろえた、八三エーカーもあるすばらしい植物園――で、カーブした葉やねばねばする茎、香りのある花をさわったり、匂いをかいだり、輪郭をなぞったりした。こんなにたくさんの植物が見られる場所で学ぶのは楽しかった。もっと北の寒い地域の学生は、樹皮や葉痕から植物同定を学んでいるのだと思うとなおさらだった。わたしたちは、植物部位の粘着性やにおい、毛の有無などを実際に確認しながら勉強することができた。

植物園で熱帯植物を調べていないときは、フロリダ南部の自然植物相を探索して過ごした。最初にマツの密生地。次にノコギリヤシの低木地。海のマングローブ。わたしには海と同じ緑に見える、よくある、ぼやけた沼沢地。けれどそのうち、わたしはいままでとはまったく違うやり方で自然を見るようになった。わたしがヨガにちなんで「植物学者のポーズ」と名づけた、両膝をつく姿勢――お尻を突きだし、膝を折り曲げ、地面すれすれまで頭を下げ、拡大鏡（小さなルーペ）を目にあてる――をとるようになったのである。子供の頃、水たまりの水や自分の唾のなかにいる微生物の秘密の世界を探検したときのような、あのわくわくした感じをがよみがえった。

教授は、自分の感覚を最大限に使えと教えてくれた。探索するのが小さな野草でもがんじょうな低木でも大きな木でも、いつも同じだといわれた。葉のかけらを指にはさみ、つぶして鼻に近づけ、前後にこすり、大きく息を吸いながら匂いを鼻腔に送りこむ――淡く匂ういい香りか、深くて刺激のある香りか。フィールド調査記録に、標本の色、形、触感を書き入れ、生息状況（植物全体の大きさと形状）と生息場所（生えていた場所とまわりの植物）も記録する。それから調べた種の重要な特徴をスケッチする。レオナルド・ダ・ヴィンチほどではないにしろ、わたしの描写の腕前はあがっていた。認識能力も高まりつつあり、自分の目を信じられるようになってきた。

授業で使う用語が理解できるようになると、外の植物も見分けられるようになった。二名法──もともとは自然を認識して体系化するために土地の人々が考えたもので、のちにスウェーデンの植物学者カール・リンネによって普及された方式──は、混沌としていた無数の植物生命体を組織化し、秩序だてたものだ。植物の秩序──植物同士の関係がだんだんわかってくるのは楽しかった。植物がさりげなく、あるいはおおっぴらに、それぞれ独自の官能特性［感覚によって区別される味、香り、硬度、色などの性質］を介してシグナルを送り、自分たちの関係を示すのも楽しめた。

植物園やフロリダ南部の自然を探索しながら、植物の学名を呼んで挨拶するのが習慣になった。まるで旧友か『指輪物語』のゴラムにばったり会った中世の騎士のように、「おや、いとしいタデ科のコッコロバ・ウウィフェラ（*Coccoloba uvifera*）さん！」という具合に。一般名をハマベブドウというこの植物は、広い葉を堂々と広げ、熟す前の青くころころしたブドウの房のような実をつけ、塩分が多く風の強い海岸に生えている。「こんにちは、キョウチクトウ科のアスクレピアス・インカルナタ（*Asclepias incarnata*）さん」そして日があたる湿地で足を止め、植物学者のポーズをとり、蝶や人間を惹きつける万華鏡のようなバラトウワタのうっとりするような藤色の花を観察する。

極悪非道な種もある。たとえば、クワ科のフィクス・アウレア（*Ficus aurea*）（イチジク属やクワ属）がそうだ。「締め殺しのイチジク」と呼ばれるこの植物は、着生植物として生えはじめ、やがて根をのばして宿主《しゅくしゅ》の木をぐるぐる巻きにして、しばしばそのまま枯らしてしまい、宿主の木が立っていた場所に不気味な空洞を残す。なかでも、侵略的外来種であるウルシ科あるいはツタウルシ科のサンショウモドキ（学名スキヌス・テレビンティフォリウス *Schinus terebinthifolia*）ほど地元で嫌われている植物もないだろう。もともとは濃い緑の葉（つぶすと黒コショウのような刺激臭がする［英名ブラジリアン・ペッパーツリー］）とあざやかな赤い実の房が好まれて、南米から観葉植物としてフロリダ南部に導入されたものなのだが、栽培主の手から離れ、エバーグレーズ湿地を占拠してしまった。嫌われ者というけれども成功者ではないのか？　わたしはサンショウモドキを憎めなかった。サンショウモドキだけでなく、植物世界の探索中に出会った種はどれもこよなく愛した。

フィールドでの研修、植物の学名調査、新たに得た分類学の知識の修練に加え、わたしは、植物化学で植物の化学組成の評価法についても習った。フロリダ国際大学民族生物学・天然物センターには、植物組織を分析・検査し、化学組成と薬理活性を調べるための機器類をそなえた研究室がそろっていた。

植物がなぜそのような動きをするのかを知るためには、まず、植物がなにからできているかを知る必要がある。植物化学はきわめて複雑だ――粉砕した葉の組織や花蜜の豊かな花から発せられる香りは、特定の割合で存在する何百という、場合によっては何千という特異な分子の混合でできている。捕食者からの防御のため、もしくは、受粉媒介者や種子散布者を誘引するために、植物が意図的につくりだした調合香料だ。はじめて原生動物や細菌の顕微鏡の世界に魅了された幼い頃のように、わたしは、この新しい見えない世界にとりつかれた。ベールをはがしたかった。自然のなかで出会った植物のサインを読めるようになりたい。これはチャンスだった。

「植物から抽出した液体をろ過したら、それを丸底フラスコに入れて」民族生物学・天然物センターの研究室で働く博士研究員のティムが実習生の小グループに説明した。メンバーは女性三人で、全員新卒の大学院生であり、未加工の乾燥植物片を化学分析用の抽出成分に変える方法を知ろうとしていた。ティムは背が高く、葦のようにやせており、彼のとがったあごには赤毛のやぎひげがはえている。実験用白衣の下は、メタリカのTシャツと色あせたジーンズという恰好だ。シカゴで葉巻をくわえた生薬学者として有名な植物化学の第一人者ノーマン・ファーンズワース教授に師事し、マイアミに来てからはベネット教授のもとでトレーニングを続けていた。いまティムは、生薬学《しょうやくがく》（植物やそのほかの自然資源から得られる医薬品の科学的研究）の知識をわたしたちに与えようとしていた。

「入れるのは半分までね」わたしが深緑色の液体を、ころんとした丸底フラスコの細い首にゆっくり注ぎ入れようとすると、ティムが注意した。

「もっと入れたらどうなるんですか？」わたしは好奇心にかられて訊いた。

「うん、吹きこぼれるかな。きみがろ過したその貴重な液体は、器具に入れて圧力をかけると急に量が増える。そうなると、緑のねばねばをきれいに取り除く作業が待っている」

慎重におこなう。ティムは次に、回転式蒸発装置《ロータリー・エバポレーター》〔減圧蒸溜に用いる装置〕にフラスコを取りつける操作をやってみせた。フラスコの首を機械の部品に差しこみ、温水がはいった容器のなかに一部沈める。

「あとはまかせた」ティムはわたしにうなずいた。

わたしはスイッチを入れ、ダイヤルを中に合わせて、湯につけた丸底フラスコの回転をスタートさせた。温水溶液によってフラスコ内の液体の温度が徐々にあがっていき、やがて魔女の大釜のようにぼこぼこ沸騰しはじめる。クローズドシステムの圧力を下げる真空の力と、機械の上部に取りつけられた冷却コイルの組み合わせにより、抽出液内のアルコールがフラスコから蒸発しはじめ、次いで、冷たいコイルの列の上で凝縮して、装置に付属する別のガラスフラスコに透明な液体がしたたり落ちだす——回転するフラスコ内には植物性化合物が残った。すごい！

大学の有機化学試験はいつも相当むずかしいものだったので——講義形式の授業は完全に医学部志望の学生をふるい落とすコースだと思う——対になっている実習コースでする実験はいつも楽しみだった。ますますのめりこむようになっていた植物分類学の課題でどんどん増える語彙の嵐にもまれていたわたしは、実験室にもどり、慣れ親しんだ状況に身をおくことでうまくバランスをとっていた。

フロリダ南部の各地で採取した大量の植物の粉砕サンプルを調査分析するうちに、抽出成分にはさまざまな色があることに気がついた——薄い青から濃い緑、赤もしくは紫などがあったが、一番多いのは深緑がかった茶色だった。液状の抽出成分を乾燥させると、たいていどろっとしたタール状のものが残る。残っている湿った物質をとりのぞくため、水で溶解したあと摂氏マイナス八〇度の大型冷凍庫で凍らせ、最後に凍結乾燥機に取りつけるという方法を教わった。うまくいけば、ふわふわした粉末か砂糖のような結晶のかたまりができるが、もとのタール状にもどってフラスコ内にべったりついてしまうこともある。そうなると、こびりついた物質を湾曲した長いへらで毎日何時間もかけてはがすはめになった。

はがせたら、残った物質の重さをはかり、小さなガラス瓶に入れて冷凍庫で保存して、のちに化学分析や生物科学活性評価の分析をする。わたしは実験の分析データの読み方も習った。それはまるで外国語の記号を解読するようなものである——実験装置がさまざまなパターンで吐きだすうねうねと曲がりくねった線のうち、各逆V型のうねりは、試料に含まれていた異なる化学物質をあらわしている。分類学のみならず、質量分析（MS）と核磁気共鳴（NMR）の講義でも、新しい記号や用語が雨あられと降ってきた。

わたしの脳の分析分野はそういった難問に取り組むのを楽しんだが、いちばん充足感を得られたのは、薬用植物課程だった。わたしはやっと、植物の目《もく》、名前、関係性についてよく理解できるようになった。夜空に輝くたくさんの美しい星を何年も見あげているうちに、その名前を覚えてしまうようなものだ。そして、その専門知識は化学や人体生理学の講義と組み合わされていく。植物の特定の化合物が特定の科に分布していることの意味は、その科の進化関係を把握することで、より明確に理解できるようになった。

エモリー大学でとった医学部進学課程の講義も、植物がどのようにして自分たちの利益のために防衛化合物を合成するかということや、それらの化合物が人体の特定の受容体にどのように作用して薬理学的結果を発生させるかということを深く掘りさげるのに、非常に役立った。

植物性化合物は、興味深い方法でヒトの脳の経路に作用する。たとえばコーヒーの精神活性刺激効果を例にとろう。その効果はカフェインによるもので、カフェインは植物が昆虫を忌避するのに使う化合物だ。ニコチンも同様で、やはり、植物を厄介な虫から守るアルカロイドの一種である。ほかにも、ヒトの神経、筋肉、消化管、骨などに作用する植物性化合物がある。こういった薬理学的活性への関心は、いつも知的好奇心から生まれるのだが、ときに、個人的な事情から生じるものもあった。ジギタリスのように。

わたしはおじのアランが大好きだった。おじは奨学金の返済を手助けしてくれただけでなく、マイアミで暮らすアパートが見つかるまでわたしとマルコに住むところを用意してくれた。おじはまだ五〇代だったが、数年のあいだに健康状態が悪化していた。「心臓がちょっと悪いみたいなんだ」とおじはいっていた。

活発な人だったが、成人してから2型糖尿病を発症し、やがてうっ血性心不全をおこした。最初にその症状に気づいたときのことをはっきり覚えている——救急外来で日夜ボランティアしていた頃だった。おじは背が高くやせ型だったが、手足が異常にむくみ、ふくれていた。腫れた下腿を指で押すとへこんだままもどらない——圧痕浮腫《あっこんふしゅ》のサインだ。すぐに病院に行って原因を調べてもらい、治療をはじめるようにとおじをうながした。

うっ血性心不全は慢性的にじわじわと進行するもので、心臓のポンプ能力が徐々に落ちていく。診断されたケースのざっと半分は、平均余命五年と予測される。だが診断時にすでに状態が進行していた場合、九〇パーセントが一年以内に死亡する。昔の医学教科書では、水腫と呼ばれていた——水分が過剰に蓄積されたことにより体内の軟組織がむくんだ状態をいう。現在の教科書では、このむくみ——浮腫——には複数の原因があり、その筆頭にあげられるのが心不全であるとされる。心臓の機能が弱まると、心室は体内にじゅうぶんな血液を送れなくなり、そのため細胞組織に体液がとどこおって浮腫が悪化する。

浮腫の治療法はいくつかあるが、根本原因によって内容は異なる。うっ血性心不全の場合、メインとなる薬はジゴキシンだ。ジゴキシンは、ジギタリス属の植物からとれる強心配糖体《きょうしんはいとうたい》化合物で、その植物は通常キツネノテブクロ（英名フォックスグローブ）という名で知られている。昔から、ジギタリスの葉——とくにコモンもしくはパープル・フォックスグローブ（学名ディギタリス・プルプレア *Digitalis purpurea* オオバコ科）——は、水腫に効く薬用茶の材料として調合されてきた。ジギタリスを発見し、水腫治療に用いたのは、一八世紀のイギリス人植物学者で医者のウィリアム・ウィザリングだといわれている。だが、実際は、水腫患者の治療に薬草を使う治療師から処方を教えてもらったのではないかという説もある。ウィザリングは治療師を「シュロップシャー出身の高齢女性」と呼んでいた。わたしがジネストラで会ったおばさんたち《ツィーエ》のような女性だったとしたら、ウィザリングは歴史上の多くの男性がそうだったように（現代のSTEM界［科学・技術・工学・数学の頭文字をとった理系の総称］にも存在するが）、この女性から「発見」を手に入れ、女性自身の名は歴史に埋もれてしまった可能性は非常に高い。ただ、ウィザリングが症例の詳細について最初に医学的な報告をした人物であり、水腫を治療するのにジギタリスを処方して、西洋医学に融合させる扉を開いたということはたしかである。

植物由来の活性化合物であるジゴキシンは一九三〇年に分離された。心臓組織にカリウムとナトリウムを作用させることで筋肉の収縮を強め、より力強く、より安定した心拍を促進する。植物は使う量が多すぎると有毒になるように、活性化合物に関連する毒性の懸念はある——アマゾンのオヘイの木のように、有効量と中毒量のあいだの「治療指数」の幅は狭いといわれている。

おじの場合、心拍強化と水腫低減のための医学的介入は功を奏しなかった。わたしは集中治療室にはいっているおじに何日も付き添い、できるだけ楽になれるようにしてあげようとした。おじはずっと、肺に水がたまって呼吸が苦しそうだった。苦しむおじを見るのはつらかった。吸引して水を抜いても、楽になるのは一時的だった。手足は水分がたまってぱんぱんになり、肩や腕に痛みがあった。

亡くなる前日、おじは、楽になるようマッサージをしてほしいといった。もう長くないことがわかっていたのだと思う。また明日来るねといったら、来なくていいから、フェアチャイルド熱帯植物園の授業に出なさいといってゆずらなかった。分類学の全日授業だった。

生きた植物展示を調べながら小道を歩いていたとき、警備員と一緒にガーデンのゴルフ・カートに乗ってこちらに向かってくるおじの親友の姿が見えた。わたしはすぐに悟った。おじが亡くなったのだ。数日後、葬儀がおこなわれた。おじのアランは火葬され、わたしたちは、おじの親しい友人たちや家族と一緒におじのヨットで入江に出て、その人生を称え、灰をまいた。

ヨット以外におじが遺したもののひとつにコインランドリーがあった。わたしのいとこで、おじの娘のメリッサが商売を相続した。メリッサは西海岸に住んでいて、自分の仕事もあったため、遠方からでは店をやっていくすべがない。祖母は年をとりすぎていたし、数少ない購入希望も安い価格しか提示されなかった。そこでふたりは、二束三文で売るくらいなら、まず家族に利益をまわすべきだと考えた。マルコはグリーンカードをちょうど取得したところで、アメリカ国内での就業が正式に認められていた。

マルコとわたしは、コインランドリー経営について、チャレンジだけれど将来性があると考えた。いつものようにとことん話しあった――入念に、食事をしながら、自分たちの考えを包み隠さず話しあった。自分の手で商売をするということに強く心をそそられたし、喉から手が出るほどほしい経済的安定を手に入れられるかもしれない。けれど、経営についてなにを知っている？　バード・バス・コイン・ローンドロマットという風変わりな名前の店は、ココナッツグローヴのど真ん中にあった。何台かの特大も含めて洗濯機は四〇台以上、ガス乾燥機は壁二面に二〇台。壁や、機器のいくつかにも、南国の鳥や花が色あざやかに描かれていて——グローヴの雑多な雰囲気によく合っていた。洗濯機や乾燥機以外にも、ソフトドリンクや軽食の自動販売機もあった。副収入が期待できるかもしれない。

もちろん、わたしたちには頭金にするお金はなかった。けれど、メリッサと話をし、すべて丸く収まる方法にたどりついた。メリッサがわたしたちに直接、頭金なしでバード・バスを売り、わたしたちは営業利益から月々支払いをする、というものだ。これならば銀行でローンを組まなくてもいいし、商売も人手に渡らない。

マルコは運営を引き受け、それを専業にすることにした。従業員の管理をするかたわら、次々と古い機械の修理もした——機械工としての経験が豊富にあるマルコの腕の振るいどころだ。祖母は帳簿の用意を手伝ってくれ、わたしは賃金台帳の管理、金額の大きなガス、電気、水道代の支払い、税金の処理を担当することにした。研究室での植物抽出成分の調合や研究が早く終わった晩は、マルコを手伝って、引き取りに来るお客さんのシャツやジーンズや下着をきれいにたたみ、ビニール袋にぴっちり入れた。

仕事はきつかったが、コインランドリーのおかげである程度経済面は安定した。けれども、植物分類学と同様に、学習曲線は急勾配を描いていた。従業員がレジから金を盗み、管理の仕方を勉強しなくてはならなくなったり、解雇したり、新しい人を雇ったりもした。外部からの盗難もあった。センサー付き防犯装置を月払いで設置していたのに、最初の頃の犯人は感知をすり抜け、備品をひどく壊していった。ショックも怒りも大きかった。都会は盗難が多いとはいえ、わたしはそのたびに自分自身が暴力を受けたように感じ、精神的に傷ついた。商売を引き継いだのはまちがいだったんじゃないだろうかと思ったし、損害でわずかな利益も目減りした。

監視カメラには、泥棒がボルトカッターとバールを使って建物の裏の大きな換気扇をこわして侵入し、同じバールで大きな両替機をこじあけるようすが映っていた。わたしたちは白黒の画面を見ながら目を疑った。どうしてこんなことを？　儲かっている店にはとても見えないだろうに。犯人は前に客として店に来たことがあって、マルコがレジに向かうところや両替機を点検するところを観察していたのだろうか？　この店をはじめたことで、いらない危険を背負ってしまったのか？

いつもならマルコは毎晩、両替機から小銭（五セント、一〇セント、二〇セント硬貨）を取り出しているのだが、その夜は忘れていた。ありがたいことに、泥棒たちは紙幣には気づかなかったらしい。だがかわりに、洗濯代行サービスの客の枕カバーを盗んで二五セント硬貨を入れる袋にし、邪悪なサンタカップルよろしくコインの袋をかついで建物からこっそり出ていった。枕カバーは高いものだったことがわかり、洗濯代行サービスを頼んだ客から自分たちのものがなくなったと苦情をいわれたわたしたちは、両替機の修理代と二五セント硬貨の補充にくわえ、新品の高価なエジプト綿製の折り目の細かいシーツセットを買うはめになった。


ココナッツグローヴは、マイアミでも芸術を意識する町で、色あざやかな建物が立ちならび、トロピカルな花の香がただよって、通りのショップやレストランからあふれてくる小粋なキューバ音楽に思わず足取りもリズミカルになる場所だ。わたしのお気に入りはカンポンという緑豊かな熱帯植物園である。これはアメリカに五つ存在する国立熱帯植物園のひとつで、ほかの四つはハワイにある。

カンポンは、マレー語やジャワ語で「村」を意味する。わたしが植物探検家のヒーローとあがめるデビッド・フェアチャイルドが、一八〇〇年代後半と一九〇〇年代前半に広く世界中をまわって収集した植物がたくさん集められている。フェアチャイルドは、アメリカに二〇万を超える外来植物と外来作物を紹介した。[1] フェアチャイルド所有の地所に建設されたカンポンは、植物多様性を示す生きた遺伝子の博物館であり、まさに珍奇で魅力的な熱帯の果物の宝庫だった。フェアチャイルドが集めたマンゴー（学名マンギフェラ・インディカ *Mangifera indica* ウルシ科）は五〇種類以上にのぼり、一個三二キロほどある――一〇歳の男の子の体重と同じ重さの――世界最大の食べられる実がなるパラミツ〈英名ジャックフルーツ〉の木（学名アルトカルプス・ヘテロフィルス *Artocarpus heterophyllus* クワ科）があるのも特色だ。

　ココナッツグローヴでは毎年、マンゴーに敬意を表してこの果物の収穫を祝う地域あげてのお祭りが開催される。フェアチャイルド・ファームで栽培されるマンゴーは六〇〇種以上におよび、風味も色も形も無数のバラエティがある。また、毎年恒例のキング・マンゴー・ストラット・パレードは風刺がきいた陽気なイベントで、地元の人たちが衣裳を着こみ、精巧な山車をこしらえ、杭にとめた看板を高くかかげて、グローヴの中心を練り歩く《ストラット》。通りには、アップビートの音楽と激しいダンス、そして笑い声があふれ、その年話題になった出来事のパロディが繰り広げられる。政治から健康の話題、セレブのスキャンダル、ポップカルチャーまでなんでもありだ。

　ある年、マルコとわたしはパレードを見物人として楽しんでいた。すると青々としたシュロの葉を幌にして、「セーブ・ジ・アース（地球を守ろう）」と書いた看板をつけたピックアップトラックのうしろを、細菌になりきった風変わりな集団が歩いてきた。集団の真ん中を進むクランベリー色のフォルクスワーゲン・ビートルには、「ブドウ球菌おことわり」とか「ブドウ球菌《スタッフ》ミーティング」などと大書した白いポスターが貼りつけてある。車の屋根の両側に取り付けたポールに張られた飾り旗には、赤と黒の太字で書いた「スーパー耐性菌MRSA市民軍！」の文字が躍る。全身真っ白な防護服に身を包み、医療用フェイスマスクをつけ、「処方箋」と太字で殴り書きした牛乳パックを振っては、なかに入れたコインをじゃらじゃら鳴らしながら通りを闊歩する人、Tシャツの上からビニールのゴミ袋をかぶり、とがった杭の看板を持って「いまから感染させるぞ！」と叫ぶ人、見物人のほうに走りよって「次はおまえだ！」とわめきちらす人。

こんな光景は見たことがない。ブドウ球菌感染症が地域のパレードで風刺の題材になっている？　それにしてもMRSAとは。微生物学者ぐらいしか使わない、ほとんど知られていなかったこの略語が、日常会話に出てくる言葉になりつつある。転換点にさしかかったのだと、わたしはこのとき感じた。MRSAについては書物で読んで知っていたし、授業で取りあげられたこともあったので、深刻な医学的問題だということは認識していたが、パレードにまで登場したのには興味をそそられた。だが驚くことではなかったのかもしれない。アメリカ疾病対策センター（CDC）の報告によると、疫病監視調査にもとづく推定では、二〇〇六年のアメリカ国内の侵襲性MRSA感染症例は一〇万八三四五件にのぼり、死者は一万九四七九人となっている。[2] ちなみに、同じ年のAIDSによる推定死亡者数は一万四六二七人だ。[3] アメリカ疾病対策センターは、現在、アメリカ国内のHIV感染者数はおよそ一二〇万人と推定しているが、治療法と公衆衛生策の進歩により、年間死者数は一万五〇〇〇人弱にまで減った。アメリカでは、現在HIVよりMRSAで亡くなる人のほうが多く、その状態は二〇〇五年から続いている。もっとも留意すべきなのは、この侵襲性MRSA感染は、病気を抱えている人や、なにか別の病気で治療を受けている人だけがかかるのではないということだ。若くて健康な人にも感染は起きている。これは、市中感染型ＭＲＳＡ（ＣＡ‐ＭＲＳＡ）という名で知られるようになった。

報告書には、健康状態がきわめてよい学生アスリートたちの感染例が記載されている。フットボールのタックル、レスリングの試合、ラグビーのスクラムなど、頻繁に皮膚が接触して生じる擦過傷《さつかしょう》［すりきず］が最大のリスク要因とされるが、野球やサッカーなどの非接触型スポーツ選手も感染しており、重症例も多い。[4]ジムや汚染されたトレーニング器具に起因する症例も見られる。[5]二〇〇四年には、一八歳の健康な英国海兵隊員がイギリス国内で野外訓練中、ハリエニシダ（野生しているマメ科の棘の多い低木）で脚をひっかき、三日後に死亡した。[6]二〇〇七年に、一七歳のヴァージニア在住の高校最上級生がＭＲＳＡに感染して一週間後に死亡した際には、地区封鎖が実施され、封鎖区域二二校の徹底的な消毒がおこなわれた。[7]病院の小児病棟でも大流行が発生し、乳児および新生児の死亡につながった。地域においても医療施設においても、ＨＩＶ／ＡＩＤＳ感染者はＣＡ‐ＭＲＳＡの脅威にさらされている。

感染すると、多くの場合まず、皮膚に小さな発疹やヒリヒリ痛む箇所があらわれ、それがしだいに赤く腫れて熱をおび、さわると激しく痛むようになる。しばしば膿んで発熱する。往々にして腫れた箇所の真ん中にある発疹には小さな穴が開いているので、クモにでも咬まれたのかと考えて受診が遅れることがある。具合が悪くなって病院に行く頃には、創面切除《デブリードマン》（感染した皮膚組織の外科的切除）のような大がかりな処置につながることが多く、また感染と戦うために抗生物質を長期間点滴投与するが、その結果、腸内の正常な微生物叢まで破壊されて下痢が起きたり、膣カンジダ症になったりと、つらい副作用が生じる場合もある。組織の損傷がひどい場合は、細菌の攻撃によって皮膚や軟組織が腐敗した部分に広範囲な植皮《しょくひ》をおこなわなければならない。さらに重篤な症例では、血流にのって細菌が体内を循環し、心臓や脊椎の筋肉、骨などで増殖してしまったりする。

もっとも運の悪いケースでは、擦り傷の感染によって壊死性肺炎になることがある。[8] 壊死性肺炎になると、肺組織が破壊されて腐ってしまい、六一パーセントが死にいたる。侵襲性感染というのもあり、それにかかると、普通なら健康な一〇代の若者が数日で死の淵に運ばれてしまう。そういった事例はまず例外なくニュースになり、恐怖があおられる。

ブドウ球菌感染にたいするワクチン開発は進行中だが、一〇年以上たっても成果にはむすびついていない。数えきれないほどの臨床試験の結果、ブドウ球菌ワクチンによって体液性免疫を誘導する試みは感染防御には不十分だということがわかった。[9] ブドウ球菌は狡猾な有機体で、免疫をかいくぐる技をいくつも持ち、ヒトの細胞内に潜むことさえできる。

MRSAの大流行や死亡例の増加を報じる見出しを見るうちに、新しい治療法が早急に必要だと感じるようになった――この凶悪な微生物を死滅させる薬だけでなく、圧倒的な毒性ともっとも健康な免疫システムさえも突破する能力を弱める治療法が。

わたしはそれまで治療師たちが多くの病気を治療するのを見てきたが、そのなかには皮膚病もあった。そのなかにはブドウ球菌によるものもあったのではないだろうか？　もしそうだとしたら、彼らの治療はどういう仕組みで効いたのだろう？　治療師たちが儀式の多くに植物を使っていたのは知っている。だが、わたしがまだ記録していない皮膚疾患治療法もたくさんある。大学院の薬用植物課程から、また民族植物学の文献を調べた結果から、さまざまな皮膚疾患に植物を局所使用しているのはペルーとイタリアだけではないということがわかった。世界中で、裏庭やまわりの自然、森などにはえている植物資源が、擦り傷、腫れもの、やけど、発疹の治療に利用されていた。頭のなかで、自分が博士課程でなにを研究すべきかというパズルのピースが、頭のなかで具体的な形を取りはじめた。薬用植物、皮膚の感染や炎症を治す伝統療法、そしてMRSAだ。

二〇〇五年、大学院二年目、結婚生活も二年目の二六歳のとき、わたしは整形外科外来に電話を入れた――今回は脚ではなく、腕だった。朝、自宅のタイルの床が濡れていて義足がすべってしまい、ロケットのような勢いではずれてしまったのである。転んだときに左手をついたのだが、かなりの衝撃で、それからずっと手首の痛みが引かない。

「午後の診察になります」と看護師はいった。「レントゲンを撮りますね。妊娠の可能性は？」

まだ大学院生だったが、マルコとわたしはコインランドリーのおかげで経済基盤も安定し、家族をつくりたいと思っていた。アーケイディア時代の親友マンディとジェイミーには四歳の子がいて、わたしの先天性障害と、大家族がいいねという互いの希望を考えると、早くはじめなければならないということはわかっていた。がむしゃらになっているわけではなかったが、可能性はあった。帰り道、街角で市販の妊娠検査キットを買った。翌月以降も使えるように三箱。結果を待つあいだ、マンディに電話をして「腕を折っちゃったみたいなの」と嘆いた。おしゃべりをしながらキットに目をやる。薄いピンクの二本の線がどんどん濃くなっていた。息をのむ。「えっと、わたし、妊娠したみたい！」

急いで電話を切り、マルコにかけた。

赤ちゃんが生まれる！　いろいろ考えなければいけないことがあった。

妊娠が現実のものとなる前、どうすればうまく生活がまわるか何度も話しあっていた。タイミング的にいえば、いまこそベストだった。出産予定日は八月で、秋と冬はリモートワークをすればマルコと一緒に自宅にいられる。論文のためのフィールド調査の実施計画を立てたり、プロジェクトの取材計画について学内審査委員会の認可を取ったり。そして赤ちゃんとわたしでイタリアへ行き、義理の両親のところに泊めてもらって、ジネストラを拠点に、モンテ・ヴルトゥレ地域で皮膚疾患治療の伝統薬に使われている野生植物のフィールド調査をする。

マルコの母ミラグロスは以前から、必要な時がきたら子供を預かってあげるといっていた。マルコとわたしは、わたしの研修のためにはどんな方法が一番いいのかをずっと話しあってきていたので、離れて暮らすのはとてもいやだが（マルコはコインランドリーの経営があるから店を離れられないだろう）、彼の家族のところならわたしも不便はないだろうし、マルコも赤ん坊とわたしの心配をしなくていいという結論に落ち着いた。数か月のあいだにできるだけたくさんお金をためた。予定どおりにいけば、フィールド調査を終えて研究室に戻るときに託児施設を利用することもできそうだった。

腕の骨折が治り、ギプスもとれて数か月たった頃、わたしは日常生活に戻った——とはいえ、新しい日常の歩行スタイルは日々大きくなるおなかにあわせたものだった。研究棟の廊下をそろりそろりと歩く段階は過ぎ、いまは不格好なアヒルのようによちよち歩いている。

大学院課程二年目も終わりにさしかかり、研究室と現場の基礎トレーニングも仕上げに入っていた。嗅覚が鋭くなって、植物同定がやけに簡単にできるようになり——妊娠の思わぬ恩恵だ——分類学の試験でテーブルに広げられた植物サンプルを嗅ぎわけられるようになった。匂いだけで識別できないときは、葉の構造や花の部位をじっくり見て手がかりをつかみ、地球上に存在する四〇〇種あるいはそれ以上の顕花植物の科に分類することができた。試験はたいてい、熱帯地方と亜熱帯地方の植物の科に限定されていたが、考えられる選択肢の数は厖大すぎて、記憶から引っぱりだすのはひと苦労だった。

大学院の前期課程修了後は、博士課程に進む試験の準備が待っている。普通の大学院生と博士候補生になる者とを選別する総合試験である。わたしは自分の論文審査委員会に、新生児生理学者（感染症専門）、統計学者、分析化学者、分子生物学者ら六人に審査委員を依頼した。主査は、わたしの指導教官である民族植物学者のベネット教授がなった。いまにして思えば、そんなにたくさんの分野の委員を選ばなくてもよかったのにと思う。これらの領域すべてについて自分の能力を示すために、作成に何日もかけて審査用の長文レポートをしあげ、本番の口頭試問では次々に飛んでくる質問に答えなければならないのだから。とんでもなく大変な一週間で、妊娠中なので飲めないコーヒーの刺激がほんとうに恋しかった。

うまく試験に合格し、研究計画書が通ったことは、大学院研修における大きな転換点だった。修了が必須の植物分類学の上級課程をのぞけば、すべての授業をおしまいにすることができ、来春予定している南イタリア現地調査の遠征準備に専念することができたからである。

いつもならマイアミの暑い夏は大好きなのだが、身重の身には地獄だった。予定日が近づくと、イタリアからミラグロスが出産準備を手伝いに来てくれた。手作りのイタリア料理をマルコとわたしにたらふく食べさせてくれ、寝室ふたつの小さなアパートを隅から隅までぴかぴかに磨き、子供部屋の用意の仕上げをしてくれた。準備は万端ととのい、数日後にせまった帝王切開の日を待つだけだった。

股関節形成不全と過去の骨盤手術歴のために、自然分娩は物理的にむずかしかった。無理に試みようとすれば、おなかの子も自分も死んでしまう可能性がある。どちらにとっても帝王切開しかなかった。

予定日の数日前、テレビやラジオが、マイアミ・フォートローダーデール地域に猛スピードで接近するハリケーンの報道一色にそまった。ハリケーンの名はカトリーナ。洪水警報が出て、バード・バスはマリーナや海に近かったため、わたしたちはあわてて洪水になったときの設備対策を考えた。飲料や缶詰をまとめ買いし、バスタブに水をため、キャンプ用コンロのプロパンを準備し、車のガソリンを満タンにし、コインランドリーを閉めた。嵐のあいだは、コインランドリーの近くにある自宅にこもった。病院に手術の予定について確認すると、医者は変更があったら連絡するという——そうでなければ、手術は予定どおりということだ。

ハリケーン・カトリーナは、二〇〇五年八月二五日の朝、フロリダ南部のマイアミ・デイド郡に上陸した。風がうなり声をあげて吹き荒れ、どしゃぶりの雨が滝のように降りそそいだ。ヤシの木の枝や葉が窓を叩き、コンクリートに守られた家のなかに外のカオスがいまにも入ってくるんじゃないかという音をたてつづけた。嵐が来てすぐ停電になった。嵐の雲におおわれて外は真っ暗だったが、ハリケーンに耐えられるがんじょうな窓から、ごみ箱や庭の飾りが通りのあちこちにころがるのが見えた。

カトリーナは西の湾のほうに移動するにつれ勢力を失ったが、破壊の道はここが起点だったことはあとで知ることになる。夕方には風もおさまったので、マルコはバード・バスのようすをたしかめるために徒歩で店に向かった。道路には大きな木の枝、切れて垂れ下がった送電線、ごみが散らばり、木がまるまる一本倒れていたりした。水を含んでゆるんだ地面から、風の力で根こそぎ引き抜かれてしまったのである。ハリケーンが去ったあと外を歩くのは危険が大きい——実際このときに、電流が通っているに知らずに電線にふれたり、片付け中に脱水症状をおこしたり、けがをしたりすることが多い。コインランドリーに着いたマルコは、ガレージタイプの扉が風で壊れ、店内に水が入って三〜五センチたまっているのを見た。まだ停電していたため、店の掃除機は使えない。しかたなく、モップやタオルなど乾いたものすべてを使って対応した。

帝王切開は翌日の予定だった。その晩、病院から電話がかかってきて、わたしの不安は増大した。発電機の電力に頼っているため、緊急の手術以外は予定を組み直したいという。

わたしはアパートで、ミラグロスと一緒に、ズッキーニと缶詰の豆をキャンプ用コンロで調理し、簡単な夕食をつくった。

エアコンがつかず、耐えられないほど蒸し暑かった。タンクトップとショートパンツだけになり、いらいらと手で顔をあおぎながら、本に集中しようとした。風でも入って少しは涼しくならないかと窓を開けたりもした。電気の復旧には数日かかったが、水は止まっていなかった。どうにもこうにも暑くてたまらなくなったときは、バスルームにろうそくを置き、冷たいシャワーを頭から浴びて暑さをまぎらわした。このときほど、エアコンのありがたさを感じたことはない。

嵐が町に壊滅的な被害をもたらした日から四日後の八月二九日の朝、わたしは手術の準備にはいった。午前中は手術前検査室に入り、ルイジアナに上陸したカトリーナの生中継をテレビで見て、ミシシッピの父の故郷ビロクシーも含めた湾一帯がめちゃめちゃになっているのを知ってぞっとした。湾岸が嵐に見舞われているなか、マイアミにいるわたしは術前検査室から車椅子で手術室に運ばれた。マルコもついて来てくれたが、腰椎麻酔と導尿カテーテルの挿入が終わるまで外で待つようにといわれた。わたしは麻酔科医に腰部の手術歴と椎骨《ついこつ》の融合のことを伝えたが、どれくらい融合しているかは、わたし自身はよくわからなかった。

手術台の上に座り、うながされるまま前かがみになって背骨を曲げる。最初に局所麻酔薬の注射をされたので、椎骨のあいだから脊髄のクモ膜下腔まで刺す太い針の痛みは感じなかった。針がクモ膜下腔に届いたら、髄液内に麻薬と局所麻酔薬の混合液を注入し（この発明はケシとコカの葉のおかげ！）、それによって脊髄神経が麻痺するため、下半身は無感覚になるはずだ。

なにか問題が生じたのがすぐにわかった。麻酔医は針を入れようとずっと脊柱を押したり突いたりしている。何度も何度も。わたしはこわくなり、痛みも感じた。マルコを呼んでほしいと頼んだ。「お願いします」と繰り返し懇願したが、誰もきいてくれなかった。手術を担当する産婦人科医はわたしの体をつかんだまま、頭をそっと押してさらに前に倒し、別の医者が背中をさぐって針を刺す場所をさがしている。赤ん坊が生まれたときの写真にきれいに写るよう、わたしはその朝、髪もメイクもばっちり整えていた。なのに、あふれる涙でマスカラは筋になって流れ落ち、腰椎麻酔地獄のあいだわたしをかかえていた医師の手術着にもにじんだ。

全身麻酔をすることに決まり、そのあとは顔にマスクをつけられて、大きく息を吸ってといわれパニックになりかけたところまでしか覚えていない。


「母乳育児の意向はありますか？」強いキューバなまりのある看護師が尋ねた。

手術が終わって数時間たっていたが、わたしはまだめまいがし、視界もぼやけていた。モルヒネのせいで頭がもうろうとし、看護師の言葉がよく理解できない。当惑して顔を見る。

「赤ちゃんはどこ？　会わせてもらえる？」かすれた声しかでない。手術中、のどに入れられていた気管チューブのせいで痛みが残り、ざらざらしていた。

「母乳育児の意向はありますか？」看護師が繰り返す。意向？　なんの話？

「はい、母乳で育てたいです」不安が頭をもたげ、わたしはもうろうとしながらも答えた。「赤ちゃんは無事なんですか？　会わせてください」パニックを起こしかける。体に異常が？　どうして会わせてくれないの？　脚は二本？　骨がたりないの？　おそろしいイメージが頭のなかをぐるぐるまわりだす。麻酔のせいで妄想が強くなる――最悪の事態を想像して、そのことだけしか考えられなくなった。

わたしが一歳のときに受けた最初の遺伝子検査では、わたしの両親からふたたび身体障害児が生まれる確率は二五パーセントだったが、わたし自身が類似の先天性欠損症の子を生む確率は五〇パーセントあった。大学在学中にエモリー大学の遺伝子学者に別の見立てをしてもらったところ、わたしの骨欠損を根拠とする確率は五パーセントほどだという予測になった。妊娠中も胎児の発育状態を注意深く追い、専門家に高度な超音波技術で手足の長さを測定してもらっていた。

それでも、不安とおそれが吹きだしてきた。なにか見逃していたのかもしれない。

わたしはマルコに顔を向けた。いまにもわっと泣きだしそうだった。身体はまだチューブにつながれている。腕には点滴回路、膀胱には尿道カテーテルとそれをつなぐ長い回路付きの蓄尿パック。輸液のせいで、顔はぱんぱんにふくれている。目の下にはマスカラがたまってにじみ、手術室から出てきた人というより、けんかをして目のまわりにあざをこしらえた人のようだった。メロンのようにざっくり切られたおなかがずきずき痛む。腰椎麻酔の針を何度も刺しなおされたせいで、背中も耐えがたいほど傷んだ。わたしの背中の真ん中には、怒れる真っ赤な九つの穴がならんでいた。

「元気な男の子だよ。なにも心配いらないから」マルコがいった。そこにいる母ふたりも、マルコの言葉にうなずいている。

わたしのために真実を隠そうとしているんじゃないかと考えた。赤ちゃんを隠しているんだ。もう一度母を見る。母はぜったいわたしに嘘をつかない人だった。たとえそれがどんなにつらい事実だったとしても。自分の目でたしかめたかった。どうして会わせてくれないんだろう?

わたしの妄想と不安をよそに、赤ん坊は健康このうえなく、指は完全な形で一〇本、足の指も一〇本、両足の長さも同じで、骨もそろっていた。ドネート・リーと名付けた。祖父たち――マルコの父ドネートと、わたしの父のミドルネームのリーからもらった名前だ。ドネートはイタリア語で「贈り物」とか「天の恵み」という意味になる。この子は文字どおり贈り物だった。

麻酔が切れて意識が清明になり、しっかり抱けるようになったと判断されると、看護師は赤ん坊を連れてきてくれた。首筋にやわらかな茶色い髪が生えていて、体重約四〇八二グラムの、食欲旺盛な大きな男の子だった。とりあえず、ピッコロ・ヴァンピーロ(ちっちゃなバンパイア)と呼ぶことにした。あまりに頻繁に母乳を飲むので、乳首がすりむけて血がにじんでしまったからである。母乳育児の初心者だったわたしは、赤ん坊がしっかりくわえているのかどうか自信が持てなかったが、専門家の指導で問題は解決した。赤ん坊はほしいだけお乳を飲めるようになり、わたしも痛みから解放された。

出産の数週間前に研究計画書は審査会を通り、博士課程資格試験も受かっていたが、植物分類学の課程はまだいくつか残っていた。わたしの博士課程指導教官のブラッド――ベネット教授とはかなり親しくなり、ファーストネームで呼べる関係になっていた――はその秋、フェアチャイルド植物園での植物同定集中講義を共同で担当する教授たちと一緒に、フロリダ国際大学で仕事をしていた。講義は九月初旬にはじまる予定で、それは退院の翌週のことだった。わたしは毎週金曜日にフェアチャイルド熱帯植物園で教授の全日講義を受けることにした。

当初は講義を受けようと思っていたが、新米母親のわたしは、やることなすこと初めてだらけで、術後の回復のこともあり、実行できるのだろうかという疑いが頭をもたげた。予約のことで電話をすると、ブラッドはいった。「キャス、子育てはもっとも大事な仕事だよ」ブラッドにもお子さんが三人いて、彼自身、非常に子育て熱心な父親であり、家族にまつわる楽しい話をよくしてくれていた。一日でいちばん好きな時間は、仕事を終えて、末の娘にハリー・ポッター・シリーズを読んであげるときだという。「たしかにこの講義は、フィールド調査に必要な植物識別のスキルを仕上げるのに役立つけどね。何週間か休んで、準備ができたら戻ってきてはどうだい？　なんなら、赤ちゃんも一緒に連れてくればいい」

ブラッドは、わたしたちが身をおくシステムのなかで、可能なかぎりの柔軟な措置を示してくれた。わたしは心から感謝した。丸一日の講義のあいだ、ドナートをそばにおいて世話をしてもいいという柔軟な対応は、安心感とやる気を与えてくれた。講義は数年に一回しかなく、来春、論文研究のための現地調査をひとりでおこなうには分類学のスキルを磨いておく必要がある。研究プロジェクトをはじめられるかどうかの見通しはきびしかったが、ジネストラでわたしを待ってくれている家族の強いサポート網があるのは心強かった。きっとうまくいく。

最初の数か月は、お乳を飲んでいるとき以外のドネートは寝ており、講義もとどこおりなく進んだ。

目を覚ましてむずかりだすと、ブラッドやクラスメートがかわるがわるゲップをさせたり、抱っこをしたりしてくれた。赤ん坊はすっかりみんなの人気者になった。金曜日の講義がないときは、家でドネートをみながら、フィールド調査にそなえてコンピュータの作業をした。

この経験が予行演習になるとは、このときはちらとも思わなかった。それから子供を三人、すべて帝王切開で生み、どの子のときもちゃんとした産休を取らなかった――教員になったばかりの頃に生んだ末の子のときですら取らなかった。たいてい、出産数週間後には――ときには術後の回復のために薬を服用している最中でも、コンピュータに、講義に、研究室に戻っていた。プロジェクトで執筆――助成金申請、学位論文、研究論文など――に集中しなくてはならないときは、家で子供たちと一緒にいる時間をつくり、文字を打ちながら授乳し、デスクの横に揺りかごをおいてあやしたりした。もったいなかったといつも思う――新生児と密にふれあって絆を深める貴重なときを、仕事と同時進行で過ごしたなんて。

これは、むずかしい選択のひとつだったが、このあとわたしは、家庭と知的情熱のバランスをさらに手さぐりすることになる。科学者になるためには、決断はひとつではすまない。人生のさまざま岐路でたえず決断をせまられる。何度も何度も自分に問わなくてはならない。科学を選ぶのか？　やめるのか続けるのか？　わたしの答えは――少なくともいままでは――いつもイエスだった。どんな障害があっても科学を選ぶと。

仕事と家庭のあいだで綱引きをしている多くの働く親がそうであるように、家族が最優先であることを肝に銘じながら歩む科学の道は、わたしにとって人生の綱渡りだった。綱から足をすべらせないようにしながら、時間を管理し修練を積むというアクロバティックな芸当を身につけなければならなかったが、おおむね、それはうまくいった。科学はもっと前進しなくてはならない。そしてこの時期の親にはよりよいサポートが必要だ。研修の段階から初期のキャリアアップまで、システムを真剣に変えないかぎり、とくに理系の教育を受けた母親たちの落伍は止まらないだろう。

［＊邦訳書はハリール・ジブラーン『プロフェット——予言者』（小林薫訳／ごま書房／一九七二年）などがある］

# 第6章 フィールドから研究室へ

科学者は役に立つから自然を研究するのではない。自然にはよろこびがあるから研究するのだ。そしてよろこびがあるのは、自然が美しいからだ。自然が美しくなければ知る価値はなくなり、また人生も生きる価値がなくなる。

――アンリ・ポワンカレ『科学と方法』*（一九〇八年）

あざやかな黄色、淡い青、ピンクなど色とりどりの野草が咲きほこる緑豊かな牧草地に、わたしはフィアットのパンダをゆっくり止めた。のどかな牧草地の向こうに、青々とした葉の茂る森が見える。二〇〇六年春、わたしたちはモンテ・ヴルトゥレのふもとに家族が所有する土地にいた。休火山のモンテ・ヴルトゥレには、以前マルコやマルコの姉妹たちとキノコ狩りで来たことがある。

義兄から借りたブルーの古い車のトランクをポンとあけ、バンパーに腰かけてハイキング用の分厚い靴下とブーツをはく。フィールド調査のときはいつも、バックパックに布製の大きな洗濯物袋と手袋と剪定ばさみ、それから現地調査記録帳とGPSを入れてくる。けれども今回は、ほかにも詰めてきたものがあった――おむつ、タオル、乳児用毛布。抱っこひもに腕をとおし、Tシャツの上から留め具をとめて、唯一の同伴者に向きなおる。今回のミッションは単独行ではない。

車の座席に固定したバックルをはずし、胸の前のハーネスにドネートをゆっくり入れ、くたっとした帽子をかぶせなおす。道具一式がはいったバックパックを背中にしょい、トランクを閉めた。ドネートは大きなあくびをひとつしてから、状況がわからず、目を見開いてあたりを見まわした。現在六か月のドネートの奥行きの感覚は一メートルもないのだが、色とりどりの牧草地にうっとりしているようだ。わたしもあくびが出た。ドネートと同じくらい、いやもっと疲れていた。帝王切開の傷跡はもうきれいになっていたが、体力はまだじゅうぶんに回復しているとはいえず、お気に入りのフィールドパンツの上からでも、おなかはマフィンのようにぽっこりふくらんでいた。ウエストラインのすぐ下で、ボタンがはちきれそうになっている。

山頂に目をやる。八〇万年前の活発な火山活動でモンテ・ヴルトゥレの周辺は肥沃な火山性土壌に覆われ、それがブドウの栽培に最適だったため、このあたりはワイン名産地になっている——とくに、DOCワインのアリアニコ・デル・ヴルトゥレが有名だ［DOCはイタリア産ワインの等級で上から二番目］。もっともわたしは、山頂にできたふたつの火口湖のそばに最初に定住した東方正教会の修道士が栽培をはじめたという、もっと古い作柄のほうが口にあう。一八世紀に噴火口に建てられた大天使聖ミカエル修道院は現存しており、カプチン会修道士が管理している。近くには、一一世紀の聖ヒッポリュトスの修道院跡もある。

シダに覆われた山道は、何世紀も前の修道士たちが苦労して植えたクリの木にかこまれている。ヨーロッパグリ（学名カスタネア・サティウァ *Castanea Sativa* ブナ科）は安定した食料源としてだけでなく——クリは一度植えるとほうっておいても育つ——薬の材料としても重宝された。空気が冷えて透きとおる秋になると、火山の森の木は毎年、緑色のイガに覆われた実をたわわにみのらせる。そのイガが割れて開くと、なかからつややかな茶色い堅果《けんか》があらわれる。それをさらに剝いていくと、茶色味をおびたクリーム色の子葉がでてくる――ビタミンや栄養素、さらにエネルギー源となるでんぷんがつまっている部分だ。クリの木の成熟は遅い。実がなるまで三〇年かかる。とはいえ長い寿命から見れば、それはかなり早い時期にあたり、その後は二〇〇〇年生きる場合もある。

枝を低くのばした若木を見つけた。枝には、この春に咲いた淡い緑の尾状《びじょう》花序《かじょ》がついている。夏が近づくにつれ花序は黄色に変わっていくだろう。毛布を広げ、空き地のやわらかい土の上に敷いた。仕事にとりかかる前に、ブランケットの上でドネートに授乳をしながらノートに目をとおす。地元の治療師はクリの葉の茶を、炎症、腫れ、湿疹などの皮膚疾患の洗浄液に使うといっていた。以前イタリアの古い文献で、皮膚疾患の治療にクリの葉の湿布を使ったという記録を読んだことがあるが、この治療師の話も参考資料に使えるだろう。皮膚疾患治療に用いられる植物に関する研究論文に、このクリの葉も使いたかった。

クリの葉に抗菌作用があることを示唆する科学文献はいまのところない――細菌の増殖を止めたり弱めたりする抽出物をまだ見つけだせていないのだ。けれども、地元の治療師は絶対効くと断言する。どういう仕組みだろう？　クリは、われわれの想像を超えた方法で感染に作用するのかもしれない――抗生物質のように細菌を殺すのではなく、害をおよぼす能力をなんらかの形で阻害し、免疫システムに本来備わっている力を発揮させるような方法で。

ここ数年、化合物が細菌の「クオラムセンシング（菌体密度感知機構）」と呼ばれる部分に干渉することで、これまでとは異なる方式で感染症と戦えるのではないか、という文献レビューやオピニオン記事が相次いでいる。簡単にいうと、クオラムセンシングとは、細菌同士が会話をしながら連携することをいう。「細菌 バクテリア bacteria」は、つねに複数で行動するため単数形の「バクテリウム bacterium」はめったに使われないことにも着目してほしい。細菌は放出する化合物を電信信号のように用い、自分たちの集団の侵略能力を飛躍的に高める。この考えを「すごい」と前向きにとらえた科学者もいるが、多くは懐疑的に受け止め、感染症との戦いは細菌を死滅させることに尽きると主張する。

クオラムセンシング阻害剤（もしくはクオラムクエンチャー）の利点は多種多様である。人体組織を破壊する毒性因子生成の引き金となるシグナルをブロックすることで、細菌の感染能力を減少させられるかもしれない。また、既存の抗生物質と組みあわせて使用すれば、患者の全体的な治療効果を向上できる可能性もある。しかし問題は、この方法に取り組むためのよい薬剤候補がいまのところ見つかっていない、ということだった。クオラムセンシング干渉は、純粋に理論上の考え方なのである。ブドウ球菌に対して真に有効なクオラムセンシング阻害剤になる化合物は、まだ見つかっていない。しかし地元の治療師たちの報告によれば、細菌を死滅はさせなかったものの皮膚疾患の治療に成功したという。こうした伝統療法に、探している答えがひそんでいるような気がする。

そもそもわたしの論文の主題は、創薬にあたって民俗植物学的アプローチに実効性があるかどうかを検証することだ。したがって、皮膚の感染や炎症の伝統医療に使われてきた植物サンプルに加え、胃痛、頭痛、糖尿病に用いられる植物、さらには対照群にするために、医療利用の報告がない植物も採集した。薬用植物はほかの植物とくらべて、ほんとうに薬理学的作用を持っているのだろうか――それともプラシーボ効果が働いているのだろうか？　もどったらすぐ、これらの植物からとった抽出成分をブドウ球菌に対して試験し、その増殖・バイオフィルム形成・毒素産生を抑制する能力があるかどうか、またクオラムセンシング干渉をする能力について調べてみるつもりだった。

ドネートを下におろす。寝返りをマスターし、シャクトリムシのように移動することもできるようになったが、まだハイハイはできないので、わたしが近くのクリの木から葉を取っているあいだに森へ迷いこむことはないだろう。むにゃむにゃいっているドネートを毛布の真ん中に寝かせ、わたしは仕事にとりかかった。

フィールド調査は魅力的な反面、肉体的にも精神的にもひどく疲れるものであり、単独でやる場合は孤独にも悩まされる。野外で過ごせる時間はかぎられており、研究計画の立て方によっては初日から時間との戦いの幕が切って落とされる。そしてこの一〇〇メートル全力疾走の前には、準備作業のマラソンがある——承認を得るための調査企画書の作成、調査資金のための助成金申請書提出、必要な調査の許可取得、船積み許可、滞在のためのビザ申請、陸路と海路での物流手配など、準備に何か月も費やす。さらに、どんなにきっちり準備しても、思いもよらない事態は発生する。科学の進む道に直線コースはめったにないのだ。目標の植物を野外で見つける難しさ、最適な取材相手の選定、採集検体がじゅうぶん乾燥せずにカビが発生したことにあとから気づくなど、トラブルはどこにでもひそんでいる。同時にそれは、ハードではあるがめまぐるしい知的成長に没頭する経験でもある。

この地でアンドレアやほかの客員研究員たちと一緒に研究した日々が、なつかしく思いだされる。恵まれていたんだ、とよくわかる。わたしが到着する前に、アンドレアがめんどうな業務をすべて引き受けてくれていたのだから。いまは全部ひとりでやらなければならない。しかも新米の母親として胸に赤ん坊をくくりつけながら（あるいは五メートルほど離れた毛布の上で寝かせながら）、ひとりでやるフィールド調査の先行きを考えるとげっそりした。マルコにも会いたかった。離れ離れになるのは結婚してから初めてだった。

けれども、論文を完成させるためにはフィールド調査ははずせない。わたしは伝統医療の領域で皮膚や軟組織感染症の治療に使用される植物を記録し、植物標本を採集する計画を立てた。採集した植物は船便でフロリダ国際大学の民族生物学・天然物センターに送り、そこで抽出作業とブドウ球菌に対する効能を調べる予定になっている。この古くからの療法は、ブドウ球菌を死滅させることができるのだろうか？　細菌が人体器官の表面に密集することを阻止したり、害をおよぼす力を弱めたりできるのだろうか？　この伝統的な治療法にはどんな秘密が隠されているのだろう？

もちろん、この問いに対する答えを見つけられるという、ある程度の自信はあった。けれどもほんとうに困難なのは、その化合物を見つけだすことだ。植物はたくさんの化合物からできており、そのひとつひとつが複雑な構造を持っている――そして多くは相互に関係している。期待どおりの効果が得られたとしても、どの化合物が効果を発揮しているのか、ひとつにしぼるのは――ひとつだと仮定しても――非常にむずかしい。それは遺伝子学者が、ある疾患につながるゲノムがどのＤＮＡ配列の小片にあるのかを突きとめるために苦労するのと似ている。しらみつぶしに探していき、試行錯誤を繰り返し、失敗を何度も繰り返す作業となる。

モンテ・ヴルトゥレ周辺一帯にある、イタリア人とアルブレシュ人（アルバニア人の少数民族）両方のコミュニティの年長者に話を聞くことを計画していた。地中海は生物多様性のホットスポットで、薬理学的な可能性が一度も調査されたことのない植物がたくさんある。この場所の選択自体が戦略のひとつだった。この地域やコミュニティはよく知っているので、取材も必要な植物の採集もスムーズにいくだろうという目論見もあったが、それと同時に、家族の全面的なサポートを期待できる土地だからでもあった。現地調査に出ているあいだ、ドネートの面倒はミラグロスが見るといってくれた。ジネストラで昼食をとるときは、自分でも世話ができる。

わたしがもっと熟練していて、赤ん坊もいなければ、まったく違う選択になっていただろう。わたしは、ブラッドの初期の研究、西エクアドルの先住民シュアール族を対象とした民族植物学研究に惹かれていた――治療効果と幻覚誘発効果があるアマゾンの熱帯雨林の植物に関するシュアール族の知識たるや、厖大なものだった。多くの学生は師匠の足跡をたどってすでに進行中の研究プロジェクトを足がかりにしていくものだが、マルコやわたしの師匠と話し合った結果、アマゾンに戻るにはわたしには問題が多すぎるという結論になった。けわしい地形や深い森林植生を通り抜けなければならないし、大きな岩がごろごろした川を渡ったり、すべりやすい山道を登ったりすることなどを考えれば、憂慮されるのは当然だった――しかも子連れともなればもっと大変だということは自明の理だ。

これまでの人生でもっともきつい仕事になることは、すぐにわかった。研究室に一〇〇種以上の植物を集めるという目標を達成するためには、きわめて強い自制心と意欲が必要だった。午前中は植物採集とサンプル処理、午後は家に戻って昼食をとり、ドネートと貴重な時間を過ごしたあと取材に出かけ、夕方以降はデータ処理、というスケジュールで一日がびっしり埋まった。義理の両親が階下の酒場のそばに仕事用のスペースをつくってくれたので、そこに小さなテーブルをおいた。毎日、森や牧草地からサンプルを持って帰り、採集物をテーブルのそばの床にどさっとおろして、ひとつひとつの袋の仕分けをはじめる。まず、一緒についてきた汚れやほかの植物種を取り除く。それから、採集した植物すべての標本を作製するため、野草の全形や花のついた枝をイタリアの日刊紙イル・ファット・クオティディアーノのあいだにはさんで慎重に押さえ、野冊《やさつ》にはさんで乾燥させながら圧をくわえる。大きなかたまりは、興味のある組織――葉、実、根――によって二、三センチの大きさに切りわける。裏から流れてくるラジオのイタリアン・ポップスを聞きながら、何時間も植物を切り続けた。切りわけた植物は、マルコと一緒につくった温蔵庫に入れる。もともとはロンコの食品乾燥機だったのだが、マルコがベニヤ板と金網で棚を作り、ファンつきのヒーターをつけてくれた。日が暮れた頃、わたしは、髪も服も乱れたまま、腕や顔は泥まみれ、ブロンドの短い巻き毛からは枝が突きでているというありさまで義理の両親の家にもどった。

サンプルが乾燥するのには一日か二日かかった。指でぽきんと折れるくらいじゅうぶんに乾燥すると、シリカゲル――新しい靴についてくる「食べられません！」と書いてあるあれ――の袋と一緒に真空パックに入れ、採集番号と採集した日付、植物の名前、部位、重量を書いたラベルを貼り、二〇袋ごとにまとめて段ボール箱に詰め、横にアメリカ農務省の輸入許可書を貼りつけて、船便で研究室に送った。まるで、クリスマス・プレゼントを詰めた箱を遠方の家族に送るみたいだ――ただし受取人はわたしひとりで、プレゼントの中身はどれも乾燥植物だけれども。

以前のジネストラ滞在期間中、アンドレアたちとわたしは、この地域で記録されている植物療法のおよそ三分の一が皮膚疾患の治療であることを確認していた。ほかの地域の研究でも、やはり伝統医療の三分の一程度が創傷《そうしょう》や皮膚病の治療にあてられているという結果が出ている。しかし西洋科学のレンズをとおして伝統治療薬の薬理学的可能性を追求した調査は、ほとんどない。高齢の村人たちは擦り傷や皮膚の感染の治療にチューブ入りの抗生剤クリームを使うのではなく、地元の植物からつくった洗浄水や湿布や軟膏に頼った。村の薬局医者のところに行けば現代的な薬が手に入るのにそうしていた。畑で切り傷をこしらえたら、傷口にタマネギの皮を巻くか、付近にはえているダンチクを節のところで切って裂き、白い薄膜を剝がして傷にあてる。このように皮膚の傷や感染に使う治療法はほぼすべて、身近な自然の治療薬にたよっていた。

　わたしは伝統知識の内容を包括的に調べるため、年齢と性別で分けた一一二人に徹底的な聞き取り調査をおこなった。創傷、切り傷、やけど、発疹、いぼ、腫れもの、歯の膿瘍《のうよう》、癤《せつ》、癰《よう》、日焼けなどの皮膚疾患の局所治療薬一一六種類には、三八種類の植物が使われており、調合法の詳細をひとつ、またひとつと解きあかしていく。[1]皮膚治療薬には植物原料だけでなく、動物成分も重要だとわかった。四九種類の薬剤には、伝統的にブタ、ナメクジ、さらには人間の成分がくわえられているものもあった（たとえば、庭の菜園からとってきたナメクジの黄色の粘液をいぼにこすりつけたあと、ナメクジをバラの棘に刺しておく——ナメクジが干上がったらいぼも治ると考えられている）。

　植物療法薬には、さまざまにおもしろい調合法がある。たとえば、ある薬草の煎じ薬は次のようにつくる。クロニガハッカ（学名バロタ・ニグラ *Ballota nigra* シソ科）を水から煮て、さましたものを皮膚の炎症を洗浄するのに使う。植物の部位や樹脂を皮膚につける場合もあり、イチジクの木の白い乳液をいぼに、火であぶったゼニアオイの葉を膿んだおできや癤《せつ》に塗る。油脂に漬けて軟膏や塗り薬にする植物もある。オリーブオイルに漬けこんだセイヨウオトギリソウ（学名ヒペリクム・ペルフォラツム *Hypericum perforatum* オトギリソウ科）の花は切り傷に使われる。またエルムリーフ・ブラックベリーの葉は、古くなった豚脂に漬けておき、癰《よう》や膿瘍の治療に用いる。この植物の場合、葉は感染症の治療薬となり、実は食用になる。ころんとした実はそのまま生で食べたり、マーマレードにしたりする。根も無駄にはされず、引き抜いて煮てから、髪が薄くなった男性の育毛剤に使う。

さまざまなミネラルが豊富に含まれていることも、治療薬としての応用範囲を広げていた。最終的に、今回の調査で記録した一六五種類の治療薬のうち、南イタリアの伝統薬として知られていないものが一一〇種類もあった。わたしはいま新しい扉を開こうとしている——そう感じた。どれほどの貢献ができるかを考えると胸が躍った（もちろん、そのためには大学の研究室に戻って分析しなければならないのだが）。その一方、肉体的には、朝から晩まで建設現場でジャックハンマーをふるっているような気分だった。

植物を主体にした治療薬では、いくつかの原料が非常に重要な役割を果たしていた。そのひとつ、ウスベニアオイは地元ではマルヴァと呼ばれている。最初にジネストラに行ったとき話をきいた、マスキートのエレナおばさんはよくこんな言い伝えを口にした。「ラ・マルヴァ、ダ・オンニ・マル・ティ・サルヴァ（マルヴァはどんな病気でも治してくれる）」マルヴァはあらゆる病に効く——つまり万能薬という意味である。

地上部（花、葉、茎）を煎じたものは、風邪やインフルエンザ、胃痛などの症状を緩和し、また出産した女性の回復を助ける分娩後浄化剤としても服用される。煎じ薬以外には、虫歯や歯の膿瘍、皮膚の膿瘍、発熱、おむつかぶれ、打撲、おでき、乳腺炎などの局所洗浄に用いられる。

ウスベニアオイと同じく、シロニガハッカ（学名マルビウム・ウルガレ *Marrubium vulgare* シソ科）も万能薬とされており、やはり南イタリアでは昔からこんなふうにいわれている。「ア・マルッジェ、オニェ・マレ・ストゥルッジェ（マルッジェはどんな病気でもやっつけてくれる）」地元でマルービオあるいはマルッジェと呼ばれるニガハッカは、においのあるシソ科に属し、煎じて去痰剤《きょたんざい》として、また肝機能改善薬として用いられる。地上部を煎じたものは、人間と動物を問わず、水虫、おでき、膿瘍、嚢胞《のうほう》、いぼの洗浄に使われる。洗口液のようにして歯肉炎に、また月経痛、裂傷、湿疹にも効く。

非常にたくさんの治療にウスベニアオイとニガハッカが使われているることに驚かされるが、共通しているのは、ほとんどどれもが皮膚や軟組織の細菌感染を対象にしているということである。歯の感染と足のおできはまったく別物に見えるし、痛みの種類も異なるが、どちらも細菌が原因で起きている。このことから、植物の複雑な化学構造に抗菌作用があるのではないかと考えた。

もちろん、マイアミのフロリダ国際大学の研究室に戻らなければなにもはじめられない。

帰国のひと月前、採集した標本が一〇〇種を超えた頃、ブラッドから電話がかかってきた。現地に電話がかかってきたのは初めてだった。ブラッドの指導は放任主義そのもので、「ヒナを巣から落として飛べるようにする」方式だったため、彼の番号を見たときはなんだろうと思った。採集が順調に進んでいるという報告などもしたかったが、背筋にいやな予感が走った。ちょうどドネートの授乳が終わったところで、げっぷをさせようと歩きながら受話器を取った。

「キャス――悪い知らせだ」重い声だった。不安に喉が締めつけられる。相手が黙っているのでますます苦しくなった。いい話ではない。どんな内容だとしても。「大学の書類の手違いで、研究トレーニング用の特別研究員助成が切り上げられることになった」

わたしはドネートをしっかり抱いたまま、椅子にどさりと座りこんだ。

「現地から帰ったら、指導助手をしてもらおう。それから、奨学金のたらない分をカバーできるような、ほかのトレーニング助成金がもらえないかあたってみるつもりだ」ブラッドは続けた。「でも、研究をサポートする追加の助成金についての申請も考えはじめたほうがいい」

風に吹き飛ばされたような気分になった――同時に将来も。トレーニング期間は五年間あったはずだ。いまはその三年目で、年間一万九〇〇〇ドルのささやかな生活費と研究資金は、熱く乾いた南イタリアの空にすでに消えてしまっている。まだあと一か月残っている現地調査のあいだ、食事や寝る場所は義理の両親にたよることができるとしても、おむつや服など、ドネートにかかるお金も少なからずある。さらに、植物を詰めた箱すべてをマイアミの米国農務省の検疫所に送るのに、船積み料金九〇〇ドルをはらわなくてはならない。

ありがたいことに、ひとり残ってバード・バスの商売を続けてくれているマルコのおかげで、経済的には安定していた。壊れた洗濯機を修理し、長時間のシフトを自分でやって、数千ドル節約してくれているのでかつかつではない。けれども、わたしが失った収入をカバーするほどもない。フロリダ国際大学の課程を続けるには、微生物学実験クラスの学部生を教えつつ、バード・バスの仕事を手伝い、ドネートの世話をするという荒業をやってのけなければならない。

テーブルの上に無造作に広がった植物を見る。なんとか種類はわかる。どのサンプルをどの袋に入れるべきかもわかる――ウスベニアオイはあっち、シロニガハッカはこっち。膝の上のドネートがげっぷをした。熱帯雨林にいたときに感じた、あの瞬間の残酷な裏返しを見ているようだった。熱帯雨林でオヘイの木を見あげたとき、頭上に広がる知識の枝にはかりしれない可能性を感じた。けれどもいま、すべてが前よりずっと手の届くところにあり、前よりずっと進歩しているのに、文字どおり手いっぱいだ。アメリカに戻ったら、もっと手はふさがるだろう――あるいは後ろで縛られてしまうかもしれない。先のことを考えると目の前が暗くなった。

科学の道はけっして思いどおりにならない――そしてつねにお金がたりない。

八月、フロリダの自宅に帰ったわたしは、わたしとドネートを迎えてくれたマルコの腕、髪、笑顔を見た瞬間、心の底からわきあがる安堵感に包まれた。マルコも同じようにうれしそうだった。ドネートを胸にくくりつけたままマルコに走りよった。服に嘔吐物がこびりついていたことも忘れていた（ドネートのではない。七時間の大西洋横断フライトの二時間目に、隣の乗客がわたしにくれたありがたくない贈り物だ）。それくらいうれしかった。マルコがこういったのは、車に乗ってからだった。「ハニー、あのさ。なんか匂う《トゥ・プッチ》よ！」マルコもそれくらいうれしかったのだ！　わたしはそっとほほえんだ。シャワー、清潔な服、マルコのジョーク、家で眠る夜。思い浮かべるだけでこのうえなく気持ちが浮きたった。

マルコはわたしのためを思ってあえてなにもいわないことがある。その日はそれがありがたかった。翌日、わたしに悪いニュースを聞かせないというマルコの癖が、なんと一か月も続いていたことを知った。バード・バスの強盗未遂事件である。しかも今回は銃を向けられていた——マルコがレジにいたときに。遠くにいるわたしを心配させたくなかったのだという。

足元のふわふわしたラグでドネートをブロックで遊ばせながら、ふたりならんで使い古した花柄の長椅子に座った。マルコは再生ボタンを押し、わたしの肩に腕をまわした。わたしは身を乗りだし、どきどきしながら監視カメラの映像を見た。画面の時刻表示は真夜中を示している。閉店時間だ。店内には洗濯物をたたんでいる客がひとり。それからマルコと最後の洗濯代行サービスの荷物を仕上げている店員がふたりいた。

突然、黒いスキーマスクをした男が、開いていたガレージドアから大股ではいってきて、サービスデスクにショットガンを向けた。マルコはそこに座ってレジの売り上げを計算していた。男に気づいたマルコは、立ちあがって、自分と同じくらいの背丈、体格の男に近づいて行き、ショットガンをつかんだ。もみ合いになり、どちらもショットガンから手を離さない。と、男が銃をうしろにもぎとり、夜の闇に走り去っていった。時間にして一分もかからない。まるで水中のスローモーションを見ているようだった。

「なんでこんなことを？　どうして黙ってお金を渡さなかったの？」わたしは大声で叫びながら長椅子から飛びあがった。どうなっていたかわからないという恐怖から、彼に対する怒りで頭に血がのぼっていた。

「友だちがいたずらしに来たと思ったんだよ」マルコは言い訳した。「だから、近づいていって、怪我する前に銃を渡せといったんだ」

本物だとは思わなかったらしい。その夜の売り上げを清算しようとレジに戻ったときにはじめて、事の重大さに気がついた。それで体中が震えだした。警察に通報し、やって来た警官はマルコとその場にいた人間から事情を聴取し、監視カメラの映像をコピーした。マルコは銃携帯許可証を持っていて、デスクには合法の小火器——ピストル——がはいっていた。だが、この非常事態のあいだ一度もそれに手をのばそうとしなかった。

仲間が報告書をまとめているあいだ、ひとりの警官がマルコを脇に呼んでいったそうだ。「ご主人、次にまたこんなことがあったら銃で撃ちなさい。あなたにはその権利がある。素手で相手を阻止しようなんて、殺されてもおかしくないよ」

マルコは耳を疑ったらしい。ジネストラでは考えられない、と。

わたしたちが暮らし、コインランドリーを営むこの地域は犯罪が多発していたが、店をやめるという選択肢はなかった。生活していくための唯一の安定した収入源だったから——だがはっきりいって、それほど安定しているともいいがたかった。

ドネートとともに戻った翌日、朝に監視カメラの映像を見たあと、わたしは大学院生活でもっとも急を要する問題にとりかかった。研究室の備品購入と大学院生奨学金の財源さがしだ。

研究プロジェクトを完了させるために必要な化学薬品と微生物購入のための助成金数千ドルを、ガーデン・クラブ・オブ・アメリカに申請した。また国立衛生研究所にあてて、研究トレーニング助成金申請書も書きはじめた。昔、ロンドンでの学費をまかなう資金を探していたとき、国立衛生研究所のF31部門の助成金（博士号取得前の若手に対する研究トレーニング費用助成）に二回挑戦して、二回失敗したことがある。今回はうまくいってほしい。この助成金さえもらえれば、研究トレーニングの仕上げができる。

電話でいっていたように、ブラッドがフロリダ国際大学の別のトレーニング助成金を見つけてくれたのでそれを奨学金のたしにし、残りは大学院生指導助手として、午後と夕方、微生物学研究室の学部生を教える仕事をして補填することにした。このときになってやっと、すべてカバーされる特別研究員というもののありがたさを実感した。特別研究員は、自分の研究と学びに一〇〇パーセント没頭できるめぐまれた身分だった。いま、日常のペースはいまだかつてないほどきびしくなり、研究室で研究を進める時間とのバランスをとるのに悪戦苦闘していた。

最初の植物サンプルの荷物はマイアミ近郊の農務省検査センターにとどこおりなく到着した。一週間の検疫検査ののち、アメリカ国土に病原体を持ちこむ危険はないと判断され、解放されて研究室のわたしのもとへやって来た。クリスマスみたいだ！

採集したのも、ていねいに分類したのも、袋に詰めて船積み用にサンプルバッグを真空包装したのも自分だが、植物処理研究室で大きな段ボール箱を開いたときはくらくらした。「ようこそ、エルムリーフ・ブラックベリーさん！」死んだ植物を見てこんなに興奮したのは初めてだ。「待ってたわよ、シロニガハッカことシソ科のマルビウム・ウルガレさん！」切り刻み、乾燥させた植物の破片がはいった袋の山が旅を終え、山野からシャーレの実験場へと場所を移す次のステップを待っていた。

備品――溶媒、ガラス瓶、寒天培地、シャーレ、培養基、試薬、抗生物質、ピペットチップなど――を補充するための助成金審査の結果が出るのは数か月先だったが、前のトレーニング・フェローシップでフィールド調査に出る前に買いだめした備品が少し残っていた。作業をはじめるのに、いまはこれでじゅうぶんまにあう。まず、袋のなかの植物片を抽出用の粉末にする必要がある。

次のステップは植物粉砕機だ。

粉砕機は、根や茎などのかたいかたまりを細かい粉末にしてくれる、大きくて重たい装置である。トーマス・サイエンティフィック社が考案したもので、馬の蹄《ひづめ》――接着剤の材料になる――から、工場で生産する肥料の原料まで、なんでも砕くことができる。植物化学に関心のある科学者にとっては、頑丈なコーヒーミルのようなもの、といっていい。じょうご状のホッパーに投入された植物を重い鉄製の刃が次々に引き裂き、下のサンプル受け器に落としていく。

マイアミの秋の蒸し暑さのなか、わたしは毎日何時間も、防護服にゴーグルにダース・ベイダーみたいな防塵マスクといういでたちで、汗まみれになりながらひたすら植物片をホッパーに投げこみ続けた。まるでテレビドラマ『ブレイキング・バッド』の天才科学者ウォルター・ホワイトと、『ファーゴ』の最後でスティーヴ・ブシェミを木材粉砕機に入れようとする男をたしたみたいだ。マスクと防護服は必須だった。採集した植物のなかには、厳密にいえば安全ではないものもあったからである――皮膚にふれたり、吸いこんだりすると危険なものがあった。つまるところ薬はすべて毒なのだが、今回の場合、対照群のいくつかは実際に有毒だった。サンプル処理は簡単な作業ではないが、植物試料を実験用の薬に変える第一ステップとなる。

第二ステップは溶媒が必要になる――この溶媒になにを使うかが非常に重要だった。植物はさまざまな方法で薬に変わる。冷水につけるものもある――ドン・アントニオが癒やしの儀式を締めくくるものとして用意した、ハーブ入りの入浴法などがそれにあたる。煮だすものもある。イタリアではよく使われる手法で、植物を煎じてハーブティーとして飲んだり、身体を洗う石鹸にしたりする。ペルー・アマゾンではごく日常的に、植物をアルコールや蒸溜酒に漬けこんでハーブチンキをつくっていた。ほかにも、南イタリアでブラックベリーの葉と豚脂をあわせて治療薬にしていたように、無臭の熱い脂あるいは冷たい脂に植物エキスをとけこませる冷浸法《アンフラルージュ》が好まれることもある。方法は異なるにしろ、これらはすべて植物エキスを抽出したもので、そのエキスは植物の生存能力と繁殖能力を高めるという目的を持つ、複雑で魅惑的な化学物質の集合体でできている。

溶媒の選択は、植物から抽出される化合物の種類を左右し、その結果、最終生成物の化学組成と薬理活性に影響してくるため重要だ。溶媒によって、植物の細胞内に拡散する能力や、二次代謝産物（薬理活性があるかもしれない植物性化合物で、植物の感染防御などにかかわる）を分解して細胞の外に拡散させる能力に違いがある。水はもっとも応用のきく溶媒だ――このため、多くの伝統薬の調合で重宝されている――が、植物細胞を膨張させる効果も非常に大きい。エタノールやメタノールなどの有機溶媒と組み合わせると浸透力がさらに増し、植物の二次代謝産物をじつに多様に引きだすことができる。

研究対象の植物から多様な化合物を最大限に引きだすために、わたしは二種類を組みあわせることにした。イタリアのおばさんたちが昔から使っていた方法である。まず、試料を二〇分間水で煮る。次に、エタノール水溶液（アルコールに水をくわえたもの）に試料を三日間、浸しておく、もしくは漬けておく。ドン・アントニオも、キャッツクロー（学名ウンカリア・トメントサ *Uncaria tomentosa* アカネ科）をラム酒に漬けたチンキをリウマチの治要に用いている。わたしは乾燥粉末の重量をはかり、液体溶媒を一〇対一の割合でくわえた。

その段階をすませると、それぞれのサンプルを慎重にろ過して植物粉末と液体抽出物に分け、博士研究員のティムから教わったとおり、液体抽出成分を回転式蒸発装置にかけて得られたもの凍結乾燥させた。こうして「抽出成分#０００１」からはじまるラベル付きの小さなガラス瓶がならぶ箱ができあがった。それをながめながら誇らしい気持ちになった。抗菌薬研究に使う抽出成分のライブラリーが着々とできあがりつつある。ひとつひとつに赤や緑や茶色の結晶性粉末が詰まっている――どれもその種が内に秘めていた、独特の化学成分だ。化学物質ライブラリーが充実していくにつれ、これらの薬用植物が皮膚疾患治療に作用する仕組みを解き明かせるかもしれないという自信も深まっていった。

だがひとつ問題があった。

現地で採集したサンプルの大部分を積んだもうひとつの荷が、イタリアの灼熱の太陽を浴びてへとへとになりながら作業したあの数か月の成果を乗せた船が、いまだに到着しないまま、すでに何週間も過ぎていたのである。

ブラッドの部屋で、わたしはかろうじて涙をこらえながら座っていた。いままで教授の前で涙を見せたことはないし、ここでそれを破りたくはなかった。けれど、そろそろ限界だった。

短パンに花柄のアロハシャツという、いかにもフロリダらしい格好のブラッドは、窮地におちいったわたしの話にうなずきながら熱心に耳を傾け、そのかたわら、ひっきりなしにコップに噛みタバコの唾を吐き、おそろいの別のコップからソーダを飲んだ。メジャー・リーグの野球コーチみたいだと思った——うなずき、視線を走らせ、いつもなにかを噛んでいる。思いの丈をぶちまけながら、わたしは頭の隅で、コップをまちがえてタバコの唾を飲まないのだろうか?と思っていた（数年後に卒業したとき、まちがえなくてすむようにアンティークの銅の痰壺を贈った）。

「植物がなくなった、と」ブラッドは半分質問、半分確認のようにいった。

「そうなんです」わたしは悲しい声でうめいた。おなかの底から波のようにせりあがってくる自己憐憫で、いまにもモンテ・ヴルトゥレのように涙を爆発させそうだった。

イタリアの郵便局、米国農務省受取センター、アメリカ郵政公社には電話や手紙で問い合わせ済みだった——その結果、荷物はマイアミに到着していたことがわかった。ところが、まちがってイタリアに送り返されていたことが判明したのだ。

「大西洋航路の貨物船で！」わたしは頭を振って訴えた。「記録を追跡できないっていうんです。どこにあるかわからないって！」

別れて過ごした時間を考えた。夫と離れ離れで過ごしたあの数か月は泡と消えたのか？　幼い息子と過ごす貴重な時間を犠牲にしてくれたのに、それもまったくむだだったのか？　この足止めは一年の遅れにつながる。でも、いつまでも大学院に残っているわけにはいかなかったし、このうえまた長期にわたって別々に暮らすことも耐えられなかった。それに、現地調査をまかなう資金がない。

ブラッドは、不安をぶちまけるわたしの言葉を黙って聞いたあと、しばし沈黙して、なにかを考えるように宙を見つめた。この、わたしの博士号指導教官は、以前シュアール族と暮らし、けわしい山々を歩き、毒ヘビが這う鬱蒼とした熱帯雨林を横断し、命がけで河川を渡り、熱帯の感染症を生き延びてきた男だ。この人なら苦境を切り開く方法を見つけてくれるかもしれない。希望の灯がともった。

ふたりとも黙ったまま数分たった。

「なあ、キャス。今回のことはルンフィウスを思いださせるね」とブラッドがいった。

「ルンフィウス？」

「ああ、ルンフィウスだ」そう繰り返しながら、コップに唾を吐く。

ブラッドは説明しはじめた。ゲオルク・エバーハルト・ルンフィウスは一七世紀のドイツ人植物学者で、オランダ東インド会社のために働き、現代のインドネシアにあたるアンボン島の植物を詳細に記録した大著『アンボイナ植物誌 *Het Amboinsche Kruidboek*（*The Amboinese Herbal*）』六巻を著した。その地域の植物相を包括的に類型化した初の書物で、今日でも学術的な参考図書として利用されている。数年かけて一二〇〇種以上の植物の目録をつくったこと自体が偉業だが、そこにいたるまで彼が乗り越えなければならなかった苦難の数々はもっと途方もないものだった。

ブラッドは前にかがんで、もうひとつのコップから飲み物をすすってから、くわしく話しだした。

「まず、ルンフィウスは、植物を集めたりそれを処理したりしているときに視力を失った」とブラッド。「おそらく緑内障だろう。それで助手が必要になった。次に、地震とそれに続く津波で妻子を失った。それから、あと少しで仕事が完成しそうだというときに、集めたものが大火事で燃えてしまい、やって来たことがすべて灰になってしまった！」ブラッドは唾を吐いた。「それから二〇年かけて、ルンフィウスは助手と一緒に本を一からつくりなおしたんだ！ 信じられるかい？ そしてようやく、ヨーロッパに送るために本を船に載せるんだが、自分の帰り支度が整う前に、原稿を乗せた船が襲撃された。船は沈没し、彼の本はふたたび失われた。海の墓場に沈んだんだ。ルンフィウスと助手は未完成だった最初の本の原稿をもとに、さらに六年かけて完成させ、写本を無事にオランダに送ることができた」

言葉を切る。唾も吐かず、飲み物も飲まない。「これだけ苦労したのに、オランダ東インド会社は、その地域の植物の機密情報が入っていると考えて、最初は出版しないと決めた。そのため、ルンフィウスの偉業は日の目を見るまでにさらに四〇年かかったんだ。もちろん、ルンフィウスの死後にね」

わたしは信じられない思いで聞いていた。これを聞いてわたしが前向きになり、元気になれるとでも？

「いいかい、キャス」ブラッドはいった。またコップに唾を吐き、ソーダを飲む。「ルンフィウスはくじけなかった。だからきみもそうするんだ。ルンフィウスの苦難にくらべたら恵まれてると思って」

まさに教科書に載るような愛のムチ。ブラッドはわたしに、もっと悲惨な運命もあるんだから、と告げることしかできなかった。今度はバスケットボールのコーチが浮かんだ。選手のわたしに檄を飛ばす。スランプだ。そこからはい出せ。きみならできる、と。

あいかわらず泣きそうな気分のまま部屋を出た。けれど、ブラッドのやり方でいくばくかの希望が芽生えていることに気がついた。母とだぶったのだ。子供の頃、母の胸に身を投げて、脚のことを訴えた――いろんなことができなくてほかの子にからかわれたと。母は、あなたならできると思わせてくれた。ブラッドも同じことをしようとしたのだ。

そのことについては感謝した。

でも、わたしの問題を直接解決してくれたらもっと感謝しただろう。そしてわたしは心のどこかでほんの少しだけ、わたしがドアを閉めたあと、コップをまちがえてタバコの唾を飲めばいいのにと思っていた。

四か月後、残りの箱が届いた――なぜか、ジネストラの義理の両親の家に。両親は、船に乗せてまたとんでもないことになったらいけないと思って、わたしたちに会いに来るついでにマイアミまで荷物を運んできてくれた。必要不可欠なアメリカ農務省の許可タグがついたままの、植物が詰まった特大の箱を持って飛行機に乗ってきてくれたのだ。もちろん、ルンフィウスの助手のことが思い浮かんだ――義理の両親はわたしにとってそれに勝るとも劣らない英雄だ。

世界を放浪しているあいだにカビてしまったサンプルもあったが、ありがたいことに大半は無事で、何人かの学生ボランティアの力を借りて、わたしは失った時間を埋めあわせる作業にとりかかった。大急ぎで船荷を解き、抽出し、ろ過作業に移り、液を回転式蒸発装置にかけ、どろっとしたタール状のものをつくる。ここで、また問題が発生した。今度は凍結乾燥機である。ルンフィウスの例にならい、壊れたのだ。凍結乾燥させなければならないプロセスで真空機能が作動しなくなった。新しい真空ポンプは数千ドルもする。そんなお金はない。わたしはマルコに、故障の具合を見に来てほしいと頼んだ。

マルコはドネートを連れてやって来た。最近研究室に所属した大学院生のジャナが、学生用のオフィスにわたしの息子と同じくらいの娘を連れてきていた。新しい実験をはじめるので、誰か娘をみていてくれないかという。それならぼくが、とブラッドが名のりでて、親たちが研究室で作業しているあいだのベビーシッター役を引き受けた。ブラッドは実験装置の部品のはいった大きな段ボールを引きずってきた。即席のおもちゃができあがった。

子供好きの指導者なんてめったにいない——ブラッドは例外的な存在だと、わたしもジャナも知っていた。ジャナの前の指導者は正反対のタイプだった。妊娠したことを告げたら、博士課程から修士課程に降格され、残りのプログラムを放棄せざるをえなくなったのである。それを聞いていたので——科学の世界ではよくあることなのだが——最初の子を妊娠したときは、ブラッドにそれを伝えるのがこわかった。しかし驚いたことに、ブラッドは心からおめでとうとよろこんでくれ、三人の娘を育てている経験から父親らしいアドバイスもしてくれた。

マルコは自前の工具キットを使って作業にとりかかり、真空ポンプを分解した。長年の不適切な使用で配管に水や触媒が入り、内部がひどく腐食していたらしい。部品を水につけてごしごし洗い、組み立て直すと、真空圧が回復した。フル稼働というわけにはいかなかったが、仕事を終わらせるにはじゅうぶんだった。昔から研究室で使っている機器を調べれば、ほとんどがそんな感じだろう。

指導学生に手伝ってもらいながら、抽出成分を完全に乾燥させ、乾燥重量と最初の植物試料からの全収率を記録し、異なる極性の化合物を混合させることのできる無色の液体ジメチルスルホキシド（DMSO）に溶解する作業に移る。これは、わたしが打倒しようとしている致死性の細菌MRSAに対するテストにおいて、わたしの抽出成分ライブラリーを調剤するのに必要な課程だ。ブドウ球菌は遠い昔にわたしを殺しかけ、そのあともずっと皮膚の感染症で幼いわたしを苦しめた。これは個人的な戦いでもある。

論文の次の段階は、このスーパー耐性菌の成長、バイオフィルム形成、致死性毒素の放出という能力に、抽出成分――その多くが皮膚疾患の伝統療法で使われる植物から引き出したもの――がおよぼす影響を判定することだった。大学院でのわたしのトレーニングはこれまで、植物分類学、民族植物学的実地調査の方法、化学に焦点をあわせていた。微生物学に関しては追加課程をとっていなかった。自分に欠けている知識を補うため、新生児の致死的感染症治療の専門家であるリサ・プレイノー医学博士に、わたしの論文審査委員会の指導教官になってもらいたいとお願いした。博士はMRSA毒素の研究を専門としている。博士の助言は研究方法を考えるうえで役立ち、研究分野と実際の臨床現場をどのようにつなげていくかという点でも学ぶところが多かった。中学時代、科学フェアのテーマに選んだ多剤耐性大腸菌の実験をするために病院の微生物学研究室に入りびたっていた頃から、必要ならためらわず助言を求める癖がついている。そこで、国立衛生研究所の別の専門家にも根気強く手紙を送り続けた。その専門家は、細菌の行動や毒性に対する植物抽出成分の影響を調べる実験方法に関して、問題点を解決するための助言をくれた。

科学の世界に足を踏み入れたばかりのときは、ふたつのM、すなわち指導者（mentor）と資金（money）が大事になる。わたしの場合、前者には恵まれたが、後者についてはずっと頭を悩まされ続けてきた。研究室には研究に必要なスペースも基本的設備もあったが、当時はこれがあればと思う備品を買えるほどの助成金はもらえていなかった。研究トレーニング助成金がなくなるということは、奨学金が消えるだけでなく、実験材料の購入に予定していた数千ドルも消えてしまうということで、かなりきびしい状況だった。現在、わたしの研究室の棚には学生時代に助成金で購入した備品がならんでいるが、いまの学生たちはそんな費用の心配を自分でする必要はない。それとは対照的に、当時のわたしは学生でありながら、すべての備品、すべての培養基、プロジェクトに使うすべてのシャーレを自前で用意しなければならなかった。早々に性能試験場に放りこまれ、どうしても必要な援助を獲得するために、何枚も何枚も助成金申請書を書く必要にせまられた。また、授業や研究の助手をしながら研究給付金を確保しなければならなかった。

幸いもらえていたガーデン・クラブ・オブ・アメリカとボタニー・イン・アクションの助成金も、自己負担だったフィールド調査の費用と研究備品の購入であっという間に消えてしまった。資金がなければ研究は進まない。国立衛生研究所（NIH）の個人用の研究トレーニング助成金は却下された。審査員の論評を心にとめ、外部の指導者に手紙を出して、わたしの申請を補強するため、改善すべき点について気づいたことがあれば指摘してほしいと依頼した。

まだ博士号を取得していない大学院生に向けてNIHが提供している助成金への五回目のトライで――最初の二回はロンドンの大学院へ行こうとしていたとき、もう二回は国際フロリダ大学のグループトレーニング助成金が打ち切られたとき――、わたしはついにそれを獲得した。今回、審査員は次のように書いていた。「優秀な申請者によるすぐれた申請である。よくまとめられ綿密に練られた研究計画、すぐれたトレーニング・プログラム、設備環境が長所としてあげられる。また、指導者とその研究分野が申請者のそれを完全に補完していることも強みである。弱点があるとしたら、プロジェクト全体が技術面にかたむき、作用機序に関する洞察が弱いと考えられる点だろう。申請者が、植物の採集、分類、抽出処理に精通していることはまちがいない。しかしながら、抽出成分の最終結果と利用についてはあきらかではない」

論評のページを深く読みこんでいくと、わたしの研究がどこにつながるのか疑問視されているのだということがわかってきた。この教授たちは、わたしが研究している植物の薬理学的可能性や、薬効のある植物を特定するために伝統医療を活用する価値について、わたしとはビジョンを共有していない。驚くことではなかった。植物の天然成分から薬を発見する研究は一九九〇年代以降縮小しており、世の中の関心は、合成化合物の巨大な化学ライブラリーの検査分析に移っている。そのアプローチには何億ドルも投資されているが——新しい抗生物質はまだ見つかっていない。ただのひとつも。

合成化合物によるアプローチがそうやって不首尾に終わっているにもかかわらず、自然の化学を研究したところでよいものが生まれるのかという疑いは蔓延したままである。わたしは不満と安堵の両方を感じた。とにかく、わたしの研究が行きつく先を示さないと。それがわたしの論文の目的だ！　自分の仮説が正しいか調べるための資金が得られなければ、これが新薬発見の実行可能モデルになるかどうかもわからない。リスクは高いが、せまりくる災難を防ぐためには、どんなに異端であろうと挑戦し続けるしかないのだから。

少なくとも審査員は資金調達群にはいれるだけの点数をつけてくれ、そのお金で、わたしは論文を完成させるために必要な支援を得ることができた。助成金という武器を得て、自分の時間のほとんどを研究に使えるようになり、徐々に教育助手の仕事を減らしていった。さらに、もっとも生物学的活性が高い抽出成分の抗菌作用や化学的性質を調べるために必要な高速液体クロマトグラフィー分離菅（二〇〇〇ドル）や、ほかの微生物学的研究のための備品も購入できた。このときからわたしは、ブラッドは正しかったと思うようになった。わたしは不運なルンフィウスよりずっと恵まれている。

　二〇〇七年の夏までに、イタリアの植物抽出成分の分析は急ピッチで前進した。わたしは長時間を仕事に費やし――気がつくと夜中まで――試験管とシャーレのあいだを行ったり来たりした。微生物学研究室では、大きなファンの音が響く安全キャビネットが、致死性の薬剤耐性菌を取り扱う作業空間と作業者が座る椅子のあいだを目に見えないバリアで仕切っている。作業区画のすみのほうにある試験管に腕をのばすと、大きくなったおなかが安全キャビネット――愛称「フード」――のへりにあたって難儀だった。マルコとわたしにはもうすぐふたり目が、娘が生まれる予定だった。

　妊娠すると、わたしのような病歴の持ち主の場合はとくに、個人的な費用がかさむが、マルコとわたしは大家族を望んでいた。イタリアで彼と過ごした時間、日曜日に家族でかこんだランチテーブルに響くにぎやかな笑い声や会話、くっつけてリビングいっぱいに広げたテーブル、子供たちを猫かわいがりするいとこやらおばさんやらおじさんたち――そんなもののせいかもしれない。おそらくわたしのなかにも、家族を求める血が流れているのだろう。アーケイディアはマイアミから車でわずか三時間のところにあったから、しょっちゅう訪れていた。研究室の仕事やバード・バスが忙しくない週末は、車にドネートのベビーサークルを積み、マルコとふたりでよく町から出かけていった。凍えるように寒い冬の夜には、焚き火にあたりながら、オークの古木の太い枝からサルオガセモドキの銀灰色の巻きひげが垂れる横で、父の家にある小さな養魚池のむこうに落ちる夕日を眺めたりした。家族や友人と過ごす田舎の時間はあわただしい都会の生活の息抜きになった。元気を取りもどせるこの訪問やこの時間をわたしは毎回大切にしていた。

わたしが向きあっている安全キャビネットは、鈍く光る金属製の箱状の装置である。内部の机面には、細菌、シャーレ、細胞増殖培地、九六穴型マイクロプレート［小型の長方形の平板に試験管がわりになる小さな穴（くぼみ）をならべた実験器具］、細菌にくわえる濃緑色の植物抽出成分がはいったガラス瓶が絵画のようにならんでいる。わたしはピペットを持った手をフードのなかですばやく前後に動かし、生きた細菌でいっぱいの濁った液体を、植物抽出成分の量を少しずつ変えて調整してある極小の試験管（つまりマイクロプレートの穴）の列に入れていく──抽出成分が目に見えない敵になんらかの影響を与えてくれることを期待しながら。

妊娠中はずっと、研究室で仕事をするときは細心の注意をはらった。催奇性《さいきせい》のおそれがある（先天的欠損症の原因となりうる）化学薬品はほかの人に扱ってもらい、普段以上にPPE（個人用防護具）を着用した。使い捨ての実験用白衣と手袋をテープでつなぎ合わせ、多剤耐性ブドウ球菌を扱う実験のときは用心に用心を重ねてその手袋をアルコールで消毒した。すべてのステップを前もってじゅうぶんに計画した。実験では、ブドウ球菌の抗生物質耐性分離株だけでなく、バイオフィルム形成能や毒素産性能の高い菌株も扱っていた。

プレイノー博士は、自分自身の治療経験や、医学論文で読んだ新生児集中治療室症例について話してくれた。そのなかには、ブドウ球菌のなかでもきわめて毒性の強い菌株に感染した新生児の例もある。そのうちの何人かは、皮膚を剝離させる毒素を出すブドウ球菌による「熱傷様皮膚症候群」だった。これにかかると、最初は皮膚が赤くなり、次に身体の広範囲に痛みをともなう水ぶくれがあらわれ、やがて皮膚の層が薄く剝がれおちる。皮膚は身体を守る免疫システムの最初の防波堤だ。そのバリアが失われた新生児たちは、ほかの潜在的感染源に対しておそろしいほど無防備となる。さらに、それほどの規模の皮膚を失えば体液の減少につながり、重度のやけどを負った患者と同じ脱水とショック症状を起こすことがある。

熱傷様皮膚症候群の重症度は、特定の毒素を大量につくりだす厄介なブドウ球菌株の能力によって決まってくる。わたしは、クオラムセンシング阻害剤の潜在的な役割について書かれたオピニオンペーパーを何度も読み返した。毒素によるカスケード反応〔ドミノ現象のように反応が連鎖的に発生し変化が増幅されていく反応様式〕の原因となるシグナル経路をブロックする化合物さえ特定できれば、もしかしたら――あくまで可能性だが――この病気の効果的な治療法が見つかるかもしれない。シロニガハッカやクリの葉を抗炎症洗浄薬や湿布薬として皮膚病に使う伝統療法のことが脳裡に浮かぶ。伝統薬がブドウ球菌による感染症に使われるのなら、熱傷様皮膚症候群のような別形態のブドウ球菌感染症とも戦える化学構造を持っているかもしれない。目の前に道が開けるのが見えた。わたしの研究が、こういったブドウ球菌感染症から生きのびるチャンスを、回復するチャンスを広げるとしたら。研究を進める背中が押された。

精神的にも肉体的にもストレスにまみれていたこの時期（妊娠中の疲労との闘い、「おそるべき二歳児」が繰りだす要求、ずっと続けていたコインランドリーの帳簿づけ）、わたしは必要にせまられて規律を身につけ、そのかいあって研究は前進した。出産前に論文用の実験を終わらせる必要があったし、そのためには数百もの植物抽出成分それぞれで、毒素形成をブロックする作用があるかどうかを調べる実験を終わらせなければならない。わたしは毒素定量法を抽出成分スクリーニング作戦に応用することにした――このメソッドが毒素阻害剤追跡に使われるのは初めてだろう。出産予定日がせまるなか、研究室にいられる時間をむだにできなかった。家に抵抗力の弱い乳児がいる身になったのちは、スーパー耐性菌でいっぱいの研究室に戻るのは危険すぎる。不幸にも亡くなった新生児の感染症の原因となった菌株と同じ菌株が仕事場にあるとなればなおさらだ。

わたしの三歳の甥、トレヴァーが半年前からうちにいるということもあった。マルコもわたしもトレヴァーをドネートと同じようにかわいがり、世話をした。妹のベスは心の病と薬物依存というふたつの悪魔と戦っていて、わが子の面倒を見られなかった。最初わが家に来たとき、トレヴァーは青白く、体重も少なくて、おどおどしていた。大きな音におびえ、長椅子の後ろで身を縮めた。マルコもわたしも胸がはりさけそうになった。遠く離れたニューハンプシャーでベスとどんな生活を送っていたのだろう。着ている服はぶかぶかで、タバコとマリファナの匂いが染みこんでいた。わたしたちはカラフルなシールで誘導してトイレトレーニングをし、毎日心をこめたイタリア料理をつくって、食べるように優しくうながした。入園した保育園や午後にふたりを連れていく公園で、ほかの子との遊びをとおして自信をつけられるようにした。トレヴァーは賢く、字も読めるので、毎晩エミリー・エリザベスと大きな赤い犬クリフォードの絵本シリーズを一緒に読んだ。切実に求めていた愛情と世話を受けるうちに、肉づきがよくなり、性格も活発になった。わたしたちの赤ちゃんが生まれる頃には、リハビリテーションの進んだ母親のベスに優しく世話され、注意深く見守られながら、また一緒に暮らせるようになるだろう。

分析も終わりに近づいた頃、非常におもしろい発見があった——採集した植物のなかにふたつ、ブドウ球菌産生毒素の量をあきらかに減少させるものがあったのである。ひとつはイタリアで、まだ歩きはじめる前のドネートをはいはいさせておいてひたすら採集したクリの葉。もうひとつは意外なことに、フロリダのあの嫌われものの実のなる木サンショウモドキだった。出産の日が決まった頃、わたしは仕事に希望を見いだしていた。ひさしぶりに心の底から感じた希望だった。

イザベラは九月のあたたかい日にマイアミで生まれた。兄の誕生からちょうど二年と二週間たった日で、今度はハリケーンという危難もストレスもなかった。わたしは脊椎のレントゲン写真を束で用意して、麻酔医が腰椎麻酔の注射針を問題なく刺せるよう準備を整えた。今回は目が覚めている状態でお産にのぞむことにし、マルコにもそばにいてもらった。マルコがいないとだめなのだ。マルコが血を見ると気を失ってしまうのは昔から有名で、わたしはいつもいじわるしてからかったものなのだが、いまのわたしは手術台の上に乗ってこれからまさに切り開かれようとしている。血を見るのは避けられない。でもマルコの献身もまた欠かせなかった。

手術室の看護師がわたしの胸のあたりに青い防水布を立てて、向こう側でおこなわれている光景が見えないようにしてくれたが、マルコの血嫌いをつゆも知らない医師は、わたしのフィールド調査用のキャノン高性能カメラを手にしたマルコに、さかんに写真を撮るよううながした。マルコは立ったままずっと高解像度のスナップ写真を撮り続け、座ったとたんに気を失った。

結果として、わたしの切り開かれたおなかから血のかたまりにつつまれて出てくるイザベラの連続写真ができあがった。マルコはイザベラが産声をあげた場面も撮っていた。親しい友人のひとりは感心してこういったものだ。「写真を見ているあいだ、叫びっぱなしだったわ！」

今回は術後の回復が早く、退院して数週間後にはわたしはコンピュータの前にもどっていた。できあがったデータを分析し、論文を完成させなくてはならない。さらに、トレーニングを続けるための博士研究員用助成金の申請もはじめる必要があった。じゅうぶんな大学院生用助成金があり、自宅でも仕事に支障はなかったため、論文執筆に専念できた。研究室にもどる必要はなく、執筆に専念できた。

わたしたちはスケジュールをたてた。朝はマルコがドネートを幼稚園に連れていき、そのままバード・バスに出勤する。わたしは家でイザベラの世話をし、揺りかごやバウンサー［揺らせるベビーチェア］であやす。イザベラはそこからわたしの顔を見るのが好きだった。U字枕を使って授乳しながらデスクで文字を打つ。マルコとわたしはひとつのチームだった。

このやり方はうまくいき、イザベラが生まれて一年たった二〇〇八年の秋、わたしが筆頭著者の科学論文を二本発表することができた。また、NIHから新たな助成金を獲得し、アーカンソー州リトルロックでブドウ球菌のバイオフィルム研究をしている専門家のもとで博士研究員のトレーニングを積む費用をまかなえる見通しがたった。そしてその年の一二月にはとうとう、名前のうしろに念願の三文字をつけることができるようになった。Ph.D.、博士と。

［＊邦訳書はアンリ・ポアンカレ『科学と方法　改訳』（吉田洋一訳／岩波書店／一九五三年）などがある］

# 第7章 赤ちゃんとバイオフィルム

先住アメリカ人の言語のなかには、植物をあらわす語が「わたしたちの世話をするもの」という意味のものがある。

――ロビン・ウォール・キマラー『スウィートグラスを編む』*（二〇一三年）

「点滴の交換です」看護師の言葉が、第二次世界大戦中の恋愛小説の世界に逃避していたわたしを病院のベッドの現実に引き戻した。その本は、大学院の友人たちからのありがたいプレゼントだった。みじめな入院生活をなぐさめようと差し入れてくれたのである。でも、わたしが自分の身体と、それが感染症に弱いことにどれほど強い憤りを感じているかは、じゅうぶんにわかってはいないかもしれなかった。

二〇〇八年一〇月、イザベラが生まれて一年あまり。博士号の取得まであと数か月というところで、またしても右膝の断端に問題が発生した。ふくらはぎと下腿が一体となった部分が炎症を起こして化膿したのである。ひどい状態なのはわかっていた。幸い、それは体外に露出していなかった。それに、目で見る必要もなかった。ちゃんと感じていたし、まるで顕微鏡で見ているかのように、そのすべてを思い浮かべることができた――それがどんなにひどい状態なのか。あるいは、自分が想像するよりもっとひどかったのかもしれない。

看護婦はベッドの脇に吊り下げられた空の輸液バッグをはずし、「0・9%生理食塩液」と印字されてある新しいものと交換した。これから薬剤の点滴がはじまるからである。次に看護師は、主役の「リネゾリド」のボトルを点滴回路に接続する。回路は輸液ポンプを通り、静脈内に留置した針をテープで固定した腕にまでつながっている。わたしたちは全員、リネゾリドが感染症を打ち負かしてくれることを期待した。

リネゾリドはオキサゾリジノン系の抗生物質で、メチシリン耐性黄色ブドウ球菌(MRSA)や多剤耐性連鎖球菌の感染症に有効な薬である。わたしのような軟組織感染症に対して強い活性を示す新薬として登場した。イザベラを出産したあと、軟組織にかたい結節ができて、痛みをともなう頑丈な風船のように膨張していたのだが、それをただの腫れ物のようにレーザーで切除することはできなかった。この結節は、まさにわたしの体に住み着いていたのである。それまでの一年間、炎症の波は月経周期と一致していた。わたしはこの同調性に驚きながら、毎月の腹痛にくわえ、運動機能の低下にも悩まされていた。

右膝の断端は毎月腫れあがり、少なくとも一週間は義足を装着できなかったので、コインランドリーでたたんだ服の山や育ちざかりの子供たちなど、なにかを運ぶときは、まず松葉杖、次に車椅子に頼らざるを得なかった。家のなかで幼児と乳児の世話をするときはたいてい車椅子を使った。松葉杖をつきながら子供たちを抱きかかえて移動するには、わたしの体には対応できないアクロバット的な動作が必要だった。

ある晩、キッチンで起きた事故がきっかけで、なにか策を講じなければいけないことがあきらかになった。わたしは片脚で狭いキッチンに立ち、倒れないようにカウンターに寄りかかりながら、大きな木製のへらで、タマネギ、ズッキーニ、トマトをコンロの上で炒めていた。車椅子はキッチンの横のベビーゲートのすぐ先に停めてあった。

ベラはバウンサーに座り、近くで遊んでいる兄のドナートとわたしを見ていた。ドナートは新たな成長段階にはいり、いろんなところによじのぼれるようになっていた。冷蔵庫からシュレッドチーズを取ろうとしたとき、一瞬それに気を取られた。ドナートが車椅子の上によじのぼったのは、ちょうどそのときだった。

わたしはチーズをカウンターの上に放り投げると、ベビーゲートのほうに片脚飛びをしてドナートを安全な床の上に戻そうとしたが、それより先に彼は車椅子の片側でバランスを崩し、タイルの床に落ちてしまった。あわててベビーゲートを開けようとしたわたしも、体勢を保てずに左腰を強く床に打った。ドナートは痛みで泣き叫び、額にはすでに大きなたんこぶができている。わたしも転倒して痛みがあったので、キッチンに戻って冷凍庫から氷を取りだし、キッチンタオルに包んだ。ベラも泣きだしていた。わたしはベラをバウンサーから降ろすと、赤ん坊ふたりを腕のなかであやし、子供たちと自分自身を同時になだめようとした。

バード・バスからマルコが帰宅したとき、キッチンの床では妻と子供たちが身を寄せあって泣いていた。マルコはひとりずつ優しく抱き起こしてじゅうぶんになだめ、わたしがカウチで腰を冷やしているあいだに、ベラを抱っこ紐で抱っこし、ドナートを三輪車に乗せ、しばらく部屋を歩きまわってなんとかふたりを落ち着かせてくれた。もちろん、夕食は台無しである。少なくとも、火事にはならなかった。ひょっとしたら、ルンフィウスが火事に見舞われた顛末もこんなことだったのだろうか。

「だいじょうぶだよ。ピザを注文するから」とマルコはいった。

このままではいけない。薬や感染症に関するわたしの知識は、この問題に対処するよう告げていた。でも、わたしはずっとそのことから目をそむけてきた。九か月前に初めて腫れたときも、半年後の七月四日の独立記念日の週末に腫れのせいで松葉杖をついたときも、わたしはそれを無視した。しかし実際は、わたしの断端はより頻繁に、より激しく感染症を起こしていたのである。それでも、公私ともに人生が順調に進んでいると実感していたから、断端が腫れるたびに、ただの偶然であってほしいと強く願っていたのだ。わたしはずっと感染症にふりまわされてきた。幼い頃から手術や入退院を繰り返し、長い入院生活を送ってきた。だから、そろそろ休ませてくれてもいいじゃないか？　だが、そんなにうまくことが運ばないことはわかっていたので、わたしはついに目の前にある問題に正面から向きあう決心をした。

結節を除去するために、デリケートな部位の複雑で緻密な外科手術にたけた形成外科医を探した。もしなんらかの理由で感染症が広がれば、わずかに残っている膝と膝下の断端を失ってしまうかもしれない。

膝下切断者（BKA）は膝関節という力学的な利点があるため、膝に人工関節のアダプターを装着しなければならない膝上切断者（AKA）よりも、はるかに容易に自然な動きで歩くことができる。子供の頃にくらべれば義肢の技術が格段に進歩していることはわかっていたが、それでもわたしは膝を失う可能性を強くおそれていた。手術前の外科医の言葉で、すでに覚悟していたことを再認識した。

まず、感染症の痕跡をすべて消す必要があること。そのためには抗生物質の集中治療が必要になること。

なぜ、これほど厄介な感染症があるのだろうか？　多くの場合、その原因はバイオフィルム（生物膜もしくは菌膜）にある。バイオフィルムとは、特定の種類の感染症をさすのではなく、小川の岩の上や体内の組織など、さまざまな環境下で微生物がとりうるライフスタイルをさしている。多くの微生物は、あちらこちらに出没して略奪をおこなう山賊のように移動を続けるのだが、環境条件によっては、一か所に身をひそめてコミュニティを形成するほうがはるかに有利になる。

その場合、微生物はなにかの表面に付着したり互いにくっついたりしていられるよう、粘り気のある物質を産生し、キノコ状の細胞塊をつくる。そこで頻繁に遺伝子を交換して生存率を高め、代謝を遅くする。その結果、抗生物質は効きにくくなってしまう。実際、完璧に形成されたバイオフィルムは、抗生物質や免疫系をほとんど通さない。一般的な感染症は、身体へのゲリラ攻撃なようなもの、あるいは城壁の外の戦場で遭遇する大軍のようなもので、免疫システムは襲撃者と戦うために出動する。しかしバイオフィルム感染症では、襲撃者は城を包囲するだけでなく、城を乗っ取ることもできる――そして可動式の砲をそなえた、キノコ状の大きな塔を建てはじめるのだ！　敵がバイオフィルムによって城を占拠すると、身体は城を奪還する必要に迫られるが、すでに手持ちの武器はかぎられており、そこに敵からのより強力な集中攻撃という問題がくわわる。バイオフィルムは膜をつくっただけでは不十分だといわんばかりに、何種類もの細菌で構成されることがあり、いったん城に侵入した細菌はバイオフィルム構造を共有することで遺伝子交換を活発におこない、抗生物質への耐性を獲得する可能性が高まる。

わたしはそれをよく知っているはずだった。博士課程の研究をしているとき、細菌のこうした行動変化に着目し、MRSAが表面に付着する能力を植物性化合物がどのように変化させるかを調べていたのだから。なんたる皮肉。わたしが研究室でこの細菌と戦う方法を進歩させているあいだ、この細菌はべつの土壌で戦争をしかけ、わたしのもっとも弱いところを攻撃してきた。フロリダの蒸し暑さのなかで、義足と皮膚がこすれて刺激され、弱くなった部分に毛嚢炎《もうのうえん》ができたのがはじまりらしい。患部の腫れは、わたしの身体が体内に巣くった難攻不落の細胞群を撃退しようとしていることを示していた。

集中的な抗生物質療法は有効だとはいえ、大きなリスクをともなう。腎臓や肝臓の障害、難聴など、薬物による直接的な副作用だけでなく、腸管に二次的な副作用を起こす可能性がある。広域抗生物質には、感染症の原因になり得る大勢の悪者たちを捕まえられる利点がある。つまり、すべての容疑者を一網打尽にする。ときには見境なく急ぐあまり「善人」、すなわち健康を維持するために不可欠な、共生関係にある「よい常在菌」まで捕らえてしまうことがある。この常在菌は人体の免疫システムを鍛えて敵と味方の区別がつくようにし、食物の分解を助け、腸内で吸収される主要なビタミンを生産する。また、ほかの厄介な微生物を抑えてバランスを保ち、体内の重要な部分で活動する。この味方の菌がやられてしまうと、嫌気性のクロストリディオイデス・ディフィシルなどの「悪い」微生物が繁殖し、深刻な病気を引き起こしかねない。

だがこのとき、わたしは幸運だった。この抗生物質療法を無事に乗り切り、最後には断端の腫れもおさまった。わたしは戦いに勝利した。でも戦争が終わったわけではない。すっかりよくなったら、また研究室に戻ってがんばろうと誓った。手術から数日後、わたしは退院した。

その年の秋、術後の回復期のさなかに、わたしたちはアーカンソー州への引っ越しの準備に取りかかった。わたしがアーカンソーで微生物学の博士研究員としての仕事を確保したからである。それにかかる費用は国立衛生研究所（ＮＩＨ）からの新規の助成金で賄うことになっていた。バード・バスの買い手も探した。いとこに事業購入費を月賦で返済する目処もついており、このコインランドリーを売却すれば、いつか家を買うための蓄えもできて、人生の次のステージをはじめることができるだろう。

わたしはバード・バスや運送センター、鍼灸院、ヘアサロンなどの小さな会社が三〇年以上入居しているビルの新しいオーナーと電話をしていた。彼女の父親（ビルの元オーナー）が亡くなり、彼女がビルを相続したのだが、彼女はわたしたちの計画に無関心だった。

「更新しないって、どういうことですか？」わたしはいらだちながら尋ねた。

「だから更新しないといっているんです」

「でも、この事業の買い手がいて、いまより高い家賃を払うことに同意しているのはご存じでしょう」

わたしは食い下がった。

収支決算はひと目でわかるよう整えたし、まっとうな買い手も待っている。ただ問題は、賃貸契約を数年延長できなければ、バード・バスの事業価値は基本的にないに等しいということだった。事業価値とは、ガスや水道などのインフラ、設備、そしてなによりも立地と顧客である。それらはどこにでもあるものではない。それがわかっていながら、彼女は聞く耳を持たなかった。彼女はビルのスペースをいまよりも細分化して、賃貸収入を増やそうと考えていた。それに、彼女はわたしたちの顧客、おもにこの地域のマイノリティの人々を蔑むような発言をたびたびしており、「わたしたちのような」顧客がビルの周辺をうろつくのを嫌がっていることはあきらかだった。

わたしたちは怒った。そして、追い詰められた。

年末が近づくと、わたしは術後の車椅子生活のまま、できるかぎり貸家の片づけをした。貸家を引きはらい、アーカンソーへ移るまでの期間、わたしたち小さな家族はバード・バスの奥の部屋に四人で身を寄せあい、顧客の洗濯物をたたんで保管しておく部屋で寝泊まりした。その頃、ドナートは洗濯物をたたむテーブルの下でおもちゃの車で遊び、わたしは車椅子で洗濯機のあいだを行き来しながら、ベラを抱っこして顧客の服を入れ替えた。夜には、マルコとわたしは洗濯槽で子供たちをお風呂に入れ、奥の部屋の床に敷いたエアマットレスに寝かせた。

バード・バスのリース契約終了が近づくと、マルコは友人たちの助けを借りて、コインランドリーのすべての設備のボルトを外して解体する作業に精力的に取り組んだ。そして、ほかのコインランドリーに売れるものは売りはらった。手に入れた洗濯機や乾燥機の列、両替機やお菓子の自動販売機、そしてこれから訪れる顧客のことを考え、買い手の人々は大よろこびだった。彼らの立場だったら、わたしもきっと大よろこびしただろう。

だが、「大よろこび」という言葉は、その年のわたしの辞書には載っていなかったかもしれない。わたしはパソコンの画面の貸借対照表を見つめた。二度の入院にかかった医療費の支払いもあるし、完治したら新しい義足をつくらなければならない。夜、マルコとわたしはなかなか寝つくことができず、おたがいに「だいじょうぶだから、もう寝なさい」とささやくこともあった。当時の多くのアメリカ人がそうだったように、仰向けに横たわった身体を借金と不安の魔の手が夜通しつかむのを感じながら、わたしたちはむずがゆい目をしばたたかせた。

もしビルの新しいオーナーが賃貸契約を更新して、わたしたちに必要不可欠な保証を与えてくれさえすれば、まったく違う結末になっていたかもしれないが、そんなことを考えている場合ではなかった。もし考えようものなら、怒りと絶望で気がおかしくなってしまうだろう。

できるのは、前に進むことだけだ。ビルのオーナーは頑として考えを変えず、わたしたちは大金を失った。

結局、オーナーはその報いを受けた。不況のあおりを受けて、コインランドリーを追いだしてから二年以上、高い家賃を払うテナントが現れないまま空き店舗のままだったのだ。


アーカンソーの冬はきびしい。人生の大半を暖かいアメリカ南東部で過ごしてきたわたしには、リトルロックで待ち受ける雪と氷は想像以上のものだった。わたしは左脚だけで子供たちを乗せたジープ・コンパスを運転し、マルコはUホール社の大型引っ越し用トラックのハンドルを握り、マイアミから二日間かけてアーカンソーにやってきた。

マルコに負担をかけていることにわたしは罪悪感を覚えていた。まだ車椅子生活のわたしは、到着してからトラックの荷物を下ろすのをまったく手伝うことができなかった。わたしには、子供たちを膝の上に載せ、狭いアパートの中を車椅子で走りまわって楽しませることくらいしかできなかった。

都合のいいことに、そのアパートはアーカンソー医科大学のキャンパスから通りを挟んですぐのところにあった。クリスマスの一週間前にアーカンソーに到着し、二〇〇九年一月から新しい仕事がはじまることになった。

アーカンソー医科大学のマーク・スメルッツァー博士を紹介してくれたのは、博士号論文審査の指導教官のひとりだったプレイノー博士である。医科大学の新任教官として赴任することになっていたマークは、わたしが博士研究員の仕事について問い合わせたとき、いまは新しいトレーニング生を受け入れる資金がないが、もし自分で資金を確保できるのなら、来てもいいといってくれた。そこでわたしは、それまでもやってきたように、ふたたび助成金に応募した。今回はブドウ球菌のバイオフィルムの研究に重点をおいた。うれしい驚きだったが、今回は一発で助成金を獲得することができた。

わたしは、自分の研究と個人的な慢性感染症との戦いの経験から、バイオフィルムにより強い関心を持つようになった。大学院では植物学と天然物化学の分野でさまざまな新しい技術を学んだが、微生物学ではかぎられた訓練しか受けていない。博士号を取得したからには、次の訓練に向けて進む準備はできている。わたしは微生物の発病機序について——つまり微生物がどのようにして病気を引き起こすのかについて、もっと深く知りたいと考えていた。

大学院時代にしたイタリアの伝統医療に用いられる植物に関する研究によって、わたしはさまざまな植物の抽出成分に抗バイオフィルム効果があることを発見した。さらに研究や精製、抽出を重ねれば、きわめて有望な化合物を生みだせるはずだ。

さあ、いよいよ微生物学の短期集中トレーニングがはじまる。

マークの研究室は三つの部屋に分かれていて、各部屋の中央に長い実験台がひとつ置かれていた。棚には振盪《しんとう》培養に使うガラスのフラスコがならんでいる。そのフラスコで、マークのチームはブドウ球菌を大量に培養していた。その白濁した細菌培養液を、プラスチックの試験管プレートや、入院中にわたしの身体に抗生物質を投与したときに使ったような点滴の静脈カテーテルにも付着させ、ブドウ球菌の粘着行動の原因となる遺伝子を調べる実験に使った。彼らは微生物を用いる実験技術を駆使し、特定の遺伝子の除去が、異なる環境での細菌行動にどのように影響するかを調べた。さらに、ある遺伝子の活性化によって発光シグナルを放出させ、一部のブドウ球菌株を暗闇で発光（蛍光）させることに成功した。

その後の二年間、わたしは研究に没頭し、習得した新しい技術を活用して、採集した植物がバイオフィルムを遮断する可能性や、とくに皮膚や軟組織に関連する感染症について研究した。蛍光レポーターブドウ球菌株を用いて、植物の抽出成分が標的とするかもしれない遺伝子をさぐった。抽出成分を試験するために、ヒト血漿を用いて、より強固なバイオフィルムを形成する方法を学んだ。わたしは以前の予備研究に基づき、シロニガハッカ抽出成分の評価に関する研究計画を作成していたが、マークの研究室で得た新たな知識を用い、より効果のあるエルムリーフ・ブラックベリーの抽出成分に着目した。

イタリアでのフィールド調査で、ニガハッカの煎じ汁をさまざまな炎症に使ったり、ブラックベリーの葉に動物性脂肪をくわえて、膿瘍《のうよう》、癤《せつ》、癰《よう》など皮膚の感染症に使ったりしていることはわかっていた。これらの症状には、すべてバイオフィルムが関与している。膿瘍は意外に多く、二〇〇五年にはアメリカの救急病院で三二〇万人以上が膿瘍の治療を受けている。[1] 局所的な感染により、通常、真皮（表皮の下にある層で神経終末、毛細血管、毛包《もうほう》、汗腺を含む）内に膿と液体が蓄積される。重症になると、切開して排膿し、抗生物質で治療する必要がある。わたしは高校生のとき、手術室で医師が病的な肥満患者の大腿部にできた巨大な膿瘍の浸出液を抜いているのを見たことがある。膿瘍のポケットを切開すると、四リットル近くの液体が出てきた。さまざまな腐敗臭が入り混じったグロテスクな臭いがして、わたしはマスクの奥で吐きそうになるのを必死でこらえた。

マークとの仕事にくわえ、アーカンソー医科大学の教員セザール・コンパドレ博士と出会ったことで、さらに充実した天然物化学の訓練を積むことができた。その訓練では、オープンカラムクロマトグラフィーをはじめとする多数の実験をおこなった。オープンカラムクロマトグラフィーとは、直径八センチ、長さ六〇センチの大きなガラス管にシリカ懸濁液《けんだくえき》を充塡し、その上に活性化したブラックベリーの抽出成分（２２０Ｄ）を載せ、数日かけて極性の異なる溶媒を流し、ブドウ球菌バイオフィルムモデルに対する生物活性をテストするために異なる分画《ぶんかく》に分離する実験方法である。この過程で、最終的に２２０Ｄ-Ｆ２と名付けられた分画２がもっとも強力な阻害剤であることが確認された。

この分画は、ヒトの血漿《けつしょう》を塗った表面に細菌が付着するのを防ぐのに非常にすぐれていた。これは、２２０Ｄ-Ｆ２が予防薬になる可能性が高いことを示しているが、すでに形成されたバイオフィルムを除去できるか、つまり治療薬になる可能性があるか否かはまだわからなかった。

バイオフィルムは膿瘍を引き起こすだけでなく、医療機器による感染症のおもな原因にもなっている。体内に埋めこまれた医療機器に繁殖した細菌による医療関連感染は一〇〇万件を超える。これもわたし自身が経験した感染症のひとつだ。わたしは一二歳のときに脊柱側弯症を発症した。医師は、一日中装具を付けることは精神的なダメージが大きいと考え、夜間だけ背中に装具をつけさせた。わたしは毎晩、背骨をＳ字カーブと反対方向にねじる装具を装着した。わたしは引っこんだ上あごの矯正という問題をかかえていたため、アメリカンフットボールのようなヘルメットをかぶっていたが、それが背骨の矯正用装具を留めるカラフルな輪ゴムの外側のアンカーがわりになった。何か月も就寝中に装具をつけて暑く不快な思いをしたにもかかわらず、わたしの背骨は曲がり続け、内臓を押しつぶすほどひどく弯曲してしまった。最後に残された手段は脊椎手術だけだった。わたしたちはそれを実行に移した。プライス医師は、わたしの背中を首から下に向かって切り開き、金属の棒を使って背骨をできるだけまっすぐにし、五〇度以上あったカーブを上部三二度、下部二三度まで大きく改善することができた。

金属棒を埋めこんで二年近くたった頃、わたしは鋭い痛みを感じるようになった。体が金属棒を拒絶したのだ。これはごく一部の患者にしか起こらないことだった。患部の炎症や感染によって医療器具が拒絶反応を起こすのは、異物に付着した細菌のバイオフィルムが、小さな傷から血管を通じて患部に侵入することが原因になる場合がある。これを治すには、手術で異物を取り除き、抗生物質を投与するしか方法はない。わたしの背骨はしっかり癒合していたので、金属棒を取り除いてもこれ以上弯曲することはないと考えられた。

わたしは、220D-F2がこうした病気の治療に役立つのではないかと期待した。残念ながら何度もテストを繰り返した結果、220D-F2は、バイオフィルムがすでに形成されていた場合、細菌の増殖を抑制してバイオフィルムを除去する効果はまったくないことが証明された。これは非常に残念な結果だった。だがわたしは、抗生物質にもあまり効果がないことに気づいた。通常の一〇倍量の抗生物質を投与しても、バイオフィルムに関連する細胞の数はわずかしか減らすことができなかった。つまり、どちらも治療にはあまり効果がない。そこで、わたしはひらめいた。このふたつを組み合わせてみれば？　220D-F2と従来の抗生物質を併用してみたところ、バイオフィルムに有効で、点滴チューブに付着する生細胞の数は激減した。

これはわたしにとって最初の大きな科学的な突破口となった。この症状には、西洋医学の魔法の弾丸である抗生物質も、さほど強力とはいえない伝統医学のアプローチも単独では機能しなかったが、両者がとてつもないチームワークを見せたのだ！　実際、この発見はきわめて有望だったので、アーカンソー医科大学はそれがブドウ球菌のバイオフィルム感染症と闘う患者を助ける医薬品の開発につながることを期待し、この技術革新を保護するために特許を申請した。

わたしはこの研究をさらに進め、いつの日か臨床につなげたいと考えていた。さっそく地元の起業家講座で、NＩＨの「小規模ビジネス革新的研究助成金」の申請書の書き方を習得し、大学時代の友人のサヒール・パテルに連絡を取った。ビジネススクールに進学したサヒールは古くからの親しい友人で、夏休みにはお互いの家族も含めて六組の夫婦で集まったものだ。ギターのうまいサヒールの演奏にあわせ、みんなで歌うこともあった。わたしたちは小さな会社を立ち上げ、大学の特許をライセンス化し、商品化することをめざした。会社名は「ファイトテク Phyto TEK」。ファイト Phyto は植物、テク TEK はテクノロジーの意味だが、TEK にはもうひとつ、「伝統的生態学知識 traditional ecological knowledge」という意味もある。

アマゾンでオヘイの木を見あげていた頃からの夢だった、西洋医学と伝統医療の果実を融合させる方法をついに発見した。しかし、これが終わりではない。まだはじまったばかりだった。

研究室の実験台で成果をあげることによろこびを感じる一方、わたしは同僚たちになかなか溶けこめなかった。基礎科学部門で働いた経験はなく、研究室の同僚と打ち解けるのはむずかしかった。わたしは初日から部外者で、ほかの研究者たちが仲間とは思えなかった。

原則的に、研究対象には多元的なアプローチを取りたいと考えるわたしは、従来の科学的環境においてはかなりの変人だった。わたしは、儀式的な治療の背後にある魔法にも敬意をはらいたかったし、そうした治療で使われる植物成分がどのような化学的メカニズムで作用しているのかも調べたかった。研究室の同僚たちは、微生物に含まれる各遺伝子の果たす役割とその目的を理解しようとしていた。誤解のないようにいっておくと、トランスレーショナル・サイエンス（橋渡し研究）は基礎科学の土台の上に成り立っており、わたしの研究は、基礎科学研究とそれがあきらかにするメカニズムなしには成立しない。ただ、当時のわたしの頭がそのように働かなかっただけだ。

しかし、わたしのアプローチが抗生物質の創薬研究者のそれとは大きく異なることもすぐにわかった。ほかの研究者は薬の候補を探すために、特殊な細胞分析を開発して、合成化合物ライブラリーをスクリーニングする。けれども、そのような化学物質ライブラリーは、わたしにとって苛立たしく退屈なものだった。わたしは、人間の頭脳から生まれた構造的多様性に乏しい化合物には興味がなく、自然界でつくられた化合物を研究したいと考えていた。

わたしを理解してくれるのはほんの一握りの人しかいなかった。ジョージア州アセンズで開催された最初の民族生物学会議――アンドレアに会ったところ――に参加してから、わたしはようやく仲間を見つけたと思った。大学院にいた頃、わたしはブラッドから経済植物学会（SEB）の年次大会への参加を勧められた。わたしはそこで友人や同僚、民族植物学者や民族生物学者と生涯にわたるつながりを持ちはじめた。彼らは、人類が生存のために、また芸術や音楽、医療などの生活の豊かさのために自然とつながってきた多種多様な方法を、神秘的なものも含め、調べることにキャリアを捧げてきた。こうした初期の経験を通じて、わたしは民族生物学のオープン・サイエンス・ネットワーク（OSN）を知った。全米科学財団が資金提供するOSNは、将来の科学教育者を育成し、ウェブ上のオープンでアクセス可能なプラットフォームで共有するカリキュラムを開発する、当時としては斬新なコンセプトだった。

経済植物学会ではOSNの教育者向けのワークショップが開かれ、ネットワークに参加している若いメンバーにくわえ、経験豊富な教育者からも多くを学んだ。現在のわたしの教育スキルは、中学校での短期間の教師としての経験や、ごく基本的な教育技術しか教わらなかった大学院での経験でもなく、この時期の訓練に負うところが大きい。

大学院で教えていたときは、きちんとわかりやすい説明ができたかどうかよりも、学生が誤って実験室を爆発させることのほうが心配だった。公平を期するためにいっておくが、実験室の爆発への不安は杞憂ではすまなかった。ある学生は手袋にエタノールをこぼし、ブンゼンバーナーに近づきすぎて火が燃え移り、別の学生は実験用ガスにガスの出口から直接火をつけようとして、わたしがあわててスイッチを切らなかったら建物で大爆発が起きるところだった。

世界各地に散らばる民族植物学者の仲間たちと毎年OSNのミーティングで再会するたびに、彼らから新たな目的意識と推進力を得ることができた。それに、わたしには自分の会社ファイトテクがあった。ファイトテクは、伝統的な自然治癒の知恵と微生物学や化学などの現代科学の最先端技術を融合させた、わたしがめざす科学の手法を体現したものだった。わたしとサヒールは、ビジネスプランの策定やスタートアップ・コンペティションへの応募など、本格的な起業に向けて動きだした。わたしはアーカンソー州、サヒールはメリーランド州に住んでいたため、とくに最初のスタートアップ・コンペティションの準備期間にはメールや電話で連絡を取りあった。自分たちの手で事業を進め、ブラックベリーの根から抽出した220D-F2のような、ブドウ球菌に効く新たな治療薬を薬局の棚にならべられる日もそう遠くないだろう。そして、ひょっとしたら、それで生計を立てられるかもしれない。

「何年の卒業ですか？」

つまり「ハーバード大学」を何年に卒業したかという意味である。ワシントンDCにあるスタジアム型の教室で、わたしは審査員たちが席に着くのを待っていた。ハーバード・ビジネス・スクールの卒業生であるサヒールとともに、ファイトテクへの支援を得るために同校の卒業生ビジネスプラン・コンテストに応募したのである。そしていま、スーツを着た角刈りの大男が、わたしを切り捨ててコンテストを有利に進めようとしている。

「卒業したのはわたしのビジネスパートナーです」

そりゃそうだろうというようにうなずくと、その男は自分の会社がゲームチェンジャー、強力な破壊者、イノベーションの推進者になると、熱っぽく自画自賛の言葉をならべたてた。彼はことさらひけらかすつもりはなかったのだろうが、すでに「この分野を知り尽くした」「非常にレベルの高い」人たちと「話をして」いた。彼がわたしに送ったメッセージは明確だった。六チームのなかでもっともすぐれているのは彼らであり、わたしは取るに足らない存在だった。

彼がほかの誰かに自慢話をするために立ち去ると、わたしは緊張で両手をもみ合わせた。はったりにも相手を動揺させる力がある。わたしは頭のなかで何度もプレゼンのスピーチを確認した。サヒールとわたしは携帯電話でスピーチを録音し、スライドの切り替えの時間も確認して、七分間のプレゼンをいやというほど練習してきた。もし大学一年からの友人でなかったら、わたしは彼を憎んでいたかもしれない。だがこのとき、わたしは彼の猛練習へのあくなき執念に感謝していた。少なくとも、心の準備はしっかりできていたと思う。それは、即興でこなせるものではなかった。

わたしは部屋を見まわした。スーツを着た白人の男性が何列もならんでいる。そのとき、わたしは気づいた。コンテストに参加している女性も、経営学の学位を持っていないのもわたしだけで、有色人種はサヒルだけだった。わたしが科学的な説明をし、サヒールはビジネス面を担当することになっていた。

それまでにも、プレゼンの前に自分の力不足や不安に苛まれ、その結果ライバルに脅かされる状況におちいったことは何度もあり、それはいまだに克服できていない。最初に経験したのは小学校六年生のときにフロリダ州の科学技術フェアに参加したときである。会場にずらりとならんだ展示ボードを見ながら、わたしはそれまで経験したことのない驚きと感動をおぼえた。毎年、フロリダ科学フェアの強力なライバルはブレバード郡から来ていた。彼らはNASAの科学者やエンジニアの子供たち、あるいは彼らが通う学校の先進的なプログラムの恩恵を受けている生徒たちだった。彼らはテレビのモニタやロボットのデモを展示していた。

わたしの展示はとてもシンプルだった。当時はまだパソコンが普及していなかったので、プロジェクトの項目（目的、仮説、結果、結論）はタイプしたものを印刷したが、グラフ作成ソフトは持っていなかった。タイトルに手書きで色をつけ、棒グラフは色鉛筆で描いた。前髪を額の上で八〇年代風にカールさせ、日曜の教会で着るよそゆきのドレスを着た。

「すばらしい展示ね」わたしは、隣のブースで腕を組んで立っている少年に熱っぽく話しかけた。彼はカーキのパンツをはき、ボタンダウンのシャツにネクタイをしめていた。彼はうなずくと、わたしの展示に目をやった。

「ダサいな。なんでコンピュータでグラフをつくらなかったの?」

わたしはなんと答えていいかわからず、涙をこらえながら自分のブースに戻った。その日、わたしは恥ずかしく、傷つき、なんの賞ももらわずにコンテストから帰るとき、心のどこかで彼のいうとおりだと納得していた。わたしの展示はダサかった。

大人になったいま、ワシントンDCの空気のよどんだ部屋を見まわすと、大人になったカーキのパンツ姿の少年たちにかこまれているような気がして、沈んだ気持ちになった。

いよいよわたしたちの番だ。サヒールとわたしはステージに向かった。

会場の正面のスクリーンにはわたしたちの緑色の社名ロゴが輝き、その下に「感染症をなくし、命を救う」というキャッチフレーズが刻印されている。サヒールが導入部を話しはじめた。

「ファイトテク社は、三〇億ドル規模の急成長を遂げている感染症対策市場に独自の生物学的ソリューションを提供します」サヒールはよどみなく続けた。「ファイトテクはブドウ球菌に関連する感染症に焦点をあわせ、医療、食品加工、歯科医療、動物医療などを主要な市場とします。これらの分野は、ブドウ球菌感染症による大きな問題をかかえています」

わたしが続けた。「たとえば、人工膝関節や人工股関節のような医療機器は、手術中だけでなく、術後何年もたってからブドウ球菌に感染する可能性があります。その場合、たいていは抗生物質の集中投与治療をおこなったあと、外科的に機器を除去するしかありません。これは侵襲的な整形外科手術を意味します。その後、感染した組織を取り除き、一時的な装置を使ってさらに抗生物質を投与し、のちに再度手術をして長期的な機器に取り替えるのです」

わたしはそこで間をおき、ひとり一人の審査員と目をあわせた。「一度でもこのような感染症になると、交換処置によってふたたび感染する可能性は、医療機器によっては四〇パーセントにも達します。このような患者たちの痛みと苦しみを想像してみてください。たんなる数字の問題ではないのです。慢性的な膝の感染症の患者のなかには、何度も治療計画を立てるよりも脚を切断することを望む人がいても不思議ではありません。もっとよい解決策が必要なのです。わたしたちは、併用療法と、弊社が開発したバイオフィルム阻害剤と抗生物質の両方を用いた医療機器コーティングが解決策になりうると考えています」

練習やトレーニングの成果が発揮された。プレゼンテーションの流れは、洗練され、プロフェッショナルだった。わたしたちは、わたしが博士号取得後の研修期間中にアーカンソー医科大学で申請した最初の特許のライセンスを保持するためにファイトテクを設立したことを説明した。その技術とは、ブラックベリーの根から抽出した成分を標準化するものであり、その成分は、医療機器などの表面にブドウ球菌が付着するのをきわめて効果的に阻害する。

プレゼンを終えたときの気分は上々だったが、ほかのチームのプレゼンも質が高く、わたしの自信は揺らいだ。医療技術系のスタートアップのほかにも、情報技術系のプラットフォームや、短期間での立ち上げが可能なソフトウェアやインターネットアプリに特化した有望なビジネスコンセプトもいくつかあった。一方わたしたちのモデルは、何年にもわたる研究開発が必要なうえ、植物製剤の完成までの道のりには薬事承認に必要なデータを収集するために多額の投資が必要だった。

抗菌剤の研究開発のプロセスには時間がかかる。まったく新しい抗生物質が分子から承認製品になるまでには一〇年から二〇年かかることもあり[2]、最初の承認までにかかるコストは平均で約一三億ドルもする。さらに、承認されて市場に出てから一〇年間は、サプライチェーンや医薬品安全監視《ファーマコビジランス》（薬物反応による有害事象の追跡）に関連して、さらに三億五〇〇〇万ドルかかると推計される。[3] 抗菌剤に対する需要の低さは、病気と戦うための抗菌剤の必要性に相反するものだ。これらはけっして小さなハードルではない。耐性菌に有効な新薬の必要性は誰もが認めるところだが、こうした資金問題によって、大手の製薬会社が抗生物質の研究開発領域から撤退したのである。

　最後のチームがプレゼンを終えると、審査員たちは別室で審査にはいった。わたしたちはほかのチームと一緒にビュッフェで軽食をとりながら待っていた。みんな、カーキ色のパンツの少年を大人にしたような角刈りの男を取りかこんでいる。誰もが彼のチームが最有力候補だと思っていることはあきらかだった。わたしは緊張のあまり世間話もろくにできず、意味もなく携帯電話の画面をスクロールして時間をつぶした。

　いよいよ審査員が戻り、結果発表の時をむかえた。わたしは敬意を表して携帯電話をしまった。ミスター角刈りの本名がようやくわかるだろう。三位、二位（ミスター角刈りが受賞）の発表のあと、審査員が一位はサヒール・パテルとカサンドラ・クウェイヴと発表したとき、わたしは口をぽかんとあけたままだった。とてつもない衝撃だった。あまりにも大きすぎる。わたしたちは、自分たちがやろうとしていることを誇示する権利と強力な賛同にくわえて、事業計画書とプレゼンに対するきわめて有益なフィードバックを得て、ニューヨークのハーバード・ビジネススクール・クラブでの全国大会に進出した。大会には三〇チームが企画を応募し、そのうちの上位六チームが準決勝でプレゼン発表する機会を得た。

　わたしたちは市場のいくつかのハードルに対応できるように事業計画を変更し、プレゼンの内容を練り直し、一か月後、マンハッタンの高層ビルの二〇階の大きな部屋で着席していた。今回はわたしを蹴落とそうとするミスター角刈りのような若者はいなかったが、それでもすっかり怖じ気づいていた。ニューヨークには以前一度しか行ったことがなく、高層ビルの会議室での人々の話し声、街のネオン、タクシーのクラクションや救急車のサイレンなど、あらゆるもののエネルギーに圧倒されて目がくらみそうだった。だが、幾度となく練習を重ねたことやワシントンDCでの成功は、サヒールと一緒に会議室の前方で自分のパートを発表する自信を与えてくれた。

うれしいことに（そして驚いたことに）、わたしたちは全国大会でも優勝することができた。そして、ボストンで開催された世界大会《グローバルファイナル》に進出し、世界各国のチームと競いあった。わたしは、チャンピオンたちが集まった部屋のなかで、深刻な詐欺師症候群［自分の成功を肯定できず、自分が詐欺師だと感じる傾向］と闘い、自分たちの成功にとまどいながらも、心の底から感謝していた。わたしたちの情熱と綿密な計画が実をむすんだのだ。ニューヨーク大会優勝の特典として、ハーバード大学でおこなわれる次のチャレンジに向けて、製薬会社の主要部門のビジネスリーダーから指導を受けることができた。

ボストン大会には、南アフリカ、シンガポール、ヨーロッパ、そして全米各地から参加者が集まった。わたしたちはボストンに到着してからも電話や対面で練習を続けた。優勝者には、世界有数の知的財産事務所による質の高い法律・会計サービスと、事業活動費として三万ドルが授与されるのだ。

プレゼンの当日、わたしはホテルの部屋で声に出してプレゼンの予行演習をした。イタリア語を話すときにやるように、両手でジェスチャーをつけて強調するようにした。すでにアドバイザーたちと企画書を練り直し、スピーチに磨きをかけ、自分たちの役割を理解していた。

プレゼンのあと、審査員から、このテクノロジーの検証に必要な次の動物実験のための資金調達の計画について質問を受けた。アーカンソー医科大学には、メインキャンパスの通りをはさんで向かい側のバイオメディカル・ベンチャー・インキュベーターに、最先端の研究室、会議室、オフィススペースがあり、化学、顕微鏡、動物実験などの中核研究施設にアクセスできる。わたしたちの計画は、わたしが博士研究員の仕事を辞め、ベンチャーの世界で会社の科学部門の経営にフルタイムでたずさわり、バーチャルではなく実体のある企業として確立するというものだった。早い段階で投資家が損失を被ることを避けるため、製品の研究開発は自力でおこない、NIHの小規模ビジネス革新的研究助成金を利用した非稀釈的資金調達［資金調達のあとに既存株主の持ち株比率が減らない方法］をおこなう予定だった。

結局、わたしたちのプレゼンは優勝には届かず、準優勝に終わった。もちろんそれは、非常に大きな名誉だった。ただ、名誉はお金ではない。わたしたちがほんとうに必要としていたのは、資金だった。科学かビジネス、ビジネスか科学、そのどちらかを推し進めるために必要なのは資金だった。

「全部、九？ どういうこと？」朝食を食べながら採点結果を見たとき、わたしはあきれて声をあげた。キッチンテーブルに身を乗りだして、ドナートがシリアルを食べているときにこぼしたミルクをふき取り、ベラの子供用の椅子のトレイにカットフルーツをたしてやった。

マルコがわたしのコーヒーカップにコーヒーをつぎたし、隣に座ってわたしのノートパソコンの画面を見た。「どういう意味だい？」わたしたちが見ていたのは、わたしがファイトテクを代表してNIHに提出した、複数の助成金申請書のうちのひとつの審査結果だった。

「一が最高点で、どのカテゴリーでも原則、九が最低なの。まさかここまで点数が悪いとは思わなかった」

わたしはコンピュータの画面を指差して言った。「見てよ！　この審査員は全部大文字で自分の意見を書いているのよ。まるでわたしを怒鳴りつけるみたいに！　なんて嫌味なやつ！」

すべての審査員がこのようなきびしい評価（あるいは大文字のコメント）をしたわけではなかったが、審査委員会の意見は一致していた。この構想を推進するにはわたしは若すぎるし、異なる化学物質から成る植物抽出成分を使用することも「まったく」気に入らないという。通常の抗生物質と同じように細菌を殺す一種類の化合物にしぼるべきだというのが彼らの意見だった。バイオフィルムを標的にすることの意義を認めなかったのである。

マルコはわたしの両肩をさすり、頭の上にキスした。

「きっとうまくいくよ」マルコがいった。

でも、ほんとうにうまくいくだろうか？　わたしは危ぶんだ。

コンテストやバイオフィルム破壊技術に関する論文発表で順調にスタートを切ったものの、会社の助成金集めは頓挫していた。二〇〇九年の市場の大暴落は、ちょうどわたしたちがアーカンソーに引っ越した時期と重なり、それ以降不況が続いていた。最初のうちなかなか仕事が見つからなかったマルコは、やがて最低賃金で伐採業の枝拾いの仕事をするようになり、その後、集合住宅の修理工として多少ましな仕事を見つけることができた。しかし、それはマルコにとって大きな変化だった。自分が自分自身のボスであり、他人のボスでもあったバード・バスを経営していた頃のような充実感は得られなかった。それでもわたしたちは、生きのびるためにはなんでもするという考え方を共有し、仕事があることに感謝した。
バード・バスを失ったあと、マルコの仕事とわたしのわずかな博士研究員の収入だけでは、新しい義足にかかる医療費と子供たちの保育園の費用をまかなうことはできなかった。わたしは副業として、アーカンソー大学リトルロック校の非常勤講師として夜間の学部生に微生物学と実習を教える仕事をはじめた。給料はあまりよくなかったが、おかげで財政難を脱することができた。助成金と会社が生活苦を脱する方法になるはずだった。わたしはそれがわたしの出発点になると確信していた。誰もがわたしが発見したものの価値を認めてくれると思っていた。だが、ことはそんなに簡単でも単純でもなかった。これもいままでと同じように骨が折れると最初からわかっていたはずなのに、それでもつらかった。助成金の申請はとおらず、NIHの博士研究員の任期も終わりが近づいていた。じきに、わたしは職を失うことになる。

[＊ 同書は『植物と叡智の守り人――ネイティブアメリカンの植物学者が語る科学・癒し・伝承』（三木直子訳／築地書館／二〇一八年）として邦訳出版されている]

# 第8章

# 自分の研究室

発見への道は、いま、ここにはじまる。まさにこのとき、この場所で、最初からわれわれの種を支えてきた野原や森、野外の生息地からはじまるのだ。

――ジャスティン・M・ノーラン『アメリカ中西部での野生生物採集 *Wild Harvest in the Heartland*』（二〇〇七年）

国立衛生研究所（ＮＩＨ）の特別研究員の任期の終わりが迫り、ファイトテクもサヒールとわたしが望んでいたような進展にはいたらず、わたしは信念を失いかけていた。助成金の申請でも行き詰まっていた。審査員のコメントは、ひとつの化合物に専念すべきだ、抗バイオフィルムや抗ウイルス戦略は好ましくない、ファイトテクにはわたしたちの提案を実行するのにふさわしいインフラがあるとは思えないという点で一致していた。わたしは、ファイトテクよりも整備された研究環境に身を置くことができれば、いま必要な推進力を得るチャンスをつかめるかもしれないと考えていた。わたしはまだ、民族植物学的なアプローチによる創薬というビジョンを信じていたが、それを支持する人は誰もいないようだった。

お世話になった人にはまめに連絡を取り、進捗状況（あるいは進捗できていないこと）を伝えるべきだというかつての母からの助言を思いだして、二〇一一年五月、わたしはエモリー大学の恩師のひとりであるランプル博士にメールを送った。すると、すぐに返信があり、話をする時間をつくってほしいといわれた。

ランプル博士は、エモリー大学に新設されたヒューマンヘルス研究センターについて教えてくれた。ヒューマンヘルス研究センターは健康の科学に焦点を絞り、可能なかぎり全体論的な方法でこのテーマを取り扱おうとしていた。公衆衛生、人文科学、神経科学、栄養学など、学内の健康科学の専門家を結集し、人間の健康を多角的に探求するカリキュラムの設計をめざしていた。

それは、まさにわたしが必要としていたものだった！　NIHの資金が底をつけば、アーカンソー医科大学ではもうわたしには仕事がまわってこない。アーカンソー大学リトルロック校で夜間の学部生に微生物学を教える非常勤講師の仕事だけでは、家計のたしにもならないだろう。助成金の申請はことごとくはねかえされ、ファイトテクを軌道に乗せることができなかった。だが、アトランタは光と希望の灯火のようにわたしを照らし、給料とともに数多くのチャンスを与えようとしている。

それ以外にも知的な特典がたくさんあった。多くの専門分野を結集したアプローチをする新設センター――そこで自分の仕事を追究できる。しかも、それぞれの専門分野のあり方に疑問を持ち、自身の研究課題に真摯に向きあう専門家にかこまれながら。それに、わたしは一般教養を大事にする大学の校風を懐かしく思っていた。学部生だった頃、科学分野の研究に没頭する一方で、キャンパスでおこなわれる詩の朗読会、博物館の展示会、コンサート、演劇公演などに参加することで芸術にふれる機会を楽しんでいた。大学院や博士課程では、このような豊かな時間を過ごすことは滅多になかった。

一流の研究と芸術のコミュニティに戻る機会を逃すわけにはいかない。だから、わたしはエモリー大学に戻ることにした。

またもや経済的な問題でそう簡単には引っ越すことはできなかった。子供たちにくわえて八〇代後半の祖母もリトルロックで同居していたのである。そのためエステートセール［住宅を一般公開して故人の遺品を売ること］で小さな家を買ったのだが、マルコが仕事を辞めると、アトランタの家賃とリトルロックの住宅ローンが支払えなくなる。そこで、マルコは仕事を続けるためにリトルロックに残り、わたしはUホールのトラックに荷物を積み、子供たちを乗せてアトランタまで運転した。車での移動は祖母には負担が大きいので、残ったお金で祖母のために翌週の航空券を買った。ありがたいことに、ジョージア州に戻ってきていた友人や知人たちの助けを借りることができた。彼らはベッドルームがふたつあるアパートの二階の部屋まで、家具や服やおもちゃやキッチン用品を運ぶのを手伝ってくれた。

わたしはドナートを幼稚園に、ベラを保育園に入園させ、新しい仕事に打ちこんだ。最初の秋の学期には三つの講座を新設し、既存の講座の教え方を調べ、ふたりの子供と祖母の世話をこなした。夜は夕食のあと、皿を洗い、洗濯をして入浴をすませ、子供たちを寝かしつけると、アーカンソー大学リトルロック校の非常勤講師としてオンラインで微生物学の講義を続けた。研究室にいた頃が恋しかったが、講師の仕事はやりがいがあったし、魅力的な教育プログラムの構築に向けてみなで創造的なアイデアを出しあい、センターには活気がみなぎっていた。マルコと離れているのはとてもつらかった。マルコにしても家族と離れているのは苦しかった。しかし、幸運にもクリスマスまでにマルコは集合住宅での仕事を見つけ、わたしたちはようやく一家そろって暮らせるようになった。

二〇一〇年、NIHの国立補完統合衛生センター（NCCIH）は、植物の作用機序研究（原則として、体や病気に対して植物由来の化合物がどのように作用するかをあきらかにする研究）に関する特別公募をおこなった。研究プロジェクト助成金（R01）の助成金は応募者ひとりあたり二〇〇万ドル近くになる。

わたしはその前年にネブラスカで開催されたグラム陽性病原体会議で知りあった微生物学者で、ブドウ球菌のコミュニケーション経路の専門家であるアレックス・ホースウィル博士とともに、ファイトテクを後援者として共同研究申請書を提出した。わたしが大学院生のときにはじめた研究を、ブラックベリーではなく、クリを使って研究することを提案したのである。クリの葉はドナートがまだハイハイしかできない赤ちゃんだった頃、ジネストラの山中で採集したものだ。研究室では、クリの葉が強力なクオラムセンシング阻害物質としてブドウ球菌感染症に効くことが証明されていた。クリの葉にフォーカスすることで、ファイトテクのテクノロジーの領域を、細菌のバイオフィルムを標的にした植物（ブラックベリー）と毒素を標的にした植物（クリ）に拡大することができる。

前にも述べたように、クオラムセンシング（菌体密度感知機構）は、細菌同士がコミュニケーションを取り、そのコミュニケーション信号に基づいて行動を調節する仕組みをさす。このプロセスは感染サイクルにきわめて重要なものだ。細菌細胞（ひとつの細菌）は単独ではさほどダメージを与えることはない。多数の細胞が集団となり、訓練を積んだ軍隊のように行動を調整することで、人体を攻撃するときに深刻な問題を引き起こす。一方、クオラムセンシング阻害（クオラムクエンチング）は、細菌が信号を伝達するシステムを遮断することを意味する。

ブドウ球菌感染は狡猾だ。水で満たされた風船に鋭い矢を投げつけるように、毒素を放出して赤血球をはじき飛ばす。この毒素は細胞や組織を破壊し、その跡には痛みをともなう壊死病変（ゾンビの皮膚）が残る。さらに悪いことに、ブドウ球菌には、人体の細胞のなかでも外でも生存できるというユニークな能力がある。パックマンがドットを食べるように免疫細胞がブドウ球菌を捕まえると、本来なら殺されたはずの細菌細胞が、免疫細胞のなかに毒素爆弾を放出して反撃し、吹き飛ばしてしまうのだ！　実際、ブドウ球菌は人体内でシグナルを放出して免疫細胞を誘いだし、トロイの木馬のようにその内部に侵入して攻撃することもわかっている。

ブドウ球菌はそのユニークな武器によって、増殖した自分たちの食料にするために人体組織を非常に効果的に破壊するだけでなく、免疫細胞を直接攻撃して免疫システムに対抗する戦術をとる。この病原体が生成する一連の毒素は、体の部位によってさまざまな感染症を引き起こす。毒素は骨髄炎で骨組織を傷つけ、血流感染（菌血症）で全身に広がり、今日の世界最強の「死にいたる病」のひとつである敗血症の原因となる。

クリが有効なクオラムセンシング阻害剤（クオラムクエンチャー）であることがわかったのだから、ブドウ球菌との戦いにまったく新しい武器を提供できる可能性がある。クオラムセンシングやバクテリアの毒素産生経路をターゲットにした医薬品は製薬市場に存在しない。そのため、このような治療法には医薬品として承認にいたる道筋は確立されていない。クリに含まれる化合物を使ってブドウ球菌と戦うことは、感染症治療の「常識の枠組みからはずれた」アプローチとみなされてしまうだろう。

しかし、わたしは「常識」の枠内で考えるだけでは大きな問題は解決できないと確信していた。その内側にいようが外側にいようが、常識はわたしたちの想像力をはばむ建造物だ。常識は、創造的思考やイノベーションの障壁になる。現在、新しい抗生物質を発見し、設計する方法を考えるとき、医薬品開発者はつねに古典的な抗生物質（たとえばペニシリン）の常識を設計の中心的な枠組みとし、その枠内で考えるが、わたしはそれでは不十分だと思う。ただし、新しい型の抗生物質を探したり、既存の抗生物質の化学的足場を改造したりするといった、枠外からのアプローチにも欠陥はある。なぜなら、微生物を殺すことが唯一の目的だからである。この「殺菌」という枠組みが、まだ人間の想像力がおよばない、ほかの可能性に目を向け、発見することを妨げている。

人類が自然界の科学的な仕組みを理解するだけでなく、医学の分野でも大きな進歩を遂げるためには、歴史を通じて大きなパラダイムシフト――枠組みの転換が必要だった。その例は微生物学の分野にも数多くある。わたしは以前、科学と医学の歴史博物館であるブールハーフェ博物館を訪れたことがある。そこには、アントニ・ファン・レーウェンフックが作成した顕微鏡が所蔵されていた。オランダのレンズ職人のファン・レーウェンフックは、水滴などに含まれる小さな生き物を「微小動物」と呼び、人類で初めて生きた微生物を観察して記録した人である。わたしは、ガラスの向こう側に展示されている初期の顕微鏡が、現在の顕微鏡とは形も大きさもまったく違うことに目を奪われた。なんてシンプルでエレガントなんだろう。その顕微鏡は、わたしの親指くらいの幅の小さな薄い金属板にネジと金具で部品を固定しただけのものだった。標本は針の先端に付いていて、米粒ほどの精巧なレンズを通して見る。この技術革新によって、レーウェンフックは世界の見方を変えることができた。彼は、赤血球、バクテリア、筋線維、精子などを人類史上初めて観察した人物だった。

わたしは一七世紀、一八世紀の科学者たちが経験したことに思いをはせた。彼らはほとんどが想像もつかないこと、他人が信じようとしないことを描き、語るという孤独な作業のなかに、新しい生命体を発見したい、全人類に知識を広げたいという衝動をどうにか発散させていたのだろう。一六七六年に発表された有名な論文『原生動物に関する書簡』[1]で、レーウェンフックはさまざまな環境に生息する単細胞生物を、赤血球の半分の厚さしかない一ミクロンという驚異的な解像度で初めて詳細に描写した。しかし、その後の時代の科学者たちは、レーウェンフックの設計を同じレベルで正確に再現できず、彼の発見を疑い、否定さえした。彼らの無能と無理解が、生物学、とくに微生物学や伝染病に対する理解をはばむことになる。一九世紀になってようやく、ルイ・パスツールやロベルト・コッホなどの科学者が、微生物が医学にとって重要な存在であること、特定の微生物と特定の病気とのあいだに因果関係があることを理解しはじめたのである。

わたしは、レーウェンフックのように違う角度から科学にアプローチする人々に親近感をおぼえた。しかし、彼らの物語には警告も含まれている。彼らがそうした新しい考えで現状の打破を試みると、同僚や仲間は困惑した。過去にどれほど多くの科学者たちが大発見を成し遂げながら、見過ごされ、馬鹿にされ、あるいは追放されたことだろう。たとえば、一九世紀、ハンガリーの医師で科学者のイグナーツ・センメルヴェイス［ゼメルヴァイスもしくはゼンメルワイスとも表記する］は、産褥熱《さんじょくねつ》で死亡した女性の遺体を解剖した直後には、手を洗ってから健康な妊婦の分娩に立ち会うべきだと主張し、同業者から嘲笑された。もし彼の助言にしたがっていれば、数え切れないほどの母親の命が救われたことだろう。この逸話や無菌手術を提唱した「近代外科学の父」ジョセフ・リスターの逸話は、医学部の授業のみならず一般社会でも広く語り継がれている。

分析化学技術の進歩によって、植物の化学的シグナルを読み解く新たな方法が発見された。二一世紀は、科学者が自然の言語を読み解く方法を学んだ世紀として歴史の教科書に記されるだろう。そして、それはなんとすばらしいチャンスなのか！　だが人類は、この新しいツールを使いこなせるだろうか？　もし、わたしたちが直面しているのが抗生物質という核爆弾で簡単に殺すことのできないミクロの敵だとしたらどうだろう？　もし、わたしたちが探すべきものが、古典的な抗生物質ではなく、宿主の免疫をねらう化合物や化合物の群れだとしたら？　もし、耐性菌に対抗する方法が、わたしたちがこれまで着目してこなかったもの、たとえば、微生物が身体に害をおよぼす能力を真っ先に停止させることだとしたら？　あるいは、化学的に複雑な天然の抽出成分と古典的な抗生物質を併用することが、人類の生存を保証し延長させる真の鍵だとしたらどうだろうか？　結局のところ、医学の目的は、微生物を殺すことなのか、それとも患者を治すことなのか？

わたしたちの最大の限界は、研究室における生物学的検定法の種類と、それらの分析をふまえて問うことのできる課題である。天然物の研究は未知の科学分野を切りひらく可能性があり、それによってわたしたちは健康や感染症を新しい視点から理解することができるようになるだろう。だが、その大きな答えを得るには、適切な課題を設定する必要がある。そのためには、常識が存在しない場所で、考えるようにしなければならない。そう、常識のない場所で。

「前に勤めていた研究室では、実験器具を洗ってくれる人がいたんです」とその若者はいった。わたしは信じられない気持ちを抑え、表情を変えないように努めながらうなずいた。彼は、わたしが新設した研究室の研究員候補として面接した五人目の応募者だった。わたしは、当面この研究室で働くのは、わたしと新たに採用する研究員のふたりだけと明言していた。この若者は、わたしが彼のためにずっと三角フラスコを洗ってくれるとでも思っているのだろうか。彼との面接を終えると、次の応募者を待った。最初の採用が、研究室の立ち上げの成功にいかに重要なのかはわかっていた。これまでの候補者には、実験科学の経験が浅い人もいれば、新製品を売りこむ絶好の機会だと考えて乗りこんできた、大胆不敵な化学実験器具のセールスマンもいた。

二〇一二年七月はアトランタの典型的な暑い夏で、湿度が高く、気温は摂氏三二度を超えていた。わたしは冷房の効いた研究室でグラグラする椅子に座っていた。研究室にある椅子はどれも、探しまわった範囲では、かろうじて壊れていない、まともな椅子だった。研究室は約九〇平方メートルのちょうどいい広さで、中央に黒い天板の長い実験台がふたつあり、部屋の片隅には有害な化学物質をあつかう際に使うドラフトチャンバー（ヒュームフード）が二台設置されていた。研究室の長所はそれくらいだった。カウンターの上には古いキーボードや、四〇年前には最先端だったフロッピーディスク用のアップルコンピュータなど、中古品の電子機器がならんでいる。部屋はほこりっぽく、天井のタイルには雨漏りの水垢がこびりつき、カーター政権時代以降一度も塗りかえられていない灰色の壁は薄汚れていた。流し台は、U字トラップ内でなにかが長年にわたって醱酵腐敗したに違いない悪臭を放ち、壁のキャビネットには猿の糞の古いサンプルがずらりとならんでいる。あり得ない。研究室は以前この場所を使っていた教授が霊長類から採取した糞が、内部で干からびたままになったサンプル瓶で埋めつくされていた。わたしがここを引き継ぐまで誰も片づけようとしなかったのだ。

アレックスとわたしが初めて高額の助成金獲得に挑戦したときのインパクト・スコアは五二で、選考には通らなかった。だが、後援者をファイトテクからエモリー大学に変更して再度申請したところ、三〇という魔法のようなスコアで助成金の獲得に成功したのである［NIHの助成金申請審査のインパクト・スコアは一〇点から九〇点で、一〇点が最高］。

この申請にはランプル博士の助力が大きかった。彼女は、エモリー大学の化学教授デニス・リオッタ博士を紹介してくれた。リオッタ博士は、小児科教授のレイモンド・シナジ博士や研究者のウーベッグ・チョイ氏とともに、3TCとFTCという分子を共同開発し、それらの分子の持つ、HIVの複製や他の細胞への感染を防ぐ作用によってエイズ治療に革命をもたらした人である。

リオッタ博士が快く彼の専門知識を提供し、共同研究者としての申請を受け入れ、エモリー大学からの研究スペースの提供（助成金の獲得に成功した場合）と、エモリー大学のすぐれた研究インフラのさらなる提供を確約してくれたことによって、わたしは最難関のNIH審査官の審査を突破したのだ！

わたしは研究資金を得て、正式に主任研究員になり、博士研究員から足を洗って、エモリー大学の客員准教授という肩書きを手に入れた。その一方、エモリー大学かどこかの大学で終身在職権を得られる道を探ることも忘れなかった。あいかわらず教職の負担は大きかったが、わずかながら収入が増え、助成金で提案した「クリ」の研究に取り組める待望の研究室を得ることができた。あと必要なのは勤勉で聡明な研究アシスタントだけである。ケイトが扉を開けて入ってきたのは、まさにそんなときだった。

そのときの気分は「よく来てくれました！」ケイトは週に二度、朝八時からの「植物医学と健康」の授業を履修する一四人の強者《つわもの》のひとりで、優秀な学生だった。それはわたしがエモリー大学で初めて企画し、教えたクラスで、プレゼンと植物の研究論文を他の学生が査読するという上級者向けの難易度の高いコースである。ケイトはそのクラスでも、わたしが教えたほかのクラスでも、よい成績をおさめていた。学士号を取得したばかりで、就職活動中のケイトはまさに適任だった。

赤茶色のストレートヘアで長身のケイトは、部屋（サルの糞がはびこる研究室）をあかるく照らすような笑い声を上げ、大学時代からウェイトレスをしていたこともあって働き者だった。わたしは彼女が習得すべき研究室の手法を教え、彼女は研究室の掃除を手伝うこともいとわなかった。

研究室の大掃除中に、マウスくらいの大きさの小さなギロチン、古いプリンターの感熱紙、古い電気コードやプラグの箱など、妙なものが次々に出てきた。また、残っている価値のありそうなもの——ビーカーやフラスコ、再利用できそうな機器の予備部品、標本瓶やその他のガラス製品など処分できそうなものを分類して整理することができた。大学の諸経費をまかなえる多額の助成金がはいるとはいえ、客員准教授という期間限定の職では、研究室の立ち上げ費用を支出することはできなかった。

二〇〇万ドルというと大金のように聞こえるが、そのうち約六五万ドルは大学の諸経費にあてられ、残りの半分近くはアイオワ州の共同研究者で、機序研究と動物実験をしているアレックスに支払った。わたしは化学的、薬理学的な側面を担当すると同時にプロジェクト全体を主導した。残りの資金は、研究スタッフの給与や実験に使う消耗品の購入費として五年間にわたって分割して支払われることになっていた。そのため、研究室の立ち上げ費用に充てる資金はあまり残らなかった。それに、購入すべき化学実験用の機材がたくさんあった。もっとも高価なのは高速液体クロマトグラフィー（HPLC）だった。この機器さえあれば、植物抽出液に含まれる化合物を分析し、分離することができる。そのほかにも、回転式蒸発装置、超低温冷凍庫、ライオフィライザー（フロリダ国際大学で使っていた凍結乾燥機）などが必要だった。総額で一〇万ドル以上になり、植物化学の研究に必要なその他の基本的な機材の資金はほとんど残らなかった。

そこで、ケイトとわたしは知恵をしぼった。

たりない機材を閉鎖予定の研究室からかき集めたのである。研究室の閉鎖が決まると、大学のメールに通知が届く。わたしたちはその通知に目を光らせた。ピペットやボルテックス・ジェネレーターなどのまだ使える実験器具のほとんどは、その研究室の学部生たちが持っていってしまうことが多かったが、それでも有用なものをいくつか入手できた。大切なのはとにかく現場に早くたどり着くことだった。実験の途中ですべてを放り出して、実験用のカートを引いてキャンパス内を走りまわる日も少なくなかった。まるで『スーパーマーケット・スウィープ』［アメリカのテレビ番組で、特設スーパーマーケット内でクイズや商品発見等を競うチーム対抗のゲームショー］のようだった。研究室に到着すると、ふたりで手分けして棚や戸棚からガラス器具、古い白衣、手袋の箱、ピペットチップ、シャーレ、試験管ラックなどを取り出して、洗ったり修理したりできるものはできるだけ早くカートに積み込んだ。白衣は漂白剤で二、三回洗い、白衣のボタンが取れていれば新たに縫いつけた。自腹を切ってショッピングモールの刺繍屋に持ちこみ、ポケットの上にエメラルドグリーンの糸で筆記体の「クウェイヴ・ラボ Quave Lab」の文字を縫いつけてもらうという、ささやかな贅沢も楽しんだ。

化学棟の廊下には、ほかの研究室から廃棄された壊れた機材が山積みになっていた。ケイトとわたしは化学機材を求めてそこに行くたびに、まだ使えそうなものはなんでも手にとってみて、壊れた遠心分離機、ボルテックスミキサー、ソニケーター（超音波破砕機）、加熱水槽などを研究室に持ち帰った。もちろんふたりとも修理のしかたはわからなかったが、修理できる人を知っていた。

フルタイムの集合住宅のメンテナンスの仕事を終えると、マルコは研究室にやってきて、わたしたちが見つけてきた機材を修理してくれた。電気コードやヒューズを交換するだけで使えるようになることもあれば、大きな機械のネジを一本ずつはずして分解し、小さなモーターを掃除して組み立て直すこともあった。こうして掘り出し物を修理することで数万ドルも節約することができた。子供の頃、父親が廃品置き場で見つけた部品を使って重機のエンジンを分解して組み立てるのを見ていたことが役に立ったのだ。「カントリーボーイは生き残ることができる」（そしてカントリーガールも生き残ることができる！）とボセファス（別名ハンク・ウィリアムズ・ジュニア）が歌っていたように。

わたしとケイトの研究室は順調に進みはじめていたが、エモリー大学にはわたしの研究活動を支える大きな核となるサービスが欠けていた。つまり、植物標本室《ハーバリウム》である。周囲に聞いてみると、植物標本室はあるという話だけれども、どこにあるのか、担当者が誰なのかを知っている人はいなかった。そこで、エモリー大学の生物学部長に連絡を取り、どうすれば植物標本室のコレクションを復活できるかを探ることにした。

生物学部長は立派な灰色の口ひげが目を引く長身の男性で、不機嫌そうにわたしを見おろしながら、植物標本の作業室の鍵を手で探った。部屋のドアには、とくになにか興味深いものがあることを示すラベルも看板もなく、生物学部の研究室がならぶ長い廊下にある無名のドアのひとつに過ぎなかった。守衛室の入り口だとしてもおかしくなかった。

なかにはいると、ほこりと保存植物のかびくさい匂いが、古い博物館の独特の香水のように漂ってきた。部屋は散らかっていて、教務研究室で使われていた壊れた椅子が積み重なり、空の本棚や机が無造作におかれている。二〇年間も放置されたために、ポンペイのように時が止まり、ほこりに埋もれていた。部屋の隅の古い冷凍庫は鈍い音を立てていて、いまにも爆発するのではないかと不安になった。

「ここが作業室です」学部長がいった。そして廊下に出ると、標本室のドアの鍵を開けた。そこには大型の金属製のキャビネットに植物標本シートが保管されていた。「残りの植物はこのなかにあります」と彼はいった。わたしはキャビネットのなかを見ようと、取っ手をつかんだ。その瞬間、取っ手ははずれて落ちてしまった。

次のキャビネットは少し力を入れると扉が開き、なかに短冊状の布が見えた。「水銀に覆われているのかしら」とわたしはつぶやいた。キャビネットの内部を探ろうと手をのばしたが、思いとどまった。棚にぎっしり詰めこまれた——ぎゅうぎゅう詰めだった——標本フォルダーが傷んでいないか心配になった。

「おそらく、虫除け用の有毒な薬がたっぷりはいっているでしょうね」学部長が答えた。

「この標本の使い道は決まっているんですか」わたしは学部長に尋ね、自分の研究のために機能的な標本が必要であることを説明した。

「去年、あやうく手放すところでした」と彼は答えた。「ジョージア大学が引き取るといってくれたんです。ここにはもう植物学者がいないので、誰も使っていません」

「わたしが学芸員としてお引き受けできますが」わたしは断られるのを承知で申し出た。

「ええ、かまいませんよ。ただし、予算がないのでご自分でなんとかしていただくことになります」学部長が答えた。

こうしてわたしはエモリー植物標本室《ハーバリウム》の室長兼学芸員になった。誰もほしがらず、誰も使わないコレクション。それを管理する資金もないときた。なんとすばらしい。

植物標本室《ハーバリウム》という言葉を聞くと、熱帯植物が生い茂る温室を思い浮かべるかもしれない。だが、ハーバリウムはどちらかというと図書館のようなもので、本棚のかわりに、乾燥させて無酸紙に接着した植物標本が山積みになっている場所だ。要するに、植物標本室は自然史の収集物の一種であり、ある時代に、ある地理的な空間で発見された植物の状態をそれぞれの標本シートが示している。植物標本は生命の記録であり、植物学、生態学、気候変動研究、民族植物学、そしてわたしの場合は医学の分野にわたる研究に不可欠なものといえる。

研究室と同じように、植物標本室のがらくたをかたづけて、壊れていない椅子や家具、修理して使えそうなものを探した。紙の記録はごくわずかで、無造作におかれた書類棚からはほとんど情報が得られなかった。標本のはいったキャビネットをひとつずつチェックして、何千枚もの壊れやすい標本シートを一枚ずつ整理しなければ、コレクションにどれくらいの数の、どれくらいの種類の標本があるのかもわからないし、説明書きや植物名の根拠となるきちんとした資料があるのかどうかさえわからない。長年勤めている環境科学の非常勤教授から、ジョージア州南部の歴史的に重要なコレクションがあるかもしれないとは聞いていたが、わたしが得られた情報はそれしかなかった。図書館で大学のアーカイブを調べてみると、植物標本室は一九四九年に生物学部長によって設立され、その妻が初代のコレクション・マネージャーを務めていたことがわかった。ひょっとしたら、このコレクションには豊かな歴史があり、秘密の宝物が見つかるかもしれないと思った。さらにくわしく知るためには、植物系統学に精通し、植物標本のコレクションを愛する植物学者を見つけて助けを借りなければならない。

だがその前に、その学者を雇う資金を調達しなければ。

何日もかけてキャビネットのなかを探しまわり、わたしはジョージア州の歴史と関連の深い特別な植物標本のコレクションを発見した。エモリー大学の慈善資金調達チームの協力によって、わたしたちの活動を支援するために二五万ドルを寄付してくれる匿名希望の慈善家と出会うことができた。わたしは、歴史的な関連性に重点を置きながら、コレクションを全面的に再生することを提案した。これは壮大な計画で、何年もかかるだろうが、二万点を超える標本を長期にわたって保存するために取りうる唯一の方法だった。そのためには、標本管理計画をアップデートして、除湿機を設置すること、温度を下げて標本を冷却・乾燥させること、金属キャビネットを修理して有毒な水銀の内張りを取り除くこと、害虫駆除剤をより安全なタイプに変えることといった、新たな環境管理をおこなう必要がある。植物標本のコレクションは虫の害を受ける可能性があるが、二〇年間も放置されていたにもかかわらず、水に濡れたり虫がついたりしていなかったのは幸運だった。

全米科学財団が支援するトレーニング・プログラムiDigBioは、ハーバリウムをはじめとする自然史コレクションのデジタル化（写真撮影とデータ入力）に特化したプログラムである。わたしはiDigBioを通じて、ジョージア大学とバルドスタ州立大学でおこなわれた数多くのトレーニング講座を受講した。その際にほかの学芸員と交流し、コレクションを管理するための最善の方法を学んだことは非常に役に立った。最初から作り直す必要はなく、正しいやり方を習得するだけでよかった。

当時は不可能ではないかと考えられていたことだが、わたしは標本をひとつずつ手作業で補修し、注釈をつけてデジタル化することを提案した。寄付金で得た資金で植物学者のタランガ・サマラクーン博士を雇い、日々の作業を監督してもらった。彼女は分類学的な手法に精通し、細部にまで目を配り、学生や研修生との関係も良好で、この仕事に最適任だった。

その後、クラスや地域社会から週に一〇時間から一五時間、コレクションの作業をしてくれるボランティアをできるだけ多く募った。彼らは、標本を無酸紙にていねいに貼り付け、収集した場所と年、植物名、収集家名をオンラインデータベースに入力し、標本シートの高解像度デジタル画像を撮影する方法を学び、そのすべてを「南東地域の専門知識とコレクションのネットワーク（SERNEC）」のウェブサイトにアップロードした。この作業が完了すれば、世界中の人々がこのウェブサイトを通じて、コレクションを教育に利用できるようになる。特定の植物種——たとえばイタリアのめずらしい固有種や、アメリカで絶滅の危機に瀕している植物などを探している人は、ボタンをいくつかクリックするだけで、それを見つけることができる。高解像度の画像と、収集日や収集場所などの注釈付きデータにより、研究においても教育においても価値の高い資料になった。まるで植物のアレキサンドリア図書館のデジタル版を自分たちでつくりあげたようなものだ！

二〇一三年の秋、わたしは実験室に座ってノートパソコンに向かい、エクセルシートに打ちこんだ、クリの葉の酢酸エチル抽出成分224Cに含まれる何百種類もの化合物の分子を調べていた。それまでの数年間、共同研究者のアレックスとともに、クリの葉の抽出成分がブドウ球菌細胞のクオラムセンシングを阻害し、ブドウ球菌細胞による組織を破壊する毒素の放出を効果的にはばむ能力について研究を進めていた。

どの植物も驚くほど複雑だが、クリも例外ではない。わたしの仕事は、クリが示すクオラムセンシング阻害能力の原因となる化合物を見つけることだが、それは干し草の山から針を探すのに等しい。いま、わたしが調べているのは、クリの葉に含まれる各分子の質量——つまり分子を構成する炭素、窒素、酸素、水素などの原子量の総和――である。計測された質量は分子によって異なり、当然、構成原子も異なってくる。現代の質量分析ツールによって、非常に小さな分子、非常に複雑な化学混合物の状態からも正確な質量を計算できるようになった。その測定値を利用して、化学データベースの既知の化合物とほぼ一致するものを探す。このようなプロセスを経て、この薬用植物の化学構造を解明していくのである。

クリの研究に関するＮＩＨの多額の補助金にくわえ、わたしはいくつかの少額の補助金も獲得し、博士研究員を雇い、研究室の備品を補充できるようになった。こうして、釣りの名手であり、アウトドアと植物由来天然物を愛するジェームズ・ライルズ博士が、小さな研究グループ初の博士研究員となった。わたしがコンピュータに向かっているあいだ、ジェームズはケイトに、高さ六〇センチのシリカゲルカラムを化学実験用ドラフトチャンバーのなかにセットする方法を教えている。ジェームズ、ケイト、そしてわたしだけの研究グループは、この一年で少しずつ大きくなった。わたしの講義を受講し、実地の経験を積むために研究室でインターンとしてボランティアをしてくれる学生も数人いる。ジェームズは、長いガラスの柱をクランプで固定して、粘調なシリカ懸濁液《スラリー》を流し入れ、白い固体微粒子を含む懸濁液がガラス柱内に密に詰まるよう、溶液をくわえていく。次に、クリの抽出成分である濃い緑色の粉末を入れて、シリカにしみこませる。さらに、極性の異なる溶媒を粉末の上にそそぐと、色のついた帯が順番に下におりてくる――それぞれが異なる化合物群であり、一定の速度でゆっくりと滴り落ちる液を回収する。

わたしはイタリアでの採集旅行から戻ったばかりで、乾燥した葉を真空パックにして箱詰めしたものを研究室に送っていた（このときの荷物は迷子にならなかった）。わたしたちはその葉を細かく砕いてアルコールに浸し、ろ過した濃い緑色の液体を乾燥させて、抽出成分224を作成した。これは二二四番目の植物抽出成分で、順調に増えている化学ライブラリーは冷凍庫に保管されている。精製した抽出成分のテストを繰り返すたびに、メチシリン耐性黄色ブドウ球菌（MRSA）の細胞モデルのクオラムセンシング能力に影響を与える化合物の特定に近づいていった。

しかし、研究は思ったほど早くは進まなかった。それに、クリ以外の採集物についても調べたいことがたくさんあった。要するに、共同研究者に頼るのではなく、自分たちで微生物学的な研究をおこなえるスペースを確保しなければならない。植物化学とはまったく異なる設備や環境管理が必要だった。

わたしはおもに抗菌薬耐性に関する募集に注目し、全国の微生物学教室の終身在職権のある准教授の求人に懲りずに応募を続けていた。だが残念なことに、手ごたえはいっこうにない。電話がかかってくることも、対面での面接の誘いがくることもなかった。わたしが勤めているヒューマンヘルス研究センターは学部ではないので、終身在職のポジションは得られない。大学にとどまるためには、大学内に終身在職のある学科を見つけ、その学科とのスプリットアポイントメント［教員の雇用を複数の学部や機関でシェアすること］を維持しなければならない。

わたしは、なにかまちがえたのだろうか？　きっと応募の際になにか重大なミスをしたにちがいない。なにしろ、最高の研究助成金という類を見ない栄誉を得ていたのだから。それは、ほとんどの場合、必要な機材を購入する何十万ドルもの立ち上げ資金、大学院生が出入りする研究室、少ない授業時間、優秀な人材など、終身在職の地位によって得られるものに支えられながら、何年間も教授職についたあとに初めて受賞できるものだった。NIHのR01助成金を獲得した人の多くは、獲得に必要な強みをすべてかねそなえていたが、わたしにはなにもなかった。ただひたすら自分の道を切り拓くことによって助成金を獲得してきた。その助成金は切り札のはずだったが、わたしは異端であり、わたしの研究領域は異質だった。わたしは典型的な候補者ではなく、そうなるためにわたしにできることはなにもなかった。だから、わたしはなにもまちがったことはしていなかったのかもしれない。ただ、人々が求めているものにふさわしくなかったのである。

ところが、それまで何度もあったように、意外なところから道が開けた。わたしは研究室で教え、働くかたわら、エモリー大学のビジネスとテクノロジーの研修プログラムを活用していた。このプログラムの目的は、科学の世界に起業家の道筋をつけることに関心を持つ教員や研究者を支援することで、わたしはそれがファイトテクを軌道に乗せるための足がかりになるのではないかと期待していた。研修プログラムの参加メンバーのひとり、医学博士で皮膚科医のジャック・アービザー博士は起業家精神と天然物への愛情を持つ人物だった。わたしたちは意気投合した。ある日キャンパスで偶然会ったとき、彼がわたしにいった。「きみに会わせたい人がいるんだ」

数週間後、わたしは大学構内の研究室を出て、病院本館から少し離れたクリフトン・ロードにある大きな医学部棟に向かった。驚いたことに――なんとか平静を装おうとしたが――その会合はたんなる顔合わせや挨拶ではなかった。なんの事前準備もないまま、エモリー大学の皮膚科の主任教授ロバート・スワーリック博士と副主任教授のスエフィ・チェン博士との採用面接を受けることになったのである。わたしはジーンズにTシャツ、スニーカーというカジュアルな格好だったが、彼らはスーツ姿だった。

その場の空気に慣れて緊張の糸がほぐれると、会話がはずんできた。彼らはわたしの研究に興味を示した。わたしはクリの葉にひそむクオラムセンシング阻害物質の探索について熱心に説明した。サヒールとの特訓で経験したプレゼンの高揚感に包まれていくのを感じた。

「わたしたちの研究では、精製したクリの葉の抽出成分224C－F2が、すでに知られている四種類の発現調節遺伝子（agr）において、用量依存的にシグナル伝達を抑制させることがわかっています。しかも、それはブドウ球菌の増殖抑制をともないません。つまり、抗生物質耐性に関係なく、すべてのブドウ球菌株の病原因子の生成を停止させることができるのです」わたしは彼らに説明した。

わたしはシグナル伝達システムのモデルを紙に書いて、そのプロセスをブロックすることで、細胞が仲間にかこまれているのではなく、自分しかいないと「思いこませる」ことができると説明した。「細胞同士がお互いの存在を感じられなければ、異なる挙動をします。そうなれば、わたしたちに有利になるのです。こう考えてみてください。もし、ブドウ球菌細胞が犬だとすると、224C－F2は犬の歯を取り除いてくれます。歯がなければ、噛まれても問題はありません。細胞が体内にあっても、攻撃したり防御したりすることはできません。ですから、免疫システムや抗生物質を用いた治療に対して、より脆弱になる可能性があるのです」

「このイノベーションによって、将来治療が可能になる病気の種類について考えたことがありますか？」チェン博士が尋ねた。

「はい。ブドウ球菌の毒素はじつに多くの感染症に関与しています。皮膚や軟組織にかぎって考えても、膿瘍、熱傷皮膚症候群、感染性創傷、壊死性筋膜炎など、さまざまな選択肢があります」

「アトピー性皮膚炎について検討したことはありますか？」スワーリック博士が尋ねた。「ブドウ球菌はアトピー性皮膚炎患者の病巣に、大量にコロニーをつくることが知られています」

わたしは、アトピー性皮膚炎について基本的なことは知っていたが、ブドウ球菌がどの程度関与しているかについてはじゅうぶんに理解していなかった。わたしは興味をそそられた。「アトピーを標的疾患にする可能性については、あまり考えていませんでした」そのあとにいうべきことはわかっている。「ですが、くわしく知りたいと思っています」

面接の途中で「ご希望の数字は？」と聞かれた。わたしは黙った。頭が真っ白になって、なんと聞きなおせばいいのかさえわからない。給料のことだろうか？　研究室の立ち上げ費用のことだろうか？　あるいはその両方なのか。わたしは、わずかなビジネス・トレーニングから「最初に数字をいわないこと」を学んでいたので、すぐには答えず、最後に「のちほど連絡します」と小声でつけくわえた。

彼らは、皮膚科学教室の研究部門で、臨床に重点をおいた領域を充実させたいと考えていた。そして、皮膚微生物叢《マイクロバイオーム》とその関連疾患（湿疹やにきびなど）において、わたしの仕事が「橋渡し研究」になる可能性を高く評価した。

わたしはずっと前から、皮膚や軟組織の感染症に対する薬草の局所使用には興味があったし、イタリアでおばさんたちに教わった治療法の大半もそれだった。わたしはずっと微生物学にばかり注目していたので、皮膚科学の分野で職探しをしようとは思ってもいなかった。皮膚科であれば、臨床医学の先生たちと協力して植物抽出成分の治癒力を評価する際に、宿主側、すなわち皮膚をよりくわしく検討することができる。

「正式な面接を受けに来ませんか？　学部セミナーの開催と学部長との面接があります」チェン博士が尋ねた。

考えれば考えるほど、わたしはそのアイデアと、その先に広がる橋渡し研究の可能性に惹かれた。

それから九か月後の二〇一三年一一月、わたしは自宅のドアを開けると車のキーをカウンターに放り投げ、黒い厚底のドレスシューズを蹴って脱ぎ捨てた。その日は、研究室でいつも着ていたジーンズとTシャツから、黒のペンシルスカートとボタンダウンのビジネスシャツに着替えて新しい仕事に臨んだのだ。マルコはキッチンで薄切りのズッキーニと千切りのニンジン、モッツァレラチーズ、トマトソースを使い、おいしい野菜ラザニアをつくっていた。ポータブルスピーカーからは、一九七〇年代のイタリアのシンガーソングライター、ルチオ・バッティスティの甘い歌声が流れている。

「初出勤はどうだった?」

「そうね、ばか野郎《アスホール》がたくさん」わたしは答えた。疲れきったわたしが部屋の隅の丸椅子にどすんと腰をおろすと、マルコはサンジョベーゼの赤ワインを注いだグラスを渡してくれた。

「きみは皮膚科がすごく気に入ってるとばかり思ってたけど」マルコがいった。

「もちろん、皮膚科は大好きよ。みんなすばらしい人ばかりで歓迎してくれたわ! それに、ケイトとの微生物学研究室の立ち上げも順調に進んでいるの。『アスホール』は文字どおりの意味でいったの。今朝の症例検討会で、肛門《アスホール》の皮膚疾患の画像がいやというほど出てきたのよ」とわたしは説明した。

皮膚科の教員と研修医は、月に数回この会議に出席することになっており、専門家が皮膚科のさまざまなトピックについて症例やデータを発表した。わたしは二年前から客員准教授として教授会や研究会には出席していたが、医学部の教員として出席するのは今回が初めてだった。早朝から無料のベーグルとフルーツサラダを食べながら、陰部の皮膚に発生する疾患の生々しい医学的な画像をいやというほど見せられたのだ。

皮膚科准教授という新しい肩書きを持つ自分がどうしてこのセミナールームにいるのだろうと思いをめぐらせ、深刻な詐欺師症候群と闘ったあとで、ようやく、皮膚病変のさまざまな色や形、感触についての研修医たちのプレゼンのすばらしさを味わえるようになってきた。彼らの言葉は、蒸し暑いマイアミでさまざまな葉や花の形、手ざわり、色を観察した午後の植物学の授業を思い起こさせた。用いる原理と用語は同じで、調べる対象が葉から皮膚に変わっただけだ。わたしはこの学科での新たな研究協力の可能性に心を躍らせた。

数か月にわたる大学と医学部の交渉の末にわたしがむすんだ契約は、スプリットアポイントメントだった。わたしは、大学のヒューマンヘルス研究センターでふたつの学部の講義を担当し、医学部の給与の四分の三をまかなうための研究助成金を募ることにした。この役職によって、設備や備品購入の資金が提供され、昇給も決まった。なにより重要なのは、わたしが開発した植物抽出成分の薬理学的な可能性を精査するために、微生物学とヒト細胞培養の実験に必要不可欠な研究室が得られたことだ。こうして、わたしはキャンパスの両サイドに研究室を持つことになった。ひとつはファイトケム（植物化学《ファイトケミストリー》の略称。生物活性植物抽出成分の化学組成を研究する米国農務省認定の検疫施設で、世界中から植物標本の輸入が可能になった）、もうひとつはマイクロ（微生物学《マイクロバイオロジー》の略称。多剤耐性感染症に対する化合物とヒト皮膚細胞に対する安全性の検査をおこなう）と命名した。当時は気づいていなかったのだが、この契約には、ほかの大学の科学教授と同じように教壇に立つことにくわえ、医学部の科学教授のように助成金で給与の大部分をまかなうというプレッシャーにさらされるという難点があった。要するに、わたしは両方の世界の良いところと悪いところを手に入れたことになる。ついに、わたしの研究プログラムの三つの核——植物化学研究所、微生物学研究所、植物標本室——がそろった。そして、その三つの核は、感染症や炎症性疾患の伝統薬物療法に用いられる植物の薬理学的可能性を探るために、第一線の研究グループをつくるというわたしの使命とビジョンの鍵だった。

それは通常とは異なる経路なので、速く泳がなければ、ルンフィウスの原稿を積んだ船のように沈んでしまうとわかっていた。

# 第3部　医療

# 第9章 海のキャベツ

わたしはよくこんな質問を受けます。とくに女性から、家庭と科学者の仕事をどうやって両立したのですか、と。ええ、それはけっしてたやすいものではありません。

——マリー・キュリー『自伝*』（一九二三年）

二〇一七年七月、わたしは小さな港の四角いコンクリート製ドックに立った。午前も午後も、車をいっぱい積んだフェリーがここから出航する。透きとおった青い海が、朝のまぶしい光を受けてきらきら反射している。地中海のゆるやかな波に揺られて上下する、白と青緑色の釣り船。石畳の道には、船と同じ青で縁取りされた白壁の家が連なる。わたしはサングラスをかけ、顔をあげて、村のはずれから島を見おろしている山をほれぼれと見あげた。

わたしはイタリアのマレッティモ島——シチリア島西端の都市トラーパニの西沖に浮かぶ離島——に来ている。同行のメンバーは、マルコと三人の子供、エモリー大学薬学部の大学院生アクラム、地元イタリア・パレルモの共同研究者アレッサンドロ・サイッタ博士（菌類学者でヨーロッパの菌類の専門家）とアルフォンソ・ラ・ローザ博士（博物学者でシチリア植物相の専門家）。この地中海の宝石のような島は、イタリア人が夏休みに好んで訪れ、自然のハイキングや海を楽しむ静かな場所だ。人によっては、ここは生まれ育った場所であり、家族と過ごした場所であり、これからも暮らし続ける場所である。わたしにとっては、抗菌作用のある植物コレクションを充実させるため、野生植物の探査と採集を目的に編成した三回目の国際調査の最終行程にあたる。目ざすものは島の山頂にあり、それはかならず入手するつもりだった。

地中海沿岸地方は、世界に三六か所ある生物多様性ホットスポットのひとつに数えられる。ほかにマダガスカル、インド洋諸島、ポリネシア、東メラネシア諸島、コーカサス、熱帯アンデス、ヒマラヤ山脈、ニュージーランド、南アフリカの角（ケープ地域）などがある。生物多様性ホットスポットとは、地球でもっとも生物学的に豊かな場所であると同時に、陸上生物が急速に破壊されている地域のことをいう。地球上のほかの地域では見られない植物の固有種が最低一五〇〇種生息している一方、原生の植生の少なくとも七〇パーセントが（多くは人間の手による開発で）失われている場所がホットスポットと認定される。[1] 地球上の全植物のじつに四四パーセントが、陸地の二・三パーセントにすぎないこのホットスポットに集まっている。[2] ここを調査地に選んだことについては、同僚たちにからかわれたりしたけれども――地中海の神秘の森で夏を過ごせるなんていいなあと――この選択にはちゃんとした根拠がある。まず、有用植物の宝庫であること。したがって、創薬の足場となる有用な新化合物を発見する可能性がもっとも高いことがあげられる。遠征を重ね、国際的な協力関係を深めながら、わたしたちのチームは三六のホットスポットのうち八か所からサンプルを採集し、少しずつ研究室の植物抽出成分のコレクションを増やしていった。

はかりしれない可能性を秘めたこれらの天然資源が、気候変動や生息地喪失、薬草売買のネットワークによる乱獲など、増大する危機によって永久に失われる前に採集を急がなければならない。[3] 二〇二一年一月現在の世界の人口は七八億人。そのうち八〇パーセントの六二億人が経済発展途上国で暮らしている。薬用植物は、おもな発展途上国で暮らす人々の七〇〜九五パーセントにとって、基本的な薬の材料になるものであり、または基本的な薬そのものだったりする。[4] つまり、少なくとも四〇億の人々が植物を薬として頼っているのに、だいじな薬箱の中身はどんどん手に入らなくなっているのだ。

大切なのは新薬の発見だけではない。何十億という人々が医療に利用する薬草の安全性や有効性についての理解を広めることもまた、重要な仕事である。研究室用のサンプルを集めるほかに、わたしたちのチームは、地域コミュニティや文化団体と密接に連携し、受け継がれてきた知識を、それらが永久に失われてしまう前に少しでも記録に残すようにしている。

二〇一四年に発効した名古屋議定書と遺伝子資源の利益配分の目的は、遺伝資源の利用から生じる利益を公正かつ公平に配分することにある。これにより、各国が自国の遺伝資源や伝統知識に関連した経済的利益を共有できるようになる。しかし、遺伝資源の利益配分は、発見がお金になる（運よくそうなるにしても何年もかかる）ずっと前の時点からスタートする。スタート地点は、参加するコミュニティと倫理的にかかわること、知識を提供してくれる個人の同意を確保すること、得た知識を利用しやすい形で還元することだ。多くの場合、治療師たちは自分たちの知識の保全だけでなく、研究結果も教えてほしいと願っている。また、自分たちの文化で世代を超えて受け継がれてきた薬を現代科学のレンズを通して見た場合、どんな有効性があるのかも知りたがっている。

わたしたちの国際的な研究調査でもっともよい成果をあげたのは、ホスト国の科学者たちと連携しておこなったものだった。植物に関する伝統知識を保護・尊重するだけでなく、学生交換、トレーニングの機会、共同助成金、出版物などへの投資を通じて、各国の研究能力（施設整備やトレーニング支援も含め）の構築に貢献した。シチリア島での調査も例外ではない。

エーガディ諸島《イゾレ・エーガディ》（エガディもしくはイエゲイディアンとも呼ばれる）は、全島をあわせた面積が約三七平方キロ、二〇一七年の国勢調査では人口四二九二人となっている。おもな三つの島[5]（マレッティモ島、ファヴィニャーナ島、レヴァンツォ島）のうち、マレッティモ島――古代にはギリシャ語の「聖なる島《ヒエラ・ネーソス》」にちなんで「ヒエラ」と呼ばれていた――は、シチリア本島からもっとも離れており、もっとも自然が豊かな島だ。昔から養蜂が非常にさかんで[6]、山道を歩くと、蜂が蜜を集めるイブキジャコウソウ（英名ワイルドタイム）やローズマリーのすがすがしい独特な芳香が漂ってくる。

ファヴィニャーナ島はいちばん大きい。歴史的な石灰岩石切り場の奥にある古い、あまり人に知られていない果樹園がすばらしい。石切り場の奥に分け入ると、たちまち神秘的な世界に迷いこんだような気分になる。地上からのびる使い古した木の梯子を登れば、かつて採掘夫が石灰砂岩の重い石板を運んだ峡谷や洞窟が連なる場所に出る。渓谷には日の光が差しこみ、甘くみずみずしい実をつけたさまざまなイチジクや、熟した実がたわわにみのる柑橘系の木がかぐわしい香りを漂わせている。

いちばん小さいレヴァンツォ島にも、人に知られていない場所がある。ここには牧草地のほかに、断崖や岩だらけの丘陵があり、一六〇〇年代は一〇万本近くのブドウの木に埋め尽くされていたが、いまはそれほどの規模のブドウ栽培はおこなわれていない。なによりも、乾燥したオオウイキョウ（学名フェルラ・コンムニス *Ferula communis* セリ科）の茎が林立する牧草地が目を引く。このあたりでは木材があまり手に入らないため、地元ではいまもこの大きな多年草を家具の材料に使う人がいる。秋になって雨がふると、この多年草の幽霊がとりかこむ地面に、突然エリンギ（学名プレウロタス・

エリンギイ変種フェルラエ *Pleurotus eryngii var. ferulae* ヒラタケ科）が大量発生する。この島でとれるいちばんおいしいキノコといわれている。

わたしたち八人はマレッティモ島で、今回の遠征の最後の採集に取りかかった。眼目は、高地の岩だらけの斜面に生える特別な低木、ジンチョウゲ科のダフネ・セリケア（*Daphne sericea*）である。このダフネ・セリケアなどのジンチョウゲ（ダフネ）属は、昔から淋病から外傷、マラリアまで、あらゆる治療に使える伝統薬として使われてきた。[7]

フィールド調査の一環として、わたしは大学院生のアクラムとともに年長の男性たちから話をきいた。そのなかのふたり、アルベルトとジョヴァンニは、昔は漁師をしながら自分の土地で農業もしていたが、いまは隠居の身である。わたしたちは港のそばの小さな広場の日陰に腰かけ、彼らが手を前後に動かしながらもつれた網をほどき、慣れたようすで縫いあわせていくのをながめた。一時間以上、笑いあいながら昔の話を聞かせてもらう。了承を得て、アクラムがビデオをまわしていたので、取材のあとも走り書きしたイタリア語のメモと見くらべながら再生したり、ときどき止めて強いシチリアなまりの言葉の意味を確認したりできた。アクラムには語学の才能があり、三か国語をマスターしている。地元の植物の名前も方言の言いまわしもあっという間におぼえたが、夕食のときはリラックスしたいと英語で話したがった。彼を見ていると、ずいぶん昔、はじめてフィールドに出た頃のことを思いだす。洪水のように襲ってくる新しい情報のかけらに夢中になりながらも、疲労困憊したものだ。

「わしが子供の頃は」八〇代のアルベルトが思い出話をはじめた。「この島は、あんたなんか想像もできないようなうまい果物であふれていたよ」横にいたもうひとりも、うんうんとうなずく。手をあげて、いまはマツが生えている、岩壁に区切られた段々畑を指さした。「あのマツは、昔はなかった。どこの家でもブドウ畑かオリーブ畑か果樹園をやってたな」

「どんな果物を育てていたんですか?」わたしは訊いた。

「果物といってもいろいろあるが、あんたが想像つかないほどでかいネクタリンとかな」アルベルトはそういって、目を閉じ、にっこりした。「海の上にいてもそばを通ったら匂いがしたもんだ。でも、いまはもうつくっていない」ため息をつく。「マツの葉のせいで土地がだめになっちまったんだ。あそこじゃもうなにも育たない」

取材をするといつもこのテーマにぶつかる——政府の政策が長期にわたって予期せぬ結果を生みだす例だ。第二次世界大戦があり、何年も続いて島民が島を出ていったりして、土地を耕す人が減り、果樹園は荒れてしまった。政府主導の計画は、当時としてはかなりの額と思われるものを人々に支払って、自分の土地にアレッポマツ(学名ピヌス ハレペンシス *Pinus halepensis* マツ科)を植えてもらい、それによって地域の森林を復活させるというものだった。マツの植林計画は成功したが、島の農業はだめになった。世界中でひろまった緑化運動は気候変動や森林伐採に対抗する手段としてもてはやされたが、たったひとつの種を植えても森は生まれない。この単一植林がもたらした生物多様性の欠如は、森の生態系にとっても、森を有用な資源——食料、薬、材木、燃料、そのほか貴重なもの——の供給源として頼る人間にとっても、好ましいものではない。[8]

エーガディ諸島の住民にとっても、収入源のひとつが消えた。その結果、島は観光に力を入れ、観光客が夏のあいだに落とす金で年間の暮らしを支えるようになった。

「野生植物について教えてください」わたしは男性たちに尋ねた。「子供の頃、野生の植物を食べたり、薬にしたりしましたか?」

「ああしたよ。でももうしないな」アルベルトが答え、ほかの人たちも全員うなずいた。「昔は、畑仕事のついでによく摘んだもんだ。もう畑はないし、野生の薬草もいまじゃそうそう見つからない」

「でも、村の近くに薬が生えてる」ジョヴァンニがいって、川のそばの丘を指さした。「カヴォロ・マリノがあそこに生えてるよ」

カヴォロ・マリノは「海のキャベツ」という意味である。ヤセイカンラン、つまりアブラナ科の植物のひとつだろう、とわたしは思った。地元の呼び名のむずかしいところは、その名前がコミュニティや地域によって異なる種をさす場合があることだ。民族植物学では、同一性を確認し、学名を特定することが重要になる。

「どんな植物かくわしく教えてくれますか?」わたしはきいた。「どんな形? 匂いは?」

葉は薄い緑で、黄色い花が咲き、黄色い「乳液」が出て、海のそばを好むのだという。わたしは好奇心をそそられた。キャベツの仲間(アブラナ科)は「乳液」や乳状液を出さない――ましてや黄色い乳液は。けれども、トウダイグサ科とケシ科なら色のついた乳液を出す。

「カヴォロ・マリノはなにに使うんですか?」

「ころんでひどいあざをつくったときだ」――アルベルトが自分の腕を片方さし、ころんだときのように痛そうなしかめっ面をつくった。「塩をまぜてつぶして、それを布でくるんであざにあてる」

話の途中で、村の通りからにぎやかな子供の笑い声と犬の吠え声が広場まで聞こえてきた。集団の真ん中に、ドネートとベラ(一一歳と九歳になっていた)がいて、村の子供たちとイタリア語で会話しながらサッカーボールをパスしあっている。それを犬たちが追いかけてボールに食いつこうとしていた。犬はどこのうちの犬でもなく、でもみんなの犬で、残飯をあさって丸々と太っていた。

「マンマ、グアルダ・クエスト！（ママ、見て！）」ドネートがこっちを見てとわたしに叫び、サッカーボールを膝で上手にリフティングしてみせた。できるようになったので自慢したいのだ。ドネートは父親似で、父親と同じこげ茶色の髪とオリーブ色の肌をしている。娘はわたしに似て色白だ。ベラはみんなから離れてこちらにやって来ると、わたしの膝に乗った。くしゃくしゃになったブロンドの巻き毛に挿した野の花から香りがする。「マンマ、ミ・ダイ・ウン・ポディ・ソルディ・ペル・コンプラーレ・ウン・ジェラート？（アイス買うお金くれない？）」甘えた声でいう。「ダイ、ペル・ファヴォーレ？（ねえ、お願い）」ファヴォーレ（お願い）が五秒くらい続き、手をあわせて懇願するような仕草をした。子供たちは言葉だけでなく、南イタリアのジェスチャーまでマスターしたらしい。だめといえるわけがない。何枚かユーロ硬貨を取りだす。ベラはありがとうとわたしに抱きつくと、すぐに兄のところへ走っていき、ハイタッチをかわして、アイスクリームとパティスリーの店に向かって石畳の道をうれしそうに駆けていった。

マレッティモ島は、研究チームにとっては、興味深い植物の種があふれ、深く知りたい古くからの知識がふんだんにある理想的な場所だったが、子供たちにとっては、毎日が夏の最高の一日といえるような場所だった。友だちと一日中自由に遊びまわれて、交通事故の不安もない。アトランタでは、マルコもわたしもこんなに野放しにはできなかった。イタリアやフロリダの田舎でのびのびと過ごした、自分たちのような子供時代をわが子に送らせてやれないのを残念に思っていた。けれども、ここではなんの心配もいらない。村のどこにいるか知りたくなったら、どこにでもいる目ざといおばさんたちが、あっちへ行ったよといつでも教えてくれる。子供を育てるには村にかぎる。

アクラムと取材に出かけているときは、マルコが四歳の末っ子と一緒にアパートに残り、集めた植物の処理、仕分け、裁断、乾燥、船で研究室へ送るための荷造りをしてくれた。わたしたちは末の子に、わたしたちがふたりとも好きな作曲家ジャコモ・プッチーニとイタリアの伝説的人物ジャコモ・カサノヴァにちなんで、ジャコモという名をつけた。この名が示すとおりなら、ジャコモは音楽と美女をこよなく愛する人になるかもしれない。

ジャコモが海外に行くのは今回がはじめてではなかった。ジャコモは、わたしがテニュアトラック(終身在職権を取得するためのコース)の仕事をはじめた年に生まれた。生後半年になる頃には、彼のパスポートは一緒に旅行した国のスタンプでいっぱいになっていた。植物をさらに集めるために戻ったイタリア。国立センターで植物療法と伝統医療のコンサルタントをしたアラブ首長国連邦。経済植物学会の年次総会に連れていったイギリス。ロンドンの空港では国境警察官からきびしい質問を受けた。学会に乳幼児を連れていくことが理解できなかったらしく、入国の目的は別にあるのではないかと疑っていた。これにはカチンときた。科学者だって、子供づれで仕事に行かなければならないときもある。どうしてそれがわからない?

小学生の子供ふたりの学童保育と新たに生まれた赤ん坊の保育費で、マルコとわたしの共働きの収入はあっという間に消えることがわかった。同時に子供たちと過ごす貴重な時間も失っている。わたしたちは話し合い、ジャコモが学校に通うようになるまでマルコは仕事をやめることにした――子供たちと祖母の世話のために二四時間家にいることにしたのである。そのうちにわたしの仕事が軌道に乗りはじめた。経済的にはきびしかったが、アトランタにいるときも、今回のような恒例の夏のフィールド調査に行くときも、いちばん必要なときに柔軟に対応できる黄金期だった。お金でははかれない価値といえる。

マレッティモ島では、昼食をとったあと、真昼の暑さから逃れるために岩だらけの道を下って海岸まで行き、毎日地中海で泳いだ。黒い小石がならぶ波打ち際でジャコモがおもちゃの船で水遊びをするのを、マルコと交代で見守る。それから、どちらかがシュノーケルとマスクとフィンをつけ、水中カメラを持って、アクラム、ベラ、ドネートと一緒に岸に沿って泳ぎ、優雅なタコや電気クラゲに気をつけながら、澄みきった海のなかをのぞいて魚やウニをさがした。わたしは前にクラゲに刺されていやな思いをしたことがある。触手が腿にふれたのだ。あのときは鉄砲玉みたいに海から飛びだした。運よくいまのところ、子供たちもアクラムもマルコもそんな目にあっていない。

平日は本島のシチリア島で仕事があるアルフォンソとアレッサンドロは、週末になるとフェリーでやって来て現地での植物やキノコ採集に合流し、島から島へ移動した。


その週の終わり、前にアクラムと話を聞いた漁師の人たちと一緒にいたとき、「海のキャベツ」を見つけた。予想したとおり、ケシ科の仲間の黄色いツノゲシ（学名グラウキウム・フラウム *Glaucium flavum*）だった。週末に来た共同研究者の博物学者アルフォンソも同一であることを確認した。わたしとだいたい同じ年の三〇代後半のアルフォンソは、最高のパスタ料理と至福のデザートをつくる天才で、フィットネスマニアでもある。そして、植物の名前にかけては歩く百科事典だった。フィールド調査の当初、見つけた植物の属名だけでなく種名についても立て板に水のようにしゃべりだし、さらには亜種名や命名者名――普通、植物学者の大御所でもあまり気にとめないような、めだたない、ややこしい細部――まで語りだして、あっけにとられたことがある。アパートに戻ってから、イタリアの植物相の本を調べてみたら――案の定――全部あっていた。

わたしは、このケシが地元でどう使われているのかが知りたくなった。このケシには毒があり、食べると脳障害を起こし、死にいたる。アメリカでは、有毒な雑草に分類している地域もある。その一方、いくつかの国では、グラウシン――この植物から抽出される化合物――が咳止め薬の成分に使われたり、幻覚誘発効果があるので快楽を得るための麻薬として服用されたりもする。打撲や痛みに使うという局所療法にどんな科学が隠れているのか、まだ誰も探ったことがなかった。わたしは研究室での調査方法を考えるためにメモをとった。

「島にはほかにもいい薬がある」アルベルトがいった。頭上の、山の中腹に見えるローマ遺跡群を指さす。「遺跡のそばに白い薬草《エルヴァ・ヤンカ》がたくさんはえてるよ」

「いい匂いがする草ですか?」わたしはたずねた。芳香性のツリーワームウッド(学名アルテミシア・アルボレスケンス *Artemisia arborescens* キク科)が、地元でそういう名で呼ばれていることは知っていた。エーガディ諸島のほかの島にも生息し、新生児の沐浴儀式に使われている。

「ああ《スイ》」とアルベルトは答えた。

そろそろ暗くなりかけており、道具を片付け、アパートに帰って夕食にしなくてはならない。「あそこまで見に行きたいわ」とわたしは漁師にいった。「もっと上の、五〇〇メートルぐらいのところにも採集したい植物があるんです」そういって、遺跡の上のはるか山頂を指さした。

「いや《ノ》、いや《ノ》、先生《ドットレッサ》」アルベルトはわたしの義足を見ながら首を振った。「登るのはむずかしい」

「車では?」誰か乗せてくれるだろうと思いながらいってみる。

「無理だな」ふたりそろって首を振った。「でも、ヴァンニが四輪バギーを持ってる。力になってくれるかもしれないな。あいつの事務所は最初の広場にあるよ」わたしは彼らにお礼を言った。明日の朝、ヴァンニと連絡をとってみよう。

わたしが一一歳だった年、父の開墾がうまくいった。その年のクリスマスに、驚いたことに父はベスとわたしに四輪バギーをプレゼントしてくれた。ものすごく速くて最高時速一〇五キロまで出るヤマハブラスターをそれぞれにだ！　ギアは低速に入れておくようにと母に何度も念をおされながら、わたしたちは牛や馬がいる牧場を走りまわって競争し、父が池を掘った土でつくったスロープを飛び越えたりした。ブラスターのおかげでわたしは義足なしでも外で遊ぶことができ、外科手術のあとや断端の感染症のあとの回復期には、またとない気晴らしになった。四輪バギーの運転はわたしにとって第二の天性みたいなものだから、山頂まで行くという難題も解決してくれるだろう。

「チャオ、ヴァンニ」わたしは声をかけた。

ヴァンニはもうわたしのことをよく知っていたので――小さなコミュニティでは話はあっという間に広まる――すぐに本題にはいった。

「四輪バギーは小さい頃から乗っていたの。だから慣れてるわ。あなたのバギーを一日貸していただけないかしら？」

「いや、すまん、ブレーキの調子が悪くて。危なすぎると思う。それに、もし大丈夫だったとしても、行けるのは遺跡までだ。その先は岩だらけだからね」

顔がひきつった。なにか方法があるはずだ！　マルコとアクラムは歩いて頂上まで登れるだろう。でも、どの種を集めればいいか、どんな特徴の植物をさがせばいいか彼らにはわからない。しばらく黙っていたヴァンニが口を開いた。「えーと、ニノに話してみたらどうだい。あいつはロバとラバを持ってる。なんとかしてくれるかもしれないよ」ヴァンニは港のそばのカフェバーを指さした。

屋外席横の店内の壁には、「ラバツアーのご用命はニノまで！」と書いた広告が貼ってあり、下に電話番号が載っていた。その日の昼近く、わたしはカフェバーでニノと会った。ジーンズにTシャツ姿のニノは、こげ茶色の髪をうしろになでつけ、屋外にいることが多いせいでオリーブ色の肌がこんがり日焼けしていた。わたしは島の地図を取りだし、いままで探していたのとは違う種があるはずの山頂を人差し指でとんとんとたたいた。

「ここに行きたいの、ニノ」

「ずいぶん上だな」ニノはそういって頭を振った。「道もけわしい。それに俺は午後のツアーがある」

「朝早くでもいい。夜明け前とか。五時半でどう？　それならそんなに暑くないでしょ、あなたの動物たちにとっても」思いっきり愛想よく笑う。

ニノはしばらく考えた。「何頭必要だい？」

心のなかで数える。自分の往復用に一頭は絶対必要。アレッサンドロとアルフォンソは丈夫だから歩ける。マルコとアクラムも同様だ。山頂に着いたら、証拠標本、DNA、大量の試料、そのほかのあらゆるデータを収集する作業にすぐに取りかかれるよう、用具一式を準備しておかなければならない。山の往復にそれぞれ少なくとも一時間半はかかるとすると、山頂にいられる時間はかぎられている。大人が全員出かけてしまったら、子供たちだけが残されてしまう。子供だけで丸一日村においておくわけにはいかないだろう。一緒に連れていかなければいけない。なんなら、ドネートとベラは採集の手伝いをしてくれるだろうし、わたしたちが作業をするあいだ、ジャコモのお守りもしてくれるはずだ。

「三頭はどう？　いくら？」わたしはきいた。横を通りかかったウエイターにエスプレッソをふたつ注文する。ニノは数字を提示した――四〇〇ユーロ。あきらかに観光客向けの値段で、わたしの助成金でカバーできる額をはるかに超えている。「ちょっと待ってよ、ニノ。わたしたちは科学者で、観光客じゃない。それに、動物たちは午後の楽なツアーにまにあうように返すのよ」ニノは別の金額をいった。もうちょっと安くならないかと交渉し、最終的に二五〇ユーロでまとまった。彼の交渉戦略は見あげたものだ。ファイトテクのビジネスパートナーのサヒールが教えてくれたことがある。交渉をするときはつねに高いところに錨をおろすように、と。


登頂の朝、わたしは自分と子供たちに日焼け止めを塗り、マルコはみんなの水筒を用意して、採集用の道具一式――剪定ばさみ、野冊、袋――を持った。子供たちは朝早く起こされたことをぼやいていたが、これからはじまる山登りという冒険にわくわくしてもいた。ベラは、数か月前から馬に乗りたいとせがんでいたのでなおさらである。まだ暗いなか、道具一式を持って村の通りを進み、レストランの裏にある山道の入口へ向かう。このレスランは「アル・カルーボ」といい、店の入口にある大きな美しいイナゴマメ《カルーボ》の木（学名ケラトニア・シリクア *Ceratonia siliqua* マメ科）が店名のいわれとなっている。村の反対側でそれぞれ別のところに泊まっているアレッサンドロとアルフォンソとアクラムも、すぐに合流した。

ニノはラバを連れてもうそこに来ていた。ベラとジャコモを一頭の鞍に乗せ、鞍の前橋《ぜんきょう》に野冊を縛りつける。ジャコモもベラと同じくらい興奮し、ぽっちゃりした手でラバの首を優しくぽんぽんたたいた。残りの二頭のラバに採集用の道具——剪定ばさみ、収集袋、ノート、カメラ、GPS——を詰めたバックパックをひとつずつくくりつけたあと、それぞれにドネートとわたしがまたがる。ニノも自分のラバに乗った。それ以外の人は徒歩である。はじめのうちは平らな石が敷かれた道だった。海抜二五〇メートルのところにある古代ローマ遺跡と自然の湧き水まで登る道を観光客に楽しんでもらおうと、村が整備したものだ。舗装はされているものの、勾配は急で、どんなに丈夫で壮健でも、歩き組は日が暮れる頃には体中が痛くなることだろう。

ゆっくり登っていく。わたしが先頭で、最後尾がニノ。ときどき振り返って子供たちのようすをチェックする。子供たちは鞍の上でのんびり前後に揺られていて、心配する必要はないらしい。そのとき、一行の後ろから太陽が昇ってきた。これほどすばらしい日の出を見たのはいつだったろう——あかるく輝くオレンジの球が、直接海から顔をだすように水平線からせりあがってくる。

ローマ遺跡のそばの湧き水のところにラバをつないだ。ここには紀元前二世紀の軍事施設の集落跡（地元では「ローマ人の家《カーゼ・ロマネ》」と呼ばれている）や、一一世紀におそらくビザンツ帝国の僧が建てた教会の跡がある。わたしはさっそく、誘うように香るアルテミシア・アルボレスケンス——漁師が「白い薬草」（別名ツリーワームウッド）といっていた植物——を集めにかかった。遺跡のまわりはこの一メートル二〇センチほどの薬草に覆われ、黄色く可憐な花の房や、銀色のフリルのような葉が、早朝の風に吹かれて揺れている。この植物が特定の宗教儀式の聖水や、新生児の沐浴に使う香りとして重宝されている理由が、ようやくわかった。セージや樟脳、心地よいキッチンハーブを思わせる香り。このなかに埋もれて寝ころがりたいという妙な衝動にかられる。こんな香りがする湯気に包まれたバスタブに浸かったら、どれほどゆったりできることか！　ドネートとベラは石造りの遺跡のなかで、崩れかけた壁に手を沿わせたり、通路を走りながらかくれんぼをしたりして遊んでいる。二〇〇〇年前の子供たちもこんなふうに遊んだのだろう。

湧き水のそばに、美しいアザロールホーソーン［サンザシの一種］（別名を地中海メドラー［セイヨウカリン］）（学名クラタエグス・アザロルス *Crataegus azarous* バラ科）の古木がはえていた。生きのいい枝を採集する。とりあえず、湧き水の近くのくすんだ岩の上に作業スペースをつくった。鞍をつけたラバ以外に、わたしたちにはほかにも連れがいた——牝の子馬だ。子馬はよりそうようにわたしに体をこすりつけてきて、思わず心がとろけたが、そのうち、わたしが植物標本用に採集した、とれたてのサンザシの葉をねらっていることに気がついた。近くで見ていたニノが笑っていった。「そいつの大好きなおやつだよ」甘えんぼでお行儀の悪い子だこと！

大急ぎで集めた試料を袋に入れ、おなかをすかせた動物たちに食べられないように曲がった枝のあいだに隠し、山をおりるときに回収して帰ることにした。広かった道は、平らで急な舗装路から、道の真ん中に岩があるでこぼこした細い道に変わった。なるほど、これでは四輪バギーで頂上まで行くことはできない。

登るにつれ、まわりの植物種が変わっていく。頂上に着くと、林冠におおわれた風景から、低木が茂る開けた景色に変わった——ハンニチバナ（ゴジアオイ属 *Cistus spp.* ハンニチバナ科）、マスティック（学名ピスタキア・レンティスクス *Pistacia lentiscus* ウルシ科）、ローズマリー（学名ロサマリヌス・オッフィキナリス *Rosamarinus officinalis* シソ科）が生えている。ラバをつなぎ、子供たちを道のすぐきわの危険な絶壁から離れた安全な場所に座らせた。ニノが子供たちを見ているといってくれ、そのあいだに道具を取りだし、ほかのメンバーを呼び寄せる。

わたしたちが足を止めた場所からほど近いところ、島の岩山のひとつ、ポルテッラ・アンツィーネの頂上に紫のダフネ・セリケア（*Daphne sericea*）がふんだんに咲いている場所があった。以前、アレッサンドロやマルコと一緒にチュニジア沿岸沖のパンテッレリーア島でフィールド調査をしたときに、これのいとこにあたるダフネ・グニディウム（*Daphne gnidium*）と出会ったときから、わたしはジンチョウゲ属に魅せられていた。[9] アレッサンドロは生まれも育ちもパレルモで、子供の頃、よく田舎でキノコ狩りをしたという。マルコと体形がよく似ており、ランニングやサイクリングが大好きなのも共通している。パンテッレリーア島は、初めてアレッサンドロと調査をおこなった場所で、彼は地元の人への取材を自然にこなしたほか、森のなかでもわたしが見過ごしてしまいそうなキノコに気がついた。さらに、見分け方もよく知っていた――その場でわからなければ、パレルモ大学の自分の研究室に帰ってから顕微鏡で調べてくれた。

パンテッレリーア島では、ダフネ・グニディウムが、犬のかこいの害虫駆除から人間用の止血剤まであらゆるものに使われていることを知った。この植物には抗ウイルス活性化合物も含まれている。そのいとこ（ダフネ・セリケア）を研究室に持ち帰って化学構造と生物活性を調べ、やはり抗菌作用を持つのかどうか見きわめたかった。

ジンチョウゲ属のほかに、昔から歯肉炎や口腔感染の治療に使われてきたマスティックやシチリアンウルシ（学名ルス・コリアリア *Rhus coriaria*）も探した。どちらもウルシ科の植物である。ウルシ科にはほかにもツタウルシやカシュー、マンゴーなどがあるが、わたしたちが研究室で調べた薬用植物のサンショウモドキ（英名ブラジリアン・ペッパーツリー）（学名スキヌス・テレビンティフォリア *Schinus terebinthifolia*）も同じ仲間になる。

ここから一二四〇キロ真東に行ったところに、エーゲ海に浮かぶギリシャの島キオスがある。その島でつくられる有名な「キオスの涙」は、わたしがマレッティモ島でサンプルを集めたマスティックと同じ種からとれる樹脂を乾燥させたものだ。マスティック樹脂は聖書にも登場し、少なくとも二〇〇〇年前からチューインガムとして使われてきた。歴史を通じて、重要な薬効成分として用いられてきて、胃腸の病気にも使用されている。実験をして抗菌作用を調べた科学者もいるが、なにに対して効果があるのかという細菌のフルスペクトラムについての評価や、植物内のどの化学物質がもっとも高い効果をもたらすのかについては、まだ研究しつくされていない。同様に、シチリアンスマックも、この地域が古代ローマに支配されていた頃からスパイスや薬として使われてきた。マスティックのようにまだ研究の余地がある。わたしは着実に増えていくコレクションにその両方をくわえ、葉や茎でいっぱいの袋をラバの鞍にゆわえつけた。

マルコは、わたしには無理な狭くて岩だらけの道を下っていった。まわりにあるオーク（コナラ属 *Quercus*）のどの種を探せばいいのか、マルコにはよくわかっている。子供の頃から家族の土地を探検しているから植物には慣れ親しんでいたが、マルコがわたしに料理を教えたように、植物の正確な探し方はわたしが彼に教えた。わたしはアクラムと一緒に、この標高に生息する、日の当たる場所に茂っている低木の分類に集中した。集めたものはどれもすべて、植物標本に添える特徴、植物の形態（野草、低木、高木など）、生育環境（どのような地形か）などの詳細な記録をつけなければならない。急いで作業したが、時間はあっという間に過ぎ、荷物をまとめてラバに乗せ、来た道を戻る時間はすぐに来た。

村に戻ってからは、何時間もかかる別の作業が待っていた。さまざまな植物の組織を分類し、フィールド用乾燥機に入れねばならない。さらに、前に集めた試料も、くだいて真空パック詰めにする必要があった。午後、ドネートとベラは村の友だちとサッカーをするといって飛びだしていった。ジャコモはぐっすり眠っている――朝が早かったので、みんなかなり疲れていた。

週の終わりに、地元の文化団体や歴史博物館と共催で村人たちにわたしたちの予備調査結果を発表する場を持ち、調査をしめくくった。これは、わたしが地元に還元する方法のひとつで、植物や菌類の伝統的な利用方法について集めた情報をまとめ、利用しやすい形で提供する。これと同様なことは、別の場所でもやっていた。イタリアのモンテ・ヴルトゥレでは、アンドレアと一緒に、EUの基金の支援を借りて地元のリーダーとともに植物園をつくり、学校に利用してもらうようにした。山菜や薬用植物、治療儀式についての伝統知識を二か国語でまとめ、一〇〇〇部以上印刷して、地域の村に無償で配布したこともある。

野生のキノコのピークシーズンとなる秋に、もう一度エーガディ諸島に来る計画を立てた。そしてアレッサンドロや、アメリカとイギリスの民族植物学者マリア・ファディマン博士やスーザン・マスターズ博士と調査をおこない、夏のフィールド調査の取材で教えてもらったものの、季節があわなくて採集できなかった種を集めた。再訪は、目標とする種の成長期もしくは収穫期にあてるべきときもある。自然には自然のスケジュールがあるのだから。

アトランタの大学に戻ったわたしは、驚くほど混雑した講義室を見つめた。学生が席に着くのを待つ。遅刻してきた学生が早く来た学生のあいだをぬい、円形劇場のような座席でひっくり返らないようにしている。ヒューマンヘルス健康センターにわたしが開設した講座は、最初は一四人から二〇人のわずかな学生しかいなかったが、六年後のいまでは、入門コースの「食物・健康・社会」にはたいてい一〇〇人ほどの学生が、上級コースの「植物医療と健康」には毎年六〇人ほどの学生が集まり、選択講座の平均二五人をはるかに上まわっていた。わたしは学生が自分の健康に影響を与える植物とつながる方法を発見できるように、講義室でも実践的なデモを多く取り入れ、講座内容の充実に努めた。その努力の甲斐があって、二〇一九年に学部教育賞を授与された。同じ年、わたしは講義の対象を一般にも広げることにした。コンサルティングの仕事を通じて知りあったハリウッドの制作者ロブ・コーエンとクリスティン・ロスが、食と健康に関するわたしの講義をポッドキャストの新番組にすることを勧めてくれたのである。彼らの協力を得て、専門家との取材を収録し、植物と食、薬の関係についてのわたしの知見もまじえて話す「フーディー・ファーマコロジー」という番組がスタートした。

その日、学生たちのざわめきが静まったの見はからい、わたしは深呼吸をひとつして、自分の好きなテーマのひとつ「口腔衛生」の講義をはじめた。

「おはようございます」小型マイクを襟につけ、学生に呼びかける。「みなさん、数時間前に起床したときのことを思いだしてみてください。今朝、舌で自分の歯をさわった人はいる？」

何人かの学生がうなずいた。「どんな感じだったか説明してもらえますか？」

最前列にいたエイミーが手をあげた。「なんだかざらっとした、ねばついた感じがしました」

「なめらかな歯がねばつく原因を知っている人は？」

クレイグが手をあげたので、わたしは彼にうなずいた。「細菌！」と答える。

「そうですね。細菌がどのようにして表面に付着するか、細菌の講義で説明したのをおぼえている？」

「はい、バイオフィルム、だと思います」とクレイグ。

「正解！　自然界でも、微生物は物体の表面に付着する行動をとります。川の岩がぬるぬるするのはそのせいね。わたしたちの口のなかでも、同じ行動をとるの。みんなが感じる歯のねばつきは、口のなかのさまざまな微生物が集まって、歯の上に自分たちの特別な町をつくっているせいです。実際、みんなの口のなかには、五〇〇種類の微生物がいると考えられています」そして、歯ブラシの機械的な動きと歯磨き粉に含まれる研磨成分（無水ケイ酸など）が、歯の上に形成されたバイオフィルムの菌塊をどのように除去するかを説明した。

わたしは教壇の近くにおいた大きな段ボールの箱をあけた。なかには、「ミスワック（Miswak）」と印字された青いビニール袋に小枝を一本入れた品がはいっている。講義の助手を務める大学院生のアクラムとルイスが、学生全員に一袋ずつ配った。

「歯ブラシやミント味の洗口液、現代のチューインガム、シナモン風味のブレスミントなどが登場する前の何千年ものあいだ、人々は自然の資源を利用して口内の健康と衛生を保ってきました。これは伝統的なチューイングスティックの例です。ミスワックは、サルヴァドラ科のサルヴァドラ・ペルシカ（*Salvadora persica*）という植物からできています。いわば、天然の歯ブラシね。使った部分を切りとり、使えなくなったら捨てます――一〇〇パーセント生分解される物質です」

アクラムとルイスが、小枝の先端をほぐしてブラシのようにし、歯ブラシとして使う方法を実演してみせた。わたしは話を続けた。「口腔衛生のために使われるチューイングスティックは、ミスワックだけではありません。ほかにもたくさんあります。みんながよく知っているものとしては、センダン科のニームの木、学名アザディラクタ・インディカ（*Azadirachta indica*）もそう。この二種類は近縁種ではありませんが、どちらも口腔内の健康に悪影響をおよぼす微生物群の作用をある程度抑制する、という抗菌特性を持っています」

このスティックを使ってみて、いやな顔をする生徒もいれば、うれしそうな顔をする生徒もいる。わたしは、プラスチック製の歯ブラシは頻繁に交換しないとバイオフィルムが付着してしまうけれども、チューイングスティックはむしろ清潔であると指摘した。毎日スティックを噛んだあと、小枝が短くなって使いにくくなるまで、先端を切り落とすだけで新しいブラシをつくれるからである。そして、屋外の木から新しい枝を切りとればよい。また、水も歯磨き粉もいらないから、旅行の際に携帯するにはとても便利で、わたしもハイキングやキャンプに行ったときに活用している。

続いて、東南アジアやポリネシアの先住民族がおこなっている「お歯黒」に話題を移した。彼らは、植物のタンニンと酢酸第二鉄（鉄由来）を混ぜた液で歯を黒く染める。植物の「虫こぶ」——病原体や害虫の寄生によって植物組織がこぶ状に発達した組織——には、とくにタンニンが多く含まれており、歯を染める材料としてよく使われる。染めることによって歯に黒檀のようなつやがでるだけでなく、微生物のバイオフィルムによる虫歯から歯を守ることができる。タンニンには、わたしの研究チームがブラックベリーの根やホワイトオークの虫こぶから抽出したものと同じく、細菌によるバイオフィルムの形成を阻止する効果がある。

植物を用いた口腔衛生の習慣は、植物の薬効に関する研究のなかでも、魅力的でありながら、まだじゅうぶんに研究されていない側面がある。植物の有効性、有用性、持続可能性をより深く理解すれば、植物を使って科学者にできることは非常に多い。「もし人々がチューイングスティックになる植物をそれぞれで育てたら、歯ブラシや歯磨き粉、そのほか口腔ケアに必要な石油製品など、世界中でプラスチック廃棄物を減らせることを想像してみてください」とわたしは学生に語りかけた。

講義のあと、研究チームのようすを見に微生物ラボに向かった。ここ数年、わたしの研究室は成長を続けている。一〇〇人以上の学生が微生物ラボか植物標本室のどちらかで研修を受けており、両方で研修する学生も多い。優秀な指導学生のひとり、ダニエルも研究室にいて、植物抽出液で処理したポルフィロモナス・ギンギヴァバリス（歯周炎の原因となる棒状の細菌）［ジンジバリスとも表記する］を入れたマイクロプレートを、嫌気性増殖室に入れる作業をしていた。

ギンギヴァリス菌の感染による歯周病の悪化は、骨粗鬆《しょう》症、心血管疾患、糖尿病、関節リウマチ、肥満、呼吸器感染症、早産など、さまざまな健康状態と関連している。最近の研究では、ギンギヴァリス菌がアルツハイマー病、認知機能低下、認知症など、神経変性疾患とも関連している可能性が指摘されている。[10]

ダニエルは、最新の研究経過をわたしに報告した。彼女は論文から口腔の健康と衛生のために民族植物学的に使用されている植物三〇種類を選び、「クウェイヴ天然物ライブラリー（QNPL）」――わたしの研究室で作成した植物抽出成分とそこから分離した化合物のライブラリー――から一〇九種類を特定して、ギンギヴァリス菌に対する影響を調べている。そのうちの一一種類に有効性が認められ、[11]マレッティモ島で採集したマスティック実がもっともすぐれた効果を示したという。

「その調子」とわたしはいった。「ミカのところに行って、昨夜の新しい抽出成分の分画を調べてくるわ」

ミカは卒論でアメリカ南北戦争中にアメリカ南東部で使用された薬用植物を調査し、[12]最優秀の成績で卒業したあと、わたしの研究室に戻ってきた。研究員としてここで二年過ごしたあと、フロリダ大学農学部の大学院に進む予定になっている。

ミカは現在、多剤耐性アシネトバクター・バウマンニ感染症に抗菌作用を持つ化合物を単離《たんり》しようとしている。この病原体は、血液、脳、肺、傷口などに深刻な感染症を引き起こす。とくに、消耗生の軟組織感染症で多剤耐性を示す例が多く、[13]「イラクの自由作戦」のクウェート・イラク地域や、「不朽の自由作戦」のアフガニスタン地域で負傷した米軍関係者に多数の患者が発生しており、また院内（病院関連）感染も多い。アシネトバクター属菌は、病院内の環境で生きのびる能力が非常に高く、乾燥した物質表面で最大一三日間も生息することができる。[14]これは、ほかのグラム陰性桿菌《かんきん》よりも一〇日以上長い日数だ。つまり、バウマンニ菌に感染した患者が移動してから二週間近くたったあとに同じ部屋で治療を受ける患者は、汚染された表面（ベッドの手すりなど）を徹底的に消毒しなければ、感染の危険性があるということになる。[15]うちの研究班が、微生物ラボの各部屋に漂白剤や七〇パーセントエタノールのスプレーボトルを複数用意しているのには、理由がある。わたしたちは宗教的な熱意を持って作業場を清掃している。

わたしたちは、フロリダのサンショウモドキとエーガディ諸島のシチリアウルシ（いずれもウルシ科）を用いて、二種類の強力な薬剤耐性菌に対する効果を調べたところ、これらの植物抽出成分には驚くほど類似した特性があることがわかった。対象とした薬剤耐性菌のひとつは、ＣＲＡＢ（カルパペネム耐性アシネトバクター・バウマンニ：carbapenem-resistant Acinetobacter baumannii）と呼ばれるグラム陰性菌。もうひとつは、カンジダ・アウリスという新興の真菌で、多剤耐性を示すだけでなく、感染患者の致死率が非常に高い。ＣＲＡＢは、二〇一七年にアメリカで八五〇〇人が入院し、七〇〇人が死亡している。[16]一方、超耐性真菌であるカンジダ・アウリスは、二〇一五年にアメリカでの感染事例が報告され、その後も広がり続けている。これらの病原体は治療が非常にむずかしく、場合によっては治療が不可能なことにくわえて、物品表面や医療機器上で長く生存するため、ほかの疾患で治療中の患者が致命的な感染症にかかるおそれがある。ジュリア・クバネク博士（ジョージア工科大学の天然物化学者）とダン・ズラウスキー博士（ウォルター・リード陸軍研究所の微生物学者）の協力を得て、わたしたちは実際に成果を上げることができた。

最初に、両抽出成分に共通する主要な活性化合物「ペンタガロイルグルコース（PGG）」の分離・同定に成功したのが突破口になった。重要なポイントは、CRABにPGGを低用量で三週間――普通ならどの細菌も変異株の出現によって耐性菌が出現する期間――投与しても、PGGには耐性が出現しなかったことである。PGGには全身投与に適さないという欠点があるが、こうした問題には医薬品化学者や製剤研究者が取り組めるかもしれない。また、医療用包帯や洗浄液、ゲル剤、軟膏など、感染症の局所治療への応用も考えられる。

そのためには、まず助成金を増やさなければならない。こうしたパターン――感染モデルに効果のある植物抽出成分を発見し、それを臨床にむすびつけること――が、わたしたちの研究リズムと仕事の流れのひとつになった。スクリーニングで得られた最初の発見のあとには、それに関連するさまざまな化合物の分離と同定が続く。ときには、220D-F2ブラックベリーエキスのように、感染症の脅威に最大の効果を発揮するためには複数の化合物が必要な場合もある。次に、これらの化合物がどのように作用するのか、ヒトの細胞に安全かどうかを確認するためのメカニズム研究がおこなわれる。その後、特定の病原体の専門家である共同研究者の協力を得て、感染症の動物モデルを作成する。

月日が流れ、研究する手段も研究班の経験も増していくうちに、成功率も上がってきた。

研究室の学術的側面の充実に忙しかったが、以前に立ちあげた会社ファイトテクと、ブラックベリー抽出成分で特許を取得した抗バイオフィルム技術のことも頭から離れなかった。わたしたちはボストンのバイオテク企業、創傷治療用の医療機器の開発に力を入れているファイアフライ・イノベーション社と提携した。アメリカでは毎年六五〇万人が慢性的な傷に悩まされており、医療システムに二八〇億ドルもの負担がかかっている。ファイアフライ社は、彼らが開発した、慢性的な——つまりバイオフィルム感染症が関与している——傷に用いる環境に優しい天然素材の抗菌包帯に、わたしたちのブラックベリー処方を組みこむことを提案した。これは理想的な組み合わせだった。わたしの専門は創薬の分野だが、医薬品や医療機器を開発し、食品医薬品局（FDA）の承認を得るまでの過程を成功させるには、まったく異なる微妙なスキルが必要となる。最終目標に向かって突進する際、ボールをパスできるパートナーがいることをうれしく思った。

夕方になると、わが家の食卓はおしゃべりでにぎやかになる。どんなに忙しくても、夕食の時間にはかならず家にいるようにした。マルコがドナートとベラのサッカーの練習の送り迎えをするあいだ、マルコが下ごしらえしていた夕食の調理に取りかかる。ジャコモはリビングで車のおもちゃで遊んでいる。食事の時間は、一日を終えた全員が家族の絆を取り戻す貴重な時間だった。料理をならべ終えるとみんなで席に着き、その日の出来事を順番に話しはじめる。九〇代前半の祖母は、宇宙人の侵略に対する自分の考えや、ピラミッドの建設方法について教えてくれる。すべて熱心に見ていたテレビ番組から仕入れた知識だ。ベラとドナートは、サッカーの練習でのシュートやセーブの上達具合、かけ算の表や社会科の修得状況を夢中で話す。ジャコモはマルコと一緒に色を塗った絵を見せてくれる。夕食のあと、ジャコモはわたしの膝の上に乗ってきて、毎晩のように「お話を聞かせて」とせがむ。

子供向けの本を読むのではなく、自分が主人公のお話をつくってほしい、という意味だ。ジャコモのお気に入りは、消防車と木の上にいる子猫の救出劇だった。わたしが「むかしむかしあるところに、小さな男の子がいました。その子の名前は……」とはじめると、すぐにジャコモがそのあとを引き取る。「モモ！　ママ、その子の名前はモモだよ！」モモは、ジャコモがつくった自分の愛称だ。ジャコモはもっと幼い頃、自分の名前をうまく発音できず、ジャック―アー―モー―モーと名のっていた。そこでそれを簡略化し、愛称に決めたのである。

［＊同書は『自伝』（『世界ノンフィクション全集8』「自伝」（マリー・キュリー著／中野好夫他／筑摩書房／一九六〇年）に収録されている］

# 第10章 ビリーはブランコから落ちた

「……『いったい、わたしって誰なの?』ってことになる。ああ、もう、たいへん!」
——ルイス・キャロル『不思議の国のアリス』*(一八六五年)

結核は、世界を股にかけた殺し屋として盤石の強さを誇る——ゆっくりと成長する生態や耐性を獲得しやすい性質が、根治への大きな障壁となっている。わたしの母方の曾祖母は抗生物質が発見されていない一九二〇年代に結核に罹患し、夫と、まだ幼かった祖母を残してこの世を去った。サナトリウムで痩せ衰えながら病魔に屈していった大勢の患者のひとりだった。先進国のほとんどの地域で発症例が見られなくなったとはいえ、結核はいまだに全世界で年間一四〇万人の命を奪っている。[1] 結核と戦うための新薬が必要だ。

そういうわけで、わたしは南フロリダでフィールド調査をおこなっていた。同行者は、わたしの研究室の優秀な技術者で特別研究員であるフロリダ出身のケイトと、採集のためにオレゴン州ポートランドから駆けつけきた経験豊富なジャーナリストのフェリス・ジャブル。あれは、フェリスがわたしたちと一緒にはじめてフィールドに出た日のことだった。

「あなたがクリークを歩いているときは、アリゲータとウォーターモカシン［アメリカ南東部の湿地に生息するマムシ属の毒蛇］に目を光らせておくから」わたしはケイトにそう声をかけた。

みごとに咲く黄色いスイレン（［和名セイヨウコウホネ］学名ヌファル・ルテア *Nuphar lutea* スイレン科）の群生──タンニンに染まった水に浮かぶ大きな葉とレモン色の花──に見とれながらも、わたしの関心はいつものように、この植物の伝統的な利用法や民間伝承で伝えられてきた内容に向けられていた。歴史的文献には、スイレンが食料から魔術まで、あらゆる用途で用いられていたことがくわしく記録されている。また、痛みの軽減や、結核、淋病、出血、発熱、心疾患、腫れ物の治療を含む多種多様な医療にも応用されていたらしい。わたしが注目したのは腫れ物と淋病と結核であり、そこになんらかの興味深い抗生物質につながる鍵があるかもしれなかった。

できればわたしもケイトやフェリスと一緒に水にはいりたかったが、クリークにはいると義足に不具合が生じてしまう。義足の新調は新車の購入に匹敵する。過去にも海水や泥につかったせいで、ネジが錆びたり、義足のソケット内で断端を固定する装置が動かなくなったりすることが何度かあった。保険でまかなえるのは、義足をつくる費用の大半であって全額ではない。しかも、それが許されるのは三、四年に一回だけなのである。新しい義足を申請するには、あともう一年待たなくてはならなかった。

フェリスをこの調査に同行させることにはためらいがあった。それまでもジャーナリストとは頻繁にやりとりしてきたが──わたしのチームが発表した最新の研究論文や新聞の見出しを飾った発見について、何度も電話で取材を受けていた──研究室やフィールド調査の現場にジャーナリストを招いたことは一度もなかった。現地で過ごす時間はごくかぎられた、貴重なものだ。わたし自身にもチームにも、ほかのことに気をまわす余裕はない。しかし、フェリスはあきらめなかった。彼が書いた記事を読んだとき、その執筆スタイルに感嘆させられた。まるで一編の詩のように生物学や生態学にまつわる文章が綴られ、その言葉は流れるようでいながら簡潔明瞭。わたしは同行を許可したが、ひとつだけ条件をつけた――参加するのなら、チームのみんなと一緒に植物の採集と処理を手伝うこと。

フェリスがシャベルを巧みに動かして、厚い泥からスイレンの根を掘りおこそうとする一方、ケイトがスイレンの上のほうをつかんでぐいぐいと引っぱる。

「あともう少し!」わたしは声援を送った。と、ふたりが渾身の力をこめて水面からスイレンを引っぱり上げた。「すごい! 異星人プレデターの頭をもぎ取ったみたい!」わたしはおなかをかかえて笑い、ケイトとフェリスも一緒になって笑いながら、スイレンをわたしの足元の砂地に投げてよこした。だらんと伸びた根が長いドレッドヘアのようだった。

「さあ、そろそろ体を乾かしてきて」ふたりにそう声をかけたのは、サンプルの採集をすませ、ベースキャンプでの袋詰めや、野冊で標本用植物の加圧と乾燥を終えたあとだった。

オークの老木の木陰で折り畳み椅子に座り、乾燥処置のためにサンプルをはさみで細かく切りはじめると、フェリスがインタビューのためにレコーダーを取りだした。フェリスは、『ニューヨーク・タイムズ・マガジン』に記事を売りこむつもりなので、秋には掲載されるだろうという。「すごいじゃない」と、わたしは応じた。もちろん名前ぐらいは知っていたが、当時のわたしは『ニューヨーク・タイムズ・マガジン』という雑誌を読んだことがなかった。大騒ぎするほどのこととは思えなかった。わたしが上機嫌だったのは、もっぱら、実地調査の採集を手伝ってくれる手が二本増えたことが原因だった。

南フロリダでの春の採集旅行を終えると、わたしは植物化学研究室のいつもの席に座り、野生の薬用植物のコレクションに一〇〇以上の品種をくわえ、化学成分の抽出と検査の準備を整えた。それぞれの種を組織型で分類してから、八〇パーセントの水性エタノールで抽出するか、水で煮出すかを決める。その後、長期保存できるように抽出成分を凍結乾燥させる。微生物研究室では、学生たちが新たな抽出成分を「マスター・プレート」に載せていく——つまり、九六穴式マイクロプレートに濃度を変えた抽出成分液を入れ、スーパー耐性菌に対する効果を判定していく。

最近、わたしたちは多剤耐性ESKAPE病原体の成長を抑制する抽出成分の発見にも取り組んでいる。ESKAPE《エスケイプ》とは、抗生物質の作用から「逃げる《エスケイプ》」ことの多い細菌の頭文字を組み合わせたものだ。[2] 腸球菌（E）、黄色ブドウ球菌（S）、肺炎桿菌（K）、アシネトバクター・バウマンニ（A）、緑膿菌（P）、エンテロバクター属菌（E）がそれにあたり、これらに効く新たな抗生物質の早急な開発が望まれている。いずれも凄腕の殺し屋だ。緑膿菌を例にあげてみよう。アメリカでは、二〇一七年の薬剤耐性緑膿菌による入院患者は三万三〇〇〇人近くにのぼり、二七〇〇人が亡くなっている。とくに、肺や消化管などを冒す不治の遺伝性疾患である嚢胞《のうほう》性線維症の児童にとって危険が大きい。[3] 嚢胞性線維症の患者は世界で七万人以上おり、大多数は二歳までに診断を下されている。この疾患の場合、肺内の細胞でも粘り気の強い分泌液が産生されるため、こうした子供たちはまずブドウ球菌に感染しやすく、そこに緑膿菌がしのびこんでいく。嚢胞性線維症の患者は、肺感染症と戦うために頻繁に抗生物質を服用する必要があり、彼らが生き延びるためには抗生物質に対する耐性が大きな障壁となっている。

この研究を続けるには人手が必要だった。研究室と植物標本室の両方のプロジェクトに設定した野心的なスケジュールを守るため、この二、三年のあいだに大勢の学生を作用した結果、わたしは意志強固で面倒見のいい教官という評判を得た。いまでは、新学期を迎えるたびに、研修生に応募してくる二〇人の候補者の審査をおこなって、書類選考にとおった学生の面接をおこない、研究室でのポストを勝ちとった少数の学生には朗報を、雇う余裕のない学生には残念な知らせを伝えている。面接ではきびしく接し、こちらが期待することを明確にしておく。

一般の研究室は、博士研究員一名、大学院生二、三名のほか、たぶん学部の研修生一、二名の構成だったと思う。わたしは自分の目標を達成するために、もっと多くの人員を必要とした。そこで毎年、研究室で一〇名、植物標本室で一〇名の研修生の研究を指導することにした。

「あなたがた選ばれて研究グループにくわわることになったら」一年生か二年生の応募者には、次のように伝えた。「今後三年にわたって研究に専念してもらいたいの——つまり、学年が終わるまでは週に一二時間から一五時間。夏のあいだに独自のプロジェクトに取り組む場合は、最低でも週に二〇時間。自分のペースで取り組んでもらっていい。わたしたちが開発したオンラインの研究講座を完了して、研究の手順や流れに関する試験に合格して、上級メンバーにスキルが身についたかどうか見てもらってから、次の段階の実験に進んでもらいます」

「植物標本室で仕事をしてもらう場合、そこで成果を上げれば、次のサイクルでは研究室の順番待ちリストの一番につけます。うちでいちばん優秀な学生たちは、植物標本室、植物化学研究室、微生物研究室での研修で実績をあげていて、植物から天然物を発見するスキルをすべての領域にわたって万遍なく習得しているの」

わたしの要求は多岐にわたっていた。とはいえ、わたし自身にもハイスクール時代に救急外来でボランティアとして働いた経験がある。大学では、ワークスタディの仕事をいくつかこなしてきた――初めはがん研究の研究室で、次は神経生物学の研究室だった。がんの研究室では、アミノ酸を秤で計量する作業をまかされた――単調な作業が延々と続く仕事だった。神経生物学の研究室では、ウォークイン型の飼育器内の大きなケージに飼われているバッタのコロニーの世話をした。高温多湿の室内に入る際には、防護服に着替えてマスクを装着し、空気中に充満した昆虫の脱皮片から肺を守らなくてはならなかった。ケージの下のトレイを掃除して排泄物を始末して、新鮮なロメイン・レタスを食べ残しのレタスと交換したあとは、バッタの死骸を中から取り出さなくてはならない。一連の作業の途中でまんまと脱出に成功した狡猾なバッタは、残念ながら捕殺される運命である。廊下を歩く人々は、不埒な脱走者を追いかけて業務用掃除機のアームを振りまわし、顔やマスクの下に汗をしたたらせているわたしの姿を見かけたことだろう。吐き気をもよおさずにロメイン・レタスを食べられるようになるには、数年の歳月が必要だった。

どちらの研究室でも、なんのためにこの作業をおこなっているのか、探求している課題はなんなのか、説明すらしてもらえなかった。研究室のミーティングに招かれることはなく、研究室のチームから論文を読んでおくように勧められることもなかった。どちらの仕事も一学期だけで辞めてしまった。わたしはすぐに辞めるタイプではなかったが、あの作業には目的意識が持てなかった。

自分の研究室では違ったやり方をしようと心に決めていた。どのメンバーにも、それぞれの職務の背後にある論理的根拠と、研究活動全体のなかでの重要度を教えることにした。たとえつらい仕事でも――汗にまみれて疲労困憊するフィールド調査のように――せめて、その努力が変化につながるのだと、最終的には自分たちの貢献が科学や医学の進歩に反映されるのだと、知っておくことで満足感を得てもらいたかった。心をむしばむ作業環境がいかにチーム全体の士気に影響をおよぼすか、自分の学生時代の経験で身にしみていた。だから、グループの全員が敬意をはらわれ、大きな期待を抱かれる存在であり、そこに序列や経験年数による違いはないことを明確にした。いじめや嫌がらせは一切容赦しない方針だった。

　無給の仕事に高望みしていたわけだが、研修生は、チーム内で能力を発揮すれば実地訓練の場を与えられ、自由に創造性を発揮できることを、ほかのメンバーの姿から学んでいた。一学期だけ研究室で働いて経歴に箔を付けるのを目的とする学生には興味がなかった。お金が必要な学生には、ワークスタディの枠を確保して、確実に収入を得られるようにはからった。相互支援《ピアサポート》のネットワークを求める学生は、チームのなかで容易に見つけられた。わたしは結束とチームワークの重要性を説き、学生が自分たちでデザインしたクウェイヴ研究室・植物標本室のTシャツがさらに絆を強めた。研究室の外では、ハイキング、植物園めぐり、ピクニック、キャンプと植物採集の小旅行、夏のバーベキュー、ホリデーシーズンのパーティーをみんなで楽しんだ。若い学生であろうと、博士号をもつ年長の科学者であろうと、立場にかかわらず、全員がチームの一員だった。豊富な研究経験と増えつづける参考文献を武器に、論文や学会発表の実績を積み重ね、学生たちの多くが大学院課程に進み、修士号、博士号、薬学博士号、公衆衛生学修士号、もしくは、それらを組み合わせた学位をみごとに取得していった。

　助成金や補助金で新たな資金を獲得したときは、薬理学や微生物学のプログラムから新たな大学院生を訓練するためのポストを確実に増やすようにした。さらに、アフリカ、ヨーロッパ、アジア、中東、カリブ海、南アメリカといった世界中の国々から奨学生が続々と集まってきた。結局のところ、フェリスがわたしの研究について書いた特集記事は、『ニューヨーク・タイムズ・マガジン』の世界七〇〇万人の定期購読者のあいだで話題になった。フェリスの記事に続いて、『BBCフォーカス』をはじめとする国際放送局や、メキシコの雑誌『バロール』、ドイツの美容とファッションの雑誌『ブリギッテ』でも特集が組まれた。子供向けの科学雑誌『アスク』でも紹介され、わたしはナショナル・パブリック・ラジオの番組や、たくさんのポッドキャストに招待された。こういった記事によって脚光を浴びるようになったおかげで、一風変わったプラットフォームが構築され、わたしたちの研究の重要性だけでなく、博物学の収集物や研究資源としてのエモリー大学植物標本室の価値も強調されることになった。

植物標本のコレクションは、地球規模の植物の多様性を理解するための基本となるものである。[4] 現在では、毎年――毎年だ!――二〇〇〇種近くの植物に新種として名前がつけられており、その一方では、五種のうち二種（つまり四〇パーセント）が絶滅の危機に瀕していると推定される。[5] 植物学者たちは、そういった種が永遠に失われてしまう前にと、種の特定と追跡調査に必死になっている。植物の収集と目録の作成には四五〇年近くの歴史があり、[6] 結果的に、世界中に散在する三三二四の運営中の標本館に収蔵された三億九二〇〇万以上の標本の管理が必要になっている。といっても、標本館は五〇年以上も前から、手薄になる一方の管理体制と予算削減に苦しめられてきた。生物学の講義要目が科学技術を重視する分子的アプローチに偏向して博物学や植物学から遠ざかるにつれて、育成される植物学者の数も減り、こういった数百年の歴史をもつ科学的収集物の管理人たちは、かろうじて活動できる程度の資金をかき集めなくてはならない状況におかれてきた。これはエモリー大学だけの問題ではなかった。

　わたしたちの植物標本室への寄付金も底をつきかけており、わたしは恐怖を感じはじめていた。科学的な物事はよい方向に進んできたというのに、予算上の難題のせいですべてが崩壊しかねない。そこで、植物標本室の重要性を強調するために、つながりのできた雑誌の写真家たちが標本室に出はいりできるように手はずを整えたところ、すぐにコレクションを撮影した優美な写真の数々が、なんと『ナショナルジオグラフィック』誌の頁を飾った。続いて、地元のラジオ局のウェブサイトでビデオクリップが、アメリカの公共放送網とヨーロッパのネットワークでドキュメンタリー番組が放映された。コレクションに注目が集まったおかげで大学からまとまった資金が提供されて急場はしのげたものの、わたしは引き続き長期的な解決策を模索していた。研究で飛躍的な前進が見られればジャーナリストたちの取材に応じ、一般社会にも発信していたので、ほかの科学者たちとの交流も世界的な広がりを見せていた。わたしたちの論文は、『テレグラフ』紙、『ワシントン・ポスト』紙、『NBCニュース』、『CBSニュース』で世界中の人々の目に留まり、ポーランド、イタリア、スペイン、中国、ポルトガル、フランス、アラブ諸国をはじめとする数多くの非英語圏の国際ニュースの放送局でも紹介された。わたしのもとには、そちらに受け入れの意思があり、その余裕があるのなら、あなたのチームと一緒に実習を受けたいという海外の科学者たちからのメールが続々と届くようになった。学生、博士研究員、教授までもが、二週間から二年にわたって研究に参加することになり、その経費は、本人たちがフルブライト奨学金やそれぞれの母国のコンペで獲得した助成金でまかなわれた。一時期など、わたしのグループで飛び交う言語を数えたら合計で八か国語になったことがあったほどだ！

　客員研究員たちの多くは、母国へ戻ると、協力者としてチームと永続的な関係をむすんでくれるので、研究ネットワークが広がり、世界中の多様な植物や生態系に接する機会も増えていった。わたしたちの活動を成長させていくためのビジョンが、人が増え、発見が重なるにつれて、徐々に形を取りはじめていた。

それでも、わたしは依然として強い逆風にさらされていた――しかもそれは、資金不足や、民族植物学の視点から新薬を発見しようとする取り組みに疑いの目を向け続ける科学者たちだけが原因だったわけではない。この種の苦難と戦っているのは、民族植物学者だけではない。

「きみはトムのお嬢さん?」そういいながら、六〇代の男性教授が遠近両用眼鏡の向こうからのぞきこんできた。彼の半分ほどの年齢だったわたしは、グラスのワインを一口飲んでから相手に目をやった。彼を俺様教授と呼ぶことにしよう。

「トムのお嬢さん」というのは、エモリー大学の学部長であるトムの娘という意味だ。その日は、トムの主催で教員募集のためのささやかなパーティーが開かれていた。わたしがパーティーに出席していたのは、見こみがありそうな候補者とおしゃべりをして、あわよくば、オファーを受けてわたしたちの大学で働いてくれないかと勧誘するためだった。

わたしはトムの学部に所属していたわけではなかったが、自分が招待された理由はわかっていた。候補者のなかにきわめて優秀な女性科学者がいたので、学部としては女性の教員がほかのメンバーと働いている姿を見せたかったのである。この手のイベントでは、ほとんどの時間を同僚たちと情報交換しながら楽しく過ごすことができる。問題は、家族と過ごす時間が奪われる機会でもあることで、時間はわたしにとってなによりも大切な必需品になっていた。そんなわけで、よろこんで招待に応じたわけではなかった。

ちょうどその前の週に、わたしの研究グループがサンショウモドキの化合物にそなわる病原性遮断作用についての最新の論文を発表してマスコミをにぎわせていた。論文が複数の国際ニュース放送局の目にとまり、ほぼ一週間にわたってわたしの顔写真が大学のホームページに貼り付けられた。大学の教職員に毎日送付されるお知らせメールにはすべての記事が読めるようにリンクが貼られ、一斉メールにはその日のトップニュースと一緒にわたしの写真が掲載されていた。

「いいえ」と、俺様教授に答えた。「わたしは皮膚科学部の者です」

ホストを務める寛大なトムに娘がいないことはたしかだった。

「ああ。ご主人はどこ？　たぶん知り合いだと思うんだが」と教授。

いつもわたしを支えてくれるすばらしい夫は、家で三人の幼い子供たちの面倒をみてくれていた――わたしが職場のイベントに出席しているあいだに、夕食を食べさせて、お風呂に入れて、寝かしつけてくれるのだ。

「夫をご存じのはずはありません。わたしは皮膚科学部の准教授です」

「まさか、その若さで！」唾を飛ばして驚いている。

誤解が解けてよかった、とわたしは安堵した。

「だが、そうなると」相手はひるむことなく話を続ける。「誰のところで働いているんだい？」

「誰のところ？　わたしが主任研究員です。学生、博士研究員、外部の客員研究員からなる三〇名のグループを率いています。植物由来の天然物からの創薬を研究しているんです」

退屈な会話はたくさんだといわんばかりに、俺様教授が天然物化学とはいかなるものかをわたしに講義しはじめた。それも、まちがいだらけの。教授は、わたしを「助けてくれる」専門家を知っているから引き合わせてあげよう、といいはった。

「おそれいります《サンキュー》」わたしは強い南部訛りで答えてみせた。優雅なご婦人の口まねとしては自己最高の出来映えだった。「神のお恵みを《ブレス・ユア・ハート》」と付けくわえるのは思いとどまった。この言いまわしのことを南部人に尋ねてみるといい。甘ったるい口調でいわれた場合は祝福や同情の表現とはかぎらず、むしろ、ていねいな挨拶に見せかけた侮辱の場合がある。いわんとすることは、「うわぁ、ほんとうに愚かというか、おつむが弱いというか。でも、どうか神のお恵みを、自分ではどうしようもないものね」なのだ。

息を吸って気持ちを落ち着かせたわたしは、気づくとこういっていた。「ですが、この分野ではわたしが専門家です。検索してみたらいかがですか？　というか、いますぐやられてみては？」彼が持っているスマートフォンを指し示す。「これがわたしの名前の綴りです」

教授は画面をスクロールしながらリンク先のタイトルに目をとおすと、きまり悪そうな顔でわたしを見返してきた。どうやら俺様教授は、免疫学と女性軽視学《マンスプレイニング》の両方の博士号を取得しているようだった。

彼がこのような振る舞いをした初めての男性だったわけではない。わたしに投げかけられるのは、腹立たしいのはもちろん、立ち入った内容の質問ばかりである。「誰のところで働いてるの？」「だけど、准教授になるには若すぎるだろう」「誰の研究室？」「なんだ、大学院生かと思ったよ」「ご主人はどこにいるの？」「そんなに旅に出てばかりで、ご主人は怒らないのかい？」「お子さんはどこにいるの？」「お子さんたちの世話は誰がしているんだい？」「子供たちと一緒にいなくていいの？」いじめっ子たちとは人生のあらゆるステージで渡りあってきたが、この攻撃法がすたれるきざしはまったく見られない。小学校のときは、「あの子があの賞をもらったのは、ほら、偽物の脚がついてるからさ」現在は、「彼女にあの委員会のメンバーの声がかかるのは、多様性を示すために女が必要だからだよ」優位に立つのは至難の業で、組織的に押さえつけられている状況ではなおさらだ。周囲の人々の言動によって、ここはおまえのいるべき場所ではないと何度も繰り返されると、どんなにがんばっても、その考えを受け入れてしまうのは無理もないことなのだ。

助成金審査部門の会議は、通常男性二〇名に女性が一名か二名という審査員で構成されている。その顔ぶれで何日も長い時間を過ごしたあとは、ホテルのエレベーター内で、乗りあわせた男性審査員に性的関係をせまられ、隅に押しつけられることがある。ついさっきまで、申請者の研究計画の利点について議論しながら、最上級のプロ意識と専門知識を示していた男性たちにだ。そのような状況から抜けだすために、決然とした態度を取りながらも、敵をつくって自分が申請する助成金を阻止されないように用心することは、疲れるうえに煩わしく、正直にいえばおそろしいことだ。翌日の会議では、そういう人から離れた席に座るようにしている。

変態教授の話をしよう。学生や教員たちとの朝のミーティングで気持ちのいい時間を楽しんでから、別の大学のセミナーで、自分たちの最新の研究成果についての講演をおこなったわたしのもとに、年老いた男性教授が近づいてきた。こちらに向かって歩いてくると、信じられないほど近くまで寄ってきた。むっとする口臭とコーヒーや煙草のにおいが顔面を直撃した。

「ここで、こんなに美人で知的な講演者の話が聞けるなんてうれしいねえ」

わたしは一歩後ろに下がった。相手が一歩前に出る。頬にあたる息が熱かった。不適切なほど接近して、いやらしい目つきで見てくるので、不愉快でたまらなかった。このとき部屋には大勢の人がいた。誰も気づいていないようだった。わたしはこの教授とは面識がなく、研究者としてやりとりしたこともなかった。このまま立ち去るべき？　大声を出す？　いまになって思うと、おそらくあの場ではっきりと非難の声をあげるべきだったのだろう。しかし不意打ちを食らって凍りついてしまい、どう対処すればいいのかわからなかった。ある学生が講演内容についてもう少し話をしようと近づいてくると、変態教授はようやく離れていった。

夜になって昼間の出来事を振り返ったときに、変態教授のふるまいはあの大学の女性たち、とくに、学生、博士研究員、若い教員たちにどのような影響を与えているのだろうと心配になった。つまり、学部内の権力構造の序列で彼より下位にいる人々が被害にあっているのではないだろうか？　わたしが最初の被害者だとは思えない。わたしは、変態教授の行動を調査してくれることを期待して、大学の学部長にメールを送った。返ってきたのは苦情の申し立てに必要な書類の束で、大学側が調査をしてくれるという確証は持てなかった。

セクシャルハラスメントは、科学界に存在する永遠の汚点なのである。

これは、科学界でもほかの世界でも新しいことではない。わたしの分野でもっとも有名な人たちのなかにも、同僚に対してひどい態度をとった人がいる。ノーベル賞受賞者のジェームズ・ワトソンは、DNAの発見について書いた『二重らせん』[7]のなかで、ロザリンド・フランクリン——DNA発見に決定的な貢献をし、ノーベル賞受賞にふさわしいと多くの人が考えている女性化学者——のことを性差別的な言葉で表現している。あの時代、ワトソンなどの研究者たちと仕事をする彼女の日々がどうであったかを想像すると、嫌悪感と苦痛をおぼえるほどだ。ワトソンは次のように書いている。「彼女はみずから、自分を女らしく見せないようにしていた。顔立ちはきついものの、けっして魅力がないわけではなく、服装にもう少し気を配れば、かなりぐっとくる美人になっただろう。しかし、彼女はそうしなかった。まっすぐな黒髪に映える口紅をつけることもなく、三一歳になるというのにイギリスの昔の文学少女めいた服を着ていた。だから、不満をかかえた母親が、聡明な娘にくだらぬ男と結婚せずにすむように職業を身につけなさいと叱咤激励した結果、彼女ができあがったのだろうと容易に想像できた」しかし、ワトソン、この女性の仕事が二重らせん発見の鍵となったことを忘れてはいないだろうか。この記述には、彼女の知的貢献にはなんの意味もなく、実際には彼女の存在は周囲の男性の目の楽しみにあるという、あからさまな信念がある。そして、彼女はそれに失敗した。これには、とても不安をかきたてられる。

わたしが初めて『二重らせん』を読んだのは、大学の生物学講座の一環としてだった。大学の教授たちが尊敬しているらしい人物がこのような文章を書いているのを見て、わたしはひどく落胆した。その後、ワトソンは数々の賞を受賞し、称賛に包まれながら日のあたる道を歩き続け、コールド・スプリング・ハーバー研究所の所長就任やヒトゲノム研究所の設立にたずさわるなど、きわめてすぐれたリーダーシップを発揮した。その一方、性差別的、のちには「特定の人種（とくに肌の色が濃い人）は性欲が強い」「人種間には遺伝によるIQの差がある」などの人種差別的な言動を続けてきた。

それなのに、科学はこういったばかげた扇動家《デマゴーグ》を権力の座に押しあげる。彼らは崇拝され、力を与えられ、偶像化され、その信条や行動のよからぬ部分はほとんど問題にされない。ワトソンのような人物は、しばしば「時代の産物」として擁護される。このことは、科学に興味を持つ、将来世代の優秀な学生たちにどのような影響を与えるだろう？　あるいは、象牙の塔に足場を確保しようとして奮闘しているわたしたちには？　また、権力者が立場を利用して悪事を働くのを容認していることを、どう考えればいいだろうか。

今日の科学界の成功は、おもに資金によって左右される。お金が動くところには、縁故主義や学閥のネットワークがつきものだ。仲間は仲間を助ける。助成金審査会で大声をあげて主張して助成金獲得スコアを高めたり、互いにスポットライトを浴びるような人脈をつくったり。往々にして、そういった仲間同士の助け合いは、特権を利用してさらに高い地位を目ざす男性たちのあいだでおこなわれる。しばらくすると、この成功は、細菌のコロニーのように自己増殖していく。つまり、助成金や栄誉を得れば得るほど、次の助成金や栄誉賞を得るためのハードルが低くなる。

現在、ＳＴＥＭ（科学・技術・工学・数学）という理系分野の多くでは、大学院生の大部分を女性が占めており、博士号取得者の約半数が女性だが、[8] その後の訓練生から助教への重要な移行期間にボトルネックがある。そして、正教授につながる終身在職権の獲得には、さらにきびしいボトルネックがある。科学分野で活躍する女性はかつてないほど多さだが、現状では各分野の上級職に占める割合は非常に低い。ひとつには、これにはタイミングが関係している。大学院や博士研究員での訓練期間が約一〇年と長いため、女性が正規の社会人になる三〇代は、家庭を持つ時期と重なることが多いからである。

わたしはフロリダ国際大学の同級生のなかでは例外的に、大学院で子供をつくりはじめた。しかし世間でいうところの「適切な時期」、つまり終身在職権を得て仕事が安定するまで待っていたら、おそらく子供を産むチャンスはなかったに違いない。マルコとわたしは大家族を望んでいたし、わたしは複雑な医療問題をかかえていたため、待つ年数が増えるたびにわたしの健康と子供の可能性の両方が危険にさらされただろう。さらに、大学院の同級生のなかでは異例だったのかもしれないが、わたしが育った地域では、二〇代前半で子供を持つのは普通のことだった。

大学院時代に母親になることを選択し、さらにキャリアの初期にも母親になることを選択したため、日々の苦労や仕事と生活のバランス確保のほかにも、さまざまな代償をはらった。しかし、そういう経験をしたのはわたしひとりではない。学術界の女性を対象とした世界的な調査によると、博士号取得後すぐに子供を産んだ女性は、終身在職権取得の可能性が低いという結果が出ている。[9] この本を書いている二〇二一年現在、わたしは終身在職権取得のための仕事を八年間続け、准教授に昇進しているが、非常に残念なことに、いまだに終身在職権は得られていない。

さらに、理系分野のキャリア初期の性差を経済面から調査したところ、女性、とくにこの時期の母親は給与面での格差が大きかった。[10] わたしは学会で働く女性研究者たちのこうした現状を、じかに見てきた。とくに、私立大学では教授の給料が公開されていない。そのため、女性研究者は往々にして、同僚と共同で助成金の申請をしたときに、自分と同じような地位、業績、キャリアステージにいる男性研究者との給与格差を初めて知ることになる。年間の給与格差は五〇〇〇ドル程度のこともあれば、四万ドルから五万ドル以上になる場合も少なくない。これは、マルコの年収よりも多い金額だ。この年額は時間が経つにつれてふくらんでいく――それがあれば自宅の購入費や退職後の費用、子供の養育費にあてられたはずのもの。格差は年々広がり、初任給が低い層に入れられたら、どれほど個人的成果をあげて昇給しても、女性はけっして追いつくことができない。

また、別の調査では、出産後すぐにSTEM分野のフルタイムの仕事を辞めてしまう母親が四二パーセント、父親が一五パーセントという結果が出ている。[11] その原因は複雑で、男女差別から、とくに母親にかかる子育てや主婦業の負担の大きさまで、多岐にわたる。また働く父親とは異なり、働く母親に対しては、子供の世話に追われるため責任のある仕事は無理、という一般通念がある。母親のキャリアアップと安定を阻む壁は、科学界に実際に存在する。

夜の交流会の出席や出張のたびに、マルコとわたしは費用対効果を一緒に分析した。わたしたちはチームであり、わたしがいないあいだ、マルコは家事や介護の責任をひとりでになうことになる。わたしは人生のパートナーに恵まれた。マルコは子供たちのすばらしい父親であるばかりか、わたしのキャリアを支えてくれる。わたしのこれまでの歩みは、彼の揺るぎない支援なしには考えられない。マルコのような夫がいない女性は、どうやって家庭生活をやりくりしているんだろう、とよく考える。

組織内の情報ルートの問題、セクシャルハラスメント、学閥とその縁故主義にくわえて、学界には信じられないほどの確執やいじめがある。わたしの指導教官には、男女を問わず、学問の競争相手とのキャリアを賭けた対立に耐えた人が何人もいる。少ない資金をめぐる激しい競争や、それぞれの分野の複雑なニュアンスをめぐる意見の相違によって生じる有害な関係は、資金獲得面で科学者の力を弱めたり、科学的成果の発表を妨害したりすることがある。場合によっては学生やトレーニング生に悪影響をおよぼし、彼らの成長を妨げることにもなりかねない。

わたしも博士号を取得してから数年後に、こうしたアカデミックないじめを受けたことがある。そのときはヨーロッパの由緒ある美しい大学のギャラリーホールで、国際会議のオープニング・レセプションが開かれていた。大広間の壁にはルネッサンス期の絵画が飾られ、歴史的に有名な科学者や学者の大理石の胸像が、サッカー場ほどの広さのホールに点々とおかれている。わたしがハイトップのカクテルテーブルのそばにひとりで立ち、給仕がまわしてくれた上品なオードブルを楽しんでいると、陰険教授が近づいてきた。わたしよりも八、一〇歳ほど年上で、背が高く、白いものが混じった髪に茶色の目をしている。

簡単な挨拶を交わしたあと、陰険教授は突然、わたしがアンドレアたち共同研究者と執筆した最新のレビュー論文などは「まったくのクソ」だと考えている、とまくしたてはじめた。顔は真っ赤で、全身がわなわなと震えている。顔の横から汗がしたたり落ちている。陰険教授は、自分の論文のひとつが参考文献として引用されていないことに——それはわたしたちの論文の主旨にあわなかったからにすぎなかったのだが——激怒していた。

わたしはショックで無言になり、彼の態度に怯えてその場に立ち尽くした。

それまで、論文の参考文献の引用が気に入らないからといって、誰かが別の科学者をいきなり難詰するなどという話は聞いたこともなかった。しかしこの不愉快な遭遇はわたしにとっても、ほかの人にとっても、最初で最後ではなかった。陰険教授は女性科学者をいじめたり、いやがらせをしたりすることで有名だった。論戦の場では声を荒げ、自分が査読者や編集者を務めているときは論文を却下し、女性たちの仕事に対して毒のあるコメントを書いた。もちろんわたしの論文にも同じ態度でのぞみ、わたしの研究者仲間にそれを自慢した。

なによりも残念なのは、彼の行動に対する科学界の反応だった。尊敬する年長の教授に打ちあけたところ、彼は陰険教授の行動のいいわけに終始した。「彼は結婚生活がうまくいっていないんだよ」「仕事のことで悩みがあるらしい」「少しは大目にみてやったらどうだい」「きみは過剰反応しすぎだな」その答えでわたしの気が休まるとでも？　わたしに指導されているという理由だけで学生の論文が却下されているのに？　ほかの被害者もわたしも、ずっと彼のいじめを受け続けなければならないの？

あのショッキングな対面があった学会の主催者側に、彼の行動を報告したところ、わたしの話を聞きはしたが、なにもしてくれなかった。わたしは、ハラスメントを防止するための行動規範を今後の学会に導入するよう求めたが、彼らは拒否した。

陰険教授は、自分の行動の結果にまだ直面していない。ときには、世界の津々浦々に存在する陰険教授の行動をかばう組織や個人から、距離をおくことだけが唯一の解決策だったりする。

あかるい面があるとすれば、この経験から、自分の所属する経済生物学会などの積極的に支援してくれる学会に、行動規範を導入するよう提唱できたことだった。[12] 学会のイベントで許容されない行為とはなにかという明確なガイドライン、報告体制、違反者への処罰規定など、今後、こうした状況で使えるものができたことは心強い。

こういったいじめを受けたとき、わたしはいつも「異質」として育ってきた子供時代を思いだす。わたしは小学生の頃、年に一～二回の手術を受けていた。成長期というのは厄介なもので、断端にできた骨棘を切り落としたり、大腿骨の長さを矯正したりしなければならなかった。半年かけて大腿骨延長治療を受けると、脚の力が弱くなるので、なんらかの装具が必要となる。松葉杖で数か月過ごしたあと、右脚に体重をかけて筋力をつける必要があるからと、医師はわたしにみっともない金属性の杖をあてがった。ほんとうの意味でのからかいやトラウマがはじまったのは、九歳の小学校四年生のときだった。わたしは人前ではけっして泣かず、いつも家のベッドでひとり涙を流した。こうした自己憐憫は悲しみの時間である。しかし悪口は、怒りを呼びさました。わたしを「びっこ」と呼ぶ子もいたが、とくにある男の子はわたしをからかうことによろこびを感じていた。

毎日、その子はこう唱えた。「おばあちゃん、おばあちゃん……おばあちゃんが杖をついて来たぞ！」

その子のからかいは、きまって先生や授業補佐の目の届かない運動場でひどくなる。そしてある日、わたしのなかでなにかが切れた。

ふしをつけてお気に入りの悪口を唱えているその子に向かって、わたしは杖を振りあげ、「誰がおばあちゃんか見せてやる！」と叫びながら頭をたたいた。いまにして思えば、わたしは怒りのあまり相当な力でなぐったのだろう。

教員助手が駆けよってきて、なにがあったのかと尋ねた。わたしは彼女の顔をまっすぐに見て、「ビリーがブランコから落ちたの」と答えた。

彼は二度とわたしをおばあちゃんと呼ばず、先生にもなにもいわなかった。わたしはこの件で罰せられることはなかった。たぶん教員助手はなにが起こったのかを見て、不問に付したのではないかと思う。それは誰にもわからない。しかしここでの教訓は、暴力に訴えて悩みを解決したことではなく、この瞬間がわたしの転機になったということだった。泣き寝入りしない力を初めて実感した瞬間だった。それはよい気分だった。

二〇一六年、俺様教授と出会うちょうど一年前のこと、植物化合物研究室には五人の撮影クルーが来ていた。彼らの到着にそなえて、研究室はピカピカに磨きあげてある。所属学生の何人が廊下でうろうろし、通行人役の期待と不安で胸を高鳴らせている。

現場プロデューサーのピーターが、「廊下を歩いてください。カメラでそれを追いますから」といった。

「本気でわたしに歩けとおっしゃるの？」わたしは不安になった。「研究室に立って話をする静止画だけでじゅうぶんじゃない？」

「いや、いや。先生が仕事に向かうようすを撮りたいんです。建物と研究室の雰囲気を視聴者に伝えるための、ごく短い導入部分ですよ。あと、植物サンプルをこのベンチから向こうの機械に運ぶ映像もいくつか必要ですから」とピーター。

「マイクを付けたいんですが。いいですか？」オーディオ技術者のひとりが、わたしに白衣とシャツを持ちあげるように指示し、配線をテープでとめた。

研究室には高級な撮影機材、高解像度カメラ、ブーム・マイク、照明スタンドなどがところ狭しとならび、ジェームズとケイトはいざというときに番組に出演できるよう、部屋の隅で待機している。撮影クルーは、ナショナルジオグラフィック・チャンネルで放送される新番組『起源――人類の旅』シリーズの撮影に取り組んでいた。

スタッフは医学の一側面を伝えるうちの研究室を撮るために、ロサンゼルスからアトランタまで飛んできた。光栄なことには違いないが、わたしは深刻な不安と戦っていた。この数か月前、『ニューヨーク・タイムズ・マガジン』に掲載された、薬用植物から抗生物質を探すというフェリスの記事には義足姿の写真が載っていた。[13] ただ義足を見せるだけなら気にならないが、自分のぎこちない歩き方を世間にさらすのはまったくの別問題だ。

中学二年生のとき、わたしは病院の微生物検査室で科学フェアの実験をしているところをわが家のVHSビデオカメラで父に撮影してもらう、というすばらしいアイデアを思いついた。その記憶がよみがえって胸を刺す。お金持ちの学区の生徒たちに負けないよう、州大会に発表用のボードだけでなく、ビデオも出品したかったのである。

わたしは撮影のために、当時一三歳の女の子に人気のあった髪型を入念に準備した。長い前髪に熱いカールアイロンをあて、ブラシでととのえ、火に近づけば大火事になるくらいの量のヘアスプレーをかけた。その結果、ふたつに分けて巻いた前髪が、一二センチの長さで額の上に固定された。実験室では、膝丈の白衣とラテックス製の手袋を着用し、カメラに向かって実験の過程を説明しました。細菌培養器から実験をおこなう安全キャビネットまでを行ったり来たりしながら、ひとつひとつの作業工程をくわしく話した。

義足のために左右のバランスがとれない歩き方は一目瞭然で、しかも当時悪化していた脊柱側弯症とあいまって、猫背で不気味な印象を与えていた。しかも青白い肌、赤すぎる唇、額からはみ出た大きな前髪という外見に、白衣を着て、口には歯列矯正具をつけ、義足を床に引きずりながら、手を大きく振って「研究室についてきてください」とカメラを手招きする姿は、一九三一年に公開されたホラー映画の古典に出てくる登場人物のひとり、フランケンシュタイン博士の狂った助手フリッツ――もしくはイゴール――に酷似していた。

さらに悪いことに、父は研究室でわたしを撮影するために、大ファンだったプロレスを録画したテープを持ってきていた。カセットの冒頭部分にわたしの研究シーンが収録されていたのだが、残りはプロレスの大乱闘のままだった。もちろん、それに気がついたのは、州大会で自分のビデオを背景に審査員と話をしていたときである。背後のビデオを見ていた審査員がぎょっとしたように口を開けたので、振り返ってみると、世界プロレス連合のレスラーが相手に脳天杭打ち《パイルドライバー》の必殺技を決めたの見て（そして聞いて）、愕然とした。レスラーは起きあがると、雄叫びをあげながら両腕を振りまわし、裸の胸を傲然とはって、ネオンイエローのぴちぴちのショーツに、真っ青な長いブーツといういでたちでリング上を闊歩しはじめた。

そして今度は、ヘアスタイルやメイクは違うとはいえ、わたしが足を引きずりながら研究室にはいっていく姿を撮影し、ナショナルジオグラフィック・チャンネルで放映したいというではないか。わたしは胃が締めつけられ、嘔吐の衝動と戦った。

ピーターと少し話しあって、最終的には実行した。自分を普通の科学者に見せたいと思っていたけれども、わたしはそうではない。たぶん、わたしがこの分野の専門家であることと同じくらいに、わたしの身体が不完全で左右非対称であり、ぎくしゃくと動くという真実を視聴者に伝えることが重要だったのかもしれない。

翌日、わたしはスタッフ全員と飛行機に乗り、南フロリダへ向かった。チームと一緒に旅をして、森を歩いていると緊張がほぐれ、さまざまな楽しみがあった。沼地やオークの木々を探検し、エアボートにも乗った。その過程でいろいろな発見をするうちに、自分の障害に対する自己防衛的な気分も克服されていった。また、現在研究室で取り組んでいるサンショウモドキもスーツケースいっぱいに詰めた。この植物種は、牧草地に隣接する大きな排水溝をとくに好む。フロリダ州では有害雑草リストに含まれており、栽培は禁じられているが、幸いにも野生の個体群が豊富にあるため、サンプルの採集にはことかかない。

研究室の規模が大きくなるにしたがい、学生の研究プロジェクトの数も増していく。そのおかげで、まだ資金が確保できていないプロジェクトに学生を割り当て、予備データの充実をはかれるようになった。そうした学生のひとりがアミーリアである。彼女は非常に意欲的で、学業と学内での救急救命士としての仕事、研究室での研究をバランスよくこなす。前の学期はケイトの指導のもとに、植物化合物の作業から、アレックスが提供した蛍光クオラムセンシングレポーターブドウ球菌株を用いた抗菌試験まで、さまざま実験技術の習得にはげんでいた。

フロリダから戻った日、わたしはサンショウモドキ入りのスーツケースを植物化学研究室に運びこんだ。ケイト、ジェームズ、アミーリアは、葉、茎、果実用の三つのバケツにそれぞれの部位を分類する作業に取りかかった。この植物の果実は美しい。サンプルを切りとって分類しているうちに、白い作業用バケツはまたたくまに赤い実のかたまりでいっぱいになった。

外来種のサンショウモドキは侵略性があり、虫害にも強いため、フロリダでは嫌われ者かもしれないが、薬用植物として豊かな歴史がある。アミーリアは自分のプロジェクトの背景調査の一環として、一八〇〇年代の文献をスキャンし、サンショウモドキの薬としての用途の詳細を調べた。それによると、果実は傷や潰瘍の治療に、樹皮は膣、泌尿器、皮膚の感染症や火傷の治療に、葉は眼の感染症、傷、潰瘍、リウマチの痛みなどに使われていた。一六四八年にオランダの博物学者ウィレム・ピソがラテン語で書いた『ブラジルの自然史 *Historia Naturalis Brasiliae*』を調べたところ、薬としての最古の記述が見つかった。葉や樹皮は多くの科学者によって研究されていたが、果実についてはそれほどでもない。そこでアミーリアに、果実の抽出成分がブドウ球菌のクオラムセンシング能力を阻害するかどうか調べ、どの化合物に活性があるのか調べるようにと伝えた。アレックスとのクリに関する共同研究で新しい機器類を導入したため、新規の病原菌抑制剤を探すため、異なる種類の植物の化合物を調べられる環境が整っていた。

研究室は立ち上げの時期を過ぎて学生、研修生、客員研究員、研究スタッフがそろい、それぞれの専門分野である植物学、微生物学、薬理学、化学の知識を共有しながら、ようやく充実した活動ができきるようになった。研究は軌道に乗り、論文発表も助成金申請もとどこおりなく進んだ。しかし、この進歩には犠牲がともなった——とくに時間とその管理が大きな問題となった。わたしは研究室の主任、教授、教官、母親、妻、著者、編集者、査読者、助成金申請者など、さまざまな役割をこなすのに苦労した。また、自分のキャリアアップをはばむ腹立たしい壁も崩せていなかった。

キャリアアップのためには、学術的な貢献、研究論文、招待講演などが重要になるが、昇進や終身在職権の獲得、上の役職につけるかどうかは、結局は次のこと—大学に潤沢な資金を提供する学外からの助成金を獲得する能力で決まる。研究事業がもたらすドルは学術機関の大きな資金源であり、研究者の成功か失敗かをめぐるプレッシャーのほとんどは、お金にむすびついている。

さて、これらの資金を不利な立場で獲得することを想像してみてほしい。研究論文であれ、助成金の申請であれ、自分が提案している科学をおこなう「能力」があるかどうかについて、重箱の隅をつつくように精査され、自分の専門知識、知見、資格がつねに疑問視される。あなたは公平に判断されるのだろうか？　そのプロジェクトは、あなたのスキルにしては「野心的すぎる」と却下されてしまうのだろうか？　自分のアイデアが革新的で、枠組みの変換を起こす可能性があると評価されることを期待してもいいのだろうか？　それとも、部外者の素人の努力とみなされ、西洋科学のあるべき姿という教条的な枠からあえてはずれることで、最終的にはつぶされてしまう可能性のほうが高いのだろうか？

性差別や暗黙のバイアスは、科学の進歩に想像を絶する影響を与える。調査によると、女性やマイノリティは、助成金や論文の審査から採用や昇進にいたるまで、今日の科学事業のあらゆるレベルで、暗黙の、ときには明白な偏見の波にさらされている。また、白人男性の研究者にくらべて低賃金であったり、研究室立ち上げのために大学が提供する開発資金が少なかったりする。こうした事柄は、学外資金獲得競争の成否にずっと影響を与える可能性がある。

このシナリオで考えてみよう。新規採用の教員がふたりいたとする。一方に渡される研究室立ち上げ資金が四〇〜五〇パーセント少なかった場合、どちらが研究助成金の獲得競争に勝つために必要なデータをより多く出せるだろうか？　あきらかに、多くの研究者をチームにくわえたり、必要な備品を購入したりする資金があるほうが有利だ。女性やマイノリティの研究者に配る立ち上げ資金は切り詰められるので（金額は公開されないのが普通）、最初からつまずく公算は大きい。いったんこのような状況におちいると、再交渉して同等の資金を確保するのは非常に困難になる。多くの場合、唯一の手段は職場を変えることだが、そうなると家族も別の場所で一からやり直すことにつながり、すでに限界に達している個人には多大なストレスがかかる。

終身在職権獲得を目ざす主任研究員は、教鞭をとるだけでなく、研究チーム（大規模なものから小規模なものまで）を率い、大学院生を指導し、数百万ドル規模の研究予算を管理する。要するに、主任研究員というものは研究室のトップであり、ほかの博士研究員や博士課程の大学院生を率いて研究を成功させる責任がある。ここには、女性やマイノリティがほとんどおらず、終身雇用の門をくぐれる人はさらに少ない。このような場所は、孤立していて、気が遠くなるようなところだ。わたしにはその気持ちがよくわかる。つい昨年（二〇二〇年）まで、わたしは一二人の教員が所属する研究フロア全体で、自分の研究室を持つ唯一の女性主任研究員だった。

一九五〇年代のロザリンド・フランクリン博士の時代にくらべれば、状況は確実に改善されているが、八〇年近くたったいまでも、女性は平等な立場に立っていない。科学の世界ではゴール地点がつねに変化しており、「他者」に分類される人間が成功するためには、ときには人並み以上に努力し続けなければならないことを学んだ。それが、このレースで自分の地位を維持し続けるために必要なことなのである。

少なくともわたしにとっては、自分の能力を過小評価されたり、自分があげた成果を信じてもらえなかったりすることが、いつ果てるともない苦難となっている。もっと押しが強くなければ自分の実績を正確に伝えられないと思うときがよくあるが、偉そうに聞こえるのではないか、自慢話だと思われるのではないかと心配になる。その一方、自分の業績という鎧を身にまとい、押しのけられないようにしなければならないという気持ちもつねにある。謙虚さは、わたしと同じ立場の白人男性だけが持てる贅沢品なのだ。

わたしは子供のときに科学の世界に足を踏みいれた。それはわたしのスポーツであり、よろこびだった。大人になったいまでも、科学を探究することへの愛や、科学への畏敬の念を学生や研修生と共有している。ただ、いまになってようやく、科学は正真正銘の格闘技であり、リーグ戦ではもっともタフな者だけが生き残るのだと理解するようになった。これはたんに男女の問題ではない。それは力――力を持つ者がその力をどう行使するかなのである。

障壁は他人がつくるものとはかぎらない。わたしも自分でつくった壁に悩まされてきた。わたしは自分の時間をさいて仲間の論文や助成金申請の査読をするタイプだが、人に助けを求めるのが苦手である。相手が同僚であれ研修生であれ、自分がするべきことを他人にかたがわりしてもらうことに気が引けてしまう。たぶん、幼い頃から身体的自立に悪戦苦闘してきた経験から、他人に助けや意見を求めることを弱さの一種とみなすようになったからなのだろう。それは、他人に利用されやすい欠点でもある。

自立したキャリアをはじめてから数年すると、わたしは他人をよろこばせたいという気持ちが、自分の心身を追いつめていることに気づいた。まともな食事も、じゅうぶんな睡眠や運動もできず、家族との時間も思うようにとれない。仕事の時間はどんどん長くなり、オフィスや研究室で一日を過ごしたあと、夕食をとって子供を寝かしつけてから、夜遅くまで仕事をする。大学の委員会、学会、編集委員会、助成金審査委員会などでの仕事は、研究の生産性を低下させるほどの負担だった。わたしは、新たな依頼にイエスと答えるたびに、じつは自分の健康、家族、そして研究の成功にノーといっているのだと理解しはじめた。助けがいる。どうすれば優先順位をつけることができるのだろう。小さな頼みごとであっても、侮辱や失望を与えずに断るにはどうしたらいいのか。小さな頼みごとのひとつひとつが重なって、わたしの背中を折る束になりかけている。最初にことわったあとで、別の人がわたしの考えを変えるように圧力をかけてきたら、どのように対応すればよいのだろうか？　これ以上ことわり続けたら、キャリアに傷がついたり、終身在職権獲得や昇進の道に差し障りがでたりしないだろうか？

わたしは大学でも医学部でも、女性科学者のグループミーティングで相談してみた。すると、みんな同じ悩みを持っていることがわかった。自分だけじゃないと知るのは多少のなぐさめにはなるが、問題の解決にはならない。みんなで不満を箇条書きにして解決策を考えても、なにも変わらなかった。わたしたちには現状を変える力はなかったのである。わたしたちが困っていたのは、キャンパスの近くに保育施設があまりないこと、給与格差とそれによる家計への負担、過重な勤務、スケジュール管理、管理業務、学生の悩みを聞くために費やす何時間ものカウンセリング業務の精神的負担。ところが男性の同僚の多くは、わたしたちが担っているサービスの役割を避け、オフィスに閉じこもって助成金や論文の執筆に励んでいるではないか。足にはめられた鉄球のように、ほかの仕事がわたしたちの足を引っ張り、どんなにがんばって登ろうとしても、また引きずり下ろされてしまう。

わたしはいやになり、新たな視点が必要だと考えた――残りの半分がどのように生活し、働いているのかを理解しなければ。男性の同僚がどのように困難に対処しているかを見るべきではなかろうか。同じ仕事をしているのだから。格差があるとはいえ、一日は二四時間しかないのだから。そこで偵察してみることにした。

「ねえ、ビールを一本とってよ」とわたしはスティーブにいった。

わたしたちは、アトランタ郊外にあるジョーの家のダイニングルームにいた。最近はじめた、月に一度の夜の集会である。メンバーの家を順番にまわり、それぞれがホスト役を務め、タコスやピザ、ビールなどの簡単な食事を提供する――ときには、おいしいスコッチで締めくくられたりする。

部屋に集まっているのは、この町を代表する微生物学の教授連である。イギリス人もいればアメリカ人もおり、みんなエモリー大学やジョージア工科大学で教鞭をとったり、研究室を運営したりしている。ほとんどが男性で、女性はわたしを含めてふたり。助成金のアイデアをだしあったり、どうすればもっと多くの研究費を集められるか、規模の大きい研究会やシンポジウムを開催できるかについて、戦略を練ったりした。感染症の最新の知見や新たな薬剤耐性菌、あるいは嚢胞性線維症や敗血症に効く創薬アプローチなど、わたしたちには共通の関心があった。

ヴィクトリア朝時代、教育を受けた裕福なエリートたちは自宅でサロンを開き、選ばれた数人のゲストを招待して、科学、文化、政治などの最新の話題について話しあった。わたしはそれにいつも憧れていた。パーティーが好きだったし、おもしろい会話がはずむパーティーはとくに好きだったからである。みんなお金もなければ、エリートでもなかったけれども。たまに政治が話題になることもあったが、たいていは純粋に科学とその戦略についての話に終始した。常連のなかには大成功をおさめている研究室の主催者も多く、わたしは自分の研究室を発展させる方法や、彼らの成功戦略を学べる機会を楽しんでいた。

その日の話題は、全員に共通するプレッシャーである助成金申請書の作成についてだった。女性科学者ネットワークで知りあった女性主任研究員たちと同じく、わたしも助成金申請書はすべて自分で書いていた。ときにはチームメンバー——おもに年長の大学院生や博士研究員——に意見を求めることもあったが、それにさえ罪悪感をおぼえた。というのも、助成金は最終的に彼らの給料にもなるとはいえ、うまく認可された場合、功績はすべてわたしのものになり、なんだか彼らを利用しているように感じたからである。また、わたしはけっして仲間にも相談しなかった。彼らが共同研究者としてプロジェクトの恩恵を受けていないのなら、相談するのはまちがっていると思ったからである。

テーブルをかこんだわたしたちは、各人が最新の申請書について話し、それのよかった点や悪かった点を述べた。順番がきたとき、わたしは自分のやり方を説明した。全員、あきらかに仰天したらしい。口を大きく開けている。飲み物にも手を付けず、皿の上のピザのチーズが冷めるのに食べようともしない。

「どうしたの？」とわたしは尋ねた。

「自分で助成金を書いているのかい――なにもかも自分ひとりで？」微生物学者のマービンが、ついにこういった。

「ええ、もちろんよ。あなたは違うの？」

沈黙が続いた。やがて、みんなが口々にそんなことはしない、といいはじめた。わたしはショックを受けた。

「キャシー」とマービン。「助成金の申請書作成に参加させないなんて、チームのためにならないよ。助成金の申請書の書き方も知らないのに、どうして科学界で成功できる？　ぼくはチームを小グループに分けて、それぞれに研究計画を書かせているよ。もちろん、ぼくが目をとおして指導するけどね。きみもそうしたほうがいい」

マービンは研究プログラムのために数百万ドルの助成金を得ており、大勢の学生や博士研究員を育ててきた。マービンの教え子たちは彼の研究室から巣立ったあと、立派な職場に就職したり、自分でキャリアを追求したりしている。

その場にいたほかの人々も、自分も同じような方針でのぞんでいると説明した。わたしのようにたったひとりで、仲間の意見も聴取せずに申請書を書いている人はいなかった。彼らによれば、助成金申請に尽力したメンバーが自分のプロジェクトで応募するときは、かならず彼らの仕事を強く支持する推薦状を書いて、かつての助成金プロジェクトでリーダーシップを発揮したことを強調し、最終的に彼らが望む仕事ができるように支援するのだという。彼らはそれになんの罪悪感も持っていなかった。むしろ彼らの意見では、それは科学的トレーニングに欠かせない部分だった。

これは科学界の女性全員が犯す過ちなのか、それともわたしだけなのか?

わたしには、このような率直な意見や、自分の視点の変化が必要だった。わたしは自分の力を証明するためにはこれらの作業をすべてひとりでおこなうべきであり、ほかの人に過度の負担をかけてはいけないと思いこんでいたのである。しかし科学者仲間のおかげで、それでは自分の負担が増えるだけでなく、チームメンバーの学ぶ機会も奪っていたことに気づいた。もっと彼らに手伝ってもらうようにしなければ。彼らだって将来に向けて、助成金の書き方をおぼえなければならないのだから。そう、これはウィンウィンの関係なのだ。みんなはまた、これから助成金を申請する際は遠慮なく自分たちに意見を求めるように、といってくれた。そうすればお互いの向上につながるし、この分野への影響力をみんなで高めていけるからだという。わたしはその日の集会を終えて、自分が変わる決意をした。


その頃、三〇代後半になったわたしには、もうひとつの変化があった。わたしはそれまで、義足をできるだけ本物の脚にみせるため、ふくらはぎの筋肉に肌色のカバーを付けていた。その偽物の皮膚は、自分が不完全で見かけ倒しの人間にすぎないように感じさせ、まるで仕事上の自分の立場に対する心の葛藤を映しだす鏡のようだった。誰が見ても本物の脚でないことは一目瞭然なのに。わたしは偽物に飽きていた。

わたしは自分の過去を見に行った。そこには古い「脚」を入れた箱が眠っている。まだ使えるものあれば、実家の裏の納屋に放置されていたあいだに、皮膚カバーやプラスチックの足がネズミにかじられたものもある。わたしは二〇本の足を、短いものから長いものへと順番にならべてみた。この義ならなかった。

足の大連隊は、多くの人には不気味に見えるかもしれないが、わたしには物語がある。どの脚もそれぞれの章、それぞれの時代をあらわしていた。気をつけの姿勢でならんでいる小さな兵士たちは、どれもわたしの戦友だった。どんなときも一歩前へ進むためには、まず大きな障害を乗り越えなければならなかった。

わたしの脚は時代を経るにしたがい、ストラップがたくさんついた重い木製のものから、ずれないようにきちっと留められる装置つきの軽い金属性のものへと変化していった。いまは足首まで回転する。まだ跛行《はこう》はするものの、歩き方はずいぶん自然になってきた。子供の頃、どの脚をつくるにもいろんな段階を踏まねばならず、義足製作所に何度も通ったものだ。わたしはそこでチャーリーと出会った。チャーリーは義足のソケットをつくるため、わたしの断端の鋳型をとることからはじめた。まず、断端に薄い綿の靴下をはかせて、しっかりと上へ引っぱる。そしてゴツゴツした年老いた手で断端のさまざまな部分を慎重にさぐり、脛骨の部分には線を、膝蓋骨のまわりには円などを描いていく。続いて、古いバケツにお湯を入れる。それからビニール袋を開けて、乾いた石膏がコーティングされた綿布をきつく巻いた束――エース包帯ほどの大きさ――を取りだす。それをひとつずつお湯のなかに入れて手で揉み、熱くなった布を断端に巻きつける。

わたしと向かいあって椅子に座ったチャーリーが型取り作業をするあいだ、もつれた白髪がわたしのあごをくすぐった。わたしは黙っていられないたちなので、作業工程について質問をすると、チャーリーは辛抱強く答えてくれた。

「なんで石膏が熱くなるの?」とわたしはきいた。

「かたくなるには化学反応が必要なんだ」とチャーリーが答えた。

石膏包帯をすべて巻き終えると、チャーリーは断端を両手で包みこみ、義足内で体重を支える部分に両方の親指をあて、石膏がかたまるまでずっと圧をくわえ続けた。それから、熟練の指をひょいと動かして、わたしの腰のベルトについていたクリップをはずし、鋳型を慎重にはずしていく。その内側には、わたしの切り株に引かれた線の紫色が石膏にしみだしており、それがソケットの完成品をつくる際の目印になっているのがわかった。

チャーリーはアーティストだった。そして妙な言い方かもしれないが、治療師だった。チャーリーはわたしの断端を彼の芸術作品の一部のように扱い、それを異常や欠点とはみなさなかった。彼にとって、わたしはからかいの対象になる不具ではなかった。わたしは彼の断端の扱い方が好きだった――それはとくに意味のない、あるがままのものだったから。チャーリーにとっては、それが仕事である以上、簡単なことだったのかもしれない。それでも「自分を変えたい」と思ったとき、チャーリーの態度から勇気をもらった。

わたしは、大人になってからずっと義足を頼んでいるフォアルー・プロスセティクス社のウィル・ホルブルックのもとへ車を走らせ、「剝きだしにしてほしいの。メタルの棒だけでたくさん！」と伝えた。

人々にほんとうの自分の姿を見せたかった。自分の姿を偽るのはもうやめたことをあきらかにしたかった。

ウィルはわたしの劇的な宣言を笑顔で受け止め、アイデアをだした。

「じつはねキャシー、3Dプリントの義足をつくっている国があるんだよ。ひとつはスペイン、もうひとつはカナダ。そこのウェブサイトをチェックして、どう思うか教えてくれるかい？」

各サイトには、さまざまなデザインのカラフルな義足がならんでいた。花をモチーフにしたもの、鳥や亀をモチーフにしたもの、SF映画の『ブレードランナー』や『未来世紀ブラジル』を思いださせるような直線的なものまで。サイトを閲覧しているうちに、医療機器というよりもアート作品を買うような感覚におちいった。わたしは夢中になった。

ウィルと一緒に、人工足首から膝頭までの金属製パイロンの長さと、断端ソケットの直径を測る。彼の顧客のなかで3Dプリント義足をためすのはわたしが初めてだったので、箱が届いたときはふたりとも目を輝かせた。ドナートは、スーパーヒーロー風の装飾（スパイダーマン、スターウォーズのストームトルーパー、アイアンマン）が施された義足にしろと熱心に主張したが、わたしの一押しはカナダのアレル社の「ヴィクトリアン」という種類のガンメタルグレーの製品だった。古風さと近未来的な科学技術が融合した、スチームパンクの雰囲気が気に入ったのである。この新しい義肢を装着してまもなく、わたしは見知らぬ人の視線に変化があることに気づきました。それは哀れみの眼差しではなく、畏敬の念を感じさせた。それまでは恥ずかしくて、質問されてもいたたまれなかった話題が、友人や好奇心旺盛な他人との楽しい会話の種になったのである。

表紙はアート作品であり、その日の気分を反映する。それはわたしがついに心を開き、普通とは違う自分を受け入れはじめた証でもあった。

［＊　邦訳書にはルイス・キャロル『不思議の国のアリス』（河合祥一郎／角川書店／二〇一〇年）などがある］

# 第11章 片脚のハンター

わたしは成功が保証されているから努力するのではなく、努力するという行為そのものが人生を信じる唯一の方法だと教えられた。
——マデレーン・オルブライト『女性の国務長官 *Madam Secretary*』(二〇〇三年)

二〇一九年の真夏、わたしはアルバニアとコソヴォまたがるシャル山地を横断する遠征隊を率いていた。スポーツ用多目的車(SUV)の助手席に乗り、荒れた山道で石を乗り越えながら、飛ぶように国立公園に向かう。今回、昔からの共同研究者であるアンドレアは一緒ではなかったが、二〇一一年に彼とはじめた仕事の続きだった。イタリアのアルバニア系少数民族アルブレシュ人のところで収集した民族植物学的伝統の起源を、アルバニアで探るのが目的である。

今回の旅の仲間は、コソヴォの首都プリシュティナにあるプリシュティナ大学の気心の知れた共同研究者たちだった。生物学部の学部長アヴニ・ハジダリ教授、この地域を誰よりもよく知る科学者でパークレンジャーのジャビット、アヴニの研究室の大学院生ブレダルという現地チームのほか、オランダのライデン大学のランの専門家スザンヌ・マスターズを誘った。また、ナショナルジオグラフィック誌の写真家スペンサーとジョンも同行している。SUVのハンドルを握っているのはスペンサーで、マニュアル車で悪路を走行した経験があるという。しかし彼にしても――実際のところ、残りのわたしたちにしても――道がこれほど険しいとは予想外だった。山道を登るにつれ、ダークグリーンのランドローバーの七人乗りSUVが悲鳴をあげる。タイヤのゴムが焼けるにおいが漂い、スペンサーはクラッチ操作をしながら慎重に進んでいった。

現地調査で初めてコソヴォを訪れてから八年後、わたしはアメリカ国務省の科学的能力開発イニシアチブが立ちあげたプロジェクトのためにコソヴォを再訪した。ここでのいちばんの共同研究者はアヴニである。わたしたちがこの国で仕事を継続できるのは、アヴニのすばらしい研究手腕と、自分の学部や大学を発展させるための地道な資金確保によるところが大きい。この調査旅行のおもな目的はふたつある。ひとつは、いつものように今後の研究に役立ちそうな植物種、とくに野生のノコギリソウ（ノコギリソウ属 *Achillea*）と薬用多肉植物を集めること。しかしそれ以上に大きな目的は、現地の科学者が自国の薬用植物の抽出成分を用いて抗菌作用を調べられるように、微生物学研究所の設立を支援することだった。まるで夢のような話である。これは、コソヴォの人々が自国の豊富な天然資源を活用する能力を高めるうえで、非常に重要なステップとなるだろう。彼らが自分たちの研究室で独自に試験をおこなえば、民族植物学的なアプローチによる創薬全体がはかどることになる。わたしにしても、エモリー大学以外で設立に参加した初めての研究室であり、わたしの研究方法に意義があるという証明でもあった。なによりも、長年にわたって研究してきたこの地域で、人々が植物から有望な抗生物質を発見するという画期的な成果がもうすぐ得られるかもしれない。

コソヴォは、一九九〇年代のバルカン紛争の灰のなかから生まれた新生国家である。まだ、すべての国から主権国家だと承認されているわけではない。当時、アルバニア人とコソヴォ解放軍は、セルビア人とユーゴスラヴィア（正確にはセルビアとモンテネグロの連邦）とのあいだで戦争状態にあった。武力衝突の拡大を受け、セルビア人大統領のスロボダン・ミロシェヴィチが率いるユーゴスラヴィア軍とセルビア人武装勢力が、民族浄化をおこなった。国際連合はこれを非難し、アメリカを中心にNATO（北大西洋条約機構）が紛争に介入する［NATOによるコソヴォ空爆は国連安全保障理事会の決議なしにおこなわれた］。この悲惨な紛争では、一二〇万人以上のアルバニア人が避難を余儀なくされ、非武装の女性や子供を含め、少なくとも一万二〇〇〇人が死亡したとされる。セルビア軍や準軍事組織、警察は、推定二万人のアルバニア人女性に対して性的暴行をおこなった。紛争は一九九九年六月にクマノヴォでむすばれた和平合意によって終結する。その数年後、旧ユーゴスラヴィア国際刑事裁判所は、ミロシェヴィチとユーゴスラヴィア軍の複数の司令官を戦争犯罪と人道に対する罪で告発した。

紛争終結から二〇年が経過した現在も、NATOはコソヴォ治安維持部隊（KFOR）という平和維持軍の活動を主導しており、二七か国から派遣された三五〇〇人が任務にあたっている。二〇一四年に初めて首都をおとずれたとき、市内にビル・クリントン元大統領の銅像があったり、ジョージ・W・ブッシュ元大統領の名前がついた道路があったりして驚いた。コソヴォの人々は自分たちの自由と救済をアメリカとNATOのおかげだと考えており、それを誇りにしている。この国は地獄のような経験をしてきたが、わたしが出会った人々はみな、非常に寛大だった。この国ほど、見ず知らずの人から感謝されていると感じた場所はない。

わたしたちは、地元の人々が耳や副鼻腔の感染症に生の多肉植物――一般名をヤネバンダイソウ（英名ヘンズ・アンド・チックスまたはハウスリーク）というセンペルウィウム属（*Sempervivum* ベンケイソウ科）——を薬にしていることを聞いていた。

地元の住人でこの手のことにくわしいアンジュールが、肉厚の葉を一枚引き抜いてよく絞ると、透明なとろりとした液体が垂れてきた。「耳が痛いときはこれをなかに入れればいい。副鼻腔炎のときは鼻にね」アンジュールはこの植物の鉢植えを中庭で育てていたが、さらに言葉を重ねた。「これは高いところ、つまり山地の岩山の峰にはえているよ。家に持ち帰って鉢植えにしたのさ」

この植物は研究室で一度も調べたことがなかった。これが耳や副鼻腔の感染症に効くなら、肺炎球菌や黄色ブドウ球菌などのグラム陽性菌に効果がある可能性が高い。わがチームの植物学の権威で人間GPSのようなジャビットは、この植物の生息地を知っているという。ジャビットはセルビア語で「どこにあるか知っているよ」といい、目を輝かせながら薄くなった眉をぬぐい、帽子の下の白髪を後ろになでつけた。「どこにあるか知っているよ」

わたしが英語でいちばん好きな言葉は、マルコがわたしにいってくれる「愛している《アイ・ラブ・ユー》よ」だ。二番目に好きな言葉は、探している植物が「どこにあるか知っている《アイ・ノウ・ホウェア》よ」で、これは人も場所も問わない。これを聞くと、いつもクラクラする。

道は荒れていたものの、景色はすばらしかった。けわしい丘陵地帯の斜面を覆う緑の絨毯には、まるで虹の色が地面にこぼれおちたかのように野生の花が色とりどりに咲きみだれ、はるか向こうに雄大な山々が連なる。わたしたちは何度か車をとめて、水浸しの草原の泥のなかを歩きながら、途中で見つけた陸生のランを記録し、個体数が多いものはプリシュティナ大学の標本室用に採集し、希少種は写真を撮って一輪だけを集めた。

遠くに嵐の雲が現れ、彼方の谷間に稲妻が光った。雷の音は聞こえなかったが、心配になってきた。風が吹けば、暗闇がこちらに押しよせてくるだろう。この道は乾いていても悪い。土砂降りの雨が降れば、一晩、あるいはそれ以上、ここで足止めを食らうことになる。数キロ戻ったところに農家が数軒あったから、そこで雨宿りができるにしても、雨のなかを徒歩や車で移動するとすべって危険だ。ジャビットにあとどれくらいかきいてみると、「そんなにはかからない」という。それなら、とわたしは決断した。遠征隊のリーダーとして、わたしは前進の号令をかけた。

荒れた道にのろのろと車を走らせながらさらに一五分進むと、道が途切れた。その先のさほど遠くないところに、切り立った崖が数百メートル下の谷間に落ちこんでいる。その山肌の大部分は削りとられ、砂利が剝きだしだ。もし嵐に襲われてもすべりやすい泥のなか、断崖絶壁のそばの斜面で車の方向転換をしなくてすむように、あらかじめ車を狭い道のほうへ向けておく。遠くの谷に目をやったが、雲がこちらに向かっているようには見えなかった。

チームの最年長者のジャビットは、木製の歩行用スティックを使いながら草深い斜面をぐんぐん進み、けわしい山頂へ向かう。ブラダルも慣れたもので、カメラや採集バッグを持って彼のあとを急ぐ。ほかのメンバーは濡れた草の茂る丘陵地を探索することになった。荷物と杖を持ってゆっくりと丘の上まで登っていくと、はるか前方にジャビットとブレダルの姿が見えた。まるで尾根の上を歩く蟻のようだ。登りきって疲れたわたしは、草むらで休憩しながら、自分を取りかこむ広大な野生の風景を眺める。青々として生気に満ち、土が香り、踏んだばかりの草の甘いにおいが満ちている。それは平和で美しく、永遠に心にとどめておきたくなるような、すばらしい瞬間だった。

スザンヌとわたしは、標本用や研究用に興味深い種を集める作業にとりかかった。ハゴロモグサ（ハ

ゴロモグサ属 *Alchemilla* バラ科）は一種だけでなく、三種発見した。葉を持たず、葉緑素を欠くためにほかの植物に寄生してエネルギーと栄養を摂取するハマウツボ（ハマウツボ属 *Orobanche* ハマウツボ科）もいた。わたしは草むらに寝そべり、この花の恵みをカメラで撮影したあと、標本用に切りとった。

遠くから叫び声が聞こえた。ジャビットが大きな袋を持って丘を駆けあがってくる。その後ろに、別の袋を持ったブレダルが続く。ジャビットは最高の笑顔で手を振り、採集したものを見に来いと身振りで示す。そして袋のなかに手を入れ、ヤネバンダイソウのすてきなかたまりを意気揚々と掲げた。任務完了、大成功である。ジャビッドの横で、ブレダルが数種のノコギリソウ（ノコギリソウ属 *Achillea* キク科）と、入手困難な固有種などを広げた。ブレダルの博士論文のテーマはノコギリソウなので、今回の遠征は彼の研究におおいに役立つことになる。わたしはこうした国際的なチームワークが好きだ。出身地などは問題ではなく、全員が同じような分野で研究に励み、共通の目標に向かって進んでいる。

その瞬間、いつもの疲労困憊した気分が純粋なよろこびと興奮でかき消された。倒れそうな身体が、ヘリウムで満たされたような感覚だった。目的の植物を手に入れ、カメラマンが植物相や周囲の風景の写真を撮る。アドレナリンのせいなのか、疲れのせいなのか、山道をくだる道のりは、登ってきたときほどこわくはなかった。

ケバパ（羊と牛の合い挽き肉を小さな俵型にしたグリル料理）とアルバニア風ピーマンのクリームソースに焼きたてのピタパンを添えたボリュームたっぷりの夕食をとってから、プリズレンのホテルで深夜まで仕事をした。ホテルの支配人の好意で、最後の客が帰ったあと、ホテルのレストランで機材やサンプルを広げることができたのである。時間とともに腐ってしまう前に、新しい標本すべての目録をつくり、処理しなければならない。植物を本で確認する係、データを入力する係、各標本がきちんとした配置で押されているかどうかを確認する係と、みんなで手分けして作業をおこなった。ワシントン条約（絶滅のおそれのある野生動植物の種の国際取引に関する条約）禁止リストの載っているランをエモリー大学植物標本室に持ち帰ってデジタル化する許可を得ていなかったので、スペンサーが超高解像度の写真で記録してくれた。物理的な標本はすべてプリシュティナ大学の植物標本室に残すことになった。その日の終わり（実際には翌日）、わたしは熱いシャワーを浴び、義足をはずして、最高の気分でベッドに倒れこんだ。

その週の後半、プリシュティナ大学のアヴニの化学研究室で、わたしたちは乾燥植物を分類し、サンプルを分割した。一部はエモリー大学へ送り、残りはアヴニの指導学生たちが成分を抽出し、抗菌作用の実験に使う。この数か月間わたしたちは連絡を取りあいながら、新しい微生物学研究室に必要な機器を選び、どこで買うのがいちばん安いかを検討しながら、培養器、細菌培養の光学濃度を測定するプレートリーダー、ピペット、遠心分離機などを注文した。費用はかさんだが、アメリカ政府から支給された最新の能力開発助成金で立ち上げ資金をまかなうことができ、消耗品（シャーレ、培養液、試験管、対照用に使う抗生物質など）を購入する余裕があるくらいだった。

アヴニはわたしの数年後輩で、いつも笑顔を絶やさない。ジョークが大好きで、思わず笑ってしまうような下品なジョークを連発する。彼とブレダルは、二年前にエモリー大学のわたしのところで数か月間のトレーニングを受けており、アヴニの研究室では、バルカン半島の植物から抽出した成分の分析をおこなう準備がととのっていた。わたしが到着する前に、購入した備品をブレダルが開梱して、大学に新設された小さな研究室に機器を設置していたからである。研究室には生物学部の学生ふたりが新たにくわわり、植物抽出成分を使った抗菌作用実験の実演をおこなおうとしている。ブレダルが作業をリードし、わたしはうしろで彼らのようすを観察しながら、質問が出たらそれに答える。うちの微生物学研究室で受けたトレーニングをしっかり身につけたブレダルは、経験を積んだ自信から余裕を持って実験にのぞんでおり、手順ごとにアルバニア語で学生たちに説明しながら作業を進めていく。教官にとって、教え子が自分を必要としなくなったと感じるときほどすばらしい瞬間はないだろう。老兵になるのは指導者の甘露である。

部屋の隅の椅子に座り、Tシャツとジーンズの上に借り物の白衣を着て、実験の準備をしているようすをながめながら、わたしはこれまでの経過を振りかえってみた。いまから八年前の二〇一一年、まだ博士研究員で自分の研究室を持っていなかったわたしとアヴニは、初めて共同研究の論文を発表した。それから数年のあいだに多くのことが変わった。わたしたちはそれぞれの研究室を構築し、学生に研究の技術を教え、大勢の学生が座る教室で講義をしながら、忙しい日々を送ってきた――お互いに八七〇〇キロ離れた場所で。

七年前、エモリー大学の博士研究員だったわたしが大型の研究助成金を得て自立の一歩を踏みだしたとき、自分の研究室でいつかこれを実現したいと夢みていた。自分のところで科学的成果をあげるだけではなく、世界中の協力者と連携しながら、関係者全員が自由にアクセスできるような研究グループを構築して、その先頭に立って働きたい、というビジョンを持っていた。なにしろ世界には三万三〇〇〇種類以上の薬用植物があり、調査すべきことはたくさんあるのだから。抗生物質耐性菌と戦うためには、団結した戦線と科学者の軍隊が必要だった。自分のビジョンが形を取りはじめるのを見るのは、なんとすばらしいことだろう。植物多様性のある国々の地域社会と倫理的にかかわり、地元の科学者や学生たちと長期的な協力関係を築き、ひとつずつ進んでいけば、いつか変化を起こせる日が来るに違いない。

研究室と植物標本室での作業を終えたあとあと、わたしはアルバニアのシャル山地のいちばん高地に住むゴーラ人の古い友人を訪ねようと思った。アヴニはコソヴォ側の村に行ってみようといったが、わたしにはその提案をことわった——それには理由がある。

数年前、わたしはアンドレアや学生たちと一緒にその村を訪れた。そのとき、なぜか村の雰囲気に違和感をおぼえた。その地域で独自の文化習慣を持つ少数民族が住んでいたが、同じ民族であるにもかかわらず、ほかのコミュニティとは一線を画していたからである。男性と女性の生活空間が分けられているだけでなく、村の道路でさえ別々になっており、どちらも相手の道を通ることは許されない。なによりも心配だったのは、わたしや女性通訳と話したいといっていた年配女性たちが、食用植物のような変哲もない話題でさえ、わたしたちと話すのをおそれていたことだ。

その後、一〇代の少年や未婚の若者が過激化し、中東で戦うために家を出たという噂を耳にした。貧しい地域では、若い男性には仕事がほとんどないため、ＩＳＩＳが約束する豊かな生活はあまりに魅力的で、断れるようなものではなかったのだ。あの村にもう一度行きたいとは思わなかった。わたしたちにとっても、取材に応じてくれるごく少数の村人にとっても、危険が大きすぎた。

「アルバニアのボリェに行ってみましょうよ。山の景色がすばらしいから、きっと気に入るわ」とわたしはアヴニにいった。ボリェの住人とはソーシャルメディアで連絡を取りあっていたので、数年ぶりに会いたかった。彼らは一般的な製品はかぎられたものしか入手できなかったが、町にはインターネットカフェがあり、若者の多くは携帯電話でフェイスブックを利用していた。

アンドレアとわたしが初めてこの地を訪れたのは、二〇一二年のことである。通訳のメザヒルは英語とアルバニア語を流暢に操るだけでなく、ブルガリア・マケドニア語とセルビア・クロアチア語の中間に位置するトルラク方言のひとつ、ゴーラ語もわかるという才能を持っていた。実際、彼の本職はラジオのDJで、インタビューはお手のものだったのだ。わたしはふだん、イタリア語やスペイン語で取材をしていたが、バルカン半島での仕事には独特のむずかしさがあった。わたしたちの場合、同じ週に異なるコミュニティの異なる言語グループの人々と交流することもめずらしくない。わたしはアルバニア語の基礎をある程度習得したが、セルビア語とゴーラ語はなかなか習得できなかった。

わたしたちは、プリズレンから最短距離にある山岳地帯の国境越えをするかどうかで悩んだが、アンドレアが過去に同じルートを試して、同僚ふたりと一緒にアルバニアの田舎の刑務所に入れられそうになったことがある。その二の舞になってはならないと思い、「いや、遠まわりになるけどクークス経由で行きましょう」といった。車で一時間ほど長くかかるが、外国人に義務付けられている公式の国境検問所を利用したほうがいい。

わたしはフェイスブックでゴーラ人の知り合いにメッセージを送り、チームがSUVに荷物を積みこむのを手伝った。焼きたてのパンと羊のチーズが入ったサンドイッチも用意した。国境は問題なく越えられ、クークスの郊外を通る高速道路に入った。クークスは紛争中にコソヴォから逃れた四五万人のアルバニア人を受け入れたことを評価され、都市としては初めてノーベル賞候補になったところだ。

高速道路を降りると、道路は雨や、村から村へ移動する家畜の群れに踏みかためられた砂利道や土地の道になる。道の下の谷間には、透きとおった水が流れ、大きな岩や小さな灰色の川石にぶつかりながら、クークスに向かって蛇行しながら走っていく。この日はめずらしく晴れており、網膜が青く染まりそうなほどの青空だった。この地方でいちばん高いジャリカ山――緑の針葉樹林に覆われた石灰岩の山――のまわりには積乱雲が浮かんでおり、写真を撮れと誘っているかのように見える。

ほかの山々の斜面には森林だけでなく、急斜面をたくみに利用した段々畑が点在している。住民はここで季節の野菜やジャガイモを栽培する。ジャガイモの原産地はここと同じような山岳地帯だが、それは遠く離れた南米のアンデス山脈だ。しかし、ここバルカン半島でもジャガイモは順調に生育し、地元の住民にとって最大の換金作物となっている。

この急峻な地形を耕す人々の農業技術だけでなく、気候のいい時期にたっぷり収穫した栽培作物や、採集した自然の恵みを、藁を敷いた土の穴に貯蔵したり、醗酵させたりして保存し、長い冬のあいだの食料とする知恵にも驚かされたものだ。[1] 雪が多いうえに道も悪く、冬は何か月も村から出られないときがある。蓄えておかないと、飢えてしまうのである。

ローズヒップ、プラム、セイヨウサンシュユ、ブラックベリーなどの野生の果物を醗酵させた発泡性の飲料で、健康を維持している方法に興味を引かれた。[2] また、乳酸醗酵させた野菜（ピーマン、トマト、キャベツ、キュウリなど）の漬物などもあった。

これにヨーグルトやチーズ、パンなどを添えて、冬のあいだの食料とする。また、地元の人々は自然界の微生物についても深い知識を持っており、さまざまな食材の醗酵を促進するために使用していた。酸味のあるヨーグルト飲料「コス」もそれでつくられている。わたしとアンドレアは、今回の遠征のちょうど五年前にゴーラ人の事前調査をおこなったとき、彼らが受け継いできた生態学的知識の領域をあらわすために、「民族醗酵学《エスノザイモロジー》」という言葉を造語した。[3]

　曲がりくねった土の道をゆっくりと進んでいるうちに、遠くに光るものを見つけた。「もうすぐよ」と、わたしはSUV内の仲間に声をかけた。「あれがボリェのモスクのドームよ」

　メインストリート沿いには、自分たちで建てた石造りの家々がならんでいる。屋根は非常に茎の長い種類の大麦で葺かれてあり、これは食料にも使われる。日焼けした肌の老人が、薪をくくりつけたロバを引いていく。わたしたちは、モスクに行く坂の下にあるヤナギの木陰にSUVを停めた。この地域にはアルバニア人も多く住んでいるが、ゴーラ山地周辺の村でヤナギの木がたくさん生えていれば、そこはゴーラ人のコミュニティである可能性が高い。彼らにとってシロヤナギ（学名サリクス・アルバ *Salix alba* ヤナギ科）は神聖な植物なのだ。

　春のギオルギダン（聖ゲオルギウスの日）の祝日には、ゴーラ人は家や店の入り口にヤナギの枝を飾り、魔除けとする。また、病気にならないよう家畜にもヤナギの枝を食べさせる。しかし、もっとも免疫力を高めるために家畜にもヤナギの枝を与える。特徴的なのは、シロヤナギを求婚に使うことだった。

　プロポーズの準備がととのうと、男性は友人たちと川に行き、これぞと思うヤナギを選んで村に持ち帰る。その夜は男同士の絆を深めるために、歌と酒（建前上はイスラーム教ではアルコールを禁じられているが）、踊りでおおいに盛りあがる。最後に、ヤナギを花嫁へ贈るために、花嫁の家の敷居の上においておく。彼女がプロポーズを受け入れれば、その木を父親の畑に植える。拒否された場合は、木は切り刻まれ、家の前で燃やされてしまう。

人類学の分野では、文化的慣習をより深く理解するために、参与観察が重要な方法論となっている。参与観察は、話を聞くだけではわからない部分を垣間見せてくれるからだ。しかし女性の場合、男性がヤナギを探して収穫し、村に持ち帰るようすを観察することは、けっして許されない。女性であるがゆえに閉ざされる世界がある一方、男性の同僚には立ち入れない世界にわたしははいることができた。たとえば、女性の健康、子供の病気、出産などについて、若い女性や中年の女性と話し合うことなどである。

チームはカメラ機材を降ろしながら、次はどうすればよいかとわたしに尋ねた。「バーへ行ってみましょう。ジダンがいるかどうか聞いてみるわ」前にここへ来たとき、わたしはジダンに長時間のインタビューをおこなった。ジダンは地域の野生生物（動植物）や、ゴーラ人が過去一〇〇年間、食や健康のためにこれらの自然資源をどのように伝統利用してきたかについて、非常にくわしく知っていた。ゴーラ人の文化的アイデンティティは、独自の言語と先祖伝来の土地の両方に深くむすびついている。ジダンは猟師で、わたしと同じように片脚しかない。

カフェバーは、モスクの向かい側、村の中心部近くの一室にあり、小さなカウンターにはソーダやビールの缶、コーヒーメーカーがならんでいる。そしてなによりもありがたいことに、トイレがあった。殺風景な個室の地面に穴が掘られ、手を洗うためのバケツの水がおいてあるだけだったが、長いドライブとピクニックランチのあとでは、何人かは切実にそれを必要としていた。女性であるわたしとスザンヌは、この男性の領域に立ち入れないことになっていたが、わたしは過去にアンドレアやメザヒルと一緒にこのバーなどで何度も取材をおこなっていたので、地元の人たちに受け入れられていた。わたしたちは現地の女性ではないから、同じルールは適用されないのである。さらに、五人の男性が同行していることも悪くなかった。

わたしは主人兼バーテンダーのズランにあらためて自己紹介し、ジダンについて尋ねた。ズランは入り口にいた好奇心旺盛な少年をジダンの家に走らせ、探してくるようにといった。

七年前、わたしは村の子供たちと一緒に井戸のそばに座り、彼らが学校の課題である植物植物をつくったことを褒めた。彼らは野草や地元の植物をテープで貼ったノートを手に、遠くから村の植物を見に来た訪問者に自分たちの作品を見せようと、夢中になっていた。

そのときの少年のひとり、シェンデットはもう一九歳になり、この数年間はアルバニアとドイツを行き来していた。彼は難民としてドイツに渡り、そこで教育を受けた。フェイスブックで連絡を取りあっていたので、わたしは前日に彼にメッセージを送っていた。彼がバーに到着したとき、わたしたちは抱きあった。学生時代よりも英語が上手になっていることに驚きながら、わたしは彼の話に耳を傾けた。

経済的に恵まれた未来を夢みる多くの人々と同じく、シェンデットもドイツに住み、そこで収入を得たいと考えていた。ここでは野生の薬草を集めて仲買人に売り、小銭を稼ぐくらいしか道はない。ここで安く買われた薬草は、最終的にヨーロッパやアメリカの高級健康食品店で栄養補助食品として売られる。シェンデットはアルバニア語、英語、ゴーラ語、ドイツ語の四つの言語を駆使して、一生懸命勉強した。それは、よりよい未来への切符になるはずだった。しかし一八歳の成人年齢に達したとき、シェンデットはアルバニアに強制送還されてしまった。「アルバニア人と呼ばれたよ」と、まるで中傷されたかのような口ぶりでいう。「ぼくは、自分はアルバニア人じゃないと説明しようとしたんだ。ぼくはアルバニア人じゃない。ゴーラ人だ」シェンデットは自分の胸に手をあてた。まるで、たったひと言で彼の人間性や文化的アイデンティティが奪われようとしたかのように。彼はゴーラ人として、国内で多数を占めるアルバニア人の文化とは異なる言語、文化、習慣、自然界との関係のなかで育ってきた。

シェンデットを見ていると、故郷にいる自分の子供や甥のことが思われる。彼らが一三歳で単身外国に渡り、家族から離れて里親制度で暮らし、命がけで語学を学び、大人になった途端にすべてを奪われるなんて想像もできなかった。さらに、シェンデットのおじは亡くなり、父は病気で、彼の若い肩にはひとつではなくふたつの家族のためのお金を稼ぐという重荷がのしかかっていた。彼のために胸が痛んだ。わたしはその月の家計の足しになるよう、少額のお金を彼に渡した。

わたしたちが話しているあいだにも、部屋には二〇代から三〇代の若い男性を中心とした、好奇心旺盛な人々が集まってきていた。わたしはバーテンダーのズランに、わたしのおごりでみんなに一杯ふるまうようにといった。みんなでおしゃべりしながら時間を過ごし、ほかのチームメンバーにこの地域の伝統を紹介したりした。勘定書が来たとき、アルバニア・レクからユーロへの換算率が非常に低かったため、満員の会場で全員分のソーダやビール、コーヒー代をはらっても、一二〇〇レク（一〇ユーロもしくは一二ドル相当）にしかならなかった。

ジダンは混雑した部屋に到着した。足を引きずりながら進んでくると、若い男性が立ち上がって席を譲った。ジダンは五〇代後半の頑健な男性で、肌は屋外で過ごしたために日焼けしてしわが寄っている。真っ黒な髪には銀色の筋がはいっていた。挨拶を交わすと、彼はわたしのことをよく覚えており、再会をよろこんでくれた。

「元気だった?」とわたしはきいた。「今シーズンのクマは?」

ジダンは、とくにヒグマ(地元ではアリューと呼ばれる)の追跡と狩猟の技術で知られていた。肉は食用として珍重されていたが、熊の脂肪は傷を治すための伝統的な薬としてさらに珍重されていた。彼はこの国のほかの人々と同様、獲物を売るために狩りをすることはなく、家族や友人のための地産地消(食用と薬用)に使っていた。野生生物の広範な狩猟と取引は、熊、狐、そしてアルバニアの国のシンボルであり、彼らの民話に登場する自由と英雄の象徴である鷲を含む多くの鳥類の野生個体数を大きく脅かした。

二〇一四年、アルバニア政府は、野生動物が国内の個体数を回復するための時間を確保するために、二年間の狩猟の全面禁止を宣言した。これは、二〇一三年にナショナルジオグラフィック誌に掲載された記事により、この地域の渡り鳥が減少[4]していることが注目されたことを受けたもので、一般社会からも大きな圧力があった。二〇一六年、この禁止令は二〇二一年まで五年間更新された。しかし、とくに遠隔地では、この禁止令にどれだけ効果があるかはわからない。ある調査では、多くの人が禁止令を知っているにもかかわらず、ほとんど守られていないことが確認されている。[5]多くの場合、地元の猟師たちは家族を養うなどの大きな問題を抱えており、それが違反行為の原因となっている。森から得られるかぎられた収入で生活する人々によって、野生の植物や動物の個体数は脅かされたままである。持続可能な方法が必要だが、この地で貧困が続くかぎり、野生の動植物を守るための取り組みが成功するとは思えない。自然保護は、何もしなくてもできるものではない。人間が自然の一部ではなく、別のものと考えられているかぎり、その取り組みは成功しないだろう。人間は地球上を歩きはじめたときから、風景を変え、野生動物の個体数に影響を与えてきた。すべてはつながっているのだ。

食用ランの研究とその保護を専門とする民族植物学者であるスザンヌは、このことをよく理解している。彼女がとくに興味を持ったのはサレップと呼ばれるランの一種で、その球根は野生で収穫され、歯ごたえのあるアイスクリームから爆発物まで、さまざまな製品に利用される。[6] イチゴのようなブロンドの髪をして、ポケットに旅先で集めた風味豊かなハーブを詰めているスザンヌは、ランの取引の複雑な力学をよりよく理解することを使命としていた。また、野生のランの塊茎は、この山からトルコの市場に運ばれ、イスタンブルの冬の日に露天商が販売する、熱く泡だつ甘い飲み物の原料となる。[7]

ジダンは地元のランの花畑を知っていたので、そこへ連れて行ってくれるよう頼んだ。しかし、SUVには全員は乗れない。バーの主人は営業成績に満足していたし、おしゃべりを楽しんでいたので、彼が所有する古い箱型の赤いバンで送ってくれることになった。村の男たちと一緒にバンに乗りこみ、アルバニア・ポップスを聴きながらデコボコ道を走ってランの花畑へ向かった。

遠くまで行く必要はなかった。未舗装の道が湿った草原に変わるところで止まった。ジダンは驚くほど機敏に歩きだした。わたしも彼のあとを追った。ジダンもわたしも足を引きずりながら、湿った草原を抜け、小川を渡った。灌木や木の障壁を越えた。すると突然、そこに出た。

わたしは目を見開いた。草原には、紫や白を基調とした陸生のランが咲きみだれている。ほかにも、青やピンクのあざやかな野草もある。まるでこの世から植物のワンダーランドに飛びこんだかのよう。花粉のせいでくしゃみが止まらず、抗ヒスタミン薬を飲んだせいもあるかもしれないが、わたしはめまいがした。

スザンヌは忙しく写真を撮影し、地元の人がおもに集める種類についてメモをとった。彼女の仕事に興味を持ったシェンデットとズランは、花の種類の違いをどうやって見分けるのかと質問攻めにした。なぜ「その花が」そんなに重要なのか？　ここではあたりまえのものを見るために、なぜわざわざ「こんなに遠くまで」やって来たのか？　地元のイギリスや、留学先のオランダではどんな生活をしていたのか？　今度はスザンヌが質問する側になり、この地域での野生ランの収穫と取引について尋ねた。どれくらいの収入があるのか？　ランの花は、外部の人が取りに来るのか？

目を凝らして丘の上を観察していたジダンは、ちょうどいい場所を見つけて腰をおろし、景色を楽しんでいた。身近な楽園であるにもかかわらず、彼はその美しさに畏敬の念を抱いているようだった。わたしも彼と一緒に草原にはいり、パックから水筒を取りだして水分を補給したあと、断端のライナーをはがして、歩いてかいた汗を乾かした。彼は、遠くない森を指差して、シェンデットの通訳で話した。「あそこは地雷を踏んで足を吹っ飛ばしたところだよ」

そこには、一本足のハンターとわたしが座っていた。正確にいうと、一本足のハンターがふたり座っていた。通訳なしで直接言葉を交わすことはできないが、わたしたちは不思議な絆でむすばれていました。戦争は、わたしたちふたりを深く傷つけた。ジダンは、セルビア軍や準軍事組織が一九九八年から一九九九年にかけて、コソヴォとアルバニア北東部との国境を形成する、地図にも載っていない辺境の一二〇キロにわたって仕掛けた地雷の犠牲になった。終戦後、この地域に住む村人を中心に二〇〇件以上の地雷事故が発生し、なかには致命的な結果を招いたものもあった。

わたしが先天的に脚を失ったのは、父親がベトナムに派遣されていたときに、有毒な化学物質にさらされたことが原因だった。アメリカ軍は「ランチハンド作戦」で、ベトナムのジャングルやマングローブ林一万平方マイルに約一九〇〇万ガロンの枯葉剤を散布したが、そのうち一一〇〇万ガロンは

「オレンジ剤」と呼ばれるダイオキシン系の化学物質だった。[8] ダイオキシン類は環境中に長期間残留するため、皮膚や呼吸、汚染された食品を食べることで被ばくする可能性がある。ダイオキシンは脂溶性で、体内の組織に蓄積され、胚が胎児になるまでの初期の発達をコントロールする遺伝子スイッチに影響を与えると考えられている。オレンジ剤は、森林や生物多様性、動物を破壊し、さらにはアメリカ人やベトナム人の遺伝子の構造や発現を変化させた。[9] わたしの場合は、父の変異した精子と母の卵子が出会い、ふたりの遺伝子が母の胎内でわたしの身体を形成する初期の数か月の大事な期間に悪影響をおよぼした可能性がある。

ジダンとの絆は、自然や狩猟への愛や、戦争という共通点以上のものだったかもしれない。それは、ほとんどの人にはよくわからないであろう感覚を実感していることであり、また自然破壊がもたらす結果を骨の髄まで知っているということでもある。長いインタビューをとおして、わたしにはそれがわかった。何千年にもわたって戦争が繰り返され、地球上のかぎられた資源をめぐって人間が戦い続けることに終わりはない。人類の被害は平和条約をむすんだだけでは終わらず、自然の傷跡は思いがけない形でわたしたちを悩ませ続ける。ジダンとわたしは、植物という自然界の驚異への深い敬意を共有していた。

民族植物学は、その存在自体が希望のシグナルである。人間の経験と科学的な精査が出会い、すばらしいことが起こる場所だ。研究をとおして、わたしは植物が強力な力を持っていること、毒と薬はしばしば表裏一体であることを学んだ。また、植物について実際にわかっていることがいかに少ないかということも知った。わたしの仕事は、自然界には大きな可能性があり、その豊かな資源が秘める力を解き放てば、世界をよりよくできるという信念に基づいている。

バルカン半島で、わたしは偉大な美しさと大きな痛みを見つけた。暴力やレイプによる肉体的、精神的な傷跡が、生きた記憶として残っている。誰もがなんらかの形で傷ついている。通訳をしてくれたラジオDJは快活でユーモアあふれる人だが、戦争中におじが拷問されて殺されるのを目のあたりにしたという悲しみを抱えていた。しかし目に見える傷、目に見えない傷にもかかわらず、彼らはわたしを遠い世界の他者ではなく、長く不在だった家族の一員であるかのように、とてもあたたかく接してくれた。

わたしがバルカン半島でこの調査を指揮しているとき、アメリカのジョージア州の片田舎では別の調査がおこなわれていた。異なる大陸で同時にふたつの本格的な遠征をするのは、わたしの研究グループでは初めてのことだった。また、夏期の研修生でにぎわう研究室では、通常の業務がおこなわれていた。前の年、わたしはベイカー郡イカウエイにあるジョーンズ・センターの研究者と有意義な協力関係を築いた。ここは、アメリカ南東部に残る最後の無傷の生態系のひとつで、二万九〇〇〇エーカーの土地にはダイオウマツの自生林と沼沢地が広がる。もともと、ここはコカコーラ社の元社長ロバート・W・ウッドラフの私有地だった。ウッドラフは敷地内でバードハンティングを楽しみ、自然のままの景観を維持した。一九八五年のウッドラフの没後、広大な土地は環境研究のためのセンターとなった。寮や研究室をそなえたキャンパスが建設され、現在では八五人以上の職員と一〇〇人の大学院生が、「米国南東部沿岸平原の景観における自然資源管理と保全について理解し、実証し、よりよいものにしていく」という使命を共有しながら活動している。

わたしたちは現地の科学者と協力して、アメリカ先住民のマスコギー（クリーク）族とチョクトー族が食料として、また感染症や炎症性疾患の治療薬として使用していた野生種を対象に、大規模な調査と収集をおこなった。わたしはこの松林に特別な愛着を感じた——昔、父、祖父、曾祖父がこうした風景のなかで働いていたからである。かつて祖先が鹿や鳥を狩り、食用の野草や果物を集めていたのと同じ風景。いまは四時間ほどしか離れていないアトランタからわたしが訪れては、ここで植物を採集している。また、ここで家族の食用とする鹿を狩り、一二歳になったドナートに秋のシーズンの狩猟を教えはじめた。

わたしがアルバニアとコソヴォで仕事をしてるあいだ、標本室チームと大学院生はここで何種類かの植物を探した。森の下層部には、芳香性の植物がたくさん生えている。たとえば、甘草のような香りがするスイートゴールデンロッド［アキノキリンソウの一種］（学名ソリダゴ・オドラ *Solidago odora* キク科）。また、サッサフラス（学名サッサフラス・アルビドゥム *Sassafras albidum* クスノキ科）の葉には、サフロールが豊富に含まれており、これを乾燥させて粉末にすると、クレオール料理ガンボ［アメリカ南部のシチューやスープ］のソースに欠かせない香辛料フィレ（またはガンボ・フィレ）になる。非常に香りのきついアメリカン・ビューティーベリー（学名カリカルパ・アメリカーナ *Callicarpa americana* シソ科）は、葉を虫除けに使う。ただガラガラヘビも多いので、チームにはヘビに注意するよう教え、フィールドに出るときはズボンの上にヘビ用の頑丈なゲートルを着用することにした。しかし遠く離れているだけに、彼らのことが気になった。なによりも、鼻や目、耳、口に群がるブヨに苦しんでいることだろう。

末っ子のジャコモが小学校にあがるまでの三年間、アパートの修理業から離れて専業主夫になったマルコは、仕事に復帰した。ただ、今度は研究室の実験技術者としてである。何年間も無償で機器の修理をおこない、フィールド調査の重労働を手伝い、植物の採集や処理に従事してきたマルコの貢献に、やっとふさわしい仕事を用意することができた。

わたしたちがフィールド調査で留守にしているあいだ、マルコは植物化合物研究室で、オープンベッドフラクションコレクターを設計、製作していた。これは、分取高速液体クロマトグラフィーシステムから出る少量の液体を試験管に回収するための装置である。分離した液体を何度も集めることで、生理活性のある植物抽出成分からより多くの純粋な化合物を分離することができる、という仕掛けだ。かぎられた資金の範囲内でこれをつくるために、マルコはいつものとおり、さまざまな機器のスペア部品や、長年にわたって研究棟内の廃品から集めた道具類を調べた。

しかし今回、マルコはいつもとは違う場所をあさった。わが家の子供たちの「レゴ」置き場である。マルコは、レゴ・ブロックを用いてロボット装置の機構全体をつくり、それをレゴのマインドストームというロボット制御装置に結合できることに気づいた。[10] そして、ほかの研究室メンバーと協力して設計を完成させ、誰でも使えるように使用説明書を書いた。結局、五〇〇ドルにも満たないレゴ製品と、地元の金物屋で手にはいる一般的な消耗品で、一万ドルから一万五〇〇〇ドルはする科学機器を再現した。さすが、である。

このおかげで学生たちは、自動操縦で繰り返し検体を回収し、試験管内でじゅうぶん量の純粋化合物を精製して、結晶化できるようになった。これで研究は大きく前進した。現在、研究室には、複雑な植物抽出成分の化学組成を調べる液体クロマトグラフィー・タンデム質量分析装置や、単離した純粋化合物の二次元構造を特定するNMR（核磁気共鳴）のほか、単一分子の正確な構造をとらえる装置もある。X線結晶構造解析の手法を用いて、化合物の三次元構造を突きとめるのである。これは将来、さまざまな化合物が——鍵と錠前の関係のように——どのようにタンパク質標的にはまるのかを、コンピュータ・モデリング・ソフトウェアを使って可視化する研究に役立つだろう。

わたしたちが最初にしとめたのは、アメリカン・ビューティーベリーの葉から分離した結晶だった。ビューティーベリーは、アメリカ先住民の薬として長い歴史がある。セミノール族は根や茎の皮を皮膚のかゆみに、チョクトー族やコウシャッタ族は根や実を煎じて疝痛や腹痛、下痢などの胃腸の不調に用いてきた。また、葉には防虫効果があることが知られており[11]、その効果を発揮するおもな化合物はすでに分離されている。

わたしたちの結晶は、もともとほかの研究グループが発見し、抗がん作用があると報告していたものだったが、その立体構造を決定できるほど質の高い結晶の単離に、世界で初めて成功した[12]。また、ビューティーベリーの葉からは、クレロダンジテルペンと呼ばれる化合物を分離同定した[13]。この化合物は、単独でも限定的な抗菌活性を持つが、オキサシリンやメロペネムなどのβ-ラクタム系抗生物質（化学構造にβ-ラクタム環を持つ抗生物質）と組み合わせると、薬剤耐性のある黄色ブドウ球菌株に対する抗生物質の活性を回復させることがわかった。このような抗生物質の再感作というアプローチは、創薬の世界では非常に魅力的だ。なぜなら、これまで有効だった薬の一部を棚から取りだし、よりよい薬として感染症治療の舞台に再登場させられるからである。

また、ビューティーベリーの葉の抽出成分を用い、ニキビの原因菌キューティバクテリウム・アクネス（いわゆるアクネ菌）の増殖に対する活性も調べた[14]。「美肌（ビューティフル・スキン）によいビューティーベリーの葉」という響きがいい。重要なのは、実験段階において、増殖抑制作用を示す濃度が皮膚細胞に毒性を示さなかった点である。

この前の年、あるキノコの抽出成分が培養したアクネ菌を——しかも超耐性を示すバイオフィルムを形成した段階でも——消滅させるという事実にまどわされた。しかし皮膚細胞を用いてそのキノコの抽出成分をテストしたところ、皮膚細胞も消滅してしまった。つまり、顔の皮膚全体が剥がれてしまったわけである。自然界には微生物を殺す化合物がたくさんあるが、「人間の細胞を殺すことなく」微生物を殺す化合物を見つけることが重要となる。そのためには、かなりの忍耐と勤勉さが必要だ。自然のものがすべて安全というわけではない。

ビューティーベリーの初期の成功に続いて、ほかにも成果を得られた。サンショウモドキの抽出成分の化学的性質と抗ウイルス作用の研究では、ペッパーツリーの果実から三つの活性化合物を分離することに成功し、NMRにくわえてX線結晶構造解析によってその三次元構造を決定した。[15] これらは試験管内だけでなく、動物を用いた皮膚感染症の実験でも有望な活性を示した。

コソヴォの岩山から採集したヤネバンダイソウ（センペルウィウム属 *Sempervivum*）の化学的性質を調べ、抗菌作用を検証することが待ち遠しかった。これはベンケイソウ科の一種である。この科に分類される別の植物、カランコエ属「和名リュウキュウベンケイ属」で興味深い発見があったため、ヤネバンダイソウにも期待していた。カランコエ属は、マダガスカルやアフリカ南東部を原産とする熱帯性の多肉植物で、カランコエ・モルタゲイ（*Kalanchoe mortagei*）とカランコエ・フェドチェンコイ（*Kalanchoe fedtschenkoi*）は、伝統医療の領域で長く使われてきた。これらの種は、葉の縁に不定芽《ふていが》「本来は芽を生じない部位から出る芽のこと」を形成して自己増殖することから、現在では世界中の熱帯地域で見ることができる。医学的用途が多いため、「ミラクルリーフ」とも呼ばれる。

わたしたちの研究では、これら二種のうち、カランコエ・フェドチェンコイの抗菌作用のほうが強かった。[16] 多剤耐性グラム陰性菌（アシネトバクター・バウマンニと緑膿菌）とグラム陽性菌（黄色ブドウ球菌）の増殖抑制作用を示す一方、皮膚細胞への毒性は低かった。次のステップは、これの活性化合物を分離することである。コソヴォで採集したセンペルウィウム属も同様の抗菌作用を有しているのかどうか、はやく調べてみたい。やらなければいけないことは山積しているが、研究の質を着々と高め、フィールド調査にも取り組んでいる。これほどの誇りはない。

# 第12章 カサンドラの予言

パンデミックは、苦しむ人々のあいだに違いや国境などないことを思いださせてくれます。われわれはみな弱く、等しく、尊い存在です。われわれの心が大きく揺さぶられますように。いまこそ不平等を解消し、人類家族全体の健康をそこなう不公平を癒やすときです。

——教皇フランシスコの公式ツイートより（二〇二〇年）

ワシントンDCのホテルの部屋で、わたしはベッドとL字型ソファのあいだを行ったり来たりしていた。ソファの前の壁には薄型のおしゃれなテレビがかかっており、ケーブルニュースが小さな音で流れている。二〇二〇年二月中旬。このあいだの週末は、ベラの所属チームがサウスカロライナ州のライバルチームと試合をしたため、厚手のコートに身をくるみ、サッカー場のサイドライン脇で応援した。それからアトランタへ戻り、北へ行く深夜便に乗るため飛行場へ向かった。この数か月間、飛行機で大西洋を横断したり、アメリカ西海岸を往復したりということが続いている。大学での講演会、学会、求職者の面接などは、高揚感と疲労感の両方をもたらす。いま、首都での長い一日がやっと終わったところ——全国から集まった科学者、感染症からの生還者、医師、公衆衛生局員からなる小さい集団で、こちらのビルからあちらのビルへと、一日中まわり歩いていたのだ。
ピュー・チャリタブル・トラスツが主催するアドボカシーデーの大会に参加したわたしたちは、下院議員や上院議員（または彼らの健康科学アドバイザー）と面会し、抗生物質耐性という喫緊の脅威について話をした。「ストップ・スーパー耐性菌《バグ》！」と書かれた青いバッグをたずさえ、何時間も会議に参加しては、抗生物質の発見と開発の研究を支援するために予算を増やす必要があることを説明した。病院や市中における多剤耐性感染症の蔓延を防ぐためには、公衆衛生活動が重要だと訴えた。会議はうまくいったが、政治家が最終的にどう動くかは誰にもわからない。

わたしたちは率直に、そして明確に意見を述べた。政府が抗生物質耐性を最優先にしなければ、いつの日か医療システム全体が麻痺してしまうからである。待機手術が生死の境目になる。出産からがん治療にいたるまで、すべてがそうなってしまう。二〇一九年、アメリカ疾病管理センターは、一六種類の細菌と二種類の真菌を、人類への脅威のレベルに応じて「緊急」「深刻」「懸念」の三つに分類した。わたしの研究室では、「緊急」および「深刻」のカテゴリーに分類された致命的な病原体のうち、七種類を積極的に研究し、自然界から病原体を殺すための新しい化学物質を探すほか、併用療法で既存の抗生物質の活性を回復させたり、組織を損傷する病原性経路をノックアウトさせたりする方法を探っていた。

政治家が真剣に取り組むべき理由はじゅうぶんにある。空気感染によって、少なくとも九〇〇〇年前から人類を悩ませてきた結核は、多剤耐性だけでなく、広範囲にわたる薬剤耐性を獲得している。現在、ある種の結核菌は、第一選択の抗生物質四種類のうち二種類に耐性を示し、また別の種は第二選択の抗生物質三種類のうち一種類に耐性を示している。さらに、完全な薬剤耐性菌まで出現しつつある。[1] 結核の原因菌であるマイコバクテリウム・ツベルクロシスは、一八八二年にロバート・コッホ博士によって発見されたが、当時のアメリカとヨーロッパでは死亡の七人にひとりが結核死であったという。過去は未来を映す鏡――わたしたちはそこに向かって進んでいる。

選択肢がなくなってきている。新しい抗生物質の発見が遅々として進まないのは、細菌の増殖速度にも原因がある。大腸菌のように増殖の速い菌は、倍加時間（培養細胞の数が二倍になるまでの時間）が二〇分程度で、翌日には実験を開始して結果を得ることができるが、結核菌の倍加時間は二四時間以上かかるため、一回の実験で結果を得るためには最低でも二週間は待たなければならない。

心配なのは、空気中の病原体だけではない。淋菌の蔓延によって引き起こされる治療不可能な「スーパー淋病」も増加している。淋病は、女性でも男性でも喉、直腸、性器に感染する。放置すると、女性では骨盤内炎症性疾患（長期にわたる痛み、不妊症、子宮外妊娠など）、男性では睾丸の痛みや不妊症を引き起こす。一五歳から二四歳までの性的に活発な若者がもっとも多く罹患しており、女性は出産時に新生児にうつすこともある。二〇一八年、アメリカでは淋病の患者数は五五万人以上だった。[2] 放置すると、血液や関節のなかで広がり、死にいたることもある。耐性淋病に対する創薬パイプラインは非常に少ないが、臨床試験で評価中のゾリフロダシンとゲポチダシンは期待ができそうだ。[3] ただ、これらが承認されたとしても、パイプラインの再構築が必要である。歴史を振り返ると、耐性獲得は避けられない。

思わずテレビに目をやった。数日前から、中国の武漢で新たに発生した呼吸器系のウイルスのことが気になっていた。報道では、まるでコロナウイルスがほかの惑星で発生しているかのような調子だが、人から人へと急速に広がるウイルスに距離は関係ない。初期の報告によると、ウイルスは飛沫によって容易に感染し、物質表面の汚染によっても感染する可能性があるという。ウイルスは北イタリアに到達し、とくに高齢者の入院率が急増している。設備のととのっていない病院に、患者が殺到していた。わたしは南部に住むマルコの家族を心配し、小さな村が助かることを祈った。

数日後、イタリアのルッカ近郊、ピサから一時間ほど内陸に入ったところにあるバルガのホテルに、政府、大学、軍、民間企業の科学者や医師など、抗生物質の発見と開発に関する世界のブレーンたちが集まってくることになっていた。テーマは、「新しい抗菌薬の発見と開発への挑戦と革新的なアプローチ」。わたしは、「MRSA感染症におけるβ-ラクタム系抗生物質の活性を回復させる化合物」という最新の発見を発表するだけでなく、旧友と再会し、新たな研究活動に向けて意見交換することを楽しみにしていた。

携帯電話が鳴った――ライアン・サーズ博士からのメールだった。彼はわたしの仲間のひとりで、新しい抗生物質（多剤耐性グラム陰性菌感染症用のプラゾミシン）をアメリカ食品医薬品局（FDA）の認可を得て市場に出すことに成功したものの、不況――抗生物質がおちいっている苦境――のあおりを受け、自社のAchaogen社が倒産の憂き目にあった人である。

うつ病や心臓病、高血圧などの慢性疾患の治療薬は、長期間使用することで製造コストを回収することができるが、抗生物質の場合は異なる。抗生物質は適切に使用されていれば、短期間（せいぜい二、三週間）の投与ですむため、費用を回収できる期間はかぎられている。また、公共の利益のためには、医師は古い薬が効くあいだはそれを使い、古い薬では対応できない状況（新たに出現した耐性菌）にそなえて新しい薬を確保しておく必要がある。なぜなら、抗生物質はβ遮断薬やスタチンとは異なり、時間の経過とともに新たな耐性菌が出現し、その効力を失っていくからだ。そのため会社は、たとえ安全で効果的な抗生物質をＦＤＡのきびしい審査を経て市場に投入したとしても、患者ひとりあたりの使用期間が短いうえ、最悪の耐性菌感染症のために備蓄されることが多く、しかも細菌が耐性を獲得したら使われないという宿命を負った薬への投資を回収しなければならない。

失敗することが決まっているような研究に、なぜ人生を捧げる人がいるのだろうと思うかもしれないが、経済モデルが破綻しているにもかかわらず、科学者たちはあきらめない。人類への危機が迫っているからだ。抗生物質耐性の問題は解決されず、わたしたちはポスト抗生物質の時代の崖っぷちに立っている。わたしたちはそなえなければならない。

会議出席者の多くは不安に駆られていたが、ライアンのメールによると、会議は「開催」の予定だという。感染地図はまだその町を襲っていないものの、忍びよっている。この会議は重要だが、それにともなう犠牲は？

ライアンのメールでは、本会議の講演者がまたふたり、そしてイギリス政府の科学者全員が出席を見送ったという。わたしは、親しい共同研究者であるダン・ズラウスキー博士に電話をした。彼は、ウォルター・リード陸軍研究所の創傷感染症部門で病原体と病原性の主任を務めており、わたしの研究室と協力して、致命的なカルバペネム耐性アシネトバクター・バウマンニ感染症に対する新しい化合物の発見に取り組んでいた。脅威のレベルに関するニュースがあれば、きっと彼がいちばんよく知っているだろうと思った。彼はいまのところ「出席」予定だが、いつ変更になってもおかしくないと答えた。

この不確実性がわたしを不安にさせた。治療法もワクチンもなく、重傷者や死亡者の数は急速に増加している。

これらの大問題にくわえて、マルコとわたしは、わたしがイタリアから戻る予定の日に引っ越しを予定していた。一年間にわたってアメリカやヨーロッパで求職活動をしたあと、わたしはエモリー大学に残ることを決断した。より多くのサポートと安定性を得られるような契約をむすべたからである。教育、トレーニング、そしてキャリアの初期段階で、アパートや借家の家賃にお金を費やしてきたが、四二歳と四九歳になってようやく落ち着くことができた。

もし、わたしが海外で病気になったり、隔離されたりするようなことがあれば、家族は大変なことになってしまう。主催者側が様子見の姿勢を崩さなかったこともあり、わたしは家に帰って家族と一緒にいることを選んだ。

家に着くと、マルコとわたしは、生鮮食品や掃除用具、野菜の種などを買いこみ、災害対策のガイダンスにしたがった。フロリダのハリケーンシーズンを経験していたので、どうすればよいかはよくわかっている。市街地にウイルスが蔓延していることが知れ渡ると、食料品からガソリンにいたるまで、あらゆるものが不足してくる。

わたしはできるだけ多くの友人に、外出できなくなる事態にそなえて、一か月間の隔離に必要な食料や物資を買いこんでおくように伝えた。耳を傾ける人もいれば、わたしの頭がおかしいと考える人もいた。海の向こうのウイルスが、どうしてわたしたちに影響を与えるのか？　それは「空の旅」だ。中国とアメリカは直行便でむすばれており、ウイルスはまだ検出されていないとはいえ、すでにアメリカにはいって人から人へうつっている可能性が高い。

その三週間後の二〇二〇年三月一一日、世界保健機関（WHO）はCOVID-19が正式に「世界的流行《パンデミック》」になったと発表した。学校が休校を発表する前に、わたしは子供たちにロッカーを片付けて身のまわりのものを集めるようにいった。大学が閉鎖手続きをおこなう一週間前には、研究チームに実験を中止し、研究室を閉鎖するように指示した。春休みの学生が戻ってくると、そのなかには感染者や保菌者がいる可能性が高いため、チームのメンバーがキャンパスにいるというリスクを避けたかったのである。わたしたちは、細菌を深さのある冷凍庫に安全に保管し、実験室内を殺菌しました。彼らは自宅にパソコンと実験ノートのデジタルコピーを持ち帰り、自宅で仕事をする体制をととのえた。わたしたちは、比較的冷静で組織的な方法で、ラッシュの前に脱出した。この安心感のおかげで、わたしたちはすぐに科学の仕事に戻ることができ、先送りにしていたいくつかの大きな科学論文や助成金の執筆にチームとして取り組むことができた。

わたしたちが自宅で植物由来の抗生物質に関する詳細なレビュー論文二本の仕上げに力を注いでいるあいだ、[4] 医療従事者が防護服を着てこの見えざる敵と戦っているようすテレビで見ては、わたしは畏敬の念をおぼえた。

パンデミックが発生する直前に、わたしたちは新しい家に引っ越した。マルコは研究室のデータ処理の仕事と並行して、新居のプロジェクトも進めていた。自宅オフィス用の特注の書棚や、裏庭の菜園用の高床式ベッドなどだ。わたしの自宅での仕事は、これまでにない忙しさとなった。一六歳になる甥のトレヴァーも、彼のいとこたちと一緒にリモートスクーリングに参加するという。わたしは毎日五時に起きて、子供たちがバーチャルスクールに参加する前に、自分の仕事をすることにした。ラボグループの遠隔管理は、グループチャットや定期的なビデオ通話のほか、膨大な量のＴｏＤｏリストにしたがっておこなった。自分自身の執筆や修正作業に苦労した——助成金や論文、本の草稿が待っていた。

また、家での仕事もある。通勤しないことで節約できた時間は、教授としての仕事にくわえて、フルタイムのシェフ、幼稚園教諭、メイドとしての役割をマルコと分担しておこなった。六月にマルコが研究室に戻ると、わたしは仕事の合間にこれらの仕事の多くをこなし、とくに子供たちの教育をひとりでこなすことになった。七歳の末っ子のジャコモには、いちばん手がかかった。家族用の「その日のスケジュール」を大きな紙に書いて壁に貼ったことが、とても役に立った。そこには、家事、勉強、おやつ、食事の時間などがすべて書かれてある。子供たちは仕事を手伝うために、料理と掃除のローテーションを組んだ。

医師の仲間から手指消毒液がたりなくなったという話を聞いたので、マルコと一緒に、イソプロピルアルコール、過酸化水素、グリセロールをWHOのレシピどおりに混合し、約六〇リットルの消毒液を研究室でつくった。殺菌効果のある手指消毒液をスプレーボトルに詰め、同僚や抗体診断試験をおこなっている臨床研究チームに届けた。研究チームのメンバーには、漂白剤、手指消毒液、手作りマスクをゼリー瓶に詰めて配布し、彼らが安心して買い物に出かけられるように、袋を玄関先に置いた。

このような物資の配送以外は、最初の二か月間はなるべく家から出ないようにした。食欲旺盛な口でいっぱいのため、備蓄食料でなんとかしのぐ方法を考えた。約二〇キロ入りのジャガイモとタマネギを二袋ずつ、保存のきくキャベツとドングリカボチャを一箱ずつ、さまざまな種類の乾燥豆を一袋ずつ、缶詰、箱入りの牛乳、そして前年の秋の狩猟で得た鹿肉を冷凍庫いっぱいに整理した。畑は予定より大幅に遅れ、最初の頃に収穫できたのは新鮮なハーブと数個のトマトだけだったが、夏が来ると、カボチャ、キュウリ、トマト、ハーブ、エンドウ、オクラ、豆などの恵みを堪能した。

わたしたちは幸運だった。自宅で新しいリズムを見つけるストレスに直面したものの、世界中の家族は、病気の身内を病院に連れて行き、ドアの前で引き離され、二度と会うことができないという悪夢を見ていた。患者は病室や廊下で息を引き取り、看護師や医師の電話やタブレットのビデオ通話で家族に最後の言葉を伝え、二度と家族の安らぎを感じることはなかった。そして、患者数と死亡者数は増加の一途をたどっていた。

ちょうど三年前、わたしたちも家族の死の影を経験した。そのときのトラウマは、パンデミックがもたらした混乱を前にしたわたしたちの心にまだ残っていた。

ちょうど会議の最中、マルコからのメールが届いた。

「救急外来に行ってくる。ちょっと気分が悪いんだ」と書いてある。

わたしはすぐに返信し、家にいるように、すぐに迎えに行くから、と伝えた。

「いやいや──心配しないで。たぶんだいじょうぶ。自分で運転できるよ。ただ、学校が終わる時間に子供たちの迎えを頼む」

ここ一、二日、マルコは体調がすぐれず、病欠して自宅で休んでいた。庭仕事をやりすぎて、筋肉を痛めたのではないかという。指がみょうにしびれる。昨晩は、ジャコモをベッドに連れていくのも一苦労だった。レントゲン写真を撮って、ちょっとした検査をすれば、すぐに問題は解決するだろうとマルコはいった。

その日の午後、電話やメールでようすを聞くたびに、彼は「だいじょうぶだから、急いで病院に来なくてもいい」といい続けた。すぐに家に戻るよ。子供たちを学校に迎えに行き、近所の人にベビーシッターを頼んだあと、わたしはマルコのようすを見に病院に行った。もう何時間もそこにいる。もしかしたら、手がまわらなかったのかもしれない。救急外来は時間がかかるものなのだから。

わたしが到着したとき、マルコは診察室にはいなかった。看護師は「CTスキャンを撮っている」という。病室のベッドに戻ってきたとき、顔色が悪く、衰弱していた。「どうしたの?」マルコの額に乱れた髪をかきあげながら、わたしはそっと尋ね、なにがあったのかくわしく知ろうとした。

マルコは昼まで寝ていたが、起きたときにはほとんど歩けなかった。当時住んでいた賃貸住宅の主寝室は、メインフロアから一段下がったところにあった。手すりをつかんで、身体を引きずるようにして登っていった。なんとかキッチンにたどり着き、コーヒーを注いだが、味がおかしい。彼の母親に電話をすると、病院に行くように説得されたという。「そんな状態で運転したの?」わたしは混乱し、動揺しながら尋ねた。「いってくれれば、すぐにでも迎えに行ったのに」

神経科の研修医が部屋に入ってきた。わたしはパニックになりかけていたが、外見上は平静を装った。わたしが動顛《どうてん》するのを見たら、マルコのためにならない。体力も健康も絶好調だった四〇代の男性に、このような急激な神経変性が起こる原因はなんだろう? 多発性硬化症? 脳卒中? 毒物? 急速に広がった腫瘍? なにが脅威なの?

医師はマルコをベッドに座らせると、足の裏に鋭利な器具を走らせた。マルコはなにも感じない。引き続き、鋭利な道具で、皮膚が破れない程度に、突いたり叩いたりしていく。手や前腕、下肢や足にも感覚がない。医師の説明によると、CT検査では脳に異常は見られなかったが、さらに検査をする必要があるという。マルコは入院しなければならない。

わたしは、大学時代からの人のマットとジェンに電話をした。危機的状況を説明すると、彼らは「だいじょうぶだよ」と安心させてくれた。マットは、祖母と子供たちに夕食を持ってゆき、ベビーシッターを交代して、わたしが夜に帰宅するまで子供たちと一緒にいてくれることになった。

翌日は土曜日で、子供たちは、マットがチーズバーガーとアイスクリームの特別なご馳走を持ってきてくれたことがいかにクールだったか、を熱心に話していた。しかし、なにかがおかしい。いつものように、いちばん観察力のある一〇歳のベラが、ほかの子供たちよりも疑っていた。「パパはどこ？」と、真相を探るような鋭い目で聞いてきた。中学一年生のドナートも、がっかりしたようすで答えた。その日はふたりでサッカーのドリル練習をするはずだったのである。

なにを伝えればいいのだろう。恐怖を共有することはできなかった。なにが悪いのか、どれくらい深刻なのかもわからなかった。

「ほら、もうすぐ大きな研究プロジェクトの締め切りがあるでしょう？　昨夜は遅くまで研究室で仕事をしていて、パパは今朝、あなたがたが起きる前に早起きして研究室へ行ったのよ」と、わたしは嘘を見破られるのをおそれながら説明した。

「ママ、研究室にはほかに人もいるんでしょ？　パパに土日の休みをあげるべきだよ」とドナートがいった。わたしは、「そうしましょうね」と答え、彼らが大好きなサヒルとその娘のラーキンが来てくれることを説明した。そのあいだに、ママは研究室でパパと一緒に仕事をすませてくるわ。

病院に着いてみると、マルコは昨晩、背中の痛みと手足のしびれに一晩中悩まされてよく眠れず、手足の痺れも悪くなった感じがするという。しかも何度も採血されたうえ、脊髄穿刺をして髄液も採っていた。かわいそうに、何度も突いたり刺されたりして。しかし、これは必要なことであり、わたしたちは答えを求めていた。

その日の午後に結果が出ると、主治医の神経内科医は「まずまちがいありません」と説明した。マルコの病気はギラン・バレー症候群だという。ギラン・バレー症候群という名前は聞いたことはあったが、なにが原因で起こるのか、なにを期待すればよいのかは、ほとんど知らなかった。医師の説明によると、ギラン・バレー症候群は非常に稀な病気で、アメリカでは年間二万人、一〇万人にひとりからふたりの割合で発症するとのことである。彼女はマルコに最近の病気のことを尋ねた。じつはその三週間前、感謝祭の休暇を利用して家族と過ごすために、毎年恒例のフロリダへのドライブ旅行をしていた。給油のためにガソリンスタンドに立ち寄ったとき、マルコはフードカウンターでチキンサンドを食べた。家族のなかで食べたのは彼だけだったが、彼はひどい食中毒にかかり、嘔吐と下痢で二日間仕事ができなくなってしまった。

グラム陰性菌のカンピロバクター・ジェジュニは、とくに加熱が不十分な鶏肉による食中毒の原因となることがわかっている。カンピロバクター・ジェジュニは、神経線維を覆うミエリン鞘を攻撃するために、免疫系を活発化させる。ミエリン鞘は、電線の絶縁被膜のような役割を果たしているため、絶縁被膜がなければ信号は途絶えてしまう。マルコの神経は、信号を脳に伝達することができなくなり、そのため手足のしびれや脱力感を感じるようになった。彼は徐々に麻痺していったのだ……すべてはガソリンスタンドのスナック菓子のせいだった。

わたしはマルコのベッドのそばに座り、彼の手を握った。わたしの感触をどれだけ感じているかはわからなかったが、わたしにできる心の支えになりたいと思ったのだ。

「この病気は稀な病気ですが、エモリー病院ではアメリカ南東部からの患者さんを多く診ています。安心してください。ほとんどの患者さんは、理学療法を受けて六か月以内にふたたび歩けるようになりますが、状況が改善する前に悪化することもあります。もし麻痺が呼吸に影響するようになったら、集中治療室で人工呼吸器をつける必要があります」

わたしはマルコの手を握りしめ、涙をこぼすまいとした。彼の体は恐怖と痛みで震えている。この二四時間のあいだに、状態は急速に悪化していた。ギラン・バレー患者の三〇パーセントが人工呼吸を必要としているというから驚く。[6]もしそうなった場合、医師がくわしく説明しなかったリスクをわたしは知っていた。つまり、彼の喉に呼吸管が入った場合、人工呼吸器関連肺炎になる可能性がある。人工呼吸をしている患者の九～二七パーセントがそれにかかり、大量の抗生物質を投与しなければならず、そのうち九～一三パーセントが死亡するといわれている。[7]男性はそのなかでも、とくにリスクが高い。死亡する確率が一〇パーセントでも高すぎて、わたしには理解できなかった。

まさに彼のような状態の患者を襲う、抗生物質に耐性のある病原体についての知識が、わたしの頭のなかに悪夢を生みだした。[8]研究室で戦っていた抗生物質耐性のＥＳＫＡＰＥ菌のことを思いだす。黄色ブドウ球菌、緑膿菌、肺炎桿菌、アシネトバクターなどが人工呼吸器関連肺炎の原因としてよく知られており、なかでも黄色ブドウ球菌とアシネトバクターが上位を占めている。これらは組織を破壊し、医師が投じる抗生物質の地獄絵図から逃れることができる攻撃的な病原体だった。

マルコを殺してしまうかもしれない。

さて、わたしは子供たちに伝えなければならない。彼が管だらけになって、集中治療室で面会謝絶になる前に、子供たちを連れてこなければならない。何日も、あるいは何週間も入院する可能性があり、それを見極める方法がなかった。マルコも同意し、その日のうちに実行することになった。わたしは車で家に戻り、子供たちを集めた。サヒルは、庭でゲームをして子供たちを疲れさせていた。彼らは楽しい一日を過ごしていた。わたしは、父親が研究所にいるという嘘をついたことを告白したが、まだすべての真実を話すつもりはなかった。マルコが体調を崩し、医師から特別な薬をもらうために病院で寝てほしいといわれていることを伝えた。

病院に到着すると、四人で手をつないだ。わたしは母鶏のように、年長者から年少者へと雛をならべるようにして、にぎやかな病院内のホールを案内し、エレベーターで神経科のフロアへ上がった。先に見舞いに来ていたマットが、マルコの上体を起こしてくれた。子供たちはマルコに駆けより、キスとハグの雨を降らせた。ジャコモはマルコが薬を飲むときの力になるようにと、お気に入りにぬいぐるみを持ってきていた。子供たちはベッドサイドに家族写真を飾った。そして、今日一日のことを話はじめ、マルコはうなずきながら熱心に聞いていたが、すぐに疲れてしまった。わたしはマルコの体力を奪わないように面会を切りあげ、すぐに戻ってくると伝えた。

エレベーターを降りるとき、ドナートはベラとジャコモに聞かれないようにわたしの耳元で「ママ、パパは嘘をついていると思う」とささやいた。その言葉に驚いたわたしは、彼の肩に腕をまわして顔をよく見た。深い茶色の目が、涙で輝いている。「パパは、自分が見せた以上に病気なんだ。パパはぼくたちに勇気を与えようとしているんだよ」

一週間後、血液製剤の免疫グロブリンを何度も投与したあと、マルコは退院することができた。人工呼吸器を必要としなかったのは、非常に幸運だった。マルコは身体が動くようになると、看護師の助けを借りたり、点滴の棒を支えにしたりしながら病院の廊下を歩いた。家に帰っても、まだ体が弱く、痺れていた。夕食のとき、彼は液体を口に入れるのに苦労した。子供たちはこれがおもしろくて仕方がない。赤ん坊の頃のジャコモのように、父親がジュースを垂らしているのを見て、笑いをこらえるのに苦労している。マルコとわたしは、彼らの笑い声のなかでお互いに微笑んだ。この悪夢のような経験から、わたしたちはよろこびを取り戻す必要があった。

決意を新たにしたマルコは、週を追うごとに理学療法の練習に励み、自宅の廊下を歩き、体の回復を願った。二か月後、マルコは通常の状態に戻っていた。医師は完全に回復することはないと説明していたが、彼の機能は九〇〜九五パーセントまで回復しており、うれしいことに、通常の仕事への復帰が許可された。

パンデミックがはじまって数週間後、わたしはフェイスブックで変わった友達申請を受けた。ドン・アントニオからである。わたしは、彼がソーシャルメディアに進出してきたことにとても驚き、よろこんだ。彼と話をするのは数年ぶりだった。わたしが初めてアマゾンを訪れてから二〇年の節目となる前年の夏、わたしは家族と一緒にペルーを訪れたいと思っていた。タイミング的にもちょうどよかったし、子供たちも熱帯雨林での旅のすばらしい体験を理解し、それを記憶にとどめられる年齢になっていた。ただ、ほかにも講演の仕事や、ナショナルジオグラフィックとコソヴォの共同研究者とのバルカン半島への旅などがはいっていたので、もう一年延ばすことにしていた。

わたしはメッセージを開き、頭のなかでゆっくりとスペイン語を英語に翻訳しながら読んだ。スペイン語の能力はずいぶん錆びついている。それでも、すぐにふたつのことに気づいた。それは、ドン・アントニオがこのメッセージを書いたのではないこと、そして彼とはもう二度と会うことはないだろうということだった。ドン・アントニオは亡くなっていた。彼は八〇代だった。その年齢だったら、それほどショックを受けるべきではないのだろうが、わたしはショックを受けた。わたしにとって、彼は熱帯雨林のなかで、大陸の片側から反対側に渡る広大な濁流の流れと同じように、つねに存在していたのである。

彼女は、ドン・アントニオとわたしが一緒に写っている写真や、わたしが思い出として彼に贈ったわたしの大学卒業写真などを映して送ってくれた。ドン・アントニオはいつもわたしの話をし、これらの写真を家に飾っていたという。わたしはパソコンの前に座り、顔をこわばらせて画面を見つめたまま、息を切らせ、うめくような嗚咽をもらしながら泣いた。森のなかで自分の身体の一部が引きちぎられたかのように、心が痛んだ。わたしは友人を、教師を、そして第二の父親を失った。わたしたちの愛と尊敬は、忠実で永続的なものだった。後悔の念が鈍い刃のようにわたしを切りつけた。わたしは間違った選択をしてしまった。去年行くべきだった。そのチャンスはもうない。

数週間後の真夜中に電話が鳴った。すぐには目がさめず、電話の音が鳴り止んだ。ドレッサーに目をやると、カナダの友人ジャネルからの電話である。こんな時間にたまたま電話してきたのだろう。しかし、ふたたび電話が鳴ったので、今度は出た。彼女の声は震えていた。「キャシー、遅くに電話してごめんね。なんていえばわからないけど、あなたならきっと知りたいと思ったの。ジャスティンは死んだわ」

彼女のいっていることがすぐには理解できなかった。ジャスティンは、わたしたちにとって大切な友人であり、民族生物学の同僚でもあった。アーカンソーでの数年間、彼はマルコとわたしをとても歓迎してくれた。彼と一緒にオザークの山や森を何日もかけて探検した。彼はマルコと同い年で誕生日も一か月しか違わないのに、腑に落ちない。彼は心臓発作で急死し、その日のうちに自宅で発見されたのだという。

わたしは何日も泣き続けた。これ以上どれだけの悲劇に耐えられるだろうか。わたしは絶望の淵から下を見おろし、よろめいていた。人は一緒に悲しむものであり、お互いを抱きしめながら支えあうものだ。楽しかった思い出に慰めを求め、昔のおもしろい話をすることによろこびを見出す。COVID-19はわたしからそれを奪った。感染が拡大し、死亡者が増え続けるなか、世界中で悲しみにくれる何百万人もの人々から、COVIDはそれを奪った。COVID-19によるものであれ、そのほかの原因によるものであれ、出産から葬儀までのあらゆる儀式が、このおそろしいパンデミックによって中断された。死に関しては、無菌状態の隔離された場所からでは、終結と受容を理解することは困難だった。

マルコや子供たちに絶望感を隠そうとしたが、彼らはわたしの悲しみや恐怖を感じとっていた。それはわたしが呼吸している空気そのものに浸透していたのである。彼らの目がそれを物語っており、不意の優しい抱擁にそれを感じた。

季節が流れ、春から夏になった。わたしは郊外の家の前庭の草むらに横たわり、見張り役のホワイトオークやユリノキの枝を見上げていた。刈りたての芝生が肌を刺す。蟻が腕や足を這ってくすぐったい。わたしは深呼吸をして、自然とのつながりを取り戻そうと自分に言い聞かせた。心の傷を癒やすために、あの立派な木の根が地面から生えてきて、わたしの身体を包みこんでくれることを願った。ドン・アントニオとアマゾンの森で過ごした日々がよみがえり、あの瞬間に戻れたら願った。ドン・アントニオが森の精霊に祈りを捧げ、口笛を吹き、シャカパの束がリズミカルにわたしの身体にふれる——彼の癒やしの儀式の記憶が脳裏をよぎっていく。わたしは、自分が生態系の一部であり、大地の生き物であり、嵐のなかでもしっかりと支えてくれる肥沃な暗い土壌に根ざしていることを想像していた。

夏の終わりに近づくにつれ、COVID-19の患者、とくに人工呼吸器を装着した患者の二次感染に対する抗生物質の使用が増加していることに大きな懸念を抱くようになった。このような状況下では、抗生物質耐性菌がさらに増加し、院内に蔓延する可能性ある。新しい抗生物質を探すというわたしたちの研究は、かつてないほど緊急性を帯びてきた。研究室に戻って以前の仕事のペースを取り戻そう、と自分を奮い立たせました。

また、ウイルスと直接戦うためになにかしたいとも思った。しかし、わたしはウイルス学者ではない。同じ「微生物学」でも、細菌や真菌の生態や行動は、ウイルスとは大きく異なる。勉強しなければならないことがたくさんあった。わたしは、新しいウイルス感染症COVID-19の原因ウイルスであるSARS-CoV-2に関する論文を読み、その詳細を知り、自分の研究チームが貢献できる方法を考えた。うちの植物抽出成分ライブラリーをこのウイルスに試してみたい。もしかしたら、自然界にはこれに対抗できるものがあるかもしれない。

科学研究室には、さまざまなバイオセーフティ・クリアランスがある。これはバイオセーフティ・レベル（biosafety level）と呼ばれ、BSLという略語のうしろに数字がつけられている。この数字は、危険な生物学的製剤を封じこめるために必要な安全対策のレベルを示す。

大学の微生物学研究室のほとんどはBSL-2であり、教育研究室は通常BSL-1である。しかしBSL-3の研究室は一般的ではなく、より高度な予防措置が必要となる。なぜなら、これらの病原体に曝露されることで、深刻な——ときには致命的な——病気になるおそれがあるからだ。科学者たちはBSL-3の研究室で、結核菌やペスト菌などのほか、黄熱病、リフトバレー熱、SARS、MERS、そして今回のCOVID-19の原因となる呼吸器系ウイルスなどの病原体を扱う。危険な病原体が逃げださないよう、棟内の研究室には特別な工学的制御が求められる。アメリカにはBSL-3研究室が約二〇〇か所しかなく、その数とアクセスがかぎられていることが、SARS-CoV-2研究の壁になっていた。ただ、このウイルスは、少なくともBSL-4規格ではない。最高規格の研究室は、アメリカ全体で稼働中または計画中のものが一三か所しかなく、ここではエボラウイルス、マールブルグウイルス、ラッサウイルスなど、致死的で伝染しやすい病原体の研究がおこなわれる。

SARS-CoV-2などのBSL-3規格のウイルスに対して、数千の化合物をスクリーニングし、創薬研究をおこなう——こうした危険な病原体を扱うための特別な設備をもうけ、熟練した科学者を確保することは、コスト面でもアクセス面でも実現不可能だ。そのため、多くの科学者が早くからインシリコ・スクリーニング技術を利用してきた。「インシリコ」とは、コンピュータによるモデリングを意味する。ウイルスの重要な構成要素の構造が判明したのち、科学者たちはコンピュータ・シミュレーションをおこない、鍵を錠に差しこむように、標的に合う化合物があるかどうかを確認する。これらのコンピュータライブラリーは、人類が知っている化合物をベースにしていますが、生命の化学的多様性をすべてカバーしているわけではない。

ここに植物の出番がある。植物の各組織には、数百から数千のユニークな分子が存在する。もちろん限界はあるにしろ、植物の大部分に薬効成分があるかどうかを調査していないため、どのような化合物が存在するかさえもわかっていない。これでは、コンピュータモデルは使えない。わたしの場合、コンピュータによるシミュレーションではなく、直接実験で植物の抽出物成分をウイルスに対抗させてみなければならない。しかしその前に、よりアクセスしやすいBSL-2規格を使ってフィールドをしぼりこむ必要がある。わたしは検索し、読み、この戦いに飛びこむ瞬間を待った。

わたしが自宅オフィスの日光浴室に立っている、ベラとジャコモが駆けこんできた。「ママ、大声出したでしょ。いったいどうしたの?」ベラが心配そうに尋ねた。

わたしはジャコモを抱きあげてぐるぐるまわし、オフィスを埋めつくす鉢植えの観葉植物やヤシの葉をばさばさいわせながら、満面の笑みを浮かべて笑った。

「お金ができた!」とわたしはふたりにいった。「COVIDプロジェクトをスタートさせられるわ」

COVID-19研究に着手するため、過去二か月間に五つの助成金申請書を提出し、自宅で猛烈なペースで仕事を続けてきた。ひとつは不採択となったが、ほかの助成金についてはなんの連絡もなかった。驚くべきことに、わたしのチームが助成金申請を書いていたわずか二か月のあいだにも、アメリカや世界各国で患者数や死亡者数は増加し続けており、申請書を提出するたびに重要事項欄の数字を更新しなければならなかった。ようやくひとつの助成金が下りることになった。

これは、チームの主要メンバーの給与や、SARS-CoV-2ウイルスの侵入を阻害するかもしれない植物抽出成分の化学ライブラリー(厖大である)をテストするために必要な、高価な備品を購入する費用になる。実験に欠かせない偽型ウイルスの小瓶を数個買うだけで一万六〇〇〇ドルもかかり、しかもそれは割引価格なのだ。これは、わたしが抗ウイルス薬の発見を加速させるために必要な出発点だった。COVID-19に対して安全かつ有効な植物抽出成分があるとしたら、それはわたしのライブラリーにある可能性がきわめて高い。

これまで、野生の植物を採集し、地道に植物学的な同定や確認、化学的な抽出、生物学的な分析の準備といった手間のかかるプロセスを経て、クウェイヴ天然物ライブラリー（QNPL）を構築してきた。現在では、感染症や炎症性疾患のための伝統医学に用いられる六五〇種以上の植物から二〇〇〇以上の抽出成分を入手している。さらに、商業部門から新しい種を調達して、商業的にトップレベルのハーブ、とくに栄養補助食品の原料として使用されているものをすべて含めるようにしたため、コレクションは増え続けている。

八月上旬の時点では、COVID-19に対する薬草療法の有効性を示すデータはまだ存在しない。しかしアメリカでは、免疫力を高めるためにエルダーベリーシロップやマルチビタミンなどの栄養補助食品を摂取している人が多くいる。わたしは、商業的にトップレベルのハーブを最初にテストしたいと考えた。その理由は、すでに世界的な生産チェーンのなかにある植物成分になんらかの活性があるとすれば、それを特定したら、その情報を科学界や社会にもっとも迅速に伝えられるからである。

「細胞は順調に育っています。明日の実験のために二群に分けました」薬理学プログラムに所属する三人の大学院生のうちのひとりであるケイトは、いつものビデオ通話でこういった。「ミカとわたしで明日、別の成分をためす予定です。プレート二枚分の細胞があるはずです」

わたしたちは、COVID-19用の新薬発見スクリーニングに使用するために、BSL-2規格のSARS-CoV-2（COVID-19の原因ウイルス）モデルをカリフォルニア州の科学用品会社が販売しているのを見つけた。細菌の場合、栄養豊富な培地に細胞をくわえ、室温で保存するだけで簡単に増殖させることができるが、ウイルスはもっと複雑だ。まず、ウイルスは自力では生きられず、宿主細胞に侵入して複製をおこない、自分のコピーを増やす必要がある。バクテリアとは異なり、ヒトの細胞株は成長が遅く、インキュベーター内の特殊な環境が必要で、高温の培養室には二酸化炭素と適度な湿度が補充される。幸いにも、わたしの研究室には、細菌、真菌、ウイルスなどの病原体だけでなく、ヒトの細胞を扱うための設備がすでに整っていた。

SARS-CoV2ウイルスに関しては、研究室がBSL-2規格なので、本物のウイルスを扱うことはできない。しかし、もっと安全に実験できるように設計されたウイルス部位なら使用可能だった。そこで、ウイルスが細胞内に侵入する際に使う部位（スパイクタンパク質）でつくられた偽型ウイルスを用い、それを蛍光レポーター（暗闇で光るもの）に結合させた。簡単に説明しよう。ウイルス粒子が細胞内――この場合はアンギオテンシン変換酵素2（ACE2）受容体を持つ腎細胞（ACE2受容体は肺にもある）――にはいると、連鎖反応が起こって、光が放出される。要するに、ウイルスが細胞内に侵入すれば、暗闇で光る反応を確認できる。細胞内にウイルスがいなければ、光らない。研究室には、光学濃度、蛍光、発光などの信号を測定する機械があり、マイクロプレート内の五〇マイクロリットル――雨粒ほどの大きさ――のなかで生じる反応を測定できる。

もし、ウイルスの侵入を止めることができれば、体内に入ったウイルスが細胞から細胞へと広がるのを遅らせることができるかもしれない。また、医療従事者など、ウイルスにさらされるリスクが高い人たちのための予防薬を開発する道も開けてくるだろう。わたしたちは、まずすべての抽出成分を一回投与してスクリーニングをおこない、有望なものをしぼってから、さまざまな濃度で有効性を調べ、ヒトの細胞での安全性を確認することにした。

マイクロプレートの実験をしていないとき、マルコは栄養サプリメントの原料となる植物や、研究室に送られてきた伝統医療用の植物から、新たな成分をどんどん抽出した。ある程度の有効性が確認されると、化学博士のジーナとジェームズが、その抽出成分の化学構造を分析した。

できるかぎりの速さで実験を進めたが、安全上、大学の研究室では一平方フィートあたりの人数に制限があるため、各研究室には常時三人までしかはいれず、変則的な時間帯に交代で作業しなければならなかった。そこで学生研修生や他国の客員研究員の訓練をおこない、作業に参加してもらうことで、新抗生物質発見の研究を前に進めた。これまでは、平均で三〇人ほどが研究室に所属していた。いまは学生がリモート授業となり、雇用も凍結されていたため、主要スタッフは八人しかいない。現時点では、これでじゅうぶんとしなければならないだろう。

ままならない状況でも、前に進まなければならない。わたしには、自然界が秘める感染症対策の可能性を最大限に引きだす責任がある。希望も信念もやる気もある。そして、何世紀にもわたって感染症や炎症性疾患の治療に使用されてきた植物由来の化合物を集めた、唯一のライブラリーもある。「なにか見つかるかも」ではなく、「どれだけ見つかるか」、そして生きた感染モデルでの次なる実験に進めるものがあるかどうか、が問題だった。

一二月のある日、毎週おこなっているZoomグループミーティングで、わたしは「二〇二〇年には二〇。そんなこと不可能だとみんな考えていたけれど、やったわよ！　おめでとう、みんな自分のことを誇りに思ってちょうだい」と告げた。

一年前、新たに二〇年代にはいるにあたり――研究室を立ちあげてから八年目になる――「なにか大きなこと」をしたい、とわたしはメンバーにいった。

ジェームズは、「二〇二〇年には二〇のパブを制覇できるかも」とジョークを飛ばした。ジェームズは冗談のつもりだったが、わたしたちはそれを実現した。ジェームズがいったのはビールを飲むパブめぐりではなく、二〇本の論文発表（パブリケイション）のことである。パンデミックの初期に数か月間実験から離れたことで、チームは協力して原著論文や総説、新規特許をまとめる貴重な時間を得た。その努力は報われた。薬剤耐性菌感染症に対抗する植物由来化合物の発見に向けた研究について、二〇本の論文を発表できたのである。また、これから進めるべきプロジェクトの有望な手がかりも数多く得られた。そのなかに、サンショウモドキやシチリアンスマックから得られた、種特異的な成長阻害作用がある。つまり、常在菌（善玉菌）はすどおりして、病原菌（悪玉菌）により強く効果を発揮するという選択作用が認められたのである。アメリカン・ビューティーベリーには、MRSAの治療において、βラクタム系抗生物質の活性を回復させる特殊な化合物があった。クリやトウガラシからは、ブドウ球菌が毒素を放出するときに使う通信システムを効果的に遮断し、ブドウ球菌による重篤な組織損傷を軽減できる新しい分子を発見した。歯周病対策に役立つ植物も新たに見つけた。また、バイオフィルムの形成を防ぎ、医療機器からバイオフィルムを除去する際に抗生物質の効果を高めることができる植物についても研究を続けている。重要なのは、これまで顧みられなかった多くの伝統治療薬――近代科学がたんなる民間伝承と位置づけてきたもの――の有効性を示す、たしかな科学的証拠が見つかったことだ。植物は、感染症に直面している人々の生活の質と寿命を向上させる力を秘めている。未来の医療を変えていける薬剤開発に向けて、わたしたちは植物の可能性を立証することができた。

ＣＯＶＩＤ－19は、効果的な治療法がない感染症の脅威をあらわにしたが、これは準備の不足でもある。このパンデミックによって、世界中の人々が生活、食事、社交、旅行、仕事、学習の激変を経験した。重症化や死の脅威がわたしたち全員を襲った。誰も安全ではなかった。

科学には、時間、資金、適切な資源の入手、そして複雑な実験をおこなう技術を身につけたチームメンバーが必要となる。飛躍的な進歩は一夜にして起こるものではない。何年にもわたるトレーニングや研究に時間を費やし、基礎的な洞察力を身につけるからこそ、発想の転換や新しい考えが生まれるのである。議会は、薬剤耐性菌との戦いに向けて、科学者や医師の研究とトレーニングに投資するために、いますぐ、断固とした態度で臨む必要がある。国立衛生研究所（ＮＩＨ）の一部門、国立アレルギー・感染症研究所（ＮＩＡＩＤ）が博士課程の大学院生に助成する金額はきわめて低く、これほど少ない額の助成金に学生が応募することに意味があるのか、と疑問に思うほどだ。感染症に対する資金の優先順位が低いのは、研究者だけではない。信じられないことに、感染症を専門とする医師は、医学の専門分野のなかでももっとも給与が低く、消化器内科医や循環器内科医の半分以下の年収しかない[9]（年収の差は二〇万ドル以上）。ＣＯＶＩＤ－19の大流行を受け、アメリカ政府の「ワープスピード作戦」には一八〇億ドルが投じられ、新機軸を生むための資金力を示した。ＣＯＶＩＤ－19はわたしたちの性能試験場といえる。次のワープスピード作戦が必要になるまで待つのではなく、手遅れになる前に、いま真剣に仕事に取り組もう。

ギリシャ神話に登場するトロイの王女カサンドラは、美しい容姿と未来を予知する能力を授かったが、呪いをかけられ、誰も彼女の予言を信じなかった。結局、トロイ戦争でトロイは滅亡した。

しかし、これから起こることを予測するのに予知能力は必要ない。人類が誕生したときから、感染症は人類を悩ませてきた。次の脅威にそなえるためには、未来へ投資しなければならない。

抗生物質の経済モデルを大きく転換する必要がある。新しい抗生物質を市場に投入し、それを維持するためのコストは、全体で約一七億ドルにのぼる。一部の専門家は、サブスクリプションモデルを提唱する。[10] 自分の好きなテレビ番組を見たり雑誌を読んだりするのに毎月定額料金を払うように、抗生物質も世界中の国から支援を受けられるのではないだろうか。これは「プッシュ―プル」と呼ばれる概念だ。新薬の基礎研究、早期発見、前臨床試験への資金提供は、新しい考えや方法を抗生物質発見のパイプラインに「プッシュ」するために使われる。世界抗菌薬研究開発パートナーシップ（GARDP：Global Antibiotic Research and Development Partnership）や薬剤耐性菌対策のための生物薬剤学的促進機構（CARB-X：Combating Antibiotic-Resistant Bacteria Biopharmaceutical Accelerator）などの非営利団体は、抗生物質の研究促進に大きな貢献をしているが、将来に向けて抗生物質を確保するためには、さらなる努力が必要だ。

初期の有望な研究のあとに訪れるギャップは「死の谷」と呼ばれ[11]、薬が死んでしまう場所である。新薬臨床試験の初期段階は多額の費用がかかるため、学術研究者には手が届かない。また製薬会社にとっても、有望な化合物を臨床現場で治験し、新たな生産ラインを開発し、規制当局から承認を得るという、きびしい工程のために莫大な費用を負担することは経済的に意味がない。薬剤が承認されたあとも、市販後のモニタリングには膨大な費用がかかる（承認後一〇年間で三億五〇〇〇万ドル）。「プル」型の支援金は、この第二段階の臨床試験、生産、モニタリングに威力を発揮し、コストのかかるプロセスを経て抗生物質を供給する企業の努力を奨励する。サブスクリプションモデルは、販売量とは関係のない方式なので、研究開発のコストを確実に回収することができる。この新しいやり方は製薬会社のモデルを根底から変えるだけでなく、迫り来る危機に対してより大きな安心感を人々に与えてくれる。

COVID-19が示すように、わたしたちに待っている余裕はない。失われた命や経済危機といった世界的なコストは、あまりにも大きい。そうでなければいいが、次のCOVID-19はすぐそこに来ているかもしれない。誰にもわからない。ひょっとしたら、現段階ではたちうちできない超薬剤耐性菌の可能性もある。そして、その次は、さらに事態は悪くなるだろう。想定される危機に対抗するためには、より多くの資源が必要となる。わたしは、植物が人類生存のための鍵を握っていると、そして既存の薬を助け、さらには新しい薬をつくるきっかけになると信じている。そのために、今日も仕事を続ける。

# 終章

わたしは家の庭の中央にある小さなテーブルの前に座った。子供たちと一緒に、晩夏の収穫物を整理する。日中の蒸し暑さがやわらぎ、虫の鳴き声や小鳥のさえずりがあたりに響く夕暮れどきだった。庭には緑があふれ、トマト、キュウリ、エンドウなどの太い蔓が、地面に固定した高い竹の支柱に沿って上へ上へと伸びている。

白い柵でかこまれた庭——入口の門は小さなあずまや風になっており、蔓性のクレマチスに覆われ、あざやかな紫の花がこぼれんばかりに咲いている。柵のそばにはさまざまな野草が咲きみだれ、蜜蜂やハチドリなどが花粉に惹かれて集まってくる。庭の端には、わたしの胸ほどの高さまで伸びたブラックベリーの茂みがある。木質化した茎に緑の葉が生い茂り、赤と黒のふっくらした実がたわわにみのっている。マルコが子供たちと一緒につくった一九個の花壇のあいだの道には、倒れたユリノキの木片が敷きつめられており、それぞれの花壇には食用、薬用、そして毒のある植物も植えられている。

トマト、オクラ、パプリカ、トウモロコシ、エンドウ、イエロー・スクワッシュ、ネギ、チャイブ、タマネギ、キュウリ、バターナット・スクウォッシュ、ズッキーニ、ラディッシュ、ケール、レタス、キャベツなどを植えたのは、いつでも新鮮な野菜が食べられるようにするためだ。ミント科（ミント、バジル、ローズマリー、ラベンダー、タイム、レモンバーム、オレガノ）やニンジン科（パセリ、コリアンダー）の香りのよいハーブもある。誤用すれば毒にもなる薬用植物は、庭の食用作物とうっかりまちがえないように、制限区域の特別な高床式の花壇で育っている。オオイヌノフグリ、シモツケソウ、キツネノマゴなど――子供たちは、絶対に食べてはいけないと注意されていた。もっと安全な（薬用食品としても使われる）薬草類――マリーゴールド、パープルコーンフラワー（エキナセア属）、ルリチシャ、トゥルシー（別名ホーリーバジル）、イヌハッカ、レモングラスなどは、閉じこめられていた鉢から庭へ移された。生物多様性に満ちた小さな庭の風景は、パンデミックによる孤立した、コンピュータ化された世界のストレスから逃れられる避難所だった。

どの種にも、わたしにとっては特別な意味があった。どれも出会った人々や旅した場所の記憶とむすびついており、それぞれの種の食用や薬用の特性を直接体験してきたからである。ふと、花壇から顔をのぞかせているルリチシャの瑠璃色の花に気づいた。まだ緑のつぼみは、やわらかなにこ毛で覆われている。そういえば、イタリアのジョヴァンニーナおばさんが、若い母親たちの母乳の出をよくするためにと、このハーブの若い茎や葉を鶏ガラと一緒に煮こんでおいしいスープをつくっていたっけ。その隣の花壇では、ベラが青々とした葉をつけたイヌハッカの茎をハサミで切って束ね、教えたとおり根元を麻紐でむすんでいる。これを乾燥させて、一年中使えるようにするのである。アルバニアのゴーラ人の母親たちから、イヌハッカ（ゴーラ語でストラシュニカ）の使用法を学んだ――これには悪夢を追いはらう力があるから、この香りのいいハーブを入れたお風呂で身体を洗ったり、煎じたお茶を蜂蜜で甘くして飲ませたりすると、子供がよく眠るという。

最近家族にくわわった甥のトレヴァーが、その日の収穫物を入れる籐のバスケットを手に、家から庭に出てきた。その姿を見て、満足のため息がこぼれた。

庭の向こうでは、ジャコモがまた植物を裂いている。わたしを見ておぼえたのだ。ハーブや野菜の列のあいだを歩きながら、葉っぱを裂いたり、つぶしたり、匂いをかいだりしている。

「モモ、こっちにおいで」とわたしは息子に声をかけた。七歳の手は葉の束を握っていた。

「ママも匂いをかいでいい?」と尋ねると、ジャコモが両手をわたしの顔に近づけた。その匂いを吸いこむ。するとジャコモも束を自分の鼻に近づけ、わたしの仕草のとおりに匂いをかいだ。

「レモンみたいだね」とため息をつきながらいう。

わたしはうなずき、「でも、この植物はどんな形をしている?」ときいた。

ジャコモはその質問の意味を考えながら、大きな素焼きの鉢からのびている細い葉を指でさわった。

「草みたい」

「そうよ。これはレモングラスというの」

「この草のこと、ママはどこで習ったの?」とジャコモが尋ねた。

「遠い昔にね、とても賢い先生で治療師だったお友だちが教えてくれたの。その人は熱帯雨林に住んでいたのよ」

ドン・アントニオの姿があざやかによみがえる。食べた蟻の毒素にやられて吐き気に翻弄されながら、ヤシの線維でつくったハンモックに横たわるわたしの胸に、ドン・アントニオはレモングラスの束をおき、いたずらっぽい笑みを浮かべて香りをかぐようにといったのだ。

「熱帯雨林に行ってみたいな」とジャコモがいった。

「ぼくも、ママ」とドナートがいう。「ぼくも行きたい」一五歳のドナートの声は、声変わりして太くなっている。その新しい声を聞くたびに、まだ驚かされる。ドナートも、トレヴァーも、そしてあと数週間で一三歳になるベラも、いつのまにわたしより背が高くなったんだろう？

「そうね、いつかみんなで行きましょうね」とわたしは約束した。アマゾンの記憶が消えることはなく、いつも心のどこかに浮かんでいる島だ。あの穏やかな黒い水、浸水森林、ピンク色のカワイルカが、夢のなかでわたしを呼ぶ。あのワンダーランドを故郷とする植物と人々からもっと学び、もっと探求したいことがたくさんあった。

暗くなってきた。一匹の蛍が飛んでいて、トレヴァーがそれをながめている。もう一度光ったとき、トレヴァーが両手をカップにして蛍をつかまえた。みんなでそばにより、彼の長い指の隙間からこぼれる小さな光の点滅を見つめた。

マルコが庭の門からやって来て、わたしたちの輪にくわわった。みんなで身を寄せあっているうちに、不意にわたしははっきりと、自分が世界でもっとも愛しているものすべてにかこまれていることを感じた——わたしの子供たち、夫、植物に。わたしたちはこの小さなパラダイスを一緒につくりあげてきた。

マルコがわたしを見て、目があった。わたしの目は記憶をたどり、マルコの目は微笑んでいた。彼がロミオを演じ、イタリアのわたしのアパートのバルコニーに登ったあの夜から、わたしたちはどれほど遠くに来たことだろう。わたしの考えを読んだかのように、彼は身を乗りだしてわたしにキスをした。

家に向かって歩きだしたが、マルコが振り返って子供たちを呼んだ。「さあ、行くよ。夕食ができている——ラザニアだぞ！」

「やった！」ジャコモがうれしそうに叫んだ。ドナートが野菜の籠を持ちあげ、ベラがいった。「わたしがサラダをつくるわ！」

家にはいるとき、最後に庭を見た。わたしの家の前にはいつも庭がある、というよろこびをかみしめながら。


わたしは一九七〇年代にベトナム戦争で使用された毒物の犠牲者となった子供である。枯葉剤は戦場となったジャングルの視界をよくするために、森の木々の密生した葉を落とすことを目的としていたが、同時に兵士たちの子供の健康という「未来」も奪った。わたしと同じように、強力な枯葉剤であるオレンジ剤を浴びたアメリカ軍兵士や村人からは、何千人もの先天性障害児が生まれた。現在、四〇代のわたしたちは、骨がない、手足が短い、神経管欠損など、似たような健康履歴を共有している。一九九七年、アメリカ退役軍人健康局はベトナム退役軍人の子供への健康手当の対象に、この時代に生まれた二分脊椎の子供をくわえたが、[1] わたしのように人生を左右するような骨の欠損症は対象外だった。生涯で必要とした手術や補装具にかかった何十万ドルもの費用をまかなうための補助や政府の医療制度は、なにもなかった。

　自然の破壊には犠牲がともなう。二〇二〇年前後に起きた新型コロナウイルスのパンデミックや、わたしの人生の逸話から学ぶべきことがあるとすれば、この惑星の健康と人間の健康はわかちがたくむすびついている、ということだ。月の引力に海が反応するように、自然は、寄せては返す生命のバランスを回復させる方法を見つけだす。生態系の生物多様性は、あらゆる生命体の健康の鍵となる。

広大な地球上に生息する無数の生物であれ、さらにはわたしたちの身体のなかに生息する微生物であれ、そのことに変わりはない。

ブルドーザーやチェーンソーが豊かな森林の奥深くまで侵入し、野生生物を混乱させ、病気が蔓延する新たな機会をつくりだしているように、抗生物質もまた、それにさらされた人間や動物のバランスを崩してしまう。薬剤耐性菌感染症とCOVID-19という二種類のパンデミックによって、このままでは誰も安全ではないということがあきらかとなった。COVID-19による死者数の増加をまのあたりにしても、薬剤耐性菌感染症が毎年七〇万人以上の命を静かに奪い続けていることを忘れてはならない。COVID-19発生の初年度には、世界中で二〇〇万人の命が奪われたが、薬剤耐性菌感染症による死者は、二〇五〇年にはその五倍――毎年一〇〇〇万人――になると予測されている。このような災禍が迫っているのに、黙って見ていていいのだろうか。年齢、人種、経済状況、性別、体力などに関係なく、誰もがリスクを抱えている。わたしたちは準備しなければならない。

人口増加にともなう居住地の拡大や政府による規制の撤廃により、野生の土地は農地に変えられ、木材のために森林が伐採され、貴金属や化石燃料のために地面が採掘されている。その一方、アメリカ全土からアマゾンにいたるまで、生物多様性は急速に失われている。その結果、黒死病の時代以来、最悪の病気のひとつに人類が直面しているまさにそのとき、わたしたちは救いとなりうる資源を破壊していることになる。

たしかに困難な状況だが、希望がないわけではない。自然には、地球とわたしたちを癒やすための秘密がある。人類は、時代、言語、文化の違いにかかわりなく、ほかの動物の植物使用法などを継続的に観察し、自然の豊かな恵みを使って実験をおこなってきた。欧米の科学者のあいだでは、このような植物成分の薬効に関する知識は、しばしばくだらない迷信として一笑に付されてきたが、けっしてそうではない。これらの伝統医療は、何千年もかけて熟成され、世代ごとに改良されてきた自然の薬局なのである。現代の科学者は、どの植物薬がもっとも効果的なのか、どのように作用するのか、どの化合物がもっとも重要なのかを完全には理解していないが、世界中で使用されているもっとも重要な医薬品のいくつかは、最初にこのような植物から発見されたことがわかっている。

わたしたちの祖先がジャングルを抜けだしたように、最初の男女が船をつくり、荒れ狂う海に船出したように、わたしたちは探検を続けなければならない。

自然はわたしたちの周囲にあり、わたしたちの内部にもある。わたしたちは自然の一部なのだ。わたしたちは、自然界における自分の立場を忘れず、自然と協力して、わたしたちが自然を助けるように、自然がわたしたちを助ける新しい方法を発見しなければならない。わたしたちの運命はＤＮＡの鎖のようにからみあっている。自然はつねにわたしを驚かせる。その複雑さ、美しさ、天才性。どのようにして繁栄と適応の方法を見つけだすのか、そしてどのような秘密があるのか。わが家の裏の小さな庭を見ると、自然の豊かな恵みを、そしてその恵みを与えてくれる植物の守り手である人間の義務を思いだす。自然はわたしの家だ。そしてひとつだけ、たしかなことがある――わたしはけっして探求をやめない。

# 謝辞

夫のマルコへ。あなたはわたしの支えであり、人生のパートナーです。あなたの家族への献身と、わたしの夢への励ましと支援があったからこそ、その実現が可能になったのです。あなたがいなければ、この旅も、この本の執筆もできませんでした。わたしたちを待っているこれからの冒険を体験するのが待ちきれません——できれば、どこか輝く海の上で、ヨットに乗って。

わたしがここで自分の半生を語れたのは、両親の愛と指導のおかげです。母は、普通であれば不可能だと思うことを克服する不屈の精神を教えてくれました。障害があるからとわたしを区別せず、成功できるかできないかは、目的に向かって進む自分の意志と努力にかかっていることをつねに教えてくれました。診察室で、あるいは病室のベッドのそばで、ずっと一緒にいてくれてありがとう。あなたなしでは成し遂げられませんでした。父は、その創造性と仕事熱心さで、大きなことを考え、夢を見、実行するようわたしの背中を押してくれました。そのおかげで、わたしの想像力の翼は思いがけないところまで伸びていったのです。心を開いて笑い、愛すること、そして、たとえそれが道なき道であっても、自分に与えられた道を進むことを教わりました。一緒に森のなかで過ごした時間、自然界と恋に落ちるための空間と時間を与えてくれたことに感謝します。

わたしの子供たち——ドナート、ベラ、ジャコモ、甥のトレヴァー。あなたたちはわたしの心であり喜びです。一人ひとりがこの世界に美しいものをもたらしてくれました。あなたたちの人生にかかわられたことを感謝せずにはいられません。

わたしの妹――フロリダの太陽の下で木に登ったり、泥のなかを裸足で走ったりと、屋外での冒険でわたしの子供時代を豊かにしてくれました。また、九八歳で亡くなるまで、冒険と旅の精神をわたしに伝え続けてくれた祖母。あなたのように、定年後にバイクで国中を走りまわる日が来るかもしれません。

イタリアのすばらしい家族。義理の両親であるミラグロスとドナートは、フィールド調査をはじめた頃から研究をサポートし、植物乾燥機がカンティーナを過熱させてワインの樽をダメにしてしまっても、辛抱強く付きあってくれました。また、わたしの人生を豊かにしてくれた義理の兄弟姉妹、すばらしい姪と甥たちには、イタリアの田園地帯で野草の採集を手伝ってくれたことを含め、ありがとうの言葉を贈ります。

チャド・プライス博士をはじめ、成長期の子供時代にわたしの身体を診てくれた医師たち、そして義肢装具士のチャーリーとウィルに感謝します。

指導教官にはことのほかお世話になりました。とくにミシェル・ランプル、ラリー・ウィルソン、ブラッド・ベネット、ロバート・スワーリック、リサ・プラノ、マーク・スメルツァー、セザール・コンパドレの各博士は、科学者とはなにかを教えてくれただけでなく、教授としての指導法を伝えてくれました。レイモンド・スキナジ博士とピート・マックタイアー博士には、わたしがキャリアを進めていうえで、助言、支援、励ましをいただきました。インスピレーションを与え、より高い可能性に到達するように支援し、もっとも必要とするときに後ろ盾になってくれました。

青春時代に病院の微生物検査室や救急外来で指導してくれた方々、そして危機に直面したときにいかに強く立ち向かうか、医療現場で医療行為と共感や思いやりをいかに融合させるかを教えてくれた多くの救急隊員、検査技師、看護師、医師たちに感謝します。とくにベティ、トレイシー・キャンプ、ステファニー・チショルム・ビーズリー、ジェームズ・ミード博士、スティーブン・ミシュカインド博士、ウィリアム・クランクショー博士に感謝したいと思います。ビル・スタンコには、フロリダの片隅で科学フェアを実施してくれたこと、州大会や国際大会に進むわたしを指導してくれたことに感謝します。

わたしを家に迎え入れ、自然や医療についての知識を共有してくれた多くのコミュニティに深く感謝します。異なる文化的レンズから健康の意味を学ぶという経験をとおして、わたしの人生は信じられないほど豊かになりました。とくにドン・アントニオ、エレナ、ジョヴァンニーナ、時間を割いて知識を伝えてくれた治療師たちに感謝したいと思います。

世界各国の共同研究者の方々は、本書に述べた研究や、論文に発表した研究に不可欠な存在であり、またすばらしい指導者でした。その科学的才能、勤労意欲、好奇心、洞察力は、わたしにインスピレーションを与え、この旅を導いてくれました。とくに、アンドレア・ピエローニ、アレックス・ホースウィル、アヴニ・ハジダリ、アレッサンドロ・サイッタ、キア・クレプツィヒ、アルフォンソ・ラ・ローザ、クリスティアン・メランダー、ダン・ズロウスキ、ジュリア・クバネク、ライナルト・ジョーンズ、ティム・リードの各博士には、長年にわたる継続的な協力を感謝します。

植物と薬理学へのわたしの愛を、紙面、ラジオ、映像などの媒体で広めてくれた科学コミュニケーションの協力者たちに感謝します。またフィールド調査をともにし、研究室を訪れ、研究内容を報告してくれた優秀なジャーナリスト、写真家、映像作家などの方々にも、わたしの研究チームの好奇心、探求、発見の喜びを世界に伝えてくれたことに感謝します。とくにキャロル・クラーク、フェリス・ジャブル、マリン・マッケンナ、ロブ・コーエン、クリスティ・ロスを評価したいと思います。

わたしの研究チームへ。現場でも研究室でも、このチームで仕事ができることを幸運に思っています。そのエネルギーと好奇心は研究室の活力の源であり、それぞれが科学的な旅を続けて高みをめざす姿を見ることは、教師として、指導者として、上司として、これ以上の喜びはありません。この研究に対する貢献は評価しきれないほどのものですが、とくにタ一ラ・サマラクーン、ジェームズ・ライルズ、ジーナ・ポラス、フランソワ・シャサーニュ、ソンミン・ウー、ケラク・ファルク、エミリー・ガーニー、アクラム・サラム、またケイト・ネルソン、ブランドン・デール、ミカ・デットワイラー、モニク・サラザール、パティ・カラリーズ、ミレシャ・ペリマン、マルコ・カプート、ルイス・マルケス、ケイトリン・ライズナー、ブレダル・プラウ、ファラッ・カーン、ホワキオ・タン、ファビアン・シュルツ、アメリア・ムース、ニック・リヒワーゲン、ゼナ・フアン、ミッキー・シュ、ダニエル・キャロル、ロゼン・ピノー、サラ・ハンソンの各博士のほか、ともに働いた一〇〇人以上の学生研修生、客員研究員の方々。何年たっても、誰もがクウェイヴ・ラボの一員です。

トレーニングをはじめてから現在まで、民族植物学と薬理学の分野には多くのピア・メンター、つまりすばらしい友人と科学者仲間がいました。ジャナ・ローズ、ジャネル・ベイカー、ナンシー・ロス、サンシャイン・ブロシ、イナ・ヴァンデブルック、リック・ステップ、ナジャ・チェク、サンドラ・ロースゲン、ジョン・デ・ラ・パーラ、ソニア・ピーターの各博士は、日々わたしを触発し続けてくれる存在であり、毎年の集まりを心待ちにしています。親愛なる友人であり同僚でもあるマリア・

ファディマン博士とスザンヌ・マスターズ博士は、本書の草稿をに何度も目をとおし、もうだめだと思った日にもわたしを励ましてくれました。そして、ジャスティン・ノーラン博士、あなたが早くこの世を去ったことで、わたしたちの心にはぽっかりと穴が開いてしまいました。わたしの大切な友人であり、気の合う仲間であるあなたと知り合えたことを、わたしは信じられないほど幸運に思っています。

科学は、研究を推進するために必要な資金援助がなければ成り立ちません。わたしのキャリアを支えてくれたすべての資金提供団体に感謝しています。とくに、初期にチャンスを与えてくれた団体には深く感謝しています。エモリー大学国際奨学生プログラム、科学と障害者基金、全米カッパ・アルファ・シータ基金、国立衛生研究所（NIH）の国立補完代替医療センター／国立補完統合医療センター、国立アレルギー感染症研究所、米国農務省、ボタニー・イン・アクション、ガーデンクラブ・オブ・アメリカ、ウィンシップ・メラノーマ財団、サミュエリ財団、グレイター・アトランタ・コミュニティ財団、ヒューバート・ヘンリー・ホイットロー・ジュニア財団、ジョーンズ・センター・アット・イカウェイ、マーカス財団。大規模な資金提供団体だけでなく、この仕事に理解を寄せてくださる個人の方々からの支援も、大きな助けとなっています。一〇ドルでも一万ドルでも、研究室や植物標本室への寄付に感謝し、光栄に思います。わたしたちの研究とアウトリーチ活動は、皆様のおかげで成り立っています。

幼少期、大学時代、結婚、出産、病気、死など、人生にはさまざまな冒険や喜び、悲劇がつきものですが、友人たちとはつねに支えあってきました。かけがえのない友人に恵まれました。ビギィ、ブライアン、ジェイム、ジュリアス、ジェニー、ダン、ロビン、EOMEクルー（サヒール、ケイティー、ケニー、シンディ、マット、ジェン、オーガスト、リズ、ハンター、ヴァネッサ）、そしてアーカンソーの女性たち、わたしの人生に笑いと喜びを与えてくれてありがとう。とくに、わたしの大切な友人であるマンディ・ファゲイトとジェン・ウォーターには感謝しています。ふたりは労を惜しまず草稿を読み、意見を述べてくれました。

これが語られるべき物語であると最初に信じてくれた文芸エージェント、エリアス・アルトマンに感謝します。優秀な編集者のジョージア・ボドナー、グレッチェン・シュミット、そしてヴァイキング社の信じられないほど才能豊かなチームのみなさん、わたしの文章を何年も耐えられる物語に仕上げるための意見と助言をありがとうございました。

わたしの人生は大勢のすばらしい人々に支えられてきましたが、ここでお名前をあげることができなかったら申しわけありません。

# 訳者あとがき

本書『薬草ハンター、世界をゆく――義足の女性民族植物学者、新たな薬を求めて』は、二〇二一年にアメリカのViking社より刊行された*The Plant Hunter: A Scientist's Quest for Nature's Next Medicines*の全訳です。

著者のカサンドラ・リア・クウェイヴ（Cassandra Leah Quave）は一九七八年生まれのアメリカ人女性です。ベトナム戦争（アメリカの本格的介入から撤兵までは一九六五～七三年）に従軍した著者の父は、戦地でアメリカ軍が散布した枯葉剤（森林を枯死させるためのダイオキシン含有化学兵器）を浴び、第一子の彼女は先天性の骨格異常を持って生まれます。そして三歳のときに右下腿を切断、その後は義足を付けて生活することとなりました。本書は、そんな著者が幼少期に科学に魅了され、医者を志すも民俗植物学者として「植物由来の」抗生物質や抗菌剤を発見する道を選び、恋をし、結婚して母となったあとも、世界各地で植物を採集しながら自分の道を突き進んできた半生を、ときにはユーモアをまじえながら綴った書です。

一読して驚嘆するのは、著者の行動力とタフさでしょう。フロリダ生まれの著者は、現在でも腰にマグナム・リボルバーをぶちこんで、ワニのいるフロリダ沼沢地で植物採集をする猛者ですが、その果敢さは若いときから変わりません。大学生時代は「薬局の祖」である伝統療法薬の使用法を自分の目で見るために、単身でペルーのアマゾン流域へ飛びます。そこで出会った伝統療法師らとの交流をとおして、心のなかに靄のように浮かんでいた「西洋医学一辺倒の医療でいいのか」「伝統療法の知識を捨て去ることは、発展途上国にとっても先進国にとっても多大な損失ではないのか」「二種類の医療のよい部分をつなぎ合わせることはできないのか」という疑問が徐々に形を取りはじめ、やがて民俗植物学者として生きるという決意に結実します。

民族植物学とは、あまりなじみのない言葉かもしれません。C・M・コットン著『民族植物学——原理と応用——』（木俣美樹男・石川裕子訳／八坂書房／二〇〇四年）によれば、一九世紀後半に学術用語として導入される以前は、先住民の植物使用法の応用や経済的価値の追求がほとんどだったものの、しだいに視野が広がり、今日では地域の人々と自然界の植物とのかかわりを多角的に探究する学問領域になったようです。

著者は伝統療法に深い敬意と関心を寄せていますが、それが西洋医学の欠点や短所の批判に終わらないのは、先天性欠損症や脊柱側弯症、また切断肢断端のたび重なる感染症などで、幾度も治療を受けてきた経験があるからでしょう。本書でも述べているように、「抗生物質耐性菌に効く新薬を植物から発見する」というライフワークの設定も、自分自身の経験が出発点になっています。

抗生物質耐性菌、それも多剤耐性の細菌の出現は、日本でも大きな問題となっています。その筆頭にあげられるのは、本書でもたびたび登場するメチシリン耐性黄色ブドウ球菌（ＭＲＳＡ）です。抗生物質というものは、新たな薬が登場すれば、遅かれ早かれ耐性菌が出現するという部分があり、いわばいたちごっこの様相を呈します。そのうちいかなる抗生物質も効かない細菌が現れるのではないか、という著者の危惧も荒唐無稽とはいえません。まだほとんど科学的に解明されていない民間療法薬に新薬発見の鍵があるのではないか、また殺菌だけに注目せず、細菌のシグナル伝達経路をブロックしたり（この分野は近年注目されています）、併用すれば既存の抗生物質の効果を回復させたりする成分が植物にあるのではないか、という著者の研究方針は、「自然との共生」がひとつの潮流である二一世紀に合致している戦略に思えます。

「この病気に効く薬がない」という不安と恐怖は、二〇二〇年初頭から発生した新型コロナウイルス感染症（COVID-19）のパンデミックによって全世界が共有しました。著者は細菌のみならず、このウイルスに効く成分を求めての研究にも着手します。二〇二二年現在、ワクチンや飲み薬も開発されてきましたが、パンデミックの収束にはいたらず、人類はまだ戦いを続けています。たとえこれをある程度克服できたとしても、新たな細菌、新たなウイルスは、かならずいつか出現するでしょう。著者のいうように、わたしたちは曲がり角に差しかかっています。こうした病気や気候変動、自然災害などの問題が目白押しなのですから、ホモ・サピエンスは戦争をやめて平和を追求しなくてはなりません。

本書ではイタリア人の夫との出会い、結婚、出産、三人の子育てと、著者の私生活も語られます。夫君はイタリアからアメリカに移住し、ときには主夫業に専念しながら著者の研究を支えます。率直にすごいなと思いますが、これが男女逆であったら（つまり著者が男であったら）、それほどすごいとは感じなかったでしょう。ジェンダーの壁は自分のなかにもありそうです。

アメリカ科学界の現実が赤裸々に示されているところも、興味深い点です。研究のための助成金獲得競争（いわば助成金がなければ研究職でいられない）や、よりよい職場やポストを求めてアメリカ全土、ときにはヨーロッパも視野に入れて動く姿は、非常にアクティブである反面、弱肉強食の世界に生きていることが伝わってきます。よくも悪くも自由で実績主義のアメリカを感じずにはいられない部分といえるでしょう。

さて、未来はどうなるでしょうか。著者は生来のあかるさと揺るぎない信念から、絶望はしていないようです。読後、自分も自分なりの一歩を踏みだしてみよう、と思わせてくれる一冊です。

本書にはアルバニア語や、アルバニア語の一方言であるアルブレシュ語などが登場します。可能なかぎり資料にあたりましたが、表記のまちがいもあろうかと存じます。ご指摘いただければ幸いです。また、訳出にあたっては多くの方々のご協力を得ました。とくに原書房の中村剛さんにはたいへんお世話になりました。この場を借りて、すべての皆様に厚くお礼を申し上げます。

駒木 令

二〇二二年二月

を非常に歓迎してくれるので、オンラインでメンバーと交流したり、学会に参加したりすることをお勧めする。以下にお勧めの学会をあげる。

**The Society for Economic Botany (www.econbot.org)** 経済植物学会は、植物・文化・環境の利用と人類との関係——すなわち植物と人間のかかわりについて探究している。

**The American Society of Pharmacognosy (www.pharmacognosy.us)** アメリカ生薬学会は、自然界の分子の可能性を発見することを目的としている。これには、植物だけでなく、海洋生物、土壌微生物、真菌など、さまざまな天然資源を対象とした研究が含まれる。

**The Society of Ethnobiology (https://ethnobiology.org/)** 民族生物学会は、過去および現在における人と環境の関係についての学際的研究にたずさわる学者、活動家、コミュニティの組織である。

**The International Society of Ethnobiology (www.ethnobiology.net)** 国際民族植物学会は、人間社会と自然界の重要なつながりを維持するために活動している個人や組織からなる国際組織である。

# 参考資料

## 未来を変えるために

本書で取りあげた、天然物由来の抗感染症薬の研究を支援したいと思われる方は、わたしの研究室への寄付をご検討していただきたい。寄付金は、学生研修生や研究スタッフの給与、研究室の備品、研究のための遠征費などに使われる。アメリカ国内であれば寄付金は税金控除の対象となり、エモリー大学の安全なポータルサイトから簡単に寄付ができるようになっている。寄付の方法の詳細については、当研究室のウェブサイトを参照していただきたい（https://etnobotanica.us/donate）。

## そのほかの学習情報

本書で述べたトピックに関する映像や音声は下記を参照していただきたい。

**Teach Ethnobotany YouTube channel (www.youtube.com/user/Teach Ethnobotany)** このYouTubeチャンネルでは、民族植物学と健康をテーマとした講義や簡単なまとめを配信している。わたしの講義のほか、経済植物学会や民族植物学会での発表を収録した映像もある。

**Foodie Pharmacolog y podcast (https:// foodiepharmacology.com/)** 食と健康の科学について探るポッドキャストの共同製作と司会をおこなっている。食、健康、文化、薬理学、農業などの専門家へのインタビューもある。

**Integrated Digitized Biocollections (iDigBio; www.idigbio.org)** 植物標本を含む自然史コレクションのデジタル化（写真撮影とデータ入力）に特化した研修プログラム。アメリカ国立科学財団が支援。

**Convention on International Trade in Endangered Species of Wild Fauna and Flora (https://cites.org/eng)** 野生の動植物の国際取引が種の存続を脅かさないようにするための政府間の国際協定。

**Global Antibiotic Research and Development Partnership (https://gardp.org); Combating Antibiotic-?Resistant Bacteria Biopharmaceutical Accelerator (CARB?X; https://carb?x.org/)** 抗生物質の研究促進のために重要な貢献をしている非営利団体。

**Southeast Regional Network of Expertise and Collections (SERNEC; https://sernecportal.org/portal/)** アメリカ南東部の植物標本室の共同事業体。各植物標本室の標本画像と属性情報を、研究・管理計画・一般への情報提供のために公開している。

## 学生と研究者のために

この道を進みはじめたばかりの頃に、人類と自然とのつながりを愛する仲間に出会えたことは、なによりも助けになった。幸いにも、人間と自然の接点についての倫理的研究や、植物の薬効の研究を目的とした国際学会がいくつかある。この分野の研究に興味のある人は、ぜひ参加してみてほしい。どの団体も学生や新規加入者

# 注

## 序章

1 Cassandra L. Quave, Lisa R. W. Plano, Traci Pantuso, and Bradley C. Bennett, "Effects of Extracts from Italian Medicinal Plants on Planktonic Growth, Biofilm Formation and Adherence of Methicillin-Resistant *Staphylococcus aureus*," *Journal of Ethnopharmacology* 118, no. 3 (August 2008): 418-28, https://doi.org/10.1016/j.jep.2008.05.005; Cassandra L. Quave, Miriam Estévez-Carmona, Cesar M. Compadre, Gerren Hobby, Howard Hendrickson, Karen E. Beenken, and Mark S. Smeltzer, "Ellagic Acid Derivatives from *Rubus ulmifolius* Inhibit *Staphylococcus aureus* Biofilm Formation and Improve Response to Antibiotics," *PLoS One* 7 (January 2012): e28737, https://doi.org/10.1371/journal.pone.0028737; Benjamin M. Fontaine, Kate Nelson, James T. Lyles, Parth B. Jariwala, Jennifer M. García-Rodriguez, Cassandra L. Quave, and Emily E. Weinert, "Identification of Ellagic Acid Rhamnoside as a Bioactive Component of a Complex Botanical Extract with Anti-biofilm Activity," *Frontiers in Microbiology* 8 (March 2017): 496, https://doi.org/10.3389/fmicb.2017.00496.

2 J. O'Neill, *Review on Antimicrobial Resistance*, 2016, Wellcome Trust and the UK Department of Health, London.

3 Lynn L. Silver, "Challenges of Antibacterial Discovery," *Clinical Microbiology Reviews* 24, no. 1 (January 2011): 71-109, https://doi.org/10.1128/cmr.00030-10.

4 Maryn McKenna, "The Antibiotics Business Is Broken—but There's a Fix," *Wired*, April 25, 2019, www.wired.com/story/the-antibiotics-business-is-broken-but-theres-a-fix/.

5 Centers for Disease Control and Prevention, "Achievements in Public Health, 1900-1999: Control of Infectious Diseases," *Morbidity and Mortality Weekly Report* 48, no. 29 (July 1999): 621-29.

6 "Penicillin's Finder Assays Its Future," *New York Times*, June 26, 1945.

7 Maarten J. M. Christenhusz and James W. Byng, "The Number of Known Plants Species in the World and Its Annual Increase," *Phytotaxa* 261, no. 3 (May 2016): 201-17, https://doi.org/10.11646/phytotaxa.261.3.1.

8 Medicinal Plant Names Services, Kew Science, accessed March 29, 2021, https://mpns.science.kew.org/mpns-portal/.

9 Xin-Zhuan Su and Louis H. Miller, "The Discovery of Artemisinin and the Nobel Prize in Physiology or Medicine," *Science China Life Sciences* 58 (2015): 1175-79, https://doi.org/10.1007/s11427-015-4948-7.

10 J. W. Harshberger, "Purposes of Ethnobotany," *Botanical Gazette* 21, no. 3 (1896): 146-54.

11 Ghillean T. Prance, "Ethnobotany, the Science of Survival: A Declaration from Kaua'i," *Economic Botany* 61 (2007): 1-2, https://doi.org/10.1007/BF02862367.

12 Athena P. Kourtis, Kelly Hatfield, James Baggs, Yi Mu, Isaac See, Erin Epson, Joelle Nadle, Marion A. Kainer, Ghinwa Dumyati, Susan Petit, Susan M. Ray, Emerging Infections Program MRSA author group, David Ham, Catherine Capers, Heather Ewing, Nicole Coffin, L. Clifford McDonald, John Jernigan, and Denise Cardo, "Vital Signs: Epidemiology and Recent Trends in Methicillin-Resistant and in Methicillin-Susceptible *Staphylococcus aureus* Bloodstream Infections—United States," *Morbidity and Mortality Weekly Report* 68, no. 9 (March 2019): 214-19, https://doi.org/10.15585/mmwr.mm6809e1.

## 第１章　わたしの脚と大自然

1 Ji Youn Lim, Jangwon Yoon, and Carolyn J. Hovde, "A Brief Overview of Escherichia coli O157:H7 and Its Plasmid O157," *Journal of Microbiolog y and Biotechnology* 20, no. 1 (January 2010): 5-14.

## 第２章　ジャングルへようこそ

1 Luigi Capasso, "5300 Years Ago, the Ice Man Used Natural Laxatives and Antibiotics," *Lancet* 352, no. 9143 (December 1998): 1864, https://doi.org/10.1016/s0140-6736(05)79939-6.

2 Felix Cunha, "I. The Ebers Papyrus," *American Journal of Surgery* 77 no. 1 (January 1949): 134-36, https://doi.org/10.1016/0002-9610(49)90394-3; Anke Hartmann, "Back to the Roots—Dermatology in Ancient Egyptian Medicine," *Journal der Deutschen Dermatologischen Gesellschaft* 14, no. 4 389-96, https://doi.org/https://doi.org/10.1111/ddg.12947.

3 Q. M. Yeo, Rustin Crutchley, Jessica Cottreau, Anne Tucker, and Kevin W. Garey, "Crofelemer, a Novel Antisecretory Agent Approved for the Treatment of HIV-Associated Diarrhea," *Drugs Today (Barc)* 49, no. 4 (April 2013): 239-52, https://doi.org/10.1358/dot.2013.49.4.1947253; Poorvi Chordia and Roger D. MacArthur, "Crofelemer, a Novel Agent for Treatment of Non-infectious Diarrhea in HIV-Infected Persons," *Expert Review of Gastroenterology and Hepatology* 7, no. 7 (2013): 591-600, https://doi.org/10.1586/17474124.2013.832493.

4 Elisabet Domínguez-Clavé, Joaquim Soler, Matilde Elices, Juan C. Pascual, Enrique Álvarez, Mario de la Fuente Revenga, Pablo Friedlander, Amanda Feilding, and Jordi Riba, "Ayahuasca: Pharmacology, Neuroscience and Therapeutic Potential," *Brain Research Bulletin* 126 (September 2016): 89-101, https://doi.org/https://doi.org/10.1016/j.brainresbull.2016.03.002.

## 第３章　腸内の寄生虫

1 Nancy Scheper-Hughes and Margaret M. Lock, "The Mindful Body: A Prolegomenon to Future Work in Medical Anthropology," *Medical Anthropology Quarterly* 1, no. 1 (March 1987): 6-41, https://doi.org/https://doi.org/10.1525/maq.1987.1.1.02a00020.

## 第４章　偶然の出会い

1 "The Nagoya Protocol on Access and Benefit-Sharing," Convention on Biological Diversity, updated March 18 2021, www.cbd.int/abs/.

2 Andrea Pieroni, Cassandra Quave, Sabine Nebel, and Michael Heinrich, "Ethnopharmacy of the Ethnic Albanians (Arbëreshë) of Northern Basilicata, Italy," Fi*toterapia* 73, no. 3 (June 2002): 217-41, https://doi.org/0.1016/s0367-326x(02)00063-1.

3 Andrea Pieroni, Sabine Nebel, Cassandra Quave, Harald Münz, and Michael Heinrich, "Ethnopharmacology of Liakra: Traditional Weedy Vegetables of the Arbëreshë of the Vulture Area in Southern Italy," Jou*rnal of Ethnopharmacology* 81, no. 2 (2002): 165-85, https://doi.org/10.1016/s0378-8741(02)00052-1.

4 Seven Countries Study, accessed April 3, 2021, www.sevencountriesstudy.com.

5 Cassandra L. Quave and Andrea Pieroni, "Ritual Healing in Arbëreshë Albanian and Italian Communities of Lucania, Southern Italy," Jou*rnal of Folklore Research* 42, no. 1 (2005): 57-97.

## 第５章　コインランドリー

1 Daniel Stone, The *Food Explorer: The True Adventures of the Globe-Trotting Botanist Who Transformed What America Eats* (New York: Dutton, 2018).［ダニエル・ストーン『食卓を変えた植物学者――世界くだものハンティングの旅』三木直子訳／築地書館／2021年］

2 Centers for Disease Control and Prevention, Act*ive Bacterial Core Surveillance Report, Emerging Infections Program Network, Methicillin-Resistant Staphylococcus aureus 2006*, last updated January 30, 2012, https://www.cdc.gov/abcs/reports-findings/survreports/mrsa06.pdf.

3 Centers for Disease Control and Prevention, HIV*/AIDS Surveillance Report: Cases of HIV Infection and AIDS in the United States and Dependent Areas, 2006*, 2008, www.cdc.gov/hiv/pdf/statistics_2006_HIV_Surveillance_Report_vol_18.pdf.

4 Eugene Brent Kirkland and Brian B. Adams, "Methicillin-Resistant Sta*phylococcus aureus* and Athletes," Jou*rnal of the American Academy of Dermatology* 59, no. 3 (September 1, 2008): 494-502, https://doi.org/10.1016/j.jaad.2008.04.016.

5 Philip R. Cohen, "The Skin in the Gym: A Comprehensive Review of the Cutaneous Manifestations of Community-Acquired Methicillin-Resistant Sta*phylococcus aureus* Infection in Athletes," Cli*nical Dermatology* 26, no. 1 (January 2008): 16-26, https://doi.org/10.1016/j.clindermatol.2007.10.006.

6 Ian Sample, "Bacteria Tests Reveal How MRSA Strain Can Kill in 24 Hours," Gua*rdian, January* 19, 2007, www.theguardian.com/society/2007/jan/19/ealth.medicineandhealth2.

7 Mythili Rao and Tim Langmaid, "Bacteria That Killed Virginia Teen Found in Other Schools," CNN, October 18, 2007, www.cnn.com/2007/HEALTH/10/18/mrsa.cases/.

8 Yves Gillet, Philippe Vanhems, Gerard Lina, Michele Bes, François Vandenesch, Dan-

iel Floret, and Jerome Etienne, "Factors Predicting Mortality in Necrotizing Community-Acquired Pneumonia Caused by *Staphylococcus aureus* Containing Panton-Valentine Leukocidin," *Clinical Infectious Diseases* 45, no. 3 (August 2007): 315-21, https://doi.org/10.1086/519263.

9 Erin I. Armentrout, George Y. Liu, and Gislâine A. Martins, "T Cell Immunity and the Quest for Protective Vaccines against *Staphylococcus aureus* Infection," Microorganisms 8, no. 12 (December 2020): 1936, https://doi.org/10.3390/microorganisms8121936.

## 第６章　フィールドから研究室へ

1 Cassandra L. Quave, Andrea Pieroni, and Bradley C. Bennett, "Dermatological Remedies in the Traditional Pharmacopoeia of Vulture-Alto Bradano, Inland Southern Italy," *Journal of Ethnobiology and Ethnomedicine* 4, article 5 (2008), https://doi.org/10.1186/1746-4269-4-5.

## 第７章　赤ちゃんとバイオフィルム

1 Breena R. Taira, Adam J. Singer, Henry C. Thode Jr., and Christopher C. Lee, "National Epidemiology of Cutaneous Abscesses: 1996 to 2005," *American Journal of Emergency Medicine* 27, no. 3 (March 2009): 289-92, https://doi.org/10.1016/j.ajem.2008.02.027.

2 Olivier J. Wouters, Martin McKee, and Jeroen Luyten, "Estimated Research and Development Investment Needed to Bring a New Medicine to Market, 2009-2018," *Journal of the American Medical Association* 323, no. 9 (March 2020): 844-53, https://doi.org/10.1001/jama.2020.1166.

3 John H. Rex, "Melinta, Part 2 / Bankruptcy Is Not the End / Post-approval Costs for an Antibiotic," Antimicrobial Resistance Solutions, January 20, 2020, https://amr.solutions/2020/01/07/melinta-part-2-bankruptcy-is-not-the-end-post-approval-costs-for-an-antibiotic/.

## 第８章　自分の研究室

1 Antoni Van Leeuwenhoek, "Observations, Communicated to the Publisher by Mr. Antony van Leewenhoeck, in a Dutch Letter of the 9th Octob. 1676. here English'd: Concerning Little Animals by him Observed in Rain-Well-Sea-and Snow Water; as also in Water wherein Pepper had Lain Infused," The *Royal Society Philosophical Transactions*, March 25, 1677, https://doi.org/10.1098/rstl.1677.0003.

## 第９章　海のキャベツ

1 "Biodiversity Hotspots Defined," Critical Ecosystem Partnership Fund, accessed April 3, 2021, www.cepf.net/our-work/biodiversity-hotspots/hotspots-defined.

2 Norman Myers, Russell A. Mittermeier, Cristina G. Mittermeier, Gustavo A. B. da Fonseca, and Jennifer Kent, "Biodiversity Hotspots for Conservation Priorities," Na-

*ture* 403 (February 2000): 853-58, https://doi.org/10.1038/35002501.

3 Melanie-Jayne R. Howes, Cassandra L. Quave, Jérôme Collemare, Evangelos C. Tatsis, Danielle Twilley, Ermias Lulekal, Andrew Farlow, Liping Li, María-Elena Cazar, Danna J. Leaman, Thomas A. K. Prescott, William Milliken, Cathie Martin, Marco Nuno De Canha, Namrita Lall, Haining Qin, Barnaby E. Walker, Carlos Vásquez-Londono, Bob Allkin, Malin Rivers, Monique S. J. Simmonds, Elizabeth Bell, Alex Battison, Juri Felix, Felix Forest, Christine Leon, China Williams, and Eimear Nic Lughadha, "Molecules from Nature: Reconciling Biodiversity Conservation and Global Healthcare Imperatives for Sustainable Use of Medicinal Plants and Fungi," Pl*ants, People, Planet* 2, no. 5 (September 2020): 463-81, https://doi.org/10.1002/ppp3.10138.

4 Molly Meri Robinson and Xiaorui Zhang, The World Medicines Situation 2011—Traditional Medicines: Global Situation, Issues and Challenges (World Health Organization, Geneva: 2011).

5 William Henry Smyth, Mem*oir Descriptive of the Resources, Inhabitants and Hydrography of Sicily and Its Islands, Interspersed with Antiquarian and Other Notices* (London: John Murray, Albemarle-Street, 1824), 244.

6 Leonardo Orlandini, "Trapani succintamente descritto del Canonico Leonardo Orlandini," trans. Gino Lipari, Trapani Nostra, www.trapaninostra.it/libri/Gino_Lipari/Trapani_Succintamente_Descritto/Trapani_Succintamente_Descritto.pdf; Giovanni Andrea Massa, La *Sicilia in Prospettiva. Parte Seconda. Cioe Le Citta, Castella, Terre e Luoghi Esistenti e Non Esistenti in Sicilia, la Topografia Littorale, li Scogli, Isole e Penisole Intorno ad Essa. Esposti in Veduta Da Un Religioso Della Compagnia Di Gesu* (Palermo: Stamparia di Francesco Ciche, 1709).

7 Timur Tongur, Naciye Erkan, and Erol Ayranci, "Investigation of the Composition and Antioxidant Activity of Acetone and Methanol Extracts of Dap*hne sericea* L. and Dap*hne gnidioides* L.," Jou*rnal of Food Science and Technology* 55, no. 4 (April 2018): 1396-1406, https://doi.org/10.1007/s13197-018-3054-9.

8 S. C. Cunningham, R. Mac Nally, P. J. Baker, T. R. Cavagnaro, J. Beringer, J. R. Thomson, and R. M. Thompson, "Balancing the Environmental Benefits of Reforestation in Agricultural Regions," Per*spectives in Plant Ecolog y, Evolution and Systematics* 17, no. 4 (July 2015): 301-17, https://doi.org/10.1016/j.ppees.2015.06.001.

9 Cassandra L. Quave and Alessandro Saitta, "Forty-Five Years Later: The Shifting Dynamic of Traditional Ecological Knowledge on Pantelleria Island, Italy," Eco*nomic Botany* 70 (December 2016): 380-93, https://doi.org/10.1007/s12231-016-9363-x.

10 Fiona Q. Bui, Cassio Luiz Coutinho Almeida-da-Silva, Brandon Huynh, Alston Trinh, Jessica Liu, Jacob Woodward, Homer Asadi, and David M. Ojcius, "Association between Periodontal Pathogens and Systemic Disease," Bio*medical Journal* 42, no. 1 (February 2019): 27-35, https://doi.org/https://doi.org/10.1016/j.bj.2018.12.001; Mahtab Sadrameli, Praveen Bathini, and Lavinia Alberi, "Linking Mechanisms of Periodontitis to Alzheimer's Disease," Cur*rent Opinion in Neurology* 33, no 2 (April 2020):

230-38.
11 Danielle H. Carrol, François Chassagne, Micah Dettweiler, and Cassandra L. Quave, "Antibacterial Activity of Plant Species Used for Oral Health against Por*phyromonas gingivalis*," PLoS One 15, no. 10 (October 2020): e0239316, https://doi.org/10.1371/journal.pone.0239316.
12 Micah Dettweiler, James T. Lyles, Kate Nelson, Brandon Dale, Ryan M. Reddinger, Daniel V. Zurawski, and Cassandra L. Quave, "American Civil War Plant Medicines Inhibit Growth, Biofilm Formation, and Quorum Sensing by Multidrug-Resistant Bacteria," Sci*entific Reports* 9 (May 2019): 7692, https://doi.org/10.1038/s41598-019-44242-y.
13 Centers for Disease Control and Prevention, "Aci*netobacter baumannii* Infections among Patients at Military Medical Facilities Treating Injured U.S. Service Members, 2002-2004," Mor*bidity and Mortality Weekly Report* 53, no. 45 (November 2004): 1063-66; Callie Camp and Owatha L. Tatum, "A Review of Aci*netobacter baumannii* as a Highly Successful Pathogen in Times of War," Lab*oratory Medicine* 41, no. 11 (November 2010): 649-57, https://doi.org/10.1309/LM90IJNDDDWRI3RE.
14 S. I. Getchell-White, L. G. Donowitz, and D. H. Gröschel, "The Inanimate Environment of an Intensive Care Unit as a Potential Source of Nosocomial Bacteria: Evidence for Long Survival of Aci*netobacter calcoaceticus*," Inf*ection Control and Hospital Epidemiology* 10, no. 9 (August 1989): 402-7, https://doi.org/10.1086/646061; A. Jawad, A. M. Snelling, J. Heritage, and P. M. Hawkey, "Exceptional Desiccation Tolerance of Aci*netobacter radioresistens*," Jou*rnal of Hospital Infection* 39, no. 3 ( July 1998): 235-40, https://doi.org/10.1016/s0195-6701(98)90263-8.
15 M. Catalano, L. S. Quelle, P. E. Jeric, A. Di Martino, and S. M. Maimone, "Survival of Aci*netobacter baumannii* on Bed Rails during an Outbreak and during Sporadic Cases," Jou*rnal of Hospital Infection* 42, no. 1 (May 1999): 27-35, https://doi.org/10.1053/jhin.1998.0535.
16 Centers for Disease Control and Prevention, Ant*ibiotic Resistance Threats in the United States, 2019*, December 2019, www.cdc.gov/drugresistance/pdf/threats-report/2019-ar-threats-report-508.pdf.
17 Micah Dettweiler, Lewis Marquez, Michelle Lin, Anne M. Sweeney-Jones, Bhuwan Khatri Chhetri, Daniel V. Zurawski, Julia Kubanek, and Cassandra L. Quave, "Pentagalloyl Glucose from Sch*inus terebinthifolia* Inhibits Growth of Carbapenem-Resistant Aci*netobacter baumannii*," Scientific Reports 10 (September 2020): 15340, https://doi.org/10.1038/s41598-020-72331-w.

### 第10章　ビリーはブランコから落ちた

1 "Tuberculosis," World Health Organization, October 14, 2020, www.who.int/news-room/fact-sheets/detail/tuberculosis.
2 Helen W. Boucher, George H. Talbot, John S. Bradley, John E. Edwards, David Gil-

bert, Louis B. Rice, Michael Scheld, Brad Spellberg, and John Bartlett, "Bad Bugs, No Drugs: No ESKAPE! An Update from the Infectious Diseases Society of America," Cli*nical Infectious Diseases* 48, no. 1 (January 2009): 1-12, https://doi.org/10.1086/595011.

3 Cystic Fibrosis Foundation, accessed April 5, 2021, www.cff.org/What-is-CF/About-Cystic-Fibrosis.

4 L. Alan Prather, Orlando Alvarez-Fuentes, Mark H. Mayfield, and Carolyn J. Ferguson, "The Decline of Plant Collecting in the United States: A Threat to the Infrastructure of Biodiversity Studies," Systematic Botany 29, no. 1 (January 2004): 15-28; Daniel P. Bebber, Mark A. Carine, John R. I. Wood, Alexandra H. Wortley, David J. Harris, Ghillean T. Prance, Gerrit Davidse, Jay Paige, Terry D. Pennington, Norman K. B. Robson, and Robert W. Scotland, "Herbaria Are a Major Frontier for Species Discovery," Pro*ceedings of the National Academy of Sciences* 107, no. 51 (December 2010): 22169-71, https://doi.org/10.1073/pnas.1011841108.

5 A. Antonelli, C. Fry, R. J. Smith, M. S. J. Simmonds, P. J. Kersey, H. W. Pritchard, M. S. Abbo, C. Acedo, J. Adams, A. M. Ainsworth, B. Allkin, W. Annecke, S. P. Bachman, K. Bacon, S. Bárrios, C. Barstow, A. Battison, E. Bell, K. Bensusan, M. I. Bidartondo, R. J. Blackhall-Miles, B. Bonglim, J. S. Borrell, F. Q. Brearley, E. Breman, R. F. A. Brewer, J. Brodie, R. Cámara-Leret, R. Campostrini Forzza, P. Cannon, M. Carine, J. Carretero, T. R. Cavagnaro, M.-E. Cazar, T. Chapman, M. Cheek, C. Clubbe, C. Cockel, J. Collemare, A. Cooper, A. I. Copeland, M. Corcoran, C. Couch, C. Cowell, P. Crous, M. da Silva, G. Dalle, D. Das, J. C. David, L. Davies, N. Davies, M. N. De Canha, E. J. de Lirio, S. Demissew, M. Diazgranados, J. Dickie, T. Dines, B. Douglas, G. Dröge, M. E. Dulloo, R. Fang, A. Farlow, K. Farrar, M. F. Fay, J. Felix, F. Forest, L. L. Forrest, T. Fulcher, Y. Gafforov, L. M. Gardiner, G. Gâteblé, E. Gaya, B. Geslin, S. C. Gonçalves, C. J. N. Gore, R. Govaerts, B. Gowda, O. M. Grace, A. Grall, D. Haelewaters, J. M. Halley, M. A. Hamilton, A. Hazra, T. Heller, P. M. Hollingsworth, N. Holstein, M.-J. R. Howes, M. Hughes, D. Hunter, N. Hutchinson, K. Hyde, J. Iganci, M. Jones, L. J. Kelly, P. Kirk, H. Koch, I. Krisai-Greilhuber, N. Lall, M. K. Langat, D. J. Leaman, T. C. Leao, M. A. Lee, I. J. Leitch, C. Leon, E. Lettice, G. P. Lewis, L. Li, H. Lindon, J. S. Liu, U. Liu, T. Llewellyn, B. Looney, J. C. Lovett, Ł. Łuczaj, E. Lulekal, S. Maggassouba, V. Malécot, C. Martin, O. R. Masera, E. Mattana, N. Maxted, C. Mba, K. J. McGinn, C. Metheringham, S. Miles, J. Miller, W. Milliken, J. Moat, J. G. P. Moore, M. P. Morim, G. M. Mueller, H. Muminjanov, R. Negrao, E. N. Lughadha, N. Nicolson, T. Niskanen, R. N. Womdim, A. Noorani, M. Obreza, K. O'Donnell, R. O'Hanlon, J.-M. Onana, I. Ondo, S. Padulosi, A. Paton, T. Pearce, O. A. P. Escobar, A. Pieroni, S. Pironon, T. A. K. Prescott, Y. D. Qi, H. Qin, C. L. Quave, L. Rajaovelona, H. Razanajatovo, P. B. Reich, E. Rianawati, T. C. G. Rich, S. L. Richards, M. C. Rivers, A. Ross, F. Rumsey, M. Ryan, P. Ryan, S. Sagala, M. D. Sanchez, S. Sharrock, K. K. Shrestha, J. Sim, A. Sirakaya, H. Sjöman, E. C. Smidt, D.

Smith, P. Smith, S. R. Smith, A. Sofo, N. Spence, A. Stanworth, K. Stara, P. C. Stevenson, P. Stroh, L. M. Suz, E. C. Tatsis, L. Taylor, B. Thiers, I. Thormann, C. Trivedi, D. Twilley, A. D. Twyford, T. Ulian, T. Utteridge, V. Vaglica, C. Vásquez-Londono, J. Victor, J. Viruel, B. E. Walker, K. Walker, A. Walsh, M. Way, J. Wilbraham, P. Wilkin, T. Wilkinson, C. Williams, D. Winterton, K. M. Wong, N. Woodfield-Pascoe, J. Woodman, L. Wyatt, R. Wynberg, and B. G. Zhang, *State of the World's Plants and Fungi 2020* (London: Royal Botanic Gardens, Kew, 2020), https://doi.org/10.34885/172.

6 Barbara M. Thiers, The *World's Herbaria 2019: A Summary Report Based on Data from Index Herbariorum*, New York Botanic Garden, January 10, 2020, http://sweetgum.nybg.org/science/docs/The_Worlds_Herbaria_2019.pdf.

7 James D. Watson, The Double Helix: A Personal Account of the Discovery of the Structure of DNA (New York: Atheneum, 1968). ［ジェームズ・D・ワトソン『二重らせん』／江上不二夫・中村桂子訳／講談社／1986年］

8 "Doctoral Degrees Earned by Women, by Major," American Physical Society, accessed April 3, 2021, www.aps.org/programs/education/statistics/fraction-phd.cfm.

9 Isabel Torres, Ryan Watkins, Martta Liukkonen, and Mei Lin Neo, "COVID Has Laid Bare the Inequities That Face Mothers in STEM," *Scientific American*, December 23, 2020, www.scientificamerican.com/article/covid-has-laid-bare-the-inequities-that-face-mothers-in-stem/.

10 Catherine Buffington, Benjamin Cerf, Christina Jones, and Bruce A. Weinberg, "STEM Training and Early Career Outcomes of Female and Male Graduate Students: Evidence from UMETRICS Data Linked to the 2010 Census," *American Economic Review* 106, no. 5 (May 2016): 333-38, https://doi.org/10.1257/aer.p20161124.

11 Erin A. Cech and Mary Blair-Loy, "The Changing Career Trajectories of New Parents in STEM," *Proceedings of the National Academy of Sciences* 116, no. 10 (March 2019): 4182-87, https://doi.org/10.1073/pnas.1810862116.

12 Society for Economic Botany, accessed April 3, 2021, www.econbot.org/home/governance/code-of-conduct.html.

13 Ferris Jabr, "Could Ancient Remedies Hold the Answer to the Looming Antibiotics Crisis?," *New York Times Magazine*, September 18, 2016, www.nytimes.com/2016/09/18/magazine/could-ancient-remedies-hold-the-answer-to-the-looming-antibiotics-crisis.html.

## 第11章　片脚のハンター

1 Cassandra L. Quave and Andrea Pieroni, "A Reservoir of Ethnobotanical Knowledge Informs Resilient Food Security and Health Strategies in the Balkans," *Nature Plants* 1 (February 2015): 14021, https://doi.org/10.1038/nplants.2014.21.

2 Andrea Pieroni, Renata Soukand, Cassandra L. Quave, Avni Hajdari, and Behxhet Mustafa, "Traditional Food Uses of Wild Plants among the Gorani of South Kosovo,"

*Appetite* 108, no. 1 (January 2017): 83-92, https://doi.org/10.1016/j.appet.2016.09.024.
3 Cassandra L. Quave and Andrea Pieroni, "Fermented Foods for Food Sovereignty and Food Security in the Balkans: A Case Study of the Gorani People of Northeastern Albania," *Journal of Ethnobiology* 34, no. 1 (March 2014): 28-43.
4 Jonathan Franzen, "Last Song for Migrating Birds," *National Geographic*, July 2013, www.nationalgeographic.com/magazine/2013/07/songbird-migration/.
5 Daniel Ruppert, "Assessing the Effectiveness of the Hunting Ban in Albania," master's thesis, Eberswalde University of Sustainable Development, 2018.
6 Susanne Masters, Tinde van Andel, Hugo J. de Boer, Reinout Heijungs, and Barbara Gravendeel, "Patent Analysis as a Novel Method for Exploring Commercial Interest in Wild Harvested Species," *Biological Conservation* 243 (March 2020): 108454, https://doi.org/10.1016/j.biocon.2020.108454.
7 Amy Hinsley, Hugo J. de Boer, Michael F. Fay, Stephan W. Gale, Lauren M. Gardiner, Rajasinghe S. Gunasekara, Pankaj Kumar, Susanne Masters, Destario Metusala, David L. Roberts, Sarina Veldman, Shan Wong, and Jacob Phelps, "A Review of the Trade in Orchids and Its Implications for Conservation," *Botanical Journal of the Linnean Society* 186, no. 4 (April 2018): 435-55, https://doi.org/10.1093/botlinnean/box083.
8 Jackson Maogoto, "Inquiry on Complicity in War Crimes as Defined in Article 8(2) of the International Criminal Court," International Monsanto Tribunal in The Hague (October 2016): 5, https://www.monsanto-tribunal.org/upload/asset_cache/971889519.pdf? rnd=KxkE6d.
9 Charles Ornstein, Hannah Fresques, and Mike Hixenbaugh, "The Children of Agent Orange," *ProPublica*, December 16, 2016, www.propublica.org/article/the-children-of-agent-orange.
10 Marco Caputo, James T. Lyles, Monique S. Salazar, and Cassandra L. Quave, "LEGO MINDSTORMS Fraction Collector: A Low-Cost Tool for a Preparative High-Performance Liquid Chromatography System," *Analytical Chemistry* 92, no. 2 (January 2020): 1687-90, https://doi.org/10.1021/acs.analchem.9b04299.
11 Charles L. Cantrell, Jerome A. Klun, Charles T. Bryson, Mozaina Kobaisy, and Stephen O. Duke, "Isolation and Identification of Mosquito Bite Deterrent Terpenoids from Leaves of American (*Callicarpa americana*) and Japanese (*Callicarpa japonica*) Beautyberry," *Journal of Agricultural and Food Chemistry* 53, no. 15 (July 2005): 5948-53, https://doi.org/10.1021/jf0509308.
12 Gina Porras, John Bacsa, Huaqiao Tang, and Cassandra L. Quave, "Characterization and Structural Analysis of Genkwanin, a Natural Product from *Callicarpa americana*," *Crystals* 9, no. 10 (September 2019): 491.
13 Micah Dettweiler, Roberta J. Melander, Gina Porras, Caitlin Risener, Lewis Marquez, Tharanga Samarakoon, Christian Melander, and Cassandra L. Quave, "A Clerodane Diterpene from *Callicarpa americana* Resensitizes Methicillin-Resistant *Staphylococcus*

*aureus* to $\beta$ -Lactam Antibiotics," ACS *Infectious Disease* 6, no. 7 ( June 2020): 1667-73, https://doi.org/10.1021/acsinfecdis.0c00307.

14 Rozenn M. Pineau, Sarah E. Hanson, James T. Lyles, and Cassandra L. Quave, "Growth Inhibitory Activity of Cal*licarpa americana* Leaf Extracts against Cut*ibacterium acnes*," Fro*ntiers in Pharmacology* 10 (October 2019): 1206, https://doi.org/10.3389/fphar.2019.01206.

15 Huaqiao Tang, Gina Porras, Morgan M. Brown, François Chassagne, James T. Lyles, John Bacsa, Alexander R. Horswill, and Cassandra L. Quave, "Triterpenoid Acids Isolated from Sch*inus terebinthifolia* Fruits Reduce Sta*phylococcus aureus* Virulence and Abate Dermonecrosis," Sci*entific Reports* 10 (May 2020): 8046, https://doi.org/10.1038/s41598-020-65080-3.

15 Nicholas Richwagen, James T. Lyles, Brandon L. F. Dale, and Cassandra L. Quave, "Antibacterial Activity of Kal*anchoe mortagei* and K. *fedtschenkoi* against ESKAPE Pathogens," Fro*ntiers in Pharmacology* 10 (February 2019): 67, https://doi.org/10.3389/fphar.2019.00067.

## 第12章　カサンドラの予言

1 H. M. Adnan Hameed, Md. Mahmudul Islam, Chiranjibi Chhotaray, Changwei Wang, Yang Liu, Yaoju Tan, Xinjie Li, Shouyong Tan, Vincent Delorme, Wing W. Yew, Jianxiong Liu, and Tianyu Zhang, "Molecular Targets Related Drug Resistance Mechanisms in MDR-, XDR-, and TDR-My*cobacterium tuberculosis* Strains," Fro*ntiers in Cellular and Infection Microbiology* 8 (April 2018): 114, https://doi.org/10.3389/fcimb.2018.00114.

2 Centers for Disease Control and Prevention, Sex*ually Transmitted Disease Surveillance 2018,* October 1, 2019, https://doi.org/10.15620/cdc.79370.

3 Stephanie N. Taylor, David H. Morris, Ann K. Avery, Kimberly A. Workowski, Byron E. Batteiger, Courtney A. Tiffany, Caroline R. Perry, Aparna Raychaudhuri, Nicole E. Scangarella-Oman, Mohammad Hossain, and Etienne F. Dumont, "Gepotidacin for the Treatment of Uncomplicated Urogenital Gonorrhea: A Phase 2, Randomized, Dose-Ranging, Single-Oral Dose Evaluation," Cli*nical Infectious Diseases* 67, no. 4 (August 2018): 504-12, https://doi.org/10.1093/cid/ciy145; John O'Donnell, Ken Lawrence, Karthick Vishwanathan, Vinayak Hosagrahara, and John P. Mueller, "Single-Dose Pharmacokinetics, Excretion, and Metabolism of Zoliflodacin, a Novel Spiropyrimidinetrione Antibiotic, in Healthy Volunteers," Ant*imicrobial Agents and Chemotherapy* 63 (October 2018): e01808-01818, https://www.ncbi.nlm.nih.gov/pmc/articles/PMC6325203/.

4 Gina Porras, François Chassagne, James T. Lyles, Lewis Marquez, Micah Dettweiler, Akram M. Salam, Tharanga Samarakoon, Sarah Shabih, Darya Raschid Farrokhi, and Cassandra L. Quave, "Ethnobotany and the Role of Plant Natural Products in Antibiotic Drug Discovery," Che*mical Reviews* 121, no. 6 (November 2020): 3495-3560,

https://doi.org/10.1021/acs.chemrev.0c00922; François Chassagne, Tharanga Samarakoon, Gina Porras, James T. Lyles, Micah Dettweiler, Lewis Marquez, Akram M. Salam, Sarah Shabih, Darya Raschid Farrokhi, and Cassandra L. Quave, "A Systematic Review of Plants with Antibacterial Activities: A Taxonomic and Phylogenetic Perspective," Fro*ntiers in Pharmacology* 11 (January 2020): 586548, https://doi.org/10.3389/fphar.2020.586548.

5 "Guillain-Barré Syndrome," Rare Disease Database, National Organization for Rare Disorders, accessed April 4, 2021, https://rarediseases.org/rare-diseases/guillain-barre-syndrome/.

6 Mary-Anne Melone, Nicholas Heming, Paris Meng, Dominique Mompoint, Jerôme Aboab, Bernard Clair, Jerôme Salomon, Tarek Sharshar, David Orlikowski, Sylvie Chevret, and Djillali Annane, "Early Mechanical Ventilation in Patients with Guillain-Barré Syndrome at High Risk of Respiratory Failure: A Randomized Trial," Ann*als of Intensive Care* 10 (September 2020): 128, https://doi.org/10.1186/s13613-020-00742-z.

7 Atul Ashok Kalanuria, Wendy Zai, and Marek Mirski, "Ventilator-Associated Pneumonia in the ICU," Cri*tical Care* 18 (March 2014): 208, https://doi.org/10.1186/cc13775.

8 Su Young Chi, Tae Ok Kim, Chan Woo Park, Jin Yeong Yu, Boram Lee, Ho Sung Lee, Yu Il Kim, Sung Chul Lim, and Yong Soo Kwon, "Bacterial Pathogens of Ventilator-Associated Pneumonia in a Tertiary Referral Hospital," Tub*erculosis and Respiratory Diseases* 73, no. 1 (2012): 32-37, https://doi.org/10.4046/trd.2012.73.1.32.

9 Timothy Sullivan, "What Is the 'Relative Value' of an Infectious Disease Physician?," Hea*lth Affairs, February* 3, 2017, https://www.healthaffairs.org/do/10.1377/hblog20170203.058600/full/.

10 "Do We Need a Netflix for Antibiotics?," Financial Times, video, 4:50, February 9, 2021, www.ft.com/video /adada10f-5747-4976-a3e0-958b0165e0ef.

11 Attila A. Seyhan, "Lost in Translation: The Valley of Death across Preclinical and Clinical Divide—Identification of Problems and Overcoming Obstacles," Tra*nslational Medicine Communications* 4 (November 2019): 18, https://doi.org/10.1186/s41231-019-0050-7.

### 終章

1 "Spina Bifida and Agent Orange," US Department of Veterans Affairs, accessed April 2, 2021, www.publichealth.va.gov/exposures/agentorange/birth-defects/spina-bifida.asp.

**カサンドラ・リア・クウェイヴ**（Cassandra Leah Quave）

1978年生まれ。アメリカの医学民族植物学者。医学博士号取得。ジョージア州エモリー大学医学部皮膚科学科准教授。同大学ヒューマンヘルス研究センター准教授および植物標本室室長も兼務する。専門は細菌の生物膜形成（抗生物質耐性の原因のひとつ）を阻害する植物の研究。論文多数。先天性欠損症により3歳のときに右下腿を切断。

**駒木 令**（こまき・りょう）

翻訳家。ポピュラー・サイエンスから人文科学、英米文学まで幅広い分野の翻訳に携わる。訳書に『花と木の図書館　チューリップの文化誌』『同　バラの文化誌』『同　柳の文化誌』『なぜ人類は戦争で文化破壊を繰り返すのか』（以上原書房）がある。

薬草《やくそう》ハンター、世界《せかい》をゆく
義足《ぎそく》の女性民族植物学者《じょせいみんぞくしょくぶつがくしゃ》、新《あら》たな薬《くすり》を求《もと》めて

●

2022年3月24日　第1刷

著者………カサンドラ・リア・クウェイヴ
訳者………駒木《こまき》　令《りょう》
装幀………佐々木正見
発行者………成瀬雅人
発行所………株式会社原書房

〒160-0022　東京都新宿区新宿1-25-13
電話・代表03(3354)0685
振替・00150-6-151594
http://www.harashobo.co.jp

印刷………新灯印刷株式会社
製本………東京美術紙工協業組合



**ISBN978-4-562-07163-0 Printed in Japan**